Johanna Lindbäck

Gut. Besser. Das Beste auf der Welt

D1856607

Johanna Lindbäck

Gut. Besser. Das Beste auf der Welt

Roman

Aus dem Schwedischen von
Gabriele Haefs

BELTZ
& Gelberg

Editorische Notiz: In Schweden ist es üblich, alle zu duzen. Auch Eltern von Freunden. Das wurde in der deutschen Übersetzung beibehalten, auch wenn man sich erst ein bisschen daran gewöhnen muss.

Dieses Buch ist auch als E-Book erhältlich
(ISBN 978-3-407-74413-5)

MIX
Papier aus verantwortungsvollen Quellen
FSC® C008492
FSC www.fsc.org

Die Übersetzung dieses Buches wurde gefördert
vom Swedish Arts Council, Stockholm

www.beltz.de
© 2013 Beltz & Gelberg
in der Verlagsgruppe Beltz · Weinheim Basel
Alle Rechte der deutschsprachigen Ausgabe vorbehalten
Die Originalausgabe erschien unter dem Titel
Välkomen hem bei Rabén & Sjögren, Stockholm
© 2011 Johanna Lindbäck
Published by agreement with Rabén & Sjögren Agency
Aus dem Schwedischen von Gabriele Haefs
Lektorat: Eva-Maria Kulka
Neue Rechtschreibung
Einbandgestaltung: Moni Port
unter Verwendung eines Fotos von Giorgio Magini © getty images
Gesamtherstellung: Beltz Bad Langensalza GmbH, Bad Langensalza
Printed in Germany
ISBN 978-3-407-81144-8
1 2 3 4 5 6 16 15 14 13

»Du erkennst doch bestimmt alles wieder, Herzchen?« Papa sah mich im Rückspiegel an. »Die Bergnäsbrücke?«

»Die Bergnäsbrücke«, wiederholte ich brav.

»Viel schöner als die – wie heißt die doch noch gleich? Die Tower Bridge?«

»Ja, ach ja. Viel schöner.«

Papa nickte zufrieden, *so ist das richtig,* als sich unsere Blicke trafen, und wir lächelten.

»Macht ihr denn auch mal ein Klassentreffen?«, fragte mein Bruder Svante. »Ich meine, mit deiner Schule in London?«

»Mmm. Mal sehen. My und ich wollen uns jedenfalls so bald wie möglich treffen.«

»Aber Kind, jetzt musst du erst mal wieder richtig zu Hause ankommen, ehe du irgendwelche Klassentreffen planst«, sagte Mama vorwurfsvoll. »Wir wollen doch ins Ferienhaus fahren und alle zusammen sein und es uns gemütlich machen.«

»Na wunderbar!«, rief Svante und wir kicherten beide.

Mama seufzte.

»Klar wollen wir zusammen sein«, sagte ich schnell. »Mit Ferien und Gemütlichkeit und allen Schikanen.«

»Sieh mal, Sara!« Papa zeigte begeistert nach rechts. »Deine neue Schule!«

»Die sehe ich ja auch erst mein ganzes Leben lang, ja«, murmelte ich.

Papa hatte mich nicht verstanden und fragte: »Was?«

Ich schüttelte den Kopf. Svante warf mir einen Blick zu. *Ich weiß, die sind ein bisschen … aber reiß dich zusammen, das machen sie nicht lange.*

Als wir uns auf dem Flugplatz umarmt hatten, hatte er gut gerochen. Deo oder Aftershave oder so was. Mein kleiner Bruder. Und offenbar war ihm neuerdings sogar seine Frisur wichtig. Er sah richtig süß aus. Als ich ihm das sagte, stöhnte er natürlich nur, aber ich glaube, er hat sich doch auch ein wenig gefreut.

»Hätte ich vielleicht die längere Strecke nehmen sollen?«, fragte Papa, als wir in unsere Straße einbogen. »Soll ich das noch machen, Wuschel?«

Ich drehte mich um und schaute zum Haus von Bella und Mattias hinüber. Alles sah so aus wie immer. Ihr Wagen stand in der Einfahrt, das Tor war geschlossen, damit Cooper nicht weglaufen konnte. Genau wie sonst auch.

»Papa, ich schwöre dir, ich kann mich gut an unsere Stadt erinnern«, sagte ich. »Fahr einfach nach Hause.«

Ob Mattias wohl wusste, dass ich an diesem Wochenende zurückkommen würde, ob Bella ihm etwas gesagt hatte? Ob dieser Samstag für ihn zu einem ganz besonderen Datum geworden war, hatte er die ganze Woche daran gedacht, die Tage gezählt? Und war er jetzt zu Hause, stand er vielleicht hinter einem der Fenster unten im Wohnzimmer und schaute heraus, als unser Wagen um die Ecke bog, und dachte … ja, was dachte er wohl? Ich hatte keine Ahnung. Wusste nicht einmal, ob ihn das überhaupt noch interessierte. Oder wie er aussah oder was er so machte. Ich wusste nur, dass ich das alles bald wieder wissen würde, wenn er es nur zuließ.

Ein dunkelblaues Auto mit Anhänger stand quer am Straßenrand und blockierte unseren Parkplatz vor dem Haus.

Papa fuhr ein wenig weiter, aber alles war voll. »Wir packen aus und ich erledige das später.« Er setzte zurück.

Während wir meine Reisetasche und den Rucksack und die Tüte mit den Süßigkeiten aus dem Duty-free-Laden und die beiden Taschen auspackten, die ich als Handgepäck mitgenommen hatte, obwohl sie schweineschwer waren, kletterten zwei Typen aus dem Anhänger und hoben die Stühle herunter, die darin gestanden hatten.

»Ist das vielleicht euer Parkplatz?«, rief der eine. »Ich kann wegfahren. Jocke, hast du …«

Der ältere Typ, der offenbar Jocke hieß, fischte die Wagenschlüssel aus seiner Jeanstasche und gab sie ihm.

Mama und Svante nahmen jeweils eine Tasche und gingen zum Haus. Als ich mir den Rucksack aufladen wollte, blieb mein Armband an einer Schnalle hängen und das Gummiband zerriss. Ich erstarrte, wie man das macht, wenn etwas kaputtgeht. Wie in Zeitlupe sah ich die blauen und roten Perlen in alle Richtungen auseinanderfliegen.

»Oh nein. Verdammt!«

Der Typ, der Jocke hieß, drehte sich um. Er sah mich an und schaute dann zu Boden. »Ach je.« Er stellte die Stühle ab. »Soll ich dir helfen?« Ohne eine Antwort abzuwarten, ging er in die Hocke und las die Perlen in seiner Nähe auf.

»Danke«, sagte ich, bückte mich ebenfalls und fing mit Aufsammeln an. »Es ist ja kein kostbares Armband oder so, aber …«

»Aber trotzdem«, sagte er und deutete ein Lächeln an. »Ärgerlich, wenn es zerreißt.«

»Ja.«

Obwohl die Perlen ziemlich groß waren, dauerte es seine Zeit, und als der jüngere der beiden Typen sein Auto weggestellt und Papa vor dem Haus geparkt hatte, waren wir noch immer damit beschäftigt.

»Mein Armband«, erklärte ich ihnen.

Der jüngere Typ hob eine blaue Perle vor seinen Füßen auf. »Sind die wertvoll?«

Ich zuckte zusammen und schaute ihn überrascht an. Etwas lag in seinem Tonfall, als ob er mit dem Gedanken spielte, mir die Perlen nicht zurückzugeben, sondern sich die Taschen damit vollzustopfen.

»Und wie – die sind schließlich aus echtem Kunststoff. Steck sie ein und renn los!«

Er sah mich an und lächelte ein wenig belustigt. Aber dann beschloss er wohl, mir doch noch zu helfen. Er hielt eine Hand über meine geöffneten Hände und seine Ausbeute rieselte herab.

»*Tausend* Dank«, sagte ich ganz besonders herzlich, um die Ironie hervorzuheben, und er antwortete ebenso überschwänglich: »War mir ein Vergnügen.«

War das auch ironisch gemeint? Oder sogar spöttisch? Ich verkniff mir ein schnippisches »Amen!«. Trotzdem lächelte er wieder, als ob er begriffen hätte, dass er gewonnen hatte. Falls das also ein Wettkampf gewesen war. Wie war ich mit ihm überhaupt in diese Situation geraten, mit einem Menschen, den ich noch nie gesehen und zu dem ich nur einen einzigen Satz gesagt hatte? Verrückt.

Er strich sich eine Strähne hinter die Ohren. Seine Haare waren länger als meine. Hellbraun. Sie reichten ihm bis auf die Schultern. Einige Pickel oder eigentlich vor allem die Reste von Pickeln auf Wangen und Kinn. Blaue Augen. Kam mir ein paar Jahre älter vor als ich. Aber vielleicht dachte ich das ja nur, weil er so groß war. Große Leute wirken automatisch älter, und er ragte geradezu über mir auf, als ich da auf dem Boden hockte.

»Ich geh jetzt rein«, sagte er und packte die Stühle.

Jocke erhob sich ebenfalls und gab mir eine neue Perlensammlung, die ich in die Tasche stopfen konnte.

»Danke für die Hilfe«, sagte ich normalfreundlich zu ihm und nickte.

Ich sah dem langhaarigen Typen gerade noch hinterher, als er sich umdrehte. Er grinste zufrieden, als er es merkte, und schien so was zu denken wie: *2:0 für mich.* Verdammt.

»Hier.« Ich reichte Papa rasch die Tüte mit den Süßigkeiten, ehe ich mir den Rucksack aufsetzte.

»Wer war das denn?«, fragte ich, als wir unseren Eingang erreicht hatten. »Neue Nachbarn?«

»Ja, vielleicht«, sagte Papa. »Ich hab sie noch nie gesehen.«

Als ich die Wohnung betrat, empfing mich Mama mit ausgebreiteten Armen und drückte mich lange und fest. Als ob wir uns nicht erst vor fünf Minuten gesehen hätten.

»Willkommen daheim, Liebling!«

Papa zeigte mir allen Ernstes Häuser, die ich seit fünfzehn Jahren kannte, und Mama begrüßte mich gleich zweimal. Na gut. Jetzt war ich wieder zu Hause.

»Hello, this is your person«, sagte My, als ich mich am Sonntagabend an meinem Handy meldete.

»My person! Thank God, dass du es bist, ich wollte dich schon den ganzen Tag anrufen.«

»Ja, und jetzt kannst du das. Auf meinem neuen iPhone.«

»Was?« Darüber mussten wir erst mal in aller Ausführlichkeit quatschen.

»Aaaaalso …«, sagte sie danach mit ihrer besten Psychologinnenstimme. »Wie ist es bei dir so gelaufen?«

»Ich hab Mattias noch nicht gesehen. Anderthalb fucking Tage und ich hab noch immer keinen Schimmer von ihm entdeckt. Das ist verdammt nervig.«

»Soll das heißen, das Einzige, was passiert ist, ist, dass du ihn noch nicht gesehen hast?«

»Nicht ganz.« Ich erzählte von meiner Rückkehr, dass ich zum ersten Mal in meinem Leben von meiner Familie Blumen bekommen, dass Papa gegrillt hatte und dass wir den ganzen Abend *gemütlicht* hatten, um meine Mutter zu zitieren. Und heute hatten wir bei meiner Oma zu Mittag gegessen, mit meinen Kusinen und Vettern und Tanten und der ganzen Bande. Als wir danach nach Hause gekommen waren, klingelte es an der Tür und Tove, Miranda, Hanna und *auch* Bella standen mit einem Picknick da. Sie hatten Zimtschnecken und Apfelkuchen gebacken, Toffees und blaue Fazerschokolade gekauft, die ich so gern esse, und wir setzten uns auf einer Decke auf den Rasen vor dem Haus. Es war zwar etwas windig, aber trotzdem eine tolle Idee, ja, wirklich!

»Bella war dabei?«, fragte My. »Das war doch gut?«

»Schon. Mir kam das nur ein bisschen angespannt vor. Ich weiß nicht, vielleicht bin ich ja besonders paranoid, aber ich hatte das Gefühl, dass sie mich ab und zu vorwurfsvoll anschaute, weil ich ihn nicht erwähnt habe. Aber was hätte ich denn sagen sollen? *Wie geht es deinem Bruder, wo steckt er?* Ich wollte dieses Gespräch jetzt einfach nicht führen. Und dann kam Cooper angestürzt und ich bin hochgesprungen, wirklich *hochgesprungen*, total peinlich, ich war so verdammt nervös, weil vielleicht Mattias mit ihr unterwegs sein könnte. Aber es war nur ihr Vater, der mit ihr Gassi ging. Danach konnte ich mich einfach nicht mehr richtig beruhigen. Ich muss ihn sehen und die Sache hinter mich bringen, ich kann einfach nicht locker sein, solange das nicht passiert ist.«

»Und mal kurz rübergehen und Hallo sagen?«

»Nein! Das nicht, das wäre zu dramatisch. Es müsste einfach … eher zufällig passieren. Wie das bei Nachbarn eben so ist. Aber das Ganze ist der totale Stress für mich. Als ob ich eine blöde Kuh wäre. Bin ich denn eine blöde Kuh?«

My stöhnte. Ich stellte die Frage wohl zum dreihundertsten Mal, aber ich konnte es einfach nicht lassen.

»Wie viele Menschen bleiben denn mit ihrem ersten Freund für den Rest ihres Lebens zusammen? Ein Prozent? Man wird nicht zur blöden Kuh, bloß weil man Schluss macht. Jedenfalls nicht, wenn man es auf faire Weise tut. So wie du. Und es ist ein ganzes Jahr her. Nach einem Jahr ist man absolut keine blöde Kuh mehr. Und wenn doch, dann braucht der andere professionelle Hilfe.«

»Aber es kommt mir gar nicht wie ein Jahr vor«, jammerte ich. »Es kommt mir vor wie eine Woche. Wohin ich auch blicke, überall gibt es diese Er-und-ich-Erinnerungen, und alle, die mir begegnen, kennen ihn, alle Orte, alles ist so verdammt durchtränkt davon. Das ist das Problem.«

My stöhnte erneut. »Also echt, Sara! Darf ich mal kurz erzählen, wie es bei mir war, ehe wir mit unserem Lieblingsthema weitermachen? Sechzig Sekunden, Darling. Tu einfach so, als ob du zuhörst, starting now.«

»Ach, du weißt doch, wie verrückt das ist.« Ich holte tief Luft. »Entschuldige, los, das interessiert mich wirklich. Ich bin echt superinteressiert, my person.«

My hieß mit Nachnamen Person. Als sie vor dem Londonaufenthalt ihrer Gastgeberfamilie die erste Mail schrieb, waren die total verwirrt und dachten, sie habe mit »my person« unterschrieben. Und fragten: »What do you mean, ›my person‹?« Nachdem My das mir und Nick erzählt hatte, mussten wir sie einfach immer my person nennen.

»Also, das war so, dass ich mit dem Flug DL 103 aus Amsterdam gekommen bin, Platz 18D, oder war das 18C? Aber jedenfalls sind wir am Freitag um 14.35 in Arlanda gelandet, fünf Minuten zu früh, und da standen mein Vater und mein großer Bruder und …«, begann sie übertrieben detailliert. Ich kicherte.

Großzügige sechs Minuten oder nicht weniger als 360 Sekunden später war My fertig mit ihrer Willkommensparty samt iPhone-Geschenk und Gott weiß was sonst noch alles. Wir legten eine Pause ein und holten erst mal Luft.

»Ich könnte jetzt wirklich eine Nummer 8 brauchen«, sagte My und meinte damit unser Lieblingswokgericht in unserem

Restaurant in London. »Ich habe die absolute Wahnsinnslust auf Nummer 8.«

My war ein Mensch, der von Essen träumte. Sie konnte morgens aufwachen und genau wissen, dass dieser Tag ein bestimmtes Sushi oder eine perfekt reife Avocado bringen müsste, alles andere wäre eine Katastrophe.

»Don't I know it«, sagte ich. »Dann geh doch einkaufen. Ingwer, Cashewnüsse, Hähnchen. Was kommt da noch rein? Porree?«

»Ich versuche auch gerade, mich zu erinnern«, sagte sie. »Hast du schon mit Nick gesprochen?«

»Nope. Es war die ganze Zeit so viel los. Ich bin total erledigt. Totaaaal.«

»Hm. Ist es nicht unglaublich, dass wir jetzt wieder hier sind? Kannst du das begreifen?«

»Nöhö. Echt nicht.«

Ich hatte mal eine Geschichte gehört von einem Indianer, der mit dem Flugzeug gereist war und dann einige Tage auf dem Flugplatz verbracht hatte, damit auch seine Seele ankommen könnte. Ich hatte das bescheuert gefunden, aber jetzt konnte ich ihn verstehen. Nicht, dass ich Lust gehabt hätte, mich auf dem Flughafen Kallax niederzulassen, aber es war anfangs ziemlich verwirrend gewesen, mitten in riesige Familientreffen, Picknicks mit den besten Freundinnen und nicht existierende Zusammenstöße mit Mattias zu fallen. Auch morgens in meinem Zimmer aufzuwachen und Mama und Papa draußen rumoren zu hören, war mir komisch vorgekommen. Meine Seele war einfach noch nicht so weit, obwohl ich doch das ganze Jahr gewusst hatte, dass ich Anfang Juni nach Hause fahren würde. An manchen Heimwehtagen hatte ich mich ungeheuer darauf gefreut, aber als es dann so weit war, kam es mir vor wie: »Doch nicht etwa jetzt schon?«

»Du bist keine blöde Kuh«, sagte My mit sanfter Stimme, nachdem wir eine Weile geschwiegen hatten. »Merk dir das. Es ist nicht deine Schuld, dass er dir irgendwann nicht mehr so viel bedeutet hat wie am Anfang. So was passiert dauernd, auch wenn man hofft, dass es nicht so weit kommt. Und es ist natürlich besonders blöd, dass er zufällig der Zwillingsbruder von einer deiner besten Freundinnen ist, aber auch das ist nicht deine Schuld. Soll man etwa einen lebenslangen *Liebe-forever*-Vertrag unterschreiben, ehe man einen Typen auch nur anguckt? Das geht doch nicht. Haben Mattias und Bella das noch immer nicht kapiert … Entschuldige, aber dann haben sie große Probleme. *Huge.*«

»Mmm«, antwortete ich zögernd.

»Da siehst du.« Es klang, als ob My lächelte. Lieb und geduldig, ganz der wunderbare Mensch, der sie eben war, anders als Ego-Ich. Aber ich fühlte mich deshalb nur noch mieser. Ich hatte sie schamlos ausgenutzt, um ständig alle Phasen in meiner und Mattias' Beziehung zu diskutieren und Strategien für meine Rückkehr aus London zu ersinnen.

»Und wie läuft es bei dir sonst so?«, fragte ich, um mein schlechtes Gewissen zu übertönen. »Hast du dich schon mit deiner Schwester gestritten?«

»Nein, und weißt du, was das für ein Weltrekord ist? Drei Tage! Ich frag mich ja schon, ob sie Drogen nimmt, weil sie so gelassen bleibt. Aber ich sollte es wohl einfach dankbar hinnehmen. Sprechen wir uns morgen?«

»Klar doch. Cheers, darlin'.«

»Love you, too, sweetie.«

Sommerferien sollten entspannt und sommerlich sein. Oder, wenn man meine Mama fragt, sommerlich und arbeitsam. Nicht genug, dass sie mir einen Sommerjob als Frühstückshilfe und Putzfrau im Hotel besorgt hatte. Ehe ich da anfing, sollte ich mich zu Hause offenbar warmlaufen. Als ich so gegen halb zehn aus dem Bett stieg, lag auf dem Küchentisch ein Zettel.

Sara! Kannst du bitte deine alten Klamotten aus Kommode und Schrank aussortieren, ehe du die neuen reinlegst? Hab um 13 Uhr Wäschezeit für dich gebucht. Sieh auch Socken und Unterhosen durch. Und es wäre schön, wenn du die Schubladen auswischen könntest, wenn du sie leergeräumt hast.

Neben dem Zettel lagen der Schlüssel zur Waschküche und ein schwarzer Müllsack, in den ich vermutlich meine alten Sachen stopfen sollte.

Als ich unten ankam, waren zu allem Überfluss die Maschinen belegt. Der langhaarige Typ vom Samstag, der Nervbolzen, der meine Plastikperlen hatte stehlen wollen, saß da und las in einem Buch, und um seine Füße herum lagen die Packung mit dem Waschpulver und einige Plastiktüten aus dem Supermarkt. Er wohnte also hier im Haus. Na, super.

»Wer hat die Maschinen belegt?«, fragte ich ihn.

»Ich«, sagte er.

»Aber die sind zufällig gebucht.« Ich ließ meine Wäschetüten mit einem gereizten Seufzer auf den Boden fallen. Alle Waschmaschinen liefen, es gab keine mehr, die ich hätte nehmen können. »Du hast nicht zufällig mal daran gedacht, das vorher zu überprüfen, oder?«

Er schaute auf seine Uhr, dann sah er mich an.

»Es ist dreiundzwanzig nach.«

»Und?«

»Und schau mal da.« Er nickte zu einem Aushang neben der Tür hinüber. Darauf stand, dass man die gebuchten Zeiten übernehmen dürfte, wenn sie nicht innerhalb einer Viertelstunde genutzt würden. Ich hatte das bestimmt schon hundert Mal gelesen, aber ich folgte seinem Nicken wie ein Superdussel und schaute noch einmal den Aushang an.

»Du warst zu spät und wir hatten ziemlich viel zu waschen«, sagte er dann.

»Du hast also nur *dreizehn* und *fünfzehn* und *los* gesagt?«

»Ja?«

3:0. Ich zeigte wütend auf meine Tüten. »Ja?! Ich war zufällig ein ganzes Jahr weg, da kannst du dir ja denken, wie viel *ich* zu waschen habe.«

Der Typ sah mich an. Okay, er trug typische »großes Wäschebedürfnis«-Klamotten: unter einer hellblauen und weißen Adidas-Trainingsjacke blitzte ein verwaschenes T-Shirt mit einem schrillen und scheußlichen, neongrünen Firmenlogo quer über der Brust. Ein T-Shirt, das man einwandfrei nicht anzog, wenn man die Wahl hatte. Und beige Shorts, obwohl es überhaupt kein Shortswetter war, und dazu unterschiedliche Socken, eine blaue und eine graue. Aber trotzdem!

»Na gut, du kannst doch einfach nach mir waschen. Ich bin in … einundvierzig Minuten fertig und die nächste Schicht geht dann erst in zwei Stunden los.« Es hörte sich an, als ob er mir einen riesengroßen Gefallen täte, so, wie er sich am Ende herabgelassen hatte, ungefähr fünf Perlen aufzulesen.

»Ach, wie reizend von dir«, sagte ich säuerlich. »Bist du auch sicher, dass dir das nichts ausmacht? Wo ich doch eine ganze Sekunde zu spät gekommen bin und überhaupt?«

Er zuckte ungerührt mit den Schultern und wandte sich wieder seinem Buch zu. »Mach, was du willst.«

Einundvierzig Minuten später saß ich wieder mit verschränkten Armen in der Waschküche und sah zu, wie er seine Wäsche aus den Maschinen zerrte. Die eine Maschine enthielt Buntwäsche in hellen Farben, rosa, beige, hellgrau und so. Handtücher, Bettwäsche, Hemden und T-Shirts. Ein Paar Chinos. In einer anderen waren die dunklen Farben, schwarz und dunkelblau. Jeans, eine Kapuzenjacke, T-Shirts, jede Menge Socken und Unterhosen. Und so ein Beutel für BHs. Ob er hier wohl mit seiner Freundin wohnte oder gehörte der seiner Mutter?

»Bitte sehr«, sagte er, nachdem er sich davon überzeugt hatte, dass wirklich alle Maschinen leer waren.

»Dann kriege ich also in einer Stunde den Trockner und den Trockenschrank?«, fragte ich noch, ehe ich nach oben ging.

»Ja, das wäre sicher das Beste für alle.« Er kehrte mir den Rücken zu und hängte ruhig und methodisch seine rosa Handtücher in den Trockenschrank.

Ich öffnete den Mund, um etwas zu sagen, überlegte mir die Sache dann aber anders und ging.

Mittwoch

Sara! Kannst du den Balkon fegen und Geländer, Stühle und Tisch ordentlich abwischen? Und bitte, feg den Dreck nicht zu den Nachbarn unter uns, sondern kehr ihn zusammen und tu ihn in eine Tüte. Und bring bitte noch das Altpapier weg. Kuss!

»Alle Angestellten in Schweden haben das Recht auf eine Stunde Sport pro Woche«, teilte ich meiner Mutter mit, als sie gegen zehn anrief und wissen wollte, wie es mir ging. Das bedeutete im Mamasprech so viel wie: *Arbeitest du schon?* »Und heute nehme ich meine. Und zwar genau jetzt. Ich werde erst mal joggen gehen, ehe ich irgendwelchen blöden Dreck zusammenfege.«

Eins hatte mir in London wirklich gefehlt: meine Laufrunde. Ich lief immer zuerst um Gültzauudden am Wasser entlang, dann machte ich noch Abstecher, abhängig davon, wie ich mich fühlte oder wie viel Zeit ich hatte. Ab und zu, wie heute, lief ich um die Landzunge herum auch zurück, einfach, weil es da so schön war, wegen der Aussicht und überhaupt.

Ich bog in Richtung der alten Werft ab, um wieder zu meiner üblichen Strecke zu gelangen. Und als ich gerade um eine Kurve laufen wollte, wäre ich fast mit einem mir gut bekannten, schwarzen Hund zusammengestoßen. Einem superlieben Hund. Cooper. Und nach ihr kam eine mir gut bekannte Gestalt in blauen Shorts und schwarzem T-Shirt. Ich erkannte Mattias sofort, obwohl ich wirklich nicht damit gerechnet hätte, bei meiner Joggingrunde auf ihn zu stoßen. Es war ein so unerwarteter Anblick, ihn joggen zu sehen! Wirklich ein

Schock! *Shit, ist er das? Das kann doch nicht er sein! Doch, er ist es. Shit!* Im selben Moment sah er mich und wirkte ebenso geschockt.

»Seit wann gehst du joggen?«, fragte ich, als wir abwartend einige Meter voneinander entfernt anhielten.

»Seit Donnerstag vor zwei Wochen«, antwortete er atemlos.

Unsere Blicke sprangen nervös hin und her, von uns zum Wald, wieder zu uns, zu Cooper.

»Das wievielte Mal ist das also? Das dritte oder vierte?«

Coop sprang in ihrer üblichen hysterischen Freude um mich herum und ich bückte mich und begrüßte sie und war froh über die Ablenkung. Versuchte, mich zu beruhigen, während ich ihren Kopf streichelte und sie an Ohren und Hals kraulte.

»Hallo, meine Alte, hallo«, flüsterte ich und bekam als Antwort eine feuchte Zunge ins Gesicht.

»Nein, das zweite Mal«, sagte er. »Anfangs soll man ja nicht übertreiben, habe ich gehört.«

H-h-habe ich gehört. Er stotterte ein bisschen. Beziehungsweise, ich fand, er stotterte ein bisschen, er fand, er stotterte sehr viel. Er war überzeugt davon, dass alle nur *daran* dachten, wenn er etwas sagte. Ich glaubte nicht, dass irgendwer das weiter wichtig nahm, und dass es sogar etwas Positives sein könnte. Wenn er nur aufgehört hätte, sich davon irritieren zu lassen, hätte man ihm immer liebend gern und ständig zugehört, viel mehr als anderen, die perfekt sprachen. Aber ich glaube, er würde mir niemals abnehmen, dass es an seinem Stottern auch etwas Gutes geben könnte.

Ich ließ Coop los und richtete mich auf. Gab mir alle Mühe,

Mattias ruhig und freundlich anzusehen. Nicht wie eine nervöse Irre von einem Fuß auf den anderen zu treten. »Und geht es gut? Das Laufen?«

Er holte Luft und schüttelte den Kopf.

»Na, dann warte mal bis zum zehnten, zwölften Mal, dann wird es schon besser«, sagte ich. »Man kommt rein, das kannst du mir glauben, und es wird ganz anders, wenn man erst …«

Sein Blick wich mir aus und er schaute zum Wasser hinüber. Ich hätte mich treten können. Das Erste, was ich tue, wenn wir uns nach einem halben Jahr wiedersehen, ist, gleich mit einem alten Lieblingsthema loszulegen. Wie oft hatte ich schon versucht, ungefähr auf diese Weise das Phantastische am Joggen zu erklären? Ich hatte meine üblichen Sprüche: »Es ist so entspannend und schön, Mattias!«, und er hatte seine üblichen Antworten: »… und leider so saulangweilig, Sara.« Wir hätten das im Schlaf durchziehen können. Es stand auch in den Regieanweisungen, dass er spöttisch lächeln musste, dass ich die Beleidigte spielte und dass es dann zum Schluss einen Versöhnungskuss gab. Aber das alles gehörte in eine andere Zeit mit anderen Rollen, und ich wollte ihn nicht daran erinnern, dass wir jetzt nur noch Nachbarn sein konnten. Bestenfalls.

Genial. Total. Kein bisschen.

»Übrigens: Hallo«, sagte er und fuhr sich mit der Hand über Stirn und Augen. »Ich habe gehört, dass du wieder zu Hause bist.«

»Ja. Seit Samstag.«

»Alles klar.« Er nickte.

»Ja«, sagte ich wieder und nickte ebenfalls.

Ich hatte so viel über diesen Augenblick nachgedacht. Aber wie viel ist viel? Ich hatte mir wie eine Besessene den Kopf zerbrochen. Was passieren würde, wie es sein würde, was ich sagen würde, was er vielleicht sagen würde. Es hatte mehrere mögliche Szenarien gegeben, und ich hatte mich gefragt, ob es jetzt etwas leichter sein würde als bei unserem Treffen zu Weihnachten. Irgendwann wäre es doch sicher an der Zeit dafür? Zum Beispiel jetzt? Oder würde er wütend sein? Total steif? Noch immer ausweichend?

Mein Traumszenario war, dass wir uns an einem neutralen Ort begegneten und beide irgendwie zurückhaltend freundlich waren. Wir begrüßten uns und plauderten eine Weile auf eine angenehm undramatische Weise. Wir wollten beide weder sofort weglaufen noch brachen wir in Tränen aus. Wir würden es schaffen, es hinter uns bringen. Wir würden einander ansehen können, fast normal. Ich würde ihn vielleicht sogar ein wenig zum Lachen bringen können. Das wäre der totale Traumstart: Lachen und dass telepathische Unterströmungen zwischen uns fließen würden.

Telepathie-Ich: Du, es tut mir wirklich leid, dass es so gekommen ist. Das bedeutet nicht, dass ich dich nicht für einen feinen Menschen halte, denn das bist du. Ein unglaublich feiner Mensch! Wunderbar geradezu. Und ich hab dich so unendlich, unendlich gern, nur nicht auf diese Weise. It wasn't you, it wasn't me, das weißt du doch.

Telepathie-Er: Ja, das weiß ich, Sara. Ich hatte ja ein Jahr, um mir alles zu überlegen, und jetzt verstehe ich, was du meinst. Ich glaube, ich bin jetzt bereit, um zur nächsten Phase überzugehen. Sind wir wieder Freunde?

Telepathie-Ich, überglücklich: Klar doch! Freunde!

Dann würde er nach Hause gehen und Bella Bericht erstatten, und sie würde mich nicht mehr vorwurfsvoll ansehen, sondern wir könnten alle drei wieder eine Art friedliche Co-Existenz führen. Very happy ending. Und dann, das Wichtigste, a very happy new beginning.

Ich weiß nicht so recht, was ich mir vorgestellt hatte, worüber wir plaudern könnten, während wir miteinander so wundervoll telepathierten. Aber als wir nun hier standen, fiel mir kein einziger sinnvoller Satz ein. Alles, was mir durch den Kopf wirbelte, kam mir zu belastet oder einfach unmöglich vor. *Du hast das doch nicht ernst gemeint, dass wir niemals wieder richtige Freunde sein könnten?*

Etwas anderes, womit ich nicht gerechnet hatte, war, was das Wiedersehen in Wirklichkeit für ein Gefühl sein würde. Welche Wirkung es auf mich haben würde. Er kam mir so groß vor, als wir nebeneinander standen. Er musste im vergangenen Jahr mindestens fünf Zentimeter gewachsen sein. Wenn man überhaupt so viel wachsen kann. Jetzt war er sicher über 1,80, was seiner Ansicht nach für Männer ein Minimum war.

Er hatte längere Haare und das sah einfach super aus. Genau wie Adam Brodys Frisur, als er bei The OC war.

Mattias sah total gut aus. Das hatte ich immer gefunden, schon, als wir noch längst nicht zusammen waren, und das bedeutete wohl, dass er das objektiv gesehen wirklich tat. Obwohl sie zweieiige Zwillinge waren, sahen er und Bella sich ziemlich ähnlich. Eine weibliche und eine männliche Version mit dunkelblonden Haaren, blauen Augen und listigem Lächeln. Sie sahen beide aus, als ob sie es faustdick hinter den Ohren hätten, und das lag sicher vor allem daran, dass der Mund die größte Ähnlichkeit zwischen ihnen war. Die Mundwinkel zeigten ständig ein wenig nach oben. Tove ärgerte sich immer darüber, dass sie gefragt wurde, weshalb sie denn sauer sei, wenn sie einfach nur ganz normal guckte. Das passierte Bella und Mattias garantiert nie.

Am liebsten wäre ich in diesem Augenblick erstarrt, um ihn in aller Ruhe ansehen zu können, um ganz gelassen jedes kleine Detail durchzugehen. Die Augen, die phantastische Halsgrube, die Hände, die Blicke, die Wangen, bei denen ich noch genau wusste, wie es war, mit den Händen darüberzustreichen, den Hals, an den ich mich schmiegen konnte. So unendlich viel anzusehen. So unendlich viel Schönes. Das schönste Schön der Welt.

Er räusperte sich. »Ich muss weiter, wir sehen uns sicher mal.«

»Ja.« Ich trat beiseite, um ihn und Cooper vorbeizulassen, und er zog an Coopers Leine und sah mich ein letztes Mal an, ehe er weiterlief. Dieser Blick war an sich nicht direkt hasserfüllt, aber er war auch alles andere als munter und entspannt.

Wir sehen uns sicher mal. Bedeutete das auf Telepathisch: »Wir sehen uns sicher mal, *leider*«?

»Ach, wie süüüß!« Hanna riss begeistert die Augen auf, als ich mein Secondhandkleid hochhielt, das ich eine Woche vor meiner Abreise gefunden hatte. Dunkelrot mit schmalen, hellroten Streifen, roten Knöpfen und einem kleinen Kragen.

»Ich wollte ja eigentlich nichts mehr kaufen, aber bei dem hier konnte ich einfach nicht widerstehen.«

Den ganzen Frühling hindurch hatte ich jede Menge schöner Sachen gefunden, die perfekt zu all den verschiedenen Situationen passten, auf die ich hoffte. Eine Secondhandjeans, die genau richtig blassblau verschlissen war, wäre ideal für Spaziergänge mit Cooper. Ein gelbes T-Shirt im Stil der Siebzigerjahre mit braunem Rand am Hals und an den Ärmeln. Schön locker für einen Filmabend. Ein kurzer, grüner Rock mit winzigen, schwarzen Blumen, wie geschaffen zum gemeinsamen Kaffeetrinken oder auch nur, um im Garten von Mattias und Bella herumzusitzen und stundenlang über alles und nichts zu reden. Kurze Pausen, um mit dem Hund zu spielen.

Und dann das, was ich gerade anhatte: eine neue, rote Jeans und ein weißes Oberteil. Ich-verlasse-das-Haus-und-da-laufen-wir-uns-vielleicht-über-den-Weg-Kleider. Für den Fall muss man ja schließlich auch gut aussehen.

»Das ist doch teuflisch gut«, sagte Hanna über das rote Kleid. »Es ist perfekt für dich, Sara. Und die Haare! Tolle Frisur. Du siehst ein bisschen aus wie diese Justine F-sowieso, die mit dem Sänger von Blur zusammen war.«

»Wie wer?«

»Die sieht super aus. Rockig. Zuerst war sie mit dem von Suede zusammen und dann mit dem von Blur. Die waren so eine Art Jay-Z und Beyoncé der Neunzigerjahre. Nur britisch.«

»Ehrlich, woher weißt du so was?«

Hanna zuckte mit den Schultern. »Internet.«

Ich sah mein Spiegelbild an und fuhr mir mit der Hand durch die Haare. Die Haare schneiden zu lassen, war ebenfalls eine meiner letzten Aktivitäten gewesen, ehe ich London verlassen hatte. Ich hatte seit Jahren nicht mehr so kurze Haare gehabt, eine Art Pagenfrisur, aber nicht glatt und ordentlich gekämmt, sondern eher wild und struppig. Genau wie Hanna gesagt hatte: rockig.

»Na gut. Fertig.« Sie schwenkte die Hände, damit der grüne Nagellack, den sie von mir geliehen hatte, schneller trocknete.

Sie hatte nachmittags angerufen und gefragt, ob ich abends mit zur Odde kommen wollte. Irgendwelche Leute vom Wirtschaftszweig wollten grillen, andere hatten sich drangehängt und das Ganze könnte vielleicht zum Fest ausarten.

»Entweder wird es groß und superlustig oder eben winzig, ich weiß nicht, aber wir können uns ja alles mal ansehen«, sagte sie, und ich wollte gern mitkommen.

»Und wann lerne ich Wonderboy kennen?«, fragte ich, als wir unser Haus verließen und am Wasser entlangspazierten.

»Ganz bald, aber heute Abend hatte er mit seinen Kumpels etwas anderes vor. Sag bloß nicht Wonderboy, wenn du ihn siehst, versuch, dir das zu merken!«

»Ist also nicht sein offizieller Spitzname?«

Hanna lächelte. »Er braucht jedenfalls nicht zu erfahren, dass wir ihn so nennen.«

»Aber er wirkt Wunder?«

»Oh ja. Er ist so lieb und einfach reizend und sieht gut aus und …« Hanna fing typisch frischverliebt an, lauter gute Eigenschaften aufzuzählen. Mit geröteten Wangen und einem Lächeln, das genau auf der Grenze zwischen leicht verlegen und superstolz balancierte.

»You're in loooove«, verkündete ich und versetzte ihr einen Rippenstoß. Das war allerdings nichts Neues. Fast alle ihre Mails im vergangenen halben Jahr waren kichernd neuverliebt gewesen.

Auf der Odde waren ziemlich viele Leute, aber sonst lief nichts Besonderes. Eine Klasse schien beim Fahnenmast zu grillen, das waren die vom Wirtschaftszweig, dann gab es noch kleinere Gruppen, die picknickten oder einfach nur tranken. Die meisten waren offenbar gekommen, um nachzusehen, ob etwas lief, genau wie wir. Wir gingen zum Wasser hinunter und hielten Ausschau nach Leuten aus Hannas Klasse, die vielleicht hatten kommen wollen, aber noch waren sie nicht aufgetaucht.

»Du hättest mal beim letzten Abi dabei sein sollen«, erzählte sie. »Da wurde so richtig gefeiert!«

»He, Sara!«, rief plötzlich hinter uns jemand und ich fuhr herum. Es war Arash, Mattias' Kumpel. Und Mattias und Bella. Sie kamen langsam am Ufer entlang.

Shit, Mattias, dachte ich wieder, obwohl ich ihm doch nun schon einmal begegnet war und eigentlich ruhiger sein müsste. Er trug eine weinrote Kapuzenjacke, die ich noch nicht kannte. Sie sah super aus. An den Füßen seine alten, schwarzen Converse. Jeans, blau, eher anonym. Seine Haltung, er war ganz bestimmt gewachsen. Und schmaler geworden? Seine Haare waren jetzt frisiert, sahen aber noch immer umwerfend aus. Seine Miene, ernst. Vielleicht ein wenig nervös und sauer?

Wir sehen uns sicher mal, leider?

Die drei waren offenbar über die Joggerpiste vom Wasser hochgekommen. Wir blieben stehen, damit sie uns einholen konnten.

»Aber hallo!«, sagte Arash fröhlich und umarmte mich so heftig, dass ich vom Boden abhob. »Schön, dich zu sehen, Mädel.«

»Ebenfalls.«

Ich mochte Arash unheimlich gern. Er war so einer mit mindestens dreihundert Telefonnummern, und man begriff sofort, warum, wenn man eine Viertelstunde mit ihm zusammen gewesen war. Die perfekte Kombination aus lustig und lieb und offen.

»Verstehst du noch immer Schwedisch?«, fragte er übertrieben deutlich und laut, als ob ich nicht nur Sprachprobleme hätte, sondern auch schwerhörig wäre.

»Glaube schon«, antwortete ich auf dieselbe Weise und wir lachten.

»Und ist es schön, wieder zu Hause zu sein?«

»Ja, unbedingt.«

»Frag in einer Woche noch mal«, sagte Bella zu Arash. Sie und Mattias hatten uns jetzt eingeholt, trotz ihres Schneckentempos. »Wenn sie zwanzig Mal durch die Hauptstraße gegangen ist und ihr auffällt, dass es sonst nichts gibt.«

Bella lächelte mich an und wir küssten die Luft neben unseren Wangen. Dann sah ich zu Mattias hinüber, um festzustellen, ob wir uns ordentlich begrüßen oder einander nur zunicken würden. Er sagte kurz Hallo, dann wandte er sich halb ab und machte sich an seinem Handy zu schaffen.

»Ach, und selbst?«, fragte ich also Arash. (Rede nur, rede, rede, nimm es dir nicht zu Herzen, immer weiter!)

»Machst du Witze? Noch zwei Tage Schule und dann nach Mittsommer ein Sommerjob als Bademeister.«

»Waas? Baywatch?«

Arash lachte. »Ja, ich hab im Frühling ein bisschen extra gestemmt«, sagte er und zeigte seine Muskeln. »Man will die Leute doch nicht enttäuschen, wo sie schon Eintritt bezahlen und überhaupt.«

»Du meinst also, sie kommen deinetwegen und nicht zum Baden?«, fragte ich ebenfalls lachend.

»Ja, was hast du denn gedacht?« Sein Blick wanderte zum Eingang, wo langsamen Schrittes zwei Polizisten näher kamen. Es sah nicht aus wie ein Einsatz, sondern als ob sie ruchlose Verbrechen oder wie immer sie das nun nannten verhindern sollten. Arash wurde leiser. »Oha. Ihr müsst jetzt alle wahnsinnig unschuldig aussehen, dann passiert uns nichts. Matte, weg mit dem Stoff, und zwar sofort!«

Ich kicherte und sah Mattias an, der meinem Blick sorgfältig auswich und nur ein wenig die Augen verdrehte.

Der eine Polizist verließ den Weg und ging zu einer kleinen Gruppe von Jungen. Der aus der Waschküche war auch dabei! Seine schlecht zusammenpassende Kleidung war nun ersetzt worden durch Jeans, ein weißes T-Shirt und darüber die hellblaue Adidasjacke. Das sah immerhin etwas besser aus.

»Wisst ihr, wer das ist?«, fragte ich die anderen. »Der da hinten, Adidas.«

»Keine Ahnung«, antwortete Arash. »Wieso?«

»Er hat neulich meine Waschküchenzeit geklaut. Ganz schön nervig, der Typ.«

»Ach, aber jetzt wird er ja eingebuchtet, das sieht man sofort. Ich habe gehört, dass gerade Waschzeitdiebstahl von nun an viel strenger bestraft werden soll. Drei bis fünf Jahre mindestens.« Arash nickte zufrieden, während wir weiter zusahen, was der Typ und der Polizist da machten. Sie schienen einander sehr gut zu kennen, und vermutlich auf eine nicht verbrecherische Weise, denn der Polizist legte Adidas zur Begrüßung einen Arm um die Schultern.

Trotzdem holte Arash erwartungsvoll Luft, als ob wir einen spannenden Actionfilm sähen und beim großen Showdown angekommen wären.

Ich spielte mit und soufflierte dem Polizisten mit gebieterischer Stimme: »Kommst du freiwillig mit auf die Wache?« In Wirklichkeit stand er ruhig da und redete mit dem Typen und dessen Kumpels, lachte sogar ein wenig.

»Ich habe meine Männer überall postiert, da, da und da.« Ich nickte diskret zu unterschiedlichen Stellen am Waldrand hinüber. »Ein Wort und … Widerstand ist zwecklos. You're going down, baby. You. Are. Going. Down.«

Ich wusste, es wäre strategisch sinnvoll, es nicht zu tun, aber ich wollte Mattias eben doch ein drittes Mal ansehen, jetzt, wo Arash und Hanna mit mir kicherten. Das hier hatte immer so gut zwischen uns funktioniert. Ich fing mit einer Phantasiegeschichte an und er stieg ein. Oder umgekehrt. Manchmal konnten wir einander zu absolut hysterischen Lachanfällen treiben. Ich weiß nicht, wie viele Internwitze sich im Laufe der Jahre aus solchen Situationen ergeben hatten.

Na los, dachte ich, während ich vorsichtig über meine Schulter hinweg zu ihm hinüberlinste. Nun lach schon, Mann! Nur ein wenig, nur eine Andeutung!

Aber nein. Er schaute Bella an und die flüsterte ihm etwas ins Ohr. Vielleicht hatten sie uns nicht einmal zugehört.

»Na, toll!«, rief Arash neben mir enttäuscht. Der Polizist hatte den Typen und seine Kumpels verlassen und war auf dem Weg zurück zu seinem Kollegen. Ohne Festnahme. »Einwandfrei Mangel an Beweisen. Aber bald schnappen sie ihn. Es ist doch zu übel, einfach so die Waschzeit von anderen Leuten zu klauen.«

Mattias trat neben Arash. »Gehen wir.«

Das war keine Frage.

Bella ging ebenfalls mit, nachdem sie uns zum Abschied kurz zugezwinkert hatte.

Hanna und ich blieben schweigend stehen, bis sie außer Hörweite waren.

»Gott, was war das denn?!«, sagte ich. »Nichts! Nichts, gar nichts!«

Bellas obligatorische Umarmung zur Begrüßung und zum Abschied war einem Zwinkern gewichen, sie hatte keine zwei Sätze mit mir gesprochen und Mattias hätte mich nicht deutlicher ignorieren können.

Hanna machte ein mitleidiges Gesicht. »Gib ihm Zeit.«

»Ach, und wie viel? Vielleicht ein Jahr? Und Bella ist doch auch stocksauer auf mich.«

»Sie ist absolut nicht stocksauer. Sie ist nur hin- und hergerissen. Jedenfalls in solchen Situationen.«

»Aber von jetzt an wird es nur noch solche Situationen geben.«

Ich schaute ihnen nach, doch sie waren bereits hinter dem Adidastypen und seiner Bande verschwunden. Adidas hingegen entdeckte mich und nickte kurz zu uns herüber. Grüßte er mich? Na gut, und? Ich schaute zurück, aber er hatte sich schon wieder umgedreht.

»Anfangs ist es immer besonders … schwierig. Für alle. Du weißt, wir müssen uns erst daran gewöhnen«, sagte Hanna vorsichtig, als wir weitergingen, um am Wasser entlang den Heimweg anzutreten. »Tut es dir leid?«

»Dass ich Schluss gemacht habe?«

»Nein! Dass du mit ihm zusammen warst.«

»Vielleicht, manchmal. Aber dann auch wieder nicht. Damals kam es mir so verdammt richtig vor.«

Sie nickte. »Ich glaube, ihr musstet einfach versuchen, zusammen zu sein, auch wenn es dann nicht geklappt hat. So was weiß man ja vorher nie.«

»Manchmal tut es mir nur leid, dass ich nach London gegangen bin. Das hat einen Wahnsinnsstress gemacht, und es war zu spät, um mir noch alles anders zu überlegen. Aber London möchte ich auch nicht ungeschehen machen, verstehst du?«

»Bittersüß«, sagte Hanna und ich stimmte ihr zu.

Sie hakte sich bei mir unter. »Wenn er sich erst mal abgeregt und an alles gewöhnt hat, wird er das auch so sehen.«

»Meinst du?«

»Na klar, Saralein.« Sie lächelte aufmunternd. »*Du* bist es doch, und sie wissen, wie du bist.«

Ich kannte Mattias und Bella schon, als ich noch ganz klein war. So ungefähr seit zehn Jahren. Bella war meine Freundin, aber Mattias war oft dabei, wie das in dem Alter eben so ist. Alle zusammen. Ich hatte ihn immer gemocht, aber nicht *super* gemocht. Glaube ich wenigstens. Er war kurz mit einem Mädchen zusammen, und ich hatte keine schlaflosen Nächte, in denen ich mir raffinierte und tückische Methoden ausdachte, um sie auseinanderzubringen. Aber nach neuneinhalb Jahren ruhiger, unkomplizierter Freundschaft passierte etwas. Ich weiß noch immer nicht so recht, was es eigentlich war.

Vielleicht hatte es angefangen, als wir beim selben Sommerjob landeten. Drei Wochen lang schnitten wir Büsche und jäteten Unkraut. Wir hatten vorher keine Ahnung, dass wir den gleichen Job machen würden, deshalb war es am ersten Morgen eine lustige Überraschung. Diese Wochen waren einfach super. Die Arbeit war nicht so toll, aber ich fand es schön, jeden Tag sechs Stunden mit ihm zusammen zu sein, das gefiel mir immer besser.

Nach dem Sommer fingen er, Bella und Hanna auf dem Gymnasium an, und ich kam in die Neunte, deshalb traf ich sie nicht mehr so oft wie vorher. Aber immer, wenn ich bei Bella vorbeischaute und Mattias auch zu Hause war, hatten wir uns endlos viel zu erzählen. Einmal, als Bella sich die Nägel lackierte, ging ich allein in die Küche und wollte Tee kochen. Mattias kam herein und wir fingen an zu reden.

»Hallo, was ist los?«, rief Bella nach einer Weile. »Musst du die Teeblätter erst noch pflücken?« Es war mir vorgekommen wie einige Minuten, aber wir standen seit über einer halben Stunde da.

»Ich mail ihn dir«, sagte Mattias, als Bella zu uns nach unten kam. Wir hatten über einen Flashmob-Film geredet. »Der wird dir gefallen.«

In dieser Zeit sprachen Papa und ich aber auch ernsthaft über ein Jahr an der schwedischen Schule in London. Ich hatte über einige Mädchen gelesen, die einen Teil des Gymnasiums im Ausland verbracht hatten und die nach ihrer Rückkehr trotzdem kein Schuljahr wiederholen mussten. Je mehr ich darüber nachdachte, umso mehr bekam ich Lust darauf, ein Jahr in London zu verbringen und dann zu Hause mit der Schule weiterzumachen.

In Luleå hatte ich das Gefühl, von ganz besonderen Menschen umgeben zu sein: Bella und Hanna hatten ihre Frisuren und ihre Schminke und den Plan, sich nach dem Abi nach Stockholm abzusetzen. Sie wollten sich selbstständig machen und mit Styling und Modefotografie Geld verdienen. Mattias machte einen Film-Leisungskurs und hatte schon mit ungefähr drei Monaten beschlossen, später mal Filme zu machen, wenn er groß wäre. Miranda hatte ihren Fußball und wollte unbedingt die neue Marta werden, wenn auch eine halbchilenische. Sie spielte in der Bezirksmannschaft und war bereits mehrmals in der Zeitung gewesen. Sie waren alle schon so viel.

Tove und ich dagegen wetteiferten darum, wer im Vergleich zu den anderen besonders nichtssagend war. Wir waren keine

Sportstars, nicht superschön oder superbegabt und auch keine dynamischen Persönlichkeiten mit einem außergewöhnlichen Ziel im Leben. Eben nichts Besonderes, Durchschnitt. Und ich hatte das endlos satt. Ich wollte weg davon, hatte aber keine Ahnung, wie. Alle hier wussten doch schon, wie ich war. Ich wusste das auch. Es schien keine Rolle zu spielen, was ich wollte oder wofür ich mich entschied. Hier war ich eben einfach *Sara*.

Wir waren einmal in den Ferien in London gewesen und seitdem liebte ich diese Stadt. Alles, wonach ich mich sehnte, würde dort wirklich anfangen können. Niemand kann doch ein Jahr lang an einem anderen Ort wohnen, ohne sich zu verändern. Das ist total unmöglich. Man kommt allein nach London, hat eine neue Adresse, eine neue Schule. Niemand weiß auch nur das Geringste über einen, alle sind Fremde. Es muss der beste Anfang aller Zeiten für ein Leben sein. Man kann einfach alles werden.

Ich sah es genau vor mir. Ich ging in ein Café. Ich war in einem Konzert. Ich stand in einem Laden. Ich suchte eine U-Bahn-Station. Ich verpasste einen Papierkorb, als ich einen Apfelrest wegwerfen wollte. Das könnte niemals in Luleå passieren, jedenfalls nicht so. Es war, als ob das ganze Leben einfach von einem Fuß auf den anderen trat und auf den Startschuss wartete, und der würde in London fallen.

Papa fand die Idee gut, denn er hatte ein Highschool-Jahr in den USA verbracht und das war eine phantastische Erfahrung gewesen, bla, bla, bla. Ich hatte gedacht, meine Eltern würden gleich Nein sagen, wie sie das immer taten und wie Mama es jetzt auch versuchte: »Das können wir uns nicht leisten, London ist zu teuer, du bist noch viel zu jung.«

Aber Papa fing an, eine Menge zu erzählen, und dann sagte er, er würde mir helfen, Infos zu suchen und festzustellen, ob man sich für ein Stipendium bewerben könnte und solche Dinge, falls ich noch immer Lust hätte, wenn die Zeit näher rückte.

Während ich von London träumte, lud Bellas und Mattias' Großmutter im Oktober ihre ganze Familie zu einer Woche auf Mallorca ein.

Als sie wieder zurück waren, rief Bella mich an. »Komm sofort her und sei neidisch auf meine Bräune, die verschwindet doch jetzt hier wie der Blitz«, sagte sie am Telefon.

Ich ging hin. Ich war neidisch. Sie wurde immer goldbraun wie ein Fotomodell. Sogar nach einer kurzen Woche, wo man schon herbstblass hätte werden können. Mattias dagegen …

Er schaute aus seiner Zimmertür, kam mit einem Wäschekorb in den Armen heraus, und ehrlich, mein Herz machte einen Extraschlag. Ich weiß noch genau, was das für ein Gefühl war, als ob ich ihn zum ersten Mal sähe. Vielleicht fing in diesem Moment alles an?

Sonnenbraune Hände und Arme und Wangen, ein grünes T-Shirt, in dem ich ihn noch nie gesehen hatte. Es sah so unheimlich gut aus, oder lag es daran, dass es so gut zu seinen Augen passte? Oder dass er so schöne Augen hatte oder dass seine Haare viel besser aussahen, wenn er sie einfach trocknen ließ, statt zu versuchen, sie irgendwie zu stylen? Oder an diesem Grübchen am Schlüsselbein? Hatte er das immer schon gehabt? Es war mir jedenfalls nie aufgefallen. Vielleicht hatte er es sich auf Mallorca zugelegt?

»Sara, hallo!« Er strahlte und mein Herz schlug einen fetten dreifachen Salto.

Es ist Mattias. Herrgott, das ist doch bloß Mattias, sagte ich mir.

Ich kam mir vor wie Cooper, die immer übertrieben froh wird, wenn man sie begrüßt, auch wenn sie einen gerade erst gesehen hat. Ich hatte Mattias vor einer Woche zuletzt gesehen. Genauer gesagt, vor einer Woche und zwei Tagen. Aber trotzdem, es war kein Monat. Und auch kein Jahr.

Also reg dich ab. Übertreib nicht so. Herzklopfen. Schweißausbrüche. Kinnrunterfallen. Jesus Christ, also echt.

»Was ist los?« Er sah mich fragend an und schaute dann an sich hinunter, um sich davon zu überzeugen, dass er nichts verschüttet hatte oder so.

»Nein, nichts. Alles in Ordnung.« Ich drehte mich rasch zu Bella um und hoffte 1), dass ich nicht rot geworden war, und 2), wenn doch, dass er es nicht gesehen hatte.

Papa hatte mit mir ein so genanntes »ernstes und erwachsenes Gespräch über das Leben im Ausland« geführt: was schwer sein könnte, worauf ich mich vorbereiten müsste, auf das Heimweh, die Sehnsucht und so weiter. Dass es nicht jeden Tag in einem ganzen Jahr »so cool in London« sein könnte.

Jetzt wusste ich, dass es einen Menschen gab, der mir in London auf jeden Fall fehlen würde. Er fehlte mir ja schon, wenn er nur wenige Meter von mir entfernt war.

Und das Ganze kam mir so … fast schon lächerlich vor. Hatte ich denn so wenig Phantasie, dass ich mich in den Bruder einer meiner besten Freundinnen verlieben musste, der zudem einer meiner besten Freunde war? Das Thema war doch in Filmen und Fernsehserien längst gegessen.

Und Bella? Ich hatte sie damals gefragt, was sie von Olivia

hielt, Mattias' Freundin. Bella hatte nicht viel von ihr gehalten und nur vage gesagt: »Die ist wohl ganz okay.« Als nach zwei Monaten Schluss war, war sie nicht besonders überrascht gewesen. »Ich hab das sofort gewusst. Sie war nicht die Richtige.«

Ich wusste zwar, dass Bella mich mochte, aber würde sie mich auch noch mögen, wenn ich ihr erzählte, dass ich vielleicht möglicherweise in ihren Bruder verliebt war? War ich die Richtige? Und Bella würde sicher auch glauben, ich hätte mich schon seit Jahren nach ihm verzehrt, ohne ihr ein Sterbenswörtchen davon zu sagen.

Aber stimmte das denn wirklich? Verzehrte ich mich? War ich richtig in ihn verliebt? So durch und durch und wirklich?

Ich versuchte während der kommenden Wochen, alle Situationen mit ihm besonders kritisch durchzugehen. Ja, es gefiel mir, dass er nie eine einfache Filmfrage beantworten konnte, ohne einen supernerdigen Vortrag zu halten. Oder dass er das mieseste Pokergesicht aller Zeiten machte, wenn er bei einem Witz ernst bleiben wollte, schon nach zwei Sekunden prustete er los.

Aber bedeutete das, dass ich in ihn verliebt war? War das hier Liebe, really?

Wenn ich mein Postfach öffnete und sah, dass von ihm eine Mail gekommen war? Vielleicht. Und als er mir sofort vier Filmclips mit Leuten schickte, die sich prügelten (das gefällt mir, total einfacher Stolperhumor), als ich ihm schrieb, ich sei müde und hätte alles satt? Kann sein. Und als er eines Abends eine SMS schrieb und fragte, ob ich mit ihm und Cooper losgehen wollte?

Ich starrte auf mein Handy. Es war seine erste SMS an

mich, und zum ersten Mal wollten wir etwas tun, das sich nicht durch Zufall ergeben hatte. Diesmal würden wir uns nicht sehen, weil ich bei Bella war oder weil wir zufällig alle am selben Ort auftauchten. Jetzt würden wir uns richtig treffen.

Why?

Bisher hatte ich mich nur in superpopuläre Typen verliebt, in die alle anderen ebenfalls verliebt waren. Diese Typen hatten sich aber nie in mich verliebt. Es hätte möglicherweise passieren können, wenn wir auf einer einsamen Insel gestrandet wären, wo ich das einzige überlebende Mädchen gewesen wäre. So aber hatte es immer zwanzig andere, viel bessere, hübschere, lustigere, reizendere Mädchen als mich gegeben, mit denen man zusammen sein konnte. Solche wie Bella.

Und nun war es passiert, dass ein Typ mir eine SMS wegen eines Hundespaziergangs schickte.

Why?

Ich begriff nicht, was ausgerechnet er an mir fand.

Er kannte mich doch sein Leben lang, was also war jetzt anders? Rein gar nichts. Ich war dieselbe Sara wie immer. Nicht hübscher, nicht lustiger, nichts. Ich hatte ja irgendwie auch noch nicht richtig angefangen.

Und trotzdem.

»Sure«, schrieb ich. »Sehn uns um 5.«

Es wurde nur ein ganz normaler Hundespaziergang. Zwanzig Minuten. Einmal um Odde und Schule und dann nach Hause. Cooper pisste zwei Mal oder so, ich weiß nicht. Nichts Besonderes passierte. Keine bedeutungsvollen Blicke, keine Hände, die nach einander tasten, Lippen, die sich finden. Es gab auch kein langes, elektrisch aufgeladenes Schweigen. Und dennoch lag ich den Rest des Abends mit unter dem Kopf verschränkten Händen auf dem Bett und starrte an die Decke. *Vielleicht. Möglich. Eventuell. Ja? Oder?*

Und obwohl eigentlich nie etwas zwischen uns geschah, konnte ich nicht aufhören, in ihn verliebt zu sein.

Ich hatte inzwischen ein kleines Archiv mit Slapstickfilmen. Ich bekam immer eine Aufmunterungsmail, wenn ich erzählte, dass wir eine Klausur schreiben würden. Wenn etwas passierte, dachte ich jetzt immer, großer Gott, das muss ich Mattias erzählen, so selbstverständlich, wie ich früher an Hanna, Bella, Miranda und Tove gedacht hatte.

An Silvester machten er und Bella zu Hause ein Fest. Cooper wurde bei Feuerwerk und der ganzen Knallerei immer hysterisch, deshalb fuhren die Eltern zu Bekannten, die ebenfalls einen Hund hatten und tief im Wald wohnten. Bis zu ihrer Rückkehr konnten Bella und Mattias im Haus machen, was sie wollten, natürlich in einem »vernünftigen Rahmen«. Und deshalb luden sie eine Menge Leute ein.

»Wow, da sind ja welche zu Weihnachten reich beschenkt worden«, flüsterte Tove mir zu, als wir ankamen und Mattias und Bella wie ein erwachsenes Gastgeberpaar super angezogen da standen und allen höflich die Hand gaben und »Hallo, hallo, willkommen« sagten.

Neues schwarzes Sakko, darunter ein weißes T-Shirt mit V-Ausschnitt. Das sah so toll aus, dass ich schüchtern wurde, stumm, rot im Gesicht, und kaum wagte, ihn anzusehen. Jedes Mal, wenn er auf mich zukam, fühlte ich mich wie eine Idiotin und murmelte zusammenhanglosen Kram, während ich alles und jeden ansah, nur ihn nicht. Seine Augen brannten. Mein übliches Mantra, *hallo, das ist doch bloß Mattias*, half weniger denn je. Ich hängte mich an Hanna und Tove und versuchte, mich normal zu benehmen. Diese Strategie funktionierte, bis Tove aufs Klo musste und Hanna zum Rauchen draußen war. Es kam mir übertrieben vor, mit Tove zusammen aufs Klo zu gehen, deshalb wartete ich auf der Bank in der Diele auf sie.

»Ah, du warst vielleicht noch nicht da, aber oben ist auch noch eins«, sagte Mattias, als er die Treppe herunterkam und mich entdeckte. »Zweite rechts. Total frei.«

»Super. Danke«, sagte ich und gab vor, mitzuspielen.

Er war auf der untersten Treppenstufe stehengeblieben und ich musste mich an ihm vorbeizwängen. Ich hätte diese Treppenstufe immer wieder hochsteigen mögen, nur deshalb. Nur um ihn zu streifen. Ich hätte auch einen Geräuscheffekt unterlegen können. Ein Keuchen.

Vielleicht. Möglich. Eventuell. Ja. Durchaus. Einwandfrei.

»Bitte sehr«, sagte er.

Als ich fertig war und die Badezimmertür öffnete, rief Mattias mich aus seinem Zimmer. Er wollte mir etwas auf YouTube zeigen.

»Das haben wir uns gestern angesehen. Es ist echt total schlecht. Die einzig witzige Szene ist diese hier und da habe ich sofort an dich gedacht. Das ist eine klassische Sara.«

Er drückte auf *Enter*. Zwei Männer rannten nebeneinander in einer Turnhalle über ein Laufband, wurden immer schneller und schneller, wie in einem stummen Machtkampf, bei dem jeder versuchte, den anderen fertigzumachen. Am Ende kippte der Jüngere Knall auf Fall vom Band und gegen ein Gestell mit Gewichten, die dann auf ihn herabfielen.

»Na, was sagst du?«, fragte Mattias. »Kommt der ins Archiv?«

Das Archiv war die Sammlung der besten Stolperszenen, die wir gefunden hatten. Die *er* gefunden hatte.

»Sicher.«

»Hat er dir nicht gefallen?«

»Doch, klar«, beteuerte ich und versuchte zu lachen. »Kriegt sieben Punkte.«

Er sah mich an.

»Aber? Du klingst, als ob gleich ein Aber kommt. Woran denkst du?«

Dass man fast nie sicher wissen kann, wann etwas passiert. Den ganzen Abend hatte ich gedacht, *jetzt*. Wenn er kam und neben mich trat. Wenn seine Hand meine berührte und ich noch viel mehr berühren wollte, ihn richtig umarmen wollte.

Oder *jetzt*. Als seine Stimme leiser wurde, feiner, weicher, und ich wollte, dass er in alle Ewigkeit weiterredete, alles sagte, denn das würden wunderbare Dinge sein.

Aber immer hatte etwas mich in letzter Sekunde zurückgehalten. Was sollte ich tun? Und wozu würde es führen? Was, wenn wir nicht dasselbe wollten?

»Du? Sara?«

Ich schaute mich im Zimmer um, in der Hoffnung, etwas zu finden, woran ich gerade gedacht haben könnte.

Tove flüsterte mir manchmal zu, dass alle unter ihren Kleidern nackt sind. Und genau das hatte ich mich den ganzen Abend lang gefragt. Wie er unter dem eleganten Sakko und dem T-Shirt wohl aussah.

Und zum hundertsten Mal überlegte ich, warum er mir so oft Mails und SMS schickte. Was, wenn …

»Dieses Sakko. Das ist toll.«

»Danke sehr.« Er lächelte. »Aber wirklich. Was ist los? Sag schon.«

Ich schüttelte den Kopf. Es wäre auf einem Spaziergang mit Cooper so viel leichter gewesen. Dann hätte ich ein wenig mit ihr spielen können, wenn es zu schwierig würde. Jetzt stand ich hier mit Gehirnversagen und wusste, dass ich rot wurde und mit jeder Sekunde mehr schwitzte.

»Nur eine Menge verrückter Kram.«

»Das glaube ich nicht.« Seine Augen sahen mich an. »Dass das verrückt ist.«

Diese Stimme.

»Ich bin ziemlich überzeugt davon, dass es das nicht ist.«

Nun sag schon, sag es. Und zwar jetzt!

Ja, aber denk jetzt erst mal kurz nach, predigte mein vernünftiges Ich. Lass dir einen Moment Zeit und denk nach! Alles ist gerade so perfekt. Ihr seid gute Freunde. Sooooo gut. Willst du das vielleicht alles wegwerfen?

Ach, komm schon, argumentierte der mutige Teil in mir. Freunde sein reicht nicht. Du musst mehr wissen, mehr über ihn. Du musst Halsgruben küssen und umarmen und knutschen und hören, wie er dir das alles ins Ohr flüstert. Du musst wissen, was das für ein Gefühl ist. Ob es so schön ist, wie du glaubst. Oder vielleicht sogar noch besser.

»Sara?«

Oder *jetzt.*

»Wenn dir das, was ich sage, nicht gefällt, können wir dieses Gespräch dann vergessen? Es nie wieder erwähnen? Keinem Menschen gegenüber? Nicht einmal Bella? Vor allem nicht Bella.«

»Okay.«

»Wirklich niemals, Mattias. Total erase and rewind. Versprochen?«

»Total erase and rewind«, wiederholte er. »Versprochen.«

»Und … und … und du musst die Augen zumachen«, sagte ich. »Sonst trau ich mich nicht.«

Er gehorchte.

Ich trat einen Schritt näher, noch einen. Jetzt standen wir so dicht beieinander, dass ich den Atem anhielt.

Als meine Lippen seine berührten, zuckte er zusammen und riss die Augen auf. Überrascht. Total überrascht.

»Siehst du!«, rief ich und wich zurück. »Total verrückt!«

»Nein!« Er packte meinen Arm. »Ich war nur so überrascht. Aber jetzt.« Und dann stellte er sich so hin wie vorher und kniff die Augen zusammen, hielt dabei meinen Arm fest, streichelte ihn.

Wir hatten uns noch nie geküsst. Nie. In keinem Spiel, als Test oder im Suff (aber wir waren auch nicht oft zusammen betrunken gewesen).

Jetzt.

Anfangs waren meine Lippen an seinen ganz still. Er hatte jede Chance der Welt, auszusteigen, wenn er das wollte. Auf erase and rewind zu drücken. Aber dann, als er das nicht machte, wurde ich mutiger. Aha, so fühlen seine Lippen sich also an, so weich sind sie, so schmeckt er.

Ich wusste ja schon mindestens tausend Dinge über ihn. Manches war einwandfrei zu viel Information, anderes war phantastisch. Sehr viel sogar.

Das Eintausendunderste, was ich über Mattias wusste: wie er küsst.

Mitten in all dem merkte ich, dass er lachen musste, und mir wurde eiskalt. Oh Gott, er hielt das für einen Witz! Gleich würde er losprusten und ich würde …

»Nein, komm zurück«, flüsterte er und zog mich wieder an sich. Seine eine Hand um meinen Nacken, sein anderer Arm um meine Taille, sein Mund auf meinem, die Lippen, die Zunge, näher, fester.

Das Eintausendundzweite: wie er küsst, wenn er das richtig macht.

Irgendwo hatte ich die ganze Zeit das Gefühl, in meinem Kopf eine schockierte Kommentatorenstimme zu hören. *Ich küsse ihn! Wir knutschen, ich fasse seinen Hintern an, natürlich nur auf den Jeans, aber hallo, es ist trotzdem Mattias. Und er berührt meine Brüste, auf der Kleidung, aber trotzdem!*

Und doch kam mir alles ganz natürlich vor, es war einfach unvermeidlich. Ich fand es wunderbar, wie sein Atem sich anfühlte und dass sein Kinn ein wenig kratzte, dass er ein bisschen nach Bier schmeckte, dass er heftiger atmete, als ich mich an ihn drückte, ja, wie alles schneller wurde und ich plötzlich seinen Ständer an mir spürte. *Er ist scharf. Wir sind scharf.*

»Sara.«

Als er meinen Namen auf diese Weise sagte. Niemand hatte ihn je so gesagt.

Er legte die Hände um mein Gesicht und wir hörten auf und schauten einander keuchend an. War mein Blick so wie seiner? War er ebenso überrascht wie ich? War es richtig gewesen? Oder würde er mich auffordern, aufzuhören? *Jetzt?*

»Du findest das falsch«, sagte ich. »Ich bin doch Bellas Freundin.«

»Nein.« Er schüttelte den Kopf, entschieden. »Das ist gut. Und jetzt ist es zu spät, um sich die Sache anders zu überlegen.« Noch ein Kuss. Und noch einer. Und noch einer.

Im Fenster sah ich unser Spiegelbild. Ein Mädchen in einem blauen Kleid und einen Jungen in einem schwarzen Sakko. Ich wusste, dass wir es waren, aber es kam mir so seltsam vor, uns zu sehen. Dass ich dort stand.

Es sollte doch gar nicht anfangen, noch nicht.

Ich hatte das Gefühl, dass wir seit höchstens fünf Minuten in seinem Zimmer waren, als Bella die Treppe hochgetrampelt kam. Wir ließen einander los und gaben uns Mühe, normal auszusehen, normal zu atmen, normal zu denken.

»Zehn Minuten vor zwölf«, sagte sie, als hätte sie nichts gemerkt. »Kommt jetzt und macht euch bereit.« Aber als sie ging, rief sie noch über ihre Schulter: »Und meinen Glückwunsch, Leute!«

Mattias sah mich an und ich machte eine hilflose Handbewegung.

Jetzt weiß sie es. Ist das schlimm? Sag es, du musst es sagen, Mattias.

Er lächelte und streichelte meine Wange. »Dann ein schönes neues Jahr, Sara.«

An einem der letzten Tage der Weihnachtsferien waren Mattias und ich bei mir zu Hause. Ich machte in der Küche Brote und Tee. Svante war im Wohnzimmer mit einem Computerspiel beschäftigt. Meine Eltern waren bei der Arbeit.

»Willst du Käse oder Schinken oder beides?«, fragte ich.

»Nur Käse.« Er trat hinter mich, legte mir die Arme um die Taille und den Kopf auf die Schulter, während ich die Brote bestrich. »Kann man noch eine Käsescheibe haben?«

Ich schnitt eine ab.

»Danke.« Dann wurde mein Nacken geküsst und beschnuppert. »Du riechst so gut.«

Ich rieche gut. Wir schmusen. Er und ich.

Ich ließ den Käsehobel los und stand still da, während seine Umarmung fester wurde, eine richtige Umarmung, und die leichten Berührungen wurden mehr wie echte Küsse.

Er küsst mich.

»Aber ich mach uns doch gerade etwas zu essen«, sagte er leise nach einer Weile und ließ die Hände auf meinen Hüften liegen. Er spielte, er sei ich, spielte die gereizte Sara. »Du störst.«

Ich lachte. »Nein, das tust du nicht.«

»Aber?«

»Aber … denkst du manchmal auch so was wie: ›Total unglaublich, Sara kneift mich in den Hintern‹? Also, dass ich es bin, Bellas Freundin, und du bist ihr Bruder, und dass wir plötzlich *das hier* machen? Ich meine nicht, dass es schlecht ist, nur ein bisschen …«

»Ungewohnt?«, schlug er vor. »Ja, das denke ich schon ab und zu.«

»Aber absolut nicht schlecht«, betonte ich noch einmal. »Oder?«

»Nein, absolut nicht«, sagte er. Seine Wange an meiner. Ein leises: »Willst du denn *das hier* machen?«

Ich merkte, wie er sich bei dem »das« verspannte. D-d-das.

Ich drehte mich um, sodass wir einander gegenüberstanden, und er lehnte seine Stirn an meine. Unsere Augen waren so nah, dass wir nicht mehr klar sehen konnten, alles verschwamm.

Will ich das? Natürlich will ich. Warum sollte ich nicht wollen? Oder? Ja, ich will. Es ist doch Mattias. Ich denke seit Monaten an nichts anderes. Ich mag ihn doch.

»Wir gewöhnen uns daran, was? Bestimmt?«, flüsterte er. Und dann, lächelnd: »Oh my God, Sara streichelt mich!«

»Herrgott, Mattias hat eine … Erektion«, konterte ich.

Seine Augen wurden groß, er guckte belustigt. »Shit, Sara redet klinisch.«

Wir kicherten.

Die ganze Zeit dachte ich darüber nach, ob wir jetzt offiziell zusammen waren. So, dass die anderen das erfahren würden und wir Hand in Hand ausgehen und … alles tun würden, was Paare eben so tun. Aber wie machte man das bloß?

Wenn ich mit jemand anderem zusammen gewesen wäre, hätte ich sicher mit Bella darüber reden können. Aber ich war nun einmal ihre Freundin und er war ihr Bruder, und da gab es eine klare Grenze dafür, was ich sagen konnte, als wir uns einige Tage später trafen.

»Was ist das für ein Gefühl? Ist es ein gutes Gefühl?«, fragte sie.

»Ja, einfach supergut«, sagte ich.

End of discussion.

Die Erde existiert seit mehreren Jahrmillionen. Ich weiß die genaue Zahl nicht, es ist jedenfalls lange. Die Menschheit gibt es seit ungefähr einer Woche, wenn man in solchen Dimensionen denkt.

Wie ist das dann aber, wenn man jemanden seit zehn Jahren kennt und in den ersten neun Jahren alles gut war, dann jedoch ein bisschen weniger gut, nämlich sauschlecht (Mattias) und scheißfrostig (Bella). Hat man dann überhaupt noch eine winzig kleine Chance, irgendwann wieder ein wenig gemocht zu werden? Das hatte ich gehofft. Wir wohnten hundert Meter auseinander, eine Begegnung ließ sich also nicht vermeiden. Langsam, aber sicher würden sie sich wieder daran erinnern, wie ich war. Dass ich lustig sein konnte. Dass ich andere zum Lachen brachte. Dass ich trotz allem ziemlich nett war. Dass ich mich kümmerte. Und dass ich wirklich eine sehr gute Freundin war. Vor allem das. Nach einigen Wochen würden sie nicht mehr so widerwillig reagieren, wenn wir uns über den Weg liefen. Sie würden nicht nur pflichtschuldig Hallo sagen, sondern stehen bleiben und mit mir quatschen.

Denn jetzt sollte doch alles richtig anfangen. Ich hatte es in London genau geplant.

Aber nun war ich seit zwei Wochen wieder in Luleå, und die Einzigen aus dem Haus drüben, die ich sah, waren ihre Eltern. Ich war Mattias anderthalb Mal begegnet, wenn man den Abend auf der Odde mitzählt, wo er nur ein einziges Wort gesagt hatte. Bella – mehrmals, aber immer nur mit Hanna zusammen, nie allein. Ich hatte zwei Mal eine SMS geschickt und gefragt, aber sie hatte immer irgendwelche Entschuldigungen gehabt, warum sie sich nicht mit mir treffen könnte.

Damals, als ich und Mattias zusammen waren, hatte sie mich nie beiseitegenommen und mir gedroht: »Wenn du ihm wehtust, dann werde ich … fucking kill you, ist das klar?« Und als ich Schluss gemacht hatte, hatte sie mir nicht an einem finsteren Abend mit einem Baseballschläger aufgelauert, sondern nur gesagt: »Ach je, Sara«, und traurig geklungen.

Wir zwei hatten im Laufe meines London-Jahres zwar sporadisch voneinander gehört, aber es kam mir nie so vor wie früher. Und als sie mich jetzt zu ihrem achtzehnten Geburtstag eingeladen hatte, der am nächsten Wochenende gefeiert werden sollte, hatte sie mindestens vier Mal betont, dass sie später am Abend ausgehen würden, »nur, damit du das weißt!« Es schien ihr eigentlich nicht so wichtig zu sein, ob ich kam oder nicht, sie lud mich eher aus Pflichtgefühl ein, und es klang, als ob das richtig lustige Fest erst anfangen würde, wenn sie loszogen – und zwar ohne mich.

Ab und zu dachte ich, es sei nur natürlich und dass das mit uns früher oder später sowieso auseinandergegangen wäre. Sie und Hanna machten Friseurkurse, sie waren sich viel ähnlicher als ich und Bella. Unsere Freundschaft hatte wohl vor allem darauf beruht, dass wir Nachbarinnen waren, und je älter wir wurden, desto weniger spielte das eine Rolle.

Manchmal kam es mir aber auch einfach nur ungerecht vor. War denn alles meine Schuld? Nein. Hatte ich gelogen, gestohlen, betrogen, verleumdet, war ich fremdgegangen, war ich auf irgendeine Weise eine blöde Kuh gewesen? Nein.

Eigentlich hatten uns nur unglückliche Umstände, an denen niemand schuld war, in diese Lage gebracht.

Meistens befand ich mich irgendwo zwischen diesen beiden Sichtweisen. Jedenfalls, solange ich in London gewesen war. In Luleå kam mir alles viel trauriger vor. Am Mittsommerabend gab es ein Fest bei Miranda. Mit Mädchen aus ihrer alten Klasse und einigen aus ihrer neuen. Es war lustig, und ich war richtig aufgedreht, als ich gegen zwei Uhr mit dem Rad nach Hause fuhr. Aber als ich bei unserem Haus ankam, musste ich einfach zu Mattias und Bella weiterfahren. Bei ihnen war alles dunkel. Keine offenen Fenster, keine Geräusche. Keine vergessenen Pappteller oder zerbrochenen Plastikgläser auf dem Rasen als Beweis dafür, dass es hier vielleicht ein Fest gegeben hatte.

Ich wusste nicht, was sie gemacht hatten, mit wem sie zusammen gewesen waren oder wo. Es war der erste Mittsommerabend seit zehn Jahren, an dem ich das nicht wusste.

All meine perlende Freude war verschwunden und nur noch Sehnsucht war übrig. Ob sie sich wohl auch fragten, was ich machte? Nur ein wenig? Empfanden sie denn nicht so? Wie war das möglich? Sie sahen doch mein Haus, wenn sie ihres verließen. Sie hatten doch auch hunderttausend Erinnerungen an mich. Nicht, dass ich wirklich einsam gewesen wäre, weder in London noch hier. Hier hatte ich Hanna und die Leute aus meiner Klasse, vor allem Tove und Miranda. Aber dennoch, sowie ich das Haus von Bella und Mattias sah, fühlte ich mich entsetzlich einsam. Und ich sah es ja jedes Mal, wenn ich aus der Haustür trat und nicht gerade beschloss, starr in die andere Richtung zu schauen.

In meiner zweiten Woche zu Hause fing ich bei meinem Sommerjob an. Fünf Wochen als Frühstücksserviererin und bei Bedarf als Putzfrau in einem Hotel. Nachdem ich zwei Tage lang zum Anlernen neben dem regulären Personal hergetrottet war, hoffte ich, dass der Bedarf an Putzfrauen äußerst gering sein würde.

Das Frühstück war in Ordnung – abgesehen davon, dass ich so früh aufstehen musste, dass mir fast schlecht wurde. Das Putzen dagegen war wahnsinnig anstrengend und schwer. Wenn ich abends fertig war, fiel ich aufs nächstbeste Sofa und rührte mich nicht mehr von der Stelle.

»Es wird leichter, wenn du dich daran gewöhnt hast. Und du bekommst deinen ersten richtigen Lohn, vergiss das nicht«, versuchte Papa mich aufzumuntern.

»Ich werde fünf anstrengende Wochen lang jeden Tag, jede Stunde und jede Minute daran denken«, stöhnte ich. »Während ich die lustigsten Sommerferien meines Lebens verbringe. Und danach werde ich an die Rente denken. Hurra!«

»Ach, haben sie dir schon eine feste Stelle angeboten? Meinen Glückwunsch, Sara!«, rief Mama. »Aber wäre es nicht sinnvoller, zuerst das Abi zu machen?«

Ich war nach einem meiner besseren Tage (nur Frühstück) mit Miranda und Tove im Sportladen im Einkaufszentrum Kvantum verabredet. Miranda brauchte einen neuen Bikini für den Gothia Cup. Da konnte sie doch nicht in fiesen Fetzen herumwuseln, während all die feschen Typen aus Italien und Griechenland und den USA zusahen.

»Warum musst du denn überhaupt hingehen?«, fragte sie, als ich von Bellas und Mattias' Geburtstagsfest erzählte. »Wenn die Situation doch so ist?«

»Aber ich *will* hingehen«, versicherte ich. »Wirklich.« Und das stimmte auch.

»Damit du dich reif und erwachsen und alle diese herrlichen Dinge fühlen kannst?«

»Nein, damit ... hier!« Ich hob ein Bikini-Oberteil in der richtigen Größe hoch, das ich für sie suchen sollte. »Es wäre so unnormal, nicht zu gehen. Also, viel unnormaler, als zu gehen.«

Miranda zuckte mit den Schultern und wechselte mit Tove einen »In London ist sie zur Masochistin geworden«-Blick.

Als wir aus dem Laden kamen, fuhren zwei Löschzüge der Feuerwehr in hohem Tempo an uns vorbei und blieben ein Stück weiter stehen.

»Wir müssen nachsehen, was da los ist!«, rief Tove. »Na los.«

»Einmal Schulreporterin, immer Schulreporterin?« Miranda verdrehte die Augen, aber wir radelten hinter Tove her.

Der Brand war bei der Autowerkstatt und dem Max-Restaurant im Midgårdsväg. Hohe, schwarze Flammen schlugen vom Dach hoch und es hatte sich bereits eine neugierige Menschenmenge versammelt. Drei Feuerwehrwagen standen dort, und die Feuerwehrleute versuchten mit allen Kräften, den Brand zu löschen. Einige von ihnen schickten die gaffenden Menschen weiter und riegelten die Straße für den Verkehr ab. Es brannte auch im Restaurant, aber es waren dort keine Gäste mehr. Das Personal hatte angefangen, das Lager auszuräumen, sie kamen angerannt mit Hamburgersäcken, Gefäßen mit Frittieröl und solchen Dingen. Die Leute aus der Werkstatt fuhren alle Autos weg. Plötzlich sah ich den Adidastypen in der Uniform und der Mütze von Max und ich zeigte ihn Miranda.

»Das ist ja mein Nachbar! Der da!«

Er ließ zwei schwere Gefäße ins Gras fallen und rannte wieder ins Gebäude zurück.

Miranda schaute hinter meinem Zeigefinger her. »Der geht auf den naturwissenschaftlichen Zweig, in die 2.«

»Was, in deine Klasse? Kennst du ihn?«

Sie schüttelte den Kopf und machte mit ihrem Handy ein Foto. »Nein, ich weiß nicht mal, wie er heißt. Er ist ein Jahr älter als wir, kommt dann in die 3.«

Ich sah zu, wie er und seine Kollegen gehetzt rein- und rausrannten. »Gott … warum lassen die den Kram nicht einfach drinnen liegen? Das sieht doch lebensgefährlich aus.«

Zwei weitere Löschzüge waren eingetroffen, und man konnte hören, dass noch mehr unterwegs waren. Immer mehr Menschen strömten herbei, die den Brand ansehen wollten.

Jetzt wurden der Elektroladen und der Farbladen ausgeräumt, die im selben Gebäudeteil lagen wie das Max. Das Personal schleppte große Fernsehapparate und stellte sie ins Gras, andere fuhren Paletten mit Farbdosen heraus. Die Flammen auf dem Dach loderten immer höher.

Tove drehte sich einige Male zu uns um und wollte wissen, ob wir genug hätten und gehen wollten, aber wir schüttelten jedes Mal den Kopf. Ich hatte noch nie einen richtigen Brand gesehen und konnte mich einfach nicht losreißen: die Feuerwehrleute, die mit den Flammen kämpften, und das Personal, das seine Waren retten wollte – ein faszinierendes Schauspiel.

Ein Feuerwehrmann ging nach einer Weile zu einer Frau, die offenbar die Leiterin des Max-Restaurants war. Sie versammelte ihr Personal um sich und sie sahen sich den Brand aus sicherer Entfernung an, genau wie wir. Die Leiterin sagte etwas zu Adidas, doch der schüttelte als Antwort nur kurz den Kopf. Sie klopfte ihm auf die Schulter und ein Sanitäter führte die beiden zu einem in der Nähe stehenden Krankenwagen.

Wir blieben noch über eine Stunde dort. Inzwischen waren auch Löschzüge aus Boden und Piteå eingetroffen. Die Feuerwehrleute versuchten, das Dach aufzusägen, damit das Feuer sich nicht ausbreiten konnte, aber das schien nicht zu gelingen. Das ganze Gebäude würde wohl mehr oder weniger zerstört werden.

Wir konnten uns den ganzen Nachmittag nicht mehr beruhigen. Wir fuhren zu Tove nach Klintbakken und mischten uns eine große Kanne Saft, den wir in uns hineinschütteten, als ob wir total ausgetrocknet wären.

Auch beim Abendessen gab ich die Augenzeugin, die alles hautnah miterlebt hatte: »Und einer der Typen aus dem Max war der, der hier mit dem Anhänger zugange war, als wir vom Flughafen gekommen sind, der Große, wisst ihr noch? Also, Miranda und ich haben jedenfalls beschlossen, uns morgen zu treffen und aus Solidarität Pommes zu essen.«

»Solidarität mit wem?«, fragte Papa. »Dem Nachbarn oder Max?«

»Max natürlich«, sagte ich, während Svante gleichzeitig rief. »Scheißegal, ich will mitkommen!«

Er hob vielsagend seine Gabel mit gekochter Blutwurst und Preiselbeermarmelade. »Ich weiß nicht, warum, aber gerade jetzt hab ich erst recht Lust auf einen Hamburger.«

Sofort kam ein »Niemand hindert dich daran, Essen zu machen«-Kommentar von Mama. Das sagte sie, seit wir sieben waren, wenn wir uns über das Essen beschwerten.

Das Geburtstagsfest bei Bella und Mattias kam mir vor wie ein Vorsprechen für die Rolle der »guten Freundin« oder der »netten Nachbarin«, was auch immer. Ich bereitete mich vor, indem ich erst mal joggen ging, dann eine Gesichtsmaske auflegte, mir die Hornhaut von den Füßen feilte und die Zehennägel lackierte, das neue rote Kleid bügelte und vor dem Spiegel meinen Text übte. Hanna kam vorbei, um mich zu schminken. Leicht rußige Augen, die mir selbst nie so gut gelangen, Rouge und Lipgloss.

»Richtig professionell«, lobte ich, als sie fertig war und ich mich im Spiegel betrachten konnte.

»Danke!« Sie lächelte in gespielter Verlegenheit. »Hier hab ich übrigens was für dich.« Sie zog einen dicken Umschlag aus der Tasche. »Diese englische Sängerin, über die wir gesprochen haben, Justine Frischmann, du weißt doch? Ich habe gegoogelt und eine ganze Menge Infos und Musik gefunden. Einige von den Liedern sind verdammt gut.«

Ich öffnete den Umschlag und zog einen Ausdruck mit dem Bild der Sängerin, zwei Artikel aus Wikipedia und eine gebrannte CD heraus. »Aber Hanna, Himmel, wie lieb von dir! Das ist ja, als ob ich Geburtstag hätte!«

»Das ist dein Willkommensgeschenk«, sagte sie und umarmte mich. »Kannst du ja später alles lesen und hören, ich glaube, es wird dir gefallen.«

»Ach, ich weiß jetzt schon, dass es mir gefallen wird. Danke!« Ich betrachtete die Frau auf dem Bild. Sie sah wirklich cool aus. »Aber dass ich ihr ähnlich sehen soll …«

»Doch, doch. Sieh mal genau hin.« Sie machte sich an meiner Frisur zu schaffen. »Mini-Justine.«

Als wir bei Bella und Mattias durch das Gartentor gingen und die offene Haustür sahen und die Musik hörten, musste ich tief Luft holen. Ich kam mir wirklich vor wie unmittelbar vor einem Auftritt und hatte plötzlich Lampenfieber und wahnsinnige Bühnenangst. Jetzt war es so weit. Jetzt würde es anfangen. *Jetzt.*

Hanna packte meinen Arm. *Ganz ruhig. Das geht schon gut.*

Trotz aller Vorbereitungen und aller guten Vorsätze kam ich mir plötzlich ungeheuer klein und unreif vor, als wir ins Haus kamen und alle anderen mit ihren Gläsern da stehen sahen. Ich hatte das Gefühl, dass mir »minderjährig« auf der Stirn geschrieben stand und die anderen »erwachsen« waren. Sie waren »witzig« und ich war »langweilig«.

»Hallooooo, willkommen!« Bella kam auf uns zu, Küsschen auf die Wange und Umarmung für uns beide. »Kommt, ihr müsst die Bowle probieren, eine Art Sangria, nur mit einem ganz kleinen und ganz besonderen Schuss.« Sie kicherte, als ob sie schon mehrmals probiert hätte. Sie war nicht betrunken, sie hatte nur einen … ganz besonderen Schuss.

»Herzlichen Glückwunsch!«, gehörte zu meinem einstudierten Text. Ich sagte es übertrieben laut und munter und hielt ihr mein Geschenk hin, während sie nach Gläsern für uns griff. Das ging natürlich nicht gut, wir wären fast zusammengestoßen und sie rief: »Huch! Danke!«

Sie klemmte sich mein Geschenk eilig unter den Arm. Ich wurde rot und kam mir noch minderjähriger vor: Ich hatte ihr mein Geschenk überreicht wie bei einem Kinderfest, sie wollte uns ganz erwachsen einen Drink geben wie auf einer Party.

»Hier, probier mal, das ist lecker.« Sie reichte Hanna ein Glas. »Möchtest du auch eins, Sara?«

Ob ich auch eins wollte?

Mein Vater arbeitete zwar im staatlichen Alkoholladen und fand, dass alle, die unerlaubterweise Alkohol verteilten, ins Gefängnis gehörten und bla, bla, aber wenn er nicht dabei war? Hatten wir nicht zum Beispiel ein denkwürdiges Silvesterfest zusammen verbracht?

»Ja, furchtbar gern«, sagte ich mit derselben freundlichen und großzügigen Stimme, mit der ich auch gesagt hatte: »Ja, natürlich müsst ihr das, das ist doch klar«, als sie bei der Einladung immer wieder betonte: »Aber danach gehen wir noch aus, nur, damit du das weißt!«

Die Behauptung, dass alles besser geht, wenn man erst mal losgelegt hat, dass dann die ganze Nervosität verschwindet – die traf an diesem Abend auf mich jedenfalls nicht zu.

Ich sagte »Hallo« und »Herzlichen Glückwunsch« zu Mattias. Keine Rede von Umarmung. No way, José. Er bewegte den Mund ein wenig und das sollte wohl ein Lächeln sein. Hoffte ich. Seine Augen waren jedenfalls nicht beteiligt. Verkniffen, verkniffener, am verkniffensten.

Bitte, verzeih mir, können wir nicht … du, bitte! Aber das konnte ich nicht sagen. *I miss you. Wirklich. So verdammt sehr.* Einfach unmöglich.

Ich trank drei Gläser Bowle. Redete mit Hanna, Arash, einigen Leuten aus Hannas Klasse, mit Bella und Viktor, der mit Mattias in eine Klasse ging. Die ganze Zeit feuchte Hände, Schweißausbrüche, Anspannung. Jetzt war ich hier. Und wurde beurteilt. »Gute Freundin« oder »nette Nachbarin«? Also los. Aber ich hatte die ganze Zeit das Gefühl, Französisch zu reden oder so. Ich war nicht schnell genug, konnte nicht natürlich sprechen oder ich selbst sein, während alle anderen total zweisprachig und entspannt waren.

Nach einer Stunde ging ich aufs Klo, ließ mir kaltes Wasser über die Handgelenke laufen, puderte mir die Nase und schickte My eine SMS: »Bin ein fucking Loserwrack.«

»Get right!«, antwortete sie.

Get right war ein altes Stück von J-Lo. Eine kleine Kusine hatte es beim Schulabschlussfest laufen lassen und dazu getanzt. Das war so gut und cool gewesen, dass ich total beeindruckt gewesen war. (Obwohl man natürlich immer beeindruckt sein muss, wenn kleine Kusinen etwas vorführen …) Ich hatte My davon erzählt und dass das Stück seither mein Muntermachlied war.

Okay. Ich holte noch einmal Luft und öffnete die Tür.

Bella war nicht zu sehen, aber Mattias stand mitten im Wohnzimmer und redete mit Arash und Viktor. Ich ging zu ihnen. Lächelte tapfer.

»Und, hast du schon einen Tätowiertermin gemacht?«, fragte ich ihn.

Vor mehreren Jahren hatte er erklärt, dass er sich mit achtzehn sofort ein Tattoo auf die Schulter setzen lassen würde. Er hatte sich mehrere Monate lang Motive angesehen. Am liebsten wollte er ein Tier, einen Vogel vielleicht. Seine Mutter, Eva-Lena, fand die Idee schrecklich.

»Äh, nööö?« Er runzelte die Stirn. Wusste er das wirklich nicht mehr?

Ich plapperte einfach weiter. »Aber wisst ihr nicht mehr, was man alles beschlossen hat, als man klein war? Was man machen will, sobald man selbst entscheiden kann? Weil es so ungerecht ist, dass man dieses und jenes nicht darf?«

»Länger als bis acht draußen bleiben, wo alle anderen doch bis neun dürfen«, sagte Viktor.

»Und wenn ich mir von meinem eigenen Geld Süßigkeiten kaufte, warum durfte ich dann nicht auch entscheiden, wann ich die essen wollte?«, sagte Arash lachend. »Und der Jahrmarkt in Luleå. Alle anderen durften abends mit ihren Kumpels losziehen, nur ich nicht.«

»Das Leben war hart«, sagte Viktor zustimmend. »Und du, Sara?«

»Mmm ... meine Mutter und ich haben uns immer wieder über Nagellack gestritten, als ich acht war. Sie fand, ich hätte nichts anderes im Kopf, weil ich wohl alle zwei Tage einen neuen haben wollte, und das war doch so ›unglaublich übertrieben‹. Und wenn ich erwachsen wäre, würde ich natürlich ... Stellt euch ein ganzes Zimmer voll Nagellack vor. Wie diesen Kühlraum mit Bier aus der Fernsehreklame.« Ich kicherte. »Vielleicht nicht der sinnvollste Plan für später, wenn man achtzehn ist, aber es war eben ein Traum.«

»Du kannst dir die Sache ja noch ein Jahr überlegen«, sagte Mattias. Verkniffen. Dann leerte er sein Glas und ging weg, raus.

Ich schaute ihm hinterher. Arash schnitt eine tröstende Grimasse. *Ach, nimm dir das nicht zu Herzen.*

Dann wurden die Geschenke geöffnet. Immer abwechselnd,

ein Bella-Geschenk, ein Mattias-Geschenk. Sie bekam eine kleine Abendtasche aus blauer Seide mit blauen und schwarzen Pailletten von mir. Ich hatte sie in einem Secondhandladen gefunden. Als Kind hatte Bella sich ungeheuer gern verkleidet, und es machte ihr eigentlich immer noch Spaß, sie hatte immer einen neuen Stil. Meistens sah sie aus wie ein normaler Teenager, aber plötzlich konnte sie zuschlagen und als Dame mit Rock, strenger Bluse und Pumps erscheinen.

»Oh, wow«, sagte sie glücklich und hob die Tasche hoch. »Ist die aus London, Baby? Supertoll.«

Mattias nahm mein Geschenk als vorletztes. Ich war noch nervöser als bei Bella, als er das Klebeband abpulte und das T-Shirt in der Hand hielt, ebenfalls ein Fundstück vom Flohmarkt. Ich hatte es schon im Februar entdeckt und sofort gewusst, dass es einfach perfekt war. Ein weißes T-Shirt mit einer Filmszene aus »Der Stadtneurotiker«. Diane Keaton und Woody Allen und ein kurzer Dialog unter dem Bild.

Mattias hatte Probleme mit Woody Allen. Er wusste, dass er ihn gut finden müsste, das war obligatorisch für alle ernsthaften Filmnerds, aber wir hatten zwei Filme gesehen (eben auch den »Stadtneurotiker«) und er hatte sich fast gequält gewunden. »Was soll das denn? Der ist doch bloß die ganze Zeit gestresst!«

Jetzt sagte er gar nichts, sondern sah nur das T-Shirt an. Ausdruckslos. Es war ein wenig verschlissen, man konnte sehen, dass es bereits getragen war. In meiner Phantasie hatte es einem großen Woody-Allen-Fan gehört. Vielleicht hatte er es sogar selbst entworfen und drucken lassen und sich genau überlegt, welches Bild er nehmen sollte und welchen Text. Ich hielt es für den perfekten Scherz, aber je mehr Zeit verging, ohne dass Mattias etwas sagte, umso unsicherer wurde ich. Wenn er nur sah, dass es alt und verschlissen war? Und wenn er das als Beleidigung auffasste? Wenn er das T-Shirt widerlich fand?

Am Ende lächelte er kurz. Höflich. Die Aufrichtigkeit dieses Lächelns reichte nicht einmal bis zu seiner Nase. »Vielen Dank.«

Begriff er wirklich nicht? Ich hatte gehofft, dass er lachen würde. *Absolut geil, Sara.* Er sollte mich ansehen und etwas von dem *Alten* würde zwischen uns funkeln. *Okay, I get it.* Aber ein höfliches »Vielen Dank«? Falsch, falsch, falsch.

»Lass mal sehen«, bat ein Mädchen aus Bellas Klasse, und Mattias hielt es hoch, damit sie auch die Vorderseite sehen könnte. Ohne mich anzublicken. Ohne eine Erklärung für die anderen. Als ob ich ihm ein altes, scheußliches T-Shirt geschenkt hätte – und das zu seinem achtzehnten Geburtstag.

»Phantastisch«, flüsterte Hanna mir zu, einfach, weil sie so lieb war, und mir brannten sofort die Tränen in den Augen.

Als alle Geschenke geöffnet waren, lief ich gleich wieder aufs Klo.

Das hier würde nie im Leben gut gehen. Bella und Mattias würden sich nie daran erinnern, wie ich war, und mich wieder mögen, und es gab auch nichts Neues und Schönes zu entdecken. Und hier saß ich nun, eine einsame Versagerin. Missraten. Unfreundlich. Nichts Besonderes. Kein Wunder, dass sie mir aus dem Weg gingen. Nur mir fielen jetzt all die guten Dinge aus unserer Vergangenheit ein, weil ich nichts Neues und Besseres hatte, woran ich denken könnte.

Nach einiger Zeit drückte jemand auf die Klinke und ich wischte mir die Augen, versuchte, die verschmierte Wimperntusche zu entfernen. Zwei von Bellas Klassenkameradinnen taumelten kichernd zusammen herein. Sie waren bei der Clique, die später ausgehen wollte. Nur ich war minderjährig und allein. Hannas Wonderboy Andreas war gegen neun eingetrudelt, und ich konnte nichts daran ändern, dass ich furchtbar neidisch wurde, als er geradewegs in eine Umarmung und einen Kuss lief und eine Menge wunderbarer Dinge, die ihm ins Ohr geflüstert wurden. Hanna und er waren nicht die Art Paar, die immer miteinander beschäftigt ist, aber dass er verstohlen seine Finger mit ihren verflocht, als sie gerade mit anderen redete, kam mir fast noch schlimmer vor. Mein Magen krampfte sich zusammen, als ich das sah.

Zu allem Überfluss hatte offenbar jemand auf der Spotifyliste einen Fehler gemacht, denn zwischen den vielen poppigen, lauten Stücken kam plötzlich ein ruhiges. Darauf schien sonst niemand zu reagieren, sicher, weil sich alle so blendend amüsierten, nur ich stand allein da und hörte eine Frau traurig singen: »I can't make you love me.« Das war dann zu viel. Ich drehte mich um, wollte zu den Rauchern nach draußen gehen, wo Bella vielleicht war – und stieß mit Mattias zusammen.

»Hey, sorry about the stupid t-shirt«, murmelte ich.

»Hey, thanks for the t-shirt«, sagte er.

»Ja, genau, was?«

Er sah mich an, hielt mich aber nicht zurück, als ich an ihm vorbeiging. Es gab nicht die kleinste Berührung.

Um Viertel nach zehn sammelten die anderen sich vor dem Tor, um zu Fuß in die Stadt zu gehen. Ich stand mit Hanna und Andreas und einigen anderen zusammen und spielte die Muntere und Zufriedene. *Dass ich nicht mitkomme? Ach, das macht doch nichts. Es war auch so ein wunderschöner Abend.*

Als ich zu unserem Haus hinübersah, sah ich einen Typen herauskommen, einige Meter über den Kiesweg gehen und dann in Richtung Odde laufen. Adidas.

»Du, he!« Ich trat auf die Straße, als er uns fast erreicht hatte. »Hallo.«

Er blieb stehen und sah mich abwartend an. »Ja?«

»Ich hab dich am Donnerstag beim Max gesehen«, erklärte ich schnell, damit er nicht glaubte, ich sei schon wieder wegen irgendwas sauer. »Ich kam mit ein paar Freundinnen vorbei, als es gerade brannte. Wie ist das ausgegangen?«

»Äh, nicht sehr gut«, sagte er. »Das ganze Gebäude ist ja …«

»Das weiß ich, ich meine, mit euch? Ihr seid doch ins Feuer gerannt, um den Kram rauszuholen.«

»Na ja, nicht so ganz. Aber uns ist jedenfalls nichts passiert, keinem von uns.«

»Was für ein Glück! Und, shit, was war das für ein Brand! Wir hatten ja gedacht, sie könnten ihn stoppen und dann …«

»Ja, das war total krass«, sagte er zustimmend. »Wir konnten uns auch nicht vorstellen, dass es solche Ausmaße annehmen würde, also waren wir anfangs ganz ruhig. Aber dann wurde es immer schlimmer.«

»Und wie! Für die ganze Arbeit müsstet ihr einen Max-Orden kriegen.«

Er hob belustigt eine Augenbraue. »Einen Max-Orden? Das werd ich der Chefin sagen.«

»Tu das. Ihr seid garantiert die Angestellten des Monats, das müssen doch alle so sehen.«

»Ja, vielleicht.« Er zuckte mit den Schultern. »Ach, sieh mal an, das ist ja wieder heil ...« Er zeigte auf mein blaurotes Armband. An diesem Morgen hatte ich mich eine ganze Stunde mit der Reparatur abgemüht.

»Ja, genau.« Ich hob den Arm, um es besser zu zeigen. »Scheußliche Pusselarbeit.«

»Aber es hat sich doch gelohnt.«

Wollte er sich wieder über mich lustig machen? Es klang ganz normal und ehrlich, aber ich war mir nicht sicher. Diesmal folgte jedenfalls kein spöttisches oder belustigtes Lächeln, er schaute nur zu dem Gedränge der Partygäste hinüber. »Dann noch einen schönen Abend.«

»Ich wollte jetzt eigentlich nach Hause. Kann keinen Ausweis vorlegen.«

»Ach je, aber versuch trotzdem, einen schönen Abend zu haben.« Jetzt kam ein Lächeln, kein spöttisches, sondern ein freundliches. Er hob die Hand zum Gruß, dann lief er los.

»Ihr müsstet jedenfalls für den Rest eures Lebens gratis Pommes kriegen«, rief ich seinem Rücken zu. »Das kannst du deiner Chefin auch noch sagen.«

Als Antwort kam ein Winken.

Er lief locker und problemlos. Sicher auch, weil es noch ganz zu Anfang war, aber er hatte einen leichten Gang, obwohl er so groß war und ziemlich muskulös aussah. Eigentlich nicht wie der typische Läufer. Aber an einem Samstagabend um zehn einfach so loslaufen und joggen, wie viele machen das schon?

Ich. Manchmal. Am liebsten jetzt sofort. *Das* wäre ein schöner Abend. Einfach von diesem Fest wegjoggen zu können, laufen, in den Rhythmus kommen, spüren, wie der Atem sich anpasst, wie der Körper warm wird. Nach zwei Kilometern würde nicht mehr viel vom Fest übrig sein, und nach einigen weiteren würde ich das Gefühl haben, mit allem umgehen zu können. Ich würde es vielleicht schaffen. Ich würde nach einer guten Joggingrunde alles schaffen. Das war das Phantastische am Laufen. Und deshalb konnte ich auch nicht begreifen, warum nicht alle laufen wollten. Wenn man trainierte, wurde alles besser.

Bella klatschte in die Hände, um die Aufmerksamkeit auf sich zu ziehen, und ich drehte mich wieder zu den anderen um.

»Okay, Boys and Girls! Es ist so weit. Ausweise raus!«

Sie machten sich allesamt auf den Weg in die Stadt. Mattias redete mit Viktor, er schien sich total auf das Gespräch zu konzentrieren. Natürlich schaute er mich nicht an, um sich zu verabschieden. Warum hätte er das tun sollen? Was konnte ich schon erwarten?

Bella warf mir immerhin eine Kusshand zu, als unsere Wege sich trennten und ich zu unserem Haus abbog. »Bis dann, Sara!«

Right, dachte ich. Aber ich winkte überaus freundlich zurück.

Svante und meine Eltern saßen vor dem Fernseher, als ich hereinkam. Ich ließ mich neben Mama aufs Sofa sinken und sie zog mich an sich und küsste mich auf Stirn und Wangen. »Hallo, meine feine, feine Tochter. Wie war es denn bei der Feier?«

»Dem Fest. Ging so.«

»Nur *ging so*? Warum denn das?«

Ich zuckte mit den Schultern, wollte es nicht erklären und Mama bedrängte mich nicht weiter. Sie ließ ihren Arm um meine Schultern liegen, und wir saßen dicht nebeneinander und sahen die Auflösung eines Krimis, der mir egal war und von dem ich auch nichts begriff. Aber das war mir eigentlich auch egal.

Angespornt von Bellas »Bis dann«, fasste ich mir ein Herz und schaute zwei Abende nach dem Geburtstagsfest bei ihnen vorbei. Vier Mal umgezogen und eine lange Extratour um den Block, erst dann wagte ich, zu ihrem Haus zu gehen und zu klingeln.

Eva-Lena stand in der Diele am Telefon und winkte mir ein »Komm einfach rein« zu, während sie weiterredete. Sie zeigte auf die Küche und ich streifte zuerst die Flipflops ab und streichelte Cooper den Kopf.

Mattias und sein Vater Mats saßen nach dem Abendessen noch immer am Tisch. (*Shit, Mattias!* Mein Atem ging sofort wieder schneller. Würde ich mir das niemals abgewöhnen?) Halbleere Wasserflaschen, eine Schüssel, in der offenbar Salat gewesen war. Mats sah einen Stapel von Werbeprospekten durch und Mattias beugte sich über einen Artikel in der Lokalzeitung.

Beide schauten auf, als ich hereinkam, aber Mats sagte als Erster etwas: »Ach, Sara, mal wieder unterwegs?«

»Bella ist beim Job«, teilte Mattias mit. Es war kein wütendes Fauchen, und in seinem Blick lag kein Hass, aber auch kein Freudestrahlen.

»Ach, ich wusste nicht, dass …« Sollte ich nun auf dem Absatz kehrtmachen? Wollte er das etwa?

Mats nickte zu den Wasserflaschen hinüber. »Möchtest du?«

»Danke.« Ich wagte, mich auf einen Stuhl zu setzen, als er mir ein Glas hinstellte und einschenkte. »Wie läuft's bei deinem Job?«, fragte ich Mattias.

Bella hatte erzählt, dass er einen Aushilfsjob als Briefträger gefunden hatte.

»Geht so.«

»Hast du deshalb mit Joggen angefangen?«

»Nein, wir haben Fahrräder zum Postaustragen. Aber ich habe mit dem Joggen wieder aufgehört. Das ist nicht meine Kiste.«

»Wie war das denn eigentlich in London?«, meldete sich Mats zu Wort. Der Retter in der Not. »Man hört ja viel darüber, wie verschmutzt da die Luft ist, das kann doch beim Training nicht so gut sein?«

»Ich bin da nicht viel im Freien gelaufen«, sagte ich. »Wegen der Luft und aus Sicherheitsgründen und überhaupt. Meine Vermieterin hat in einem Fitness-Studio gearbeitet und ich und meine Freundinnen haben da ziemlich oft trainiert.« Ich trank einen Schluck Wasser. »Es ist wirklich wunderbar, wieder hier zu sein, weil man immer hingehen kann, wo man will.«

»Fast. Hier passiert ja auch so allerlei, das weißt du doch sicher«, warf Mats ein.

»Ja, ja, natürlich.«

Eva-Lena hatte ihr Telefongespräch beendet und kam herein. Sie und Mats stellten die typischen Fragen, während sie den Tisch abräumten: Es ist doch sicher schön, wieder zu Hause zu sein? Und deine Eltern sind bestimmt froh? Welche Leistungskurse wirst du jetzt belegen? Und hast du einen Sommerjob?

Mattias schwieg und schien sich für unser Gespräch nicht zu interessieren. Plötzlich hatte Mats die Küche verlassen und Eva-Lena brachte den Müll hinaus. Nur wir zwei waren noch da. Alles war still geworden.

Mattias schaute auf, merkte, was los war, und sprang so hastig auf, dass sein Stuhl über den Boden schrammte. Er lief zum Spülbecken und ließ Wasser in sein Glas laufen.

»Soll ich Bella sagen, dass du hier warst?« Er leerte sein Glas in wenigen Zügen und kehrte mir dabei den Rücken zu.

»Das ist nicht nötig. Also, ich hatte keinen besonderen Grund. Ich wollte nur … ach, einfach so.«

Er ließ wieder Wasser nachlaufen.

»War es am Samstag toll in der Stadt?«, fragte ich nun seinen Rücken. *Weiterreden, ein Gespräch in Gang bringen, einfach drauflosplappern.*

»War in Ordnung.«

»Nicht phantastisch?«

»Phantastisch? Nein, nicht dass ich wüsste.«

Er hatte das Glas wieder geleert und drehte sich jetzt um. Er sah mich kurz an und zuckte mit den Schultern. Dann schaute er weg. Zu Boden, durch das Fenster, überallhin, nur nicht in meine Richtung.

Ich könnte jetzt sagen: »Wieso *nicht, dass ich wüsste?* Man weiß ja wohl, ob etwas phantastisch war?« Oder ich könnte tief Luft holen und es darauf ankommen lassen: »Aber du, Mattias …«

Ich hätte es vielleicht gewagt, wenn er sich nicht den Mund abgewischt und gemurmelt hätte: »Ich sag es Bella«, und wenn er dann nicht ebenfalls die Küche verlassen hätte. Ich saß an der Querseite ihres Küchentisches und er lief in vielleicht dreißig Zentimeter Entfernung an mir vorbei. Damals, *way back when,* wäre er niemals vorbeigegangen, ohne mich zu berühren. Damals, *way back when,* hätte ich das auch nicht zugelassen. Jetzt hielt ich nur den Atem an, während ich rücksichtsvoll die Beine anzog, und er presste die Arme an seinen Leib und gab sich alle Mühe, mich nicht einmal zu streifen. Ich blieb stocksteif sitzen, bis ich seine Schritte auf der Treppe hörte. Dann holte ich wieder Luft.

Nette Nachbarin? Don't call us, we'll call you. Oder auch nicht.

»Jetzt mal ganz ruhig«, sagte My. »Rom ist auch nicht an einem Tag abgebrannt. Alles fängt mit einem kleinen Schritt an.«

»Aber das geht so unendlich langsam!«

»Stell dir das so vor, als ob du einen Vogel zähmen müsstest. Zuerst muss man sich im selben Zimmer aufhalten, damit er sich daran gewöhnt. In der Phase seid ihr jetzt. Ihr gewöhnt euch.«

»Und soll ich dir auch noch erzählen, wie toll es bei meinem neuen Job ist?«, fragte ich deprimiert.

»Ach, Sara, geh erst mal duschen.«

Ich kicherte. Meine Londoner Vermieterin hatte die schwächste Dusche aller Zeiten. Es war eher ein Tröpfeln als eine Dusche. Jeden Morgen stand ich fröstelnd und fluchend da und sehnte mich nach der Dusche zu Hause. Leider war nicht nur diese Dusche so, das Tröpfeln war sozusagen Standard bei fast allen Duschen in London. Ich träumte mich immer wieder ins Schwimmbad in Luleå. Und in die echte Sauna, die es dort gab. Die nicht nur lauwarm war.

»Ich hab doch eben erst geduscht!«

»Mach es noch mal. Ich zum Beispiel will mir jetzt die Haare färben.«

»Große Veränderungen?«

»Na ja, es wird wohl ein bisschen schwarz und … schwarz. Also cheers, darling«, sagte My zum Abschluss. »Du duschst und ich färbe mir die Haare. Und danach sind alle wieder froh und fesch.«

Als ich My am ersten Schultag in London kennenlernte, war sie keine von denen, die ich mir als zukünftige Freundinnen ausgeguckt hatte. Sie war tiefschwarz. Nicht ihre Haut, sondern alles, was sie am Leib hatte. Ihre Haare waren dunkelbraunrot mit breiten, schwarzen Strähnen, na ja, eigentlich eher Streifen als Strähnen. Die Frisur: schulterlang, verfilzt. Sie kam mir hart und aggressiv vor. Keine, die andere mit einem sanften, einladenden Lächeln begrüßte. Ich sortierte sie sofort unter »eigen« und »nichts für mich« ein. Die anderen Mädchen in der Klasse waren auf den ersten Blick viel »normaler«. Nette Sommerblusen, rosa Flipflops, elegante Taschen, so was. Filipa, Lovisa, Erica, Jamie, Charlotte. Alle Hanna und Bella sehr ähnlich.

Aber dann vergingen zwei Wochen, und durch Zufall landeten My und ich einige Male nebeneinander, als die Lehrer ihre Kennenlernübungen veranstalteten. Plötzlich war das Aggressive nicht mehr so deutlich, das Harte verflog. Und eines Nachmittags gingen wir nach der Schule noch einen Kaffee trinken.

Sie wollte Psychologin werden. Zuerst, nach dem Abi, einige Jahre arbeiten, gern in London, dann Psychologie studieren. Sie war genau der Mensch, den ich brauchte. So verdammt clever und lieb und offen. Nach all den misslungenen Beziehungsgesprächen mit Bella und Hanna redete ich jetzt, so oft ich konnte, mit My.

Und dann waren immer sie und ich und Nick zusammen. Er wohnte seit Jahren mit seiner Familie in London, wir beide waren Austauschschülerinnen. Er war Fußballfan, My tiefschwarz. Zu Hause in Schweden hätte ich sicher nicht sehr viel mit ihnen zu tun gehabt, nicht einmal, als My aufhörte, aggressiv zu sein. Sie waren einfach nicht meine Art von Freunden. Aber in London … da ging es doch gerade darum, dass alles möglich war. Niemand wusste, welchen Stil ich hatte. Ich hätte mit Simone de Beauvoir in der Hand in die Schule kommen und »Nieder mit dem Patriarchat!« rufen können oder auch von Kopf bis Fuß auf Punk zurechtgemacht. Alle hätten geglaubt, dass ich so wäre.

Nick und ich trainierten manchmal zusammen und er ging mit mir zu zwei Fußballspielen. Ich hatte noch nie bei einem zugesehen, es war total cool. Er und My waren musikbesessen und tauschten die ganze Zeit playlists und Interpreten, während ich mit My am liebsten in die Stadt ging, und wir redeten und redeten. Mir taten ihre Freunde in Uppsala leid, die ein Jahr lang ohne sie auskommen mussten.

Filippa und Erica waren nett und supersympathisch, aber My und Nick waren besser.

So, jetzt hat es angefangen – ich wusste noch, dass ich das nach unserem ersten Kaffee dachte, als mir aufging, wie gern ich sie mochte.

In London hatte Nick mir einen Artikel über jemanden gezeigt, der lauter Skisprungtricks kannte. »Wenn man zehn Meter hoch in der Luft ist, ist das die beste Rüstung für das Selbstvertrauen.« So ungefähr. Er griff immer zu diesem Trick, wenn er Fußball spielte. Ich wandte ihn an, um mich zu Mattias und Bella zu trauen.

Ich machte eine Menge Dinge: arbeitete, ging mit Hanna, ihrem kleinen Bruder und Andreas auf der Odde baden, traf mich mit Tove und Miranda zum Kaffee, war ein Wochenende mit meinen Großeltern im Ferienhaus, joggte. Einmal kam ich von meiner Runde zurück, als Adidas mit seiner anfing, und wir sagten beide Hallo.

Aber vor allem dachte ich an Mattias und Bella: Rom war nicht an einem Tag abgebrannt. Zehn Jahre gegen eins. Alles beginnt mit einem kleinen Schritt. Im Raum sein. Verdammt, *jetzt* aber. Und so weiter.

Nach einem Tag beim Frühstücksjob fuhr ich zur Einkaufsgalerie Smedjan und sagte Bella Guten Tag. Bekam ein »frisches Sommer-Make-up« verpasst.

Einige Tage darauf ging ich abends »spontan« zu ihnen hinüber. (Mit nur einer halben Stunde Zittern und Schweißausbrüche vorher.)

Bella machte zuerst ein überraschtes Gesicht, als sie die Tür öffnete. »Aber hallo!«, rief sie dann und schien sich zu freuen.

»Komm rein, komm rein. Stell dir vor, mit wem ich eben erst geredet habe? Mit Johannes!«

»Wer ist das?«

»Den hab ich kennengelernt. Er ist aus Skellefteå. Total lieb.«

Mattias lag auf dem Sofa, einen Fuß auf dem Tisch, die Fernbedienung in der Hand. Sein Blick, als ich hereinkam. Ernst, neugierig. Niemals mehr ein Lächeln, nie. War damit für alle Ewigkeit Schluss? Würde ich nur noch mit zusammengekniffenem Mund empfangen werden?

»Äääh …« Bella sah ihn an und schien zu begreifen, wie angespannt die Lage war. Sie packte mich am Arm. »Wir gehen rauf.«

Ich hatte ihr Haus immer gern gemocht. Es war groß und hatte viele Zimmer und kleine Ecken. Sie hatten keine durchgestylten Möbel oder so, aber irgendwie hatte alles einen ganz besonderen Charme.

Bellas Zimmer war fast das Beste. Sie hatte noch dieselbe dunkellila indische Tagesdecke mit den aufgenähten kleinen Spiegeln wie bei meinem letzten Besuch. Denselben überfüllten Schminktisch mit jeder Menge Halsketten und Armbändern, die an Nägeln daneben hingen. Denselben Duft nach Parfüm oder Bodylotion und Bella oder was auch immer das nun war. Und wir führten noch dieselbe Art von Gespräch. Wir hatten das schon so oft gemacht. Diesmal war Johannes das Thema.

»Möchtest du einen Saft?«, fragte sie, lief nach unten und holte zwei Gläser. Setzte sich dann mir gegenüber aufs Bett.

Es war so leicht, sich vorzustellen, alles sei wieder wie früher, als wir hier saßen. Wenn ich nicht dieses Gefühl von Angst und den Schweiß unter den Armen gehabt hätte, wenn ich nicht ihr erstes verlegenes Zögern erlebt hätte, ehe sie Ordnung in ihre Gesichtszüge bringen konnte (oder bildete ich mir das bloß ein?), wenn ich nur nicht total angespannt dagesessen und in Richtung Wohnzimmer gelauscht hätte, um zu hören, was Mattias machte, ob er weggegangen oder noch da war.

Und wenn ich mich nur nicht gezwungen gefühlt hätte, eine Frage nach der anderen zu stellen, weil ich Angst hatte, es könnte still werden – und wenn nicht das alles vielleicht viel zu deutlich gewesen wäre.

Als ich ungefähr eine Dreiviertelstunde später nach unten ging, war Mattias verschwunden.

Ich war dennoch total erschöpft, als ich nach Hause kam.

Eines Abends, als ich wieder mal nur den Frühstücksjob zu machen brauchte und einigermaßen fit war, zog ich gegen halb acht meine Joggingklamotten an. Als ich das Haus verließ, kam Adidas munter pfeifend die Treppe vor seinem Aufgang herunter und wollte ebenfalls eine Runde drehen.

»Du bist aber früh dran«, sagte ich. Bisher hatte ich ihn nie vor acht aufbrechen sehen.

Er schaute mich überrascht an, und mir ging auf, dass sich das anhörte, als ob ich ihn überwachte. »Ich hab dich zwei Mal später am Abend loslaufen sehen. Das hab ich gemeint.«

Er trug immer dieselben verwaschenen Sachen, wenn er trainierte, wie das schwarze T-Shirt, das er in der Waschküche getragen hatte. An diesem Tag hatte er Laufschuhe an, die total unschmutzig und selbstleuchtend weiß waren, und dunkelgraue Shorts, die ebenfalls nicht scheußlich aussahen. Der Typ wirkte ganz einfach von Kopf bis Fuß neu eingekleidet. Und nicht genug damit, dass er gut angezogen war, bei diesem Hemd sah man auch zum ersten Mal seine Schultern und Arme richtig. Muskeln. Nicht die große bullige, blöde Sorte, die man kriegt, wenn man sich mit einem Kanister Anabolis im Fitness-Studio einnistet, aber einwandfrei mehr als ab und zu eine Runde Softtraining mit Liegestützen, wie Mattias das machte. Es konnte sogar sein, dass Adidas einen Waschbrettbauch hatte. Bei diesem Oberkörper kam mir das durchaus nicht unmöglich vor. Sonnenbraun war er auch. Es war zwei

Tage lang gutes Wetter gewesen, vielleicht hatte er seine Gewichte ja im Freien gestemmt.

»Ja, oder du bist spät«, sagte er. »Das wäre ja nicht das erste Mal.«

»Äh … Also, normalerweise bin ich ein Wunder an Pünktlichkeit!«

»Ach?«

»Ja, wirklich.«

»Ich glaub dir ja, reg dich nicht auf.« Er hob grinsend die Hände und ging weiter.

Reg dich nicht auf? Gibt es etwas Nervigeres als Leute, die sagen, man soll sich nicht aufregen? Vor allem, wenn sie das komisch zu finden scheinen und man selbst durchaus nicht sonderlich aufgeregt ist, sondern einfach ganz normal redet?

Nach einigen Metern schaute er sich über seine Schulter um. Ich machte auf dem Absatz kehrt und ging in die andere Richtung die Treppe hoch. Ich hatte durchaus nicht vor, hinter ihm herzudackeln. Es war peinlich genug, dass er wusste, wie ich ihm nachgesehen hatte.

Ich konnte es vermeiden, ihm bei dieser Runde noch einmal zu begegnen. Aber das passierte dann an einem anderen Abend. Er lief um seine übliche Zeit, was bedeutete, dass wir aufeinanderstießen, als ich schweißnass auf dem Rückweg war.

Er zeigte auf eine nicht vorhandene Uhr an seinem Handgelenk, als wir aneinander vorbeiliefen, und hob den Daumen.

»Äh …!«, war alles, was ich als Antwort hinausbrachte. Das war offenbar meine Standardbemerkung geworden, wenn wir uns über den Weg liefen.

Meine Eltern hatten Urlaub und fuhren mit Svante für eine Woche ins Ferienhaus meiner Großeltern. Ich blieb zu Hause und arbeitete. Für Sonntag hatte Bella Hanna und mich zu sich zum Essen eingeladen, denn auch ihre Eltern waren in Urlaub gefahren. Sie wollte Nudeln mit Lachs und Krabben machen, das war, fand sie selbst, ihre Spezialität.

Als ich um halb sechs eintraf, saß Hanna schon auf der Vortreppe und seufzte genervt. »Sie ist unterwegs. Johannes ist plötzlich übers Wochenende aufgetaucht und da mussten sie ja was unternehmen.« Es klang, als ob Hanna über einen lästigen Ausschlag redete. »Hundert Eier darauf, dass da drinnen keine Krabben zum Auftauen liegen. Also, so ist das nie, wenn Andreas zum Essen einlädt. Dann würden wir jetzt schon bei der Vorspeise sitzen.«

»Noch ein Punkt für Wonderboy.« Ich setzte mich neben sie.

»Mindestens zehn! Und großer Gott, ich hab ja vielleicht einen Hunger!«

Einige Minuten darauf fuhr Bella mit hängender Zunge vor. »Sorry, sorry!« Sie beugte sich keuchend über den Fahrradlenker. »Und ich konnte nicht mehr einkaufen, ich musste nämlich … Max? Bitte? Dieses eine Mal? Wir können als Nachtisch ein Eis essen. Nächstes Mal koche ich ganz bestimmt. Versprochen.«

Hanna und ich tauschten einen Blick. *Ich hab's ja gesagt.*

Wir waren noch nicht weit gekommen, als Bellas Handy klingelte. Es war ein kurzes Gespräch, das die Wörter »Max« und »Jetzt«, ein gereiztes »Weiß ich doch« und zum Abschluss ein noch gereizteres »Na, von mir aus« enthielt.

Der Adidas-Typ stand hinter der Kasse. Die Mütze auf dem Kopf, die Haare hygienehalber zum Pferdeschwanz gebunden. Ich sah ihn sofort, als wir hereinkamen, und konnte ihn heimlich beobachten, während ich in der Schlange langsam nach vorne rückte. Er arbeitete offenbar schon eine ganze Weile bei Max, denn er bewegte sich so effektiv, wie erfahrenes Personal das eben tut. Kein Herumfuchteln, nichts Vergessenes, das mehrere Male geholt werden musste, alles dem besten Fluss der Bewegungen angepasst. Fast wie ein Roboter.

Er sah mich ziemlich bald und nickte mir zu, ehe er seinem Kunden ein Tablett in die Hand drückte.

»Neuer Job?«, fragte ich, als ich an der Reihe war.

»Japp. Sie haben uns alle irgendwo anders untergebracht. Jetzt fehlt nur noch der Orden.« Er gab meine Bestellung ein. »Der Chickenburger dauert maximal zwei Minuten und du kannst die Stoppuhr … jetzt einschalten.« Er sah mich auffordernd an. Als ob ich bereitgestanden hätte, um die Stoppuhr aus der Tasche zu ziehen.

»Danke, aber ich bin vielleicht doch nicht total zeitfixiert, auch wenn ich ein sehr pünktlicher Mensch bin«, sagte ich. »Ich muss es nicht auf die Sekunde genau haben.«

»Ach?«

Das Problem war, dass er nie so aussah, als ob er einen Witz machte, aber fast alles, was er sagte, gab mir das Gefühl, dass er sich über mich lustig machte. Oder dass alles Fallen waren, in die ich dann sofort hineintappte: Ich sagte, dass mir Sekunden nicht so wichtig wären, und schon schien er mir zu unterstellen, dass ich trödelte und immer zu spät kam.

Es war total nervig. Und ich begriff auch nicht, was das sollte. Er wusste doch rein gar nichts über mich, aber ich nahm mir trotzdem alles zu Herzen.

»Dann können wir einfach sagen, dass er ›bald‹ kommt und dass *ich* die Sache genauer im Auge behalte«, sagte er. »Ist das okay?«

Freundliches Lächeln.

Aber dennoch. Dieser verdammte Spott. Jedes blöde Mal.

Hanna sah mich an. *What?*

Ich schüttelte heftig den Kopf. *Nichts. Rein gar nichts.* Es war wie dann, wenn Svante erschöpft war und Streit anfangen wollte, um sich abzulenken. Man durfte da nicht anbeißen. Man sollte erwachsen sein und nachgeben und sich keine Gedanken machen. Ich musste mir das von nun an einschärfen. Ein »Hallo«, und mehr brauchten Adidas und ich nicht zueinander zu sagen. Es gab ja sowieso keinen Grund, warum wir überhaupt miteinander reden sollten, also müsste das doch überaus leicht sein.

Wir standen immer noch an der Theke und warteten, als Mattias bei Max auftauchte. Er sah ziemlich verkniffen aus. Bella reichte ihm wortlos einen Hunderter, und er stellte sich, ebenfalls ohne ein Wort zu sagen, hinten an der Schlange an.

Hanna und Bella bekamen ihre Tabletts und setzten sich, aber mein Chickenburger war noch nicht fertig, also musste ich noch warten. Mattias kam bei der Kasse an, wir nickten uns ein »Hi« zu. Er bezahlte. Stellte sich dann neben mich und wartete. Trommelte mit den Fingern auf dem Geländer, auf das wir uns stützten. Schaute zu Boden. Sagte nichts.

He, wie geht's? Hunger, oder was? Mieser Sonntagsbraten heute, meine Güte.

Ich wusste auch nicht, was ich sagen sollte, oder ob ich etwas sagen sollte, deshalb blieb ich stumm. War er sauer? Schlecht gelaunt? Weil er herkommen und mit uns essen musste, mit mir, statt sich einfach das von Bella gekochte Essen mit auf sein Zimmer zu nehmen und sich den Kontakt mit uns zu ersparen?

»Ein delifrisches Hähnchen!« Adidas fing meinen Blick auf und schob mir das Tablett zu. »Und es ist dir zwar egal, aber das war unter neun Minuten. Kann doch auch lustig sein, so was zu wissen.«

Ich antwortete: »Vielleicht.« Es war absolut keine perfekte Antwort. In einer Minute würde mir sicher etwas Besseres einfallen und dann würde ich mich tierisch ärgern. *Ich bin übrigens auch ein Wunder an Schlagfertigkeit, damit du's weißt!*

»Und eine Luxusmahlzeit mit viel Salat, einem Erdbeershake und Extradip«, sagte Adidas zu Mattias. »Guten Appetit.«

»Hähnchen?«, fragte Mattias, als wir zu den anderen gingen. »Heißt das, dass deine Max-Menü-Tage vorüber sind?«

Sonst hatte ich bei Max immer das Max-Menü genommen. »Weiß nicht. Ich war heute einfach auf Abenteuer aus.«

»Ja, ganz offensichtlich.«

Er klang ziemlich normal, als er das sagte. Kein bisschen sauer.

»Also, echt!«, rief Bella, als sie Mattias' voll beladenes Tablett sah. »Bist du sicher, dass du davon satt wirst?«

»Was denn, ich hab Hunger.« Er machte sich über seine Pommes her. »Und es ist ja wohl nicht meine Schuld, dass ich wachse und dass mir ein Festmahl versprochen worden war.«

»Ach, das wird ja so gut schmecken!«, sagte ich übertrieben begeistert und rieb mir erwartungsvoll die Hände. »Der Vogel sieht einfach köstlich aus.«

Bella verdrehte ein wenig die Augen und Hanna kicherte.

»Und so ungeheuer frisch, mit wenig Transfetten. Das isst man bei Weitem nicht oft genug.« Mattias nickte zustimmend und ebenso übertrieben, als er einstieg. »Superidee von dir, Bella. Danke!«

Ich schaute ihn überrascht an.

Bella schnaubte verärgert. »Ja, ja, ich bin die mieseste Gastgeberin der Woche. Jetzt wissen es alle. Selber danke!«

Ich begegnete über dem Tisch Mattias' Blick. Er wandte sich nicht ab, sondern lächelte mich sogar an. Ganz echt. Kumpelhaft. Wie früher. Jesus Christ! Ich musste den Impuls unterdrücken, aufzuspringen und eine Siegerrunde durch das Lokal zu drehen: »Hallo, habt ihr das gesehen? Ein Lächeln, Leute, wir haben ein gottverdammtes Lächeln!«

Ich hatte nicht nur das Glück, im selben Zimmer zu sein wie der Vogel – er war auch noch auf mich zugekommen und hatte vorsichtig gegen meine Hand gepickt.

»Ich hab nur noch eine Frage«, sagte er unschuldig. »Mein Proviant morgen, was machen wir da?«

Jetzt ging Bella hoch. »Nun red du nicht dauernd über deinen verdammten Proviant! Kannst du nicht mal an was anderes denken?«

»Sicher.« Kunstpause. »Im Moment denke ich zum Beispiel an Lachs.«

Sie schrie auf, beugte sich über den Tisch und boxte ihm mehrmals hart auf die Schulter.

Mattias lachte und versuchte, sich zu entziehen. »Hör auf. Ich hab ja nicht mal damit angefangen!«

»Ihr seid so verdammt anstrengend, ich werde wahnsinnig.« Bella wandte sich nicht an mich, sondern verpasste ihrem Bruder noch einen besonders harten Schlag.

Ihr. Wie in *wir. Wir!*

Mattias massierte sich lächelnd den Arm, als Bella endlich aufhörte. »Vielen Dank auch, Sara.«

»Ach, nicht doch. My pleasure«, sagte ich und hoffte, dass mein Tonfall leicht und lässig genug geklungen hatte, obwohl ich eigentlich froher als froh war. »Ist dieser Dip da eigentlich gut?«

»Was denn, der da? Meiner?« Er hob die Packung hoch. »Ach, natürlich, erst reitest du mich rein und jetzt mein Essen. Hast du nicht auch Durst?«

Er schob mir sein ganzes Tablett hin. Noch immer gar nicht so schlecht in der Kunst, ernst zu bleiben, wenn er Witze machte.

Yes, yes, yes, einfach wunderbares Yes.

Unter dem Tisch versetzte mir Hanna einen Tritt gegen das Schienbein.

I know, dachte ich, aber ich wagte nicht, sie oder jemand anderes anzusehen, man würde sofort merken, wie froh ich war. Herzklopfen, schweißnasse Hände, Atemnot, das alberne Lachen, das ich zu unterdrücken versuchte. Alles würde explodieren.

Es war fast genau ein Jahr her, dass wir so etwas zuletzt gemacht hatten. Als wäre alles für uns zwei einfach wieder normal und supergut. Mein allerbestes Willkommensgeschenk bisher.

Danke, Mattias, tausend, tausend Dank.

Zwei Stunden später lief ich von Mattias und Bella nach Hause. Möglichst langsam, ich gab mir alle Mühe, nicht zu hüpfen, denn man konnte von ihrem Haus aus den ganzen Weg zu meinem sehen. Aber in meinem Kopf hüpfte es.

Eis bei ihnen im Wohnzimmer. Ein Film. Etwas Futuristisches. Nichts Besonderes, aber scheißegal, denn es waren Eis und Film mit Bella und Mattias, mit IHM. Er ging zuerst in sein Zimmer, kam aber nach einer Weile wieder herunter. Verbrachte die nächste Stunde bei uns. Verzog obligatorisch beleidigt das Gesicht, als Hanna und ich ein wenig tuschelten. Ich nickte, »alles klar, schon kapiert«, und versetzte Hanna einen Rippenstoß. »Rede lauter, sonst können das nicht alle verstehen.«

Sie schnaubte, aber nicht blöd, sondern auf ziemlich fröhliche und richtig liebe »Huch, ach so!«-Weise.

Telepathie-Ich: Genau so, Mattias. Das habe ich gemeint. Wir können es probieren, es wird funktionieren, ich weiß es, wir machen einfach weiter. Das können wir doch am besten. *We can do it.*

»So ungefähr der beste Abend seit einem Jahr«, teilte ich My per SMS mit, als ich einschlafen wollte, das aber einfach nicht konnte, weil ich so aufgeregt war. »Ist nicht böse gemeint, darling.«

Sie: »Wurde auch nicht so verstanden, birdie.«
Ich: Vogel in der Hand.
Sie: Läuft doch bestens!
Ich: Nur so, nix bes. Saugut.
Sie: Go, birdy.

Dazu hatte ich Lust, als ich am nächsten Morgen aufwachte: loszurennen und bei Bella und Mattias auf die Türklingel zu drücken, bis Mattias öffnete, und dann fragen, ob er mit mir spielen wollte.

Das tat ich aber nicht. Denn es war Montag und ich musste frühstücksjobben und kein Mensch auf der ganzen Welt will so früh schon spielen.

Und außerdem war ich ja nicht total bescheuert.

Das also tat ich: meinen Himbeerjoghurt löffeln, intensiv mit ihrem verschlafenen Haus telepathieren und dann zum Job fahren. Alle Hotelgäste erhielten heute ein vorbildliches und herzliches Guten-Morgen-Lächeln.

Nach der Arbeit duschte ich und schaute bei Tove vorbei und wir aßen Toast und Salat zum Mittagessen. Astrid war auch da. Sie ging mit Tove auf den sozialkundlichen Zweig und im Herbst würde ich in ihre Klasse kommen.

Danach saßen wir in Toves quietschender Hollywoodschaukel, lasen Zeitschriften und redeten. Das war nichts Besonderes, zusammenzusitzen gehörte zu meinen und Toves Lieblingsbeschäftigungen. Aber heute fühlte ich mich unruhig. Die Indianerseele war inzwischen nicht nur in Kallax gelandet und hatte den Flughafenbus nach Hause genommen, sondern hatte sich jetzt auch häuslich niedergelassen. Was zu Anfang des Sommers große phantastische Events gewesen waren, »Kaffetrinken mit Tove« oder »bei Hanna vorbeischauen«, waren jetzt ganz normale Alltagsaktivitäten und überhaupt nicht mehr so lustig wie am Anfang. Sie konnten mir sogar leicht öde vorkommen, so wie jetzt.

Bella hatte recht gehabt, als sie gesagt hatte, ich würde Luleå bald satthaben. Es hatte allerdings länger gedauert, als sie vorausgesagt hatte, und es lag auch nicht daran, dass ich mich nach unendlich vielen spannenden Kaufmöglichkeiten sehnte, die es in unserer Hauptstraße nicht gab, sondern, dass ich anfing, mich ruhelos zu fühlen. Zu Hause zu sein, war zur Routine geworden. Es kam mir nicht mehr exotisch vor, morgens Papas blubbernde Kaffeemaschine zu hören, und wenn ich Hanna und die anderen traf, krampfte mein Herz sich nicht mehr vor Zuneigung zusammen. Das Carpe-diem-Gefühl war verschwunden, jetzt war alles nur noch Alltag.

Ich arbeitete, lief manchmal meine Runden, unternahm etwas mit meinen Freundinnen. Alles, wonach ich mich in London gesehnt hatte, war jetzt mehrfach abgehakt. Wenn ich morgens aufwachte und dachte: *Na, und heute?*, dann kannte ich schon die Antwort: *Ach, nichts Besonderes, nur das übliche.*

In Luleå passierte es einfach nicht, dass man in einem Stadtteilkino ein kleines jugoslawisches Filmfestival entdeckte oder einen schönen Park oder dass man von My in eine Vorlesung über Verhaltenstherapie mitgeschleift wurde oder dass man in einem Café, in das man nur gegangen war, weil die Füße müde wurden, nachdem man einen spontanen Spaziergang durch ein neues Viertel gemacht hatte, mit einer alten Dame ins Gespräch kam. Hier waren keine witzigen neuen Stadtteile zu erforschen.

Ich konnte auch nicht bei Mattias auf die Klingel drücken, denn es bestand doch die Gefahr, dass er sich erinnerte, was er vor einem Jahr gesagt hatte, und dass er dann die Zugbrücke hochzog. Es war wichtig, dass ich mich lässig verhielt, keinen Stress machte, sondern alles ganz langsam und vorsichtig aufbaute. Also ging ich zum Job, aß und schlief, drehte meine Runden, traf mich ab und zu mit Tove und/oder Miranda, ging zum Job, schlief. Repeat und repeat. Zweimal sah ich Adidas losjoggen oder von seiner Runde nach Hause kommen, aber wir redeten nie miteinander.

Eines Sonntagnachmittags, als ich gerade loslief, spielte er mit zwei kleinen Jungen auf dem Rasen hinter dem Haus Fußball. Na ja, oder so was in der Art, denn der eine Junge war so klein, dass er vor allem aufgeregt schreiend auf den zurannte, der den Ball hatte, und sich an dessen Bein festklammerte, bis er vor Lachen nicht mehr konnte und umkippte. Der andere Junge schien immerhin ein bisschen was von Fußball zu verstehen. Aber auch nicht besonders viel, denn als ich gerade vorbeiging, schoss er eine Flanke, die sicher zu Adidas sollte, stattdessen jedoch fünf Meter weiter bei mir landete.

»Wer gewinnt?«, fragte ich und kickte den Ball zu ihm zurück. Der Junge sah mich mit großen Augen an.

»Sven«, antwortete Adidas und zog den Kleineren, der vor Lachen wieder in sich zusammengesackt war, auf die Beine. »Aber eigentlich steht es sehr, sehr unentschieden.«

Dann lief ich los und unser Gespräch war zu Ende. Es war genau so gewesen, wie ich es im Max beschlossen hatte: sauber, kurz, kein überflüssiges Gerede. Dennoch fühlte ich mich sofort getroffen, als ich hörte, wie der Kleine und Adidas hinter mir lachten. Ich wusste ja, dass ich nicht gemeint war, denn worüber hätten sie lachen sollen? Ich hatte keinen komischen Laufstil, ich hatte keinen großen Flecken auf dem Hintern, aber ich reckte mich trotzdem und wurde etwas schneller, bis ich sicher sein konnte, dass ich außer Sichtweite war.

Die Tage vergingen, wurden zu einer Woche, dann zu noch einer und noch einer. Mein Sommerjob war endlich zu Ende und wir fuhren jetzt alle zusammen für einige weitere Tage ins Ferienhaus in Råneå.

Alles, was ich immer so schön gefunden hatte – im Nebenhäuschen schlafen, im Bett liegen und ein Buch lesen, mit Opa quatschen, mit Oma Kreuzworträtsel lösen – nichts davon funktionierte diesmal. Ich dachte die ganze Zeit nur: »God, I'm bored, I'm bored!«, während ich versuchte, die brave große Schwester zu spielen und Svante nicht zum einundfünfzigsten Mal anzufauchen, auch wenn er mir wahnsinnig auf die Nerven ging. Dann fing es an zu regnen und wir fuhren nach Hause. Gott sei Dank.

An einem dieser Regentage joggte ich los, in dem Versuch, meine ständige Unruhe loszuwerden. Als ich fast am Theater angekommen war, also im letzten Teil meiner Laufstrecke, wurde ich von Arash auf dem Fahrrad eingeholt.

»Du bist doch verrückt!«, rief er lachend.

»Aber es ist ja warmer Regen«, sagte ich, und als er den Kopf schüttelte: »Doooch, das ist schön!«

»Schön? Ich bereue, dass ich nicht mit Matte und den anderen gefahren bin.«

»Wieso denn das?«

»Na ja, dreißig Grad im Schatten und ein herrlicher Strand oder das hier? Da muss man doch nicht lange überlegen.«

Dreißig Grad im Schatten? Von was redete er eigentlich?

»Kreta«, sagte Arash als Erklärung. »Er und Viktor und ein Kumpel von Viktor haben so ein Last-Minute-Dings gemacht, als sie mit ihren Jobs fertig waren.«

Ich hätte jetzt nicken und »ja, Kreta, genau« sagen müssen.

»Was, echt?«, fragte ich stattdessen ziemlich blöd. »Wann denn?«

»Vorgestern.«

Erst vor drei Tagen hatte es eine Mattias-Beobachtung gegeben. (My nannte das so, wenn ich von unseren Begegnungen berichtete. Sie fuhr total auf diese Vogel-Sprache ab.) Nur wenige Stunden nachdem wir aus dem Ferienhaus zurückgekommen waren. Mattias war auf Cooperspaziergang am Ufer gewesen und lief mir über den Weg, als ich gerade aus der Waschküche kam. Statt nur Hallo zu sagen, war er stehen geblieben, hatte Cooper zu mir laufen und mich begrüßen lassen und dann hatten wir fast zehn Minuten lang miteinander geredet. Das Gespräch war absolut okay gewesen. Wir hatten kein großes Thema angeschnitten, sondern ein wenig über das Wetter und dies und das geplaudert, aber dabei hatte es einige Male ein Lächeln gegeben. Einige direkte Blicke. Vor allem hatte er weder gestresst noch bedrückt ausgesehen.

Und My hatte auf meinen Bericht hin »Na, siehst du!« gerufen.

Aber er hatte nichts von dieser Last-Minute-Reise gesagt. Und dermaßen last minute war die ja wohl nicht gewesen, dass er am Morgen nach unserer Begegnung mit dem Gedanken aufgewacht war: »Und was könnten wir heute mal unternehmen? Klar, auf eine Pauschalreise gehen«, um dann schnell eine kleine Reisegruppe zusammenzutrommeln?

»Wann haben sie das beschlossen?«, fragte ich Arash.

Er zögerte und sah mich verlegen an. »Weiß nicht so genau, vor einer Woche vielleicht … also, es war ziemlich kurz davor, Sara, das war es wirklich.«

Ja, aber so kurz nun auch wieder nicht.

Arash wusste nicht, was er sagen sollte. Aber ich hätte jetzt natürlich auch nicht so überrascht aussehen dürfen. So hatte er nun das Gefühl, zu viel gesagt zu haben. Am Ende murmelten wir voller Unbehagen »Bis dann« und gingen auseinander.

Als ich nach Hause kam, legte ich mich verzweifelt auf den Boden in der Diele. Hier hatte ich die »Hallos« gesammelt und mir kleine Fortschritte eingebildet und geglaubt, wenn ich nur weiter so cool und so ausdauernd bliebe, würde es zu etwas Gutem führen. (Etwas Gutes, das hieß: SMS, Telefongespräche, Lachen, *yes,* wiederaufgenommene Freundschaft, lebenslang, wunderbar, einfach richtig, wow?) Und wir würden uns so langsam wieder aneinander gewöhnen.

War das wirklich alles nur Einbildung gewesen?

Sogar Arash, sein bester Freund, der sicher jede Menge über meine »Gemeinheiten« gehört hatte, ging davon aus, dass Mattias mir von der Reise erzählt hatte. Das war doch etwas, über das man sprach, wenn man sich am Tag davor begegnete. Wenn ich meinen Bekanntenkreis durchging, fiel mir kein einziger Mensch ein, den ich nicht glücklich mit meinem Bericht überschütten würde. Es wäre wirklich eine Leistung, nichts zu sagen. Zehn Minuten herumstehen und über Gott und die Welt quatschen und dabei nur daran denken, dass man bald am Mittelmeer sein wird. Und das dann zu verschweigen.

Warum? Eben weil wir keine Freunde oder guten Nachbarn waren, wir waren nichts. Nur ich fand es wichtig, ob wir uns über den Weg liefen oder nicht, ob wir uns grüßten oder nicht. Nur ich bildete mir ein, dass wir noch immer eine Art Beziehung hätten und dass sie sogar besser werden könnte als früher. Mattias war das alles scheißegal. Bella war das alles scheißegal. Ich hatte ihr eine SMS geschickt, dass wir aus dem Ferienhaus zurück seien, aber noch immer keine Antwort bekommen. Dabei war es schon mehrere Tage her.

»Sara?« Papa kam in die Diele, wo ich noch immer auf dem Boden lag. »Was ist los, Herzchen? Hast du dich verletzt? Bist du kaputt vom Laufen?«

Ja. Ich hatte mich verletzt und war total kaputt. Es tat weh wie der Teufel – und war nichts. Oder: zurück auf Los. Oder: Vogel ausgeflogen. Sollte ich noch weitermachen?

Mattias und Viktor und noch einer auf Kreta. Sicher supertoll. Sicher jede Menge Party. Wurde braun. Wurde noch attraktiver. Hielt Ausschau nach Mädchen. Redete mit ihnen. Leerte Drinks. Fuhr sich mit der Hand durch die Haare, ließ die Blicke schweifen, lächelte, sah eine an, bekam Gesellschaft, noch ein Drink, beugte sich ein wenig vor, huch, hoppla, hatte sie wohl gestreift, ganz wenig, aber eben doch gestreift. Prickel, prickel. Ohhh. Und sieh an, es wurde zurückgestreift. Durfte vielleicht später mit ihr schlafen. Hallo, ist es heiß auf Kreta? Verdammt klar, dass er mit ihr schlafen durfte.

Und ich in Luleå. Saß auf dem Bett, nach dem Duschen ein Handtuch um die Haare gewickelt. Starrte die Wand an. Stumm. Einsam. Was jetzt? Nichts. Gar nichts. Keine SMS, keine Mail, kein Besuch. Nur einsam. Wie in »zu Ende.«

Willkommen daheim.

Mattias und ich waren schon seit zwei Monaten zusammen, hatten aber noch immer keinen Sex gehabt.

War das normal? Vermutlich nicht.

Hanna hatte im Herbst in der ersten Klasse für knapp einen Monat einen Typen gehabt und sie hatten den ersten Sex rasch hinter sich gebracht. Mattias und ich traten nur auf der Stelle. Jede Menge Küssen, Kuscheln, ab und zu ohne Kleider. Es gefiel mir und ich wurde geil und er auch, aber … Ich weiß nicht, ob er darauf wartete, dass ich die Initiative ergriff, da ich es ja noch nie gemacht hatte, aber ich hatte das Gefühl, dass es nie der richtige Moment war. Ich konnte mich nicht entspannen, wenn Svante mit seinen Kumpels im Wohnzimmer an einem Computerspiel saß. Wenn ich wusste, dass Bella auf der anderen Seite der Wand war. Und ich danach, auf dem Weg zum Klo, mit ihr zusammenstoßen könnte. Sie würde vermutlich genau begreifen, was passiert war. Nein, danke. Die ganze Zeit waren zu viele Leute in der Nähe.

Es war so verdammt anstrengend, dass alle immer alles wissen mussten. Wenn wir erwachsen gewesen wären und eine eigene Wohnung gehabt hätten, hätten sich im Nebenzimmer weder der kleine Bruder noch die Zwillingsschwester aufgehalten und ich müsste nicht um eins zu Hause sein, sondern könnte die ganze Nacht bleiben. Und am nächsten Morgen müssten wir dann nicht mit der gesamten Familie frühstücken, sodass alle wüssten, womit wir uns beschäftigt hatten.

Gerade das mit dem Frühstück kam mir am schlimmsten vor. Erst verbringt man die perfekte Nacht mit dem Liebsten, romantisch, schön, alles. Am nächsten Morgen sitzen die anderen Familienmitglieder da mit ihren alten, verschlissenen Bademänteln und verwuschelten Haaren, sauen mit Leberwurst herum und riechen ungeduscht.

Mattias war das alles nicht so peinlich. Zum Beispiel, als ich ihm zum ersten Mal einen geblasen hatte (*Oralsex*, ich habe *Oralsex!*) und er total erregt war. Total. Stöhnte, keuchte, schrie fast, als er kam. An einem ganz normalen Samstagnachmittag. Unten briet seine Mutter gerade Frikadellen. Ihm war das alles völlig egal.

»Ach, unglaublich, Sara«, murmelte er danach und zog mich an sich. »Ganz unglaublich phantastisch schön.«

Ich freute mich darüber, fühlte mich aber ... ja, ein wenig neidisch auf ihn. Ich fing an, viel zu viel daran zu denken, was zu hören war und was ich machen sollte, falls jemand die Treppe hochkäme oder an die Tür klopfte, ob ich zu sehr geschwitzt hatte oder irgendwo nicht gut roch.

Alle Erwachsenen sagten immer, man sollte alles im eigenen Tempo machen, sich nicht zu Dingen zwingen, die man nicht wollte, dass man schon merken würde, wann es so weit war. Daran kamen mir nun Zweifel. Richtiger als jetzt könnte es doch nicht sein: Seit mehreren Monaten zusammen, supertoller Typ, ich liebte ihn, schmuste und kuschelte und war einfach gern mit ihm zusammen. Warum kam nicht dieses »Yeah! alright! We can do this!«-Gefühl, wenn ich an Sex dachte?

War es nicht richtig so? Oder hatte ich das Gefühl, das man

haben sollte? Vielleicht war das hier normal, vielleicht war ich *so weit*?

Eines Abends, als ich bei Mattias gewesen war und nach Hause gehen wollte, fragte er: »Ist dir klar, dass morgen Samstag ist? Eigentlich könntest du hierbleiben, theoretisch.«

»Und praktisch sofort vermisst gemeldet werden«, sagte ich. »Ich glaube, ich muss die Idee erst mal streuen.«

»Ja! Tu das.«

Also ging ich nach Hause und streute. Es dauerte eine Weile. Ich wünschte, Mama hätte einfach geantwortet: »Sicher, wann denn?«, als ich fragte, ob Mattias bei mir übernachten könnte. Aber ihre Antwort war eher: »Übernachten? Hier?«

Dann folgte das peinlichste Gespräch meines Lebens. Natürlich über Sex und die Sache mit der freien Entscheidung ganz ohne Druck. Ich hätte mir gern ein Kissen über den Kopf gelegt, um das alles hier nicht hören zu müssen, aber mir war schon klar, dass es dann noch länger dauern würde. Es wäre auch keine Hilfe, darauf hinzuweisen, dass wir rein theoretisch schon längst Sex hätten haben können, so oft wir wollten, da wir doch bereits x Stunden ganz allein verbracht hatten. Das ließ ich nur vorsichtig durchscheinen.

Nach dem Sexgespräch konnte ich Mattias immerhin per SMS mitteilen, dass die Bahn frei wäre, wenn er am Freitag *übernachten* wollte.

»Klar doch«, antwortete er sofort.

Der nächste Schritt war die Verhütung. Natürlich eines der Themen, die Mama zur Sprache gebracht hatte. Ich war das wandelnde Teenagerstereotyp. Verdruckst, schweißnass, nervös. Ich ging eines Tages nach der Schule allein in die Apotheke und kaufte Kondome. Riss die Packung an mich, die am neutralsten aussah. Ging zur Kasse. Knallrot im Gesicht? Ach, sieh an. Tarnkauf? Klar doch. Eine Packung Kondome plus einen Fettstift. Um zu beweisen, dass ich nicht nur sexverrückt war, sondern auch auf meine sanften Lippen achtete.

Trotzdem hatte ich das Gefühl, dass alle mich anstarrten.

Ich versteckte die Pariser hinter den Ordnern in meinem Regal.

Am Freitag kam er zum Essen zu uns. Papa servierte Steak mit Sauce béarnaise. Eigentlich gehört das zu meinen Lieblingsessen, aber diesmal konnte ich es gar nicht würdigen. Es wäre besser gewesen, wenn wir einfach Hackfleischsoße gegessen hätten oder sonst etwas ganz Normales. Es war ohnehin alles so ganz anders, auch ohne ein Festmahl. Mattias trug einen neuen Pullover, er roch frisch geduscht, er lachte zu viel, er fasste mich zu viel an. Alle sahen alles. Die Überschrift über dem ganzen Abend lautete: »Sara wird Sex haben!«

Um halb elf gingen Mama und Papa schlafen. Ich ließ Mattias vor mir ins Badezimmer. Zündete in der Zeit Kerzen an und machte alles bereit.

»Wie gemütlich«, sagte er begeistert, als er hereinkam.

Wir küssten ein wenig, als ich fertig war. Schmeckten beide nach Zahnpasta. Als wir schlafen gehen wollten, holte ich die Kondompackung hinter den Ordnern hervor.

»Ach«, sagte er ein wenig überrascht, als er sie sah. »Du hast. Wie gut.«

»Was denn, ist das die falsche Sorte? Oder willst du nicht?«

»Klar will ich.«

»Aber?«

»Nein, kein Aber. Ich will. Absolut.«

Ich streifte Jeans und Pullover ab und stand in Unterhose und BH da. Er zog alles aus bis auf die Unterhose. Dann umarmten wir uns wieder, fast nackt. Sein Ständer stieß gegen mein Bein, Mattias streichelte und küsste und umarmte mich. Runter mit Unterhosen und BH. Unter die Decke. Meine Füße waren von kaltem Schweiß überzogen. Ich hätte die Socken anbehalten müssen.

»Sag, was du schön findest«, sagte er leise und streichelte meine Haare.

»Das hier. Alles ist schön.« Ich versuchte, ihn nicht zu oft mit meinen schweißkalten Füßen zu berühren.

Ich wusste, warum er fragte. Jetzt hätte ich die Beine um ihn schlingen, »Mattias, Mattias!« stöhnen und geiler denn je sein müssen. Aber ich war trocken und starr. Ich befahl mir in Gedanken: »Ihn streicheln!«, statt es spontan zu tun. Die ganze Zeit hatte ich Angst, wir könnten zu laut sein, Svante könnte uns belauschen, meine Eltern könnten in ihrem Schlafzimmer liegen und wissen: Sara hat jetzt Sex. Ich wollte nicht daran denken, aber das gelang mir nicht.

»Aber irgendwas Besonderes?«

»Nein, alles, oder ich weiß nicht.«

Er glitt herunter und legte sich neben mich, fing an, von etwas zu erzählen, was in der Schule passiert war, stützte den Kopf in die eine Hand und legte die andere auf meinen Bauch. Stille. Ruhiger und freundlicher Tonfall. Ich wusste, was er tat. Eine Atempause einlegen. Alles neu sortieren. Sein Ständer wurde schlaff und alles war wie eine ganz normale, nette Unterhaltung.

»Entschuldige, so interessant ist das auch wieder nicht. Und jetzt ist es halb zwölf«, fauchte ich irgendwann gereizt.

»Bist du müde?«

»Müde?« Ich seufzte. »Darf ich dir eine Frage stellen: Hattest du Kondome bei dir?« Er brauchte gar nichts zu sagen, ich wusste die Antwort schon. »Da siehst du's.«

»Mmm, na ja«, sagte er zögernd. »Aber ist es so wahnsinnig wichtig, dass wir es ausgerechnet heute Abend machen?«

»Du hast doch gesagt, dass du es willst.«

»Ja, aber du bist nervös, oder? Ich bin auch nervös. Und vielleicht … na ja, vielleicht geht es leichter, wenn wir nicht so nervös sind. Ich weiß nicht.«

»Alle sind beim ersten Mal nervös. So ist das eben.«

Wir fingen von vorne an. Er streichelte mich. Nichts passierte. Ich wurde nicht geiler und auch nicht lockerer. Am Ende schob ich seine Hand wütend beiseite und setzte mich auf die Bettkante. Ich konnte jeden Augenblick in Tränen ausbrechen.

»Aber Sara«, sagte er zaghaft, »das macht doch nichts.«

Der pflichtschuldigste Kommentar des ganzen Abends.

»Ich wollte doch, dass es gut wird«, konnte ich noch sagen. Und dann kam es. Das Weinen. Alle anderen fanden Sex toll. Überall kriegten die Leute Geschlechtskrankheiten und wurden ungewollt schwanger von superunbekannten One-Night-Stands, aber wenn ich mit meinem wunderbaren Liebsten – den ich seit Ewigkeiten kannte – Sex haben wollte, dann klappte rein gar nichts.

»Ist schon gut«, beteuerte Mattias.

Ist schon gut. Der allerpflichtschuldigste Kommentar des Abends. Der war nun wirklich nicht zu übertreffen.

»Bitte, nicht weinen. Es macht doch nichts. Wirklich nicht.«

»Sicher, es macht rein gar nichts. Es ist genau, was du wolltest, oder etwa nicht? In jeder Hinsicht ein Traumabend«, schniefte ich. »Das hier kannst du dann Bella und Arash und allen anderen erzählen.«

»Aber Sara …« Nun setzte auch er sich auf. »Du weißt doch, dass ich das nicht tue.«

»Weiß ich das?«

»Gut, wenn du es bisher nicht wusstest, jetzt weißt du es.« Eine Hand auf meiner Schulter. »Sei nicht traurig. Das ist doch Unsinn.«

Ich schüttelte die Hand ab und er saß stumm neben mir.

»Können wir nicht versuchen, ein bisschen zu schlafen?«, bat er, als ich endlich nicht mehr weinte.

Er blies die Kerzen aus und legte sich in Löffelstellung hinter mich. Der perfekte Liebhaber. Ich spürte, wie sein Atem an meinem Rücken immer ruhiger wurde, und am Ende schlief ich dann auch ein.

Am nächsten Tag war er unendlich lieb und besorgt um mich, küsste mich die ganze Zeit. Als ob wir es gemacht hätten.

Ich hätte am liebsten die ganze Zeit geweint.

Ungefähr eine Woche später schafften wir es dann endlich. Ein Fest bei Viktor, ein bisschen Wein, beschwipst, bei Mattias übernachten. Sein Gesicht über mir. Sein Gewicht auf mir. Sein Penis in mir. *Ich habe Sex. Wir haben Sex. Jetzt machen wir es. Sex. Das hier ist richtiger Sex.*

»Geht das so?« Küssen, schmusen, zupfen, stoßen. Zurückgehaltene, ausgestoßene, keuchende Atemzüge. Schweißnasse Oberlippe, Bisse in die Unterlippe.

»Mmmm.«

»Ich liebe dich.«

Sex. Richtiger Sex.

Ich war so ungeheuer erleichtert, als ich das auf die Erledigt-Liste setzen konnte. Jedenfalls ungefähr eine Woche lang. Dann machten wir es wieder und wieder, und ich hatte nie das Gefühl, dass es besser würde.

Ich wusste, wie gut Sex war. Alle, die nicht völlig hinterm Mond leben, wissen das. Es geht nur darum, nicht mehr zu denken, sich gehenzulassen, sich hinzugeben. Ich kam nicht so weit. Ich stöhnte nicht, ich schrie nicht vor Lust, ich sah keine Sterne.

»Sag, was du schön findest«, bat er.

Oder: »Ist das hier schön für dich?« oder: »Was soll ich tun?« So ungefähr die schwersten Fragen meines Lebens.

Ich hatte gedacht, durch Sex würde ich mich wie eine richtige, echte Geliebte fühlen, aber so war es nicht. Ich fand es wunderbar, wenn wir zusammensaßen und redeten, ihn einfach in meiner Nähe zu haben und etwas mit ihm zu machen. Wenn mein Kissen nach ihm roch, wenn wir tagsüber telefonierten, das alles. Aber die richtigen Sachen, die zu einem Paar gehörten, suchte ich bei uns noch immer vergebens. Obwohl er der perfekte Liebhaber war.

Warum war das so? Weil ich ihn nicht so liebte wie er mich? Weil ich noch immer das bizarre Gefühl »Shit, *wir haben ja Sex!*« nicht loslassen konnte? Weil ich nicht von ganzem Herzen an uns beide glaubte? Weil wir besser nicht …?

Hätte ich nicht total verrückt nach ihm sein müssen? Doch. Hätte ich nicht Lust verspüren müssen sobald er nur meine Hand nahm? Na gut, leicht übertrieben, aber dennoch. Hätte ich nicht das alles fühlen müssen und dann noch etwas mehr, wenn ich eine gute Geliebte gewesen wäre? *Unbedingt.* Und wenn das nun alles bedeutete, dass ich eher »Freundin« war als »Geliebte?« *Möglich.*

Bei diesem Gedanken geriet ich in Panik. Wenn alles ein Irrtum war. Wenn wir besser nicht … oder, who am I kidding, wenn *ich* besser nicht.

Erase and rewind?

Ich wollte eine phantastische Geliebte sein, mich dabei so sicher und gut fühlen, wie ich mich als Freundin gefühlt hatte. Aber ich hatte nur selten den Eindruck, dass mir das gelang.

War er unzufrieden mit mir? Wie unzufrieden? Machte er sich auch schon solche Gedanken? Kam er mir nicht etwas weniger glücklich vor, wenn wir uns trafen?

Und mit jeder Woche rückte London näher.

Wir hatten bis jetzt vor allem darüber geredet, wann ich fahren würde, nicht, was werden sollte, wenn ich dort wäre. Aber eines Abends brachte ich es dann zur Sprache.

»Es gibt doch Skype«, sagte er. »Und Chatmöglichkeiten. Und dann kommst du Weihnachten nach Hause. Und vielleicht sogar in den Herbstferien, was meinst du?«

»Weiß noch nicht.« Ich sah mein Knie an, spielte an einem Ring herum. Wir waren bei mir, an einem Abend mitten in der Woche. Ich saß auf dem Bett und lehnte mich an ihn und er hatte seinen Arm um mich gelegt. Es war fast zehn, er wollte gerade gehen.

»Aber meinst du …«, fing ich noch mal an.

»Was denn?«

Ich schüttelte den Kopf. »Ach, nichts. Weiß nicht.«

»Denk daran, dass wir in einer modernen Kommunikationsgesellschaft leben, Schnuffel«, sagte er übertrieben eilig und umarmte mich.

Ich dachte daran. Und an den Unterschied dazwischen, einfach nur Zeit hinter sich zu bringen oder intensiv das Jetzt zu erleben. Auch wenn wir in einer modernen Kommunikationsgesellschaft lebten. Ich wollte nicht jeden Morgen mit dem Gedanken aufwachen: »Hurra, noch ein Tag weniger bis zu den Herbstferien!« Ich glaubte nicht, dass ich das schaffen würde. Ich musste mich einer riesigen Großstadt stellen, einer Vermieterin, die Kathy hieß, einer neuen Schule, einem neuen Leben, in dem ich meine Kleider selbst waschen und mein Essen kochten müsste, wenn Kathy bei der Arbeit war, und in dem ich ohne meine Eltern zurechtkommen müsste, auch wenn es mir mal nicht so gut ging, wenn ich müde und traurig war und nichts und niemanden um mich herum ertragen konnte.

Auf das alles war ich vorbereitet. Darum ging es doch gerade. Ich wusste, dass ich mich in London einsam fühlen würde, das war unvermeidlich, und ich wollte diese Einsamkeit sogar, denn ich war fest davon überzeugt, dass sie mich … formen, mir einen Anstoß geben würde. Dass das dann der Anfang war, den ich suchte. Aber ich wollte mich nicht einsamer fühlen als notwendig. Wollte nicht die ganze Zeit mit einem Auge aufs Telefon und dem anderen auf meine Mails leben.

Ich wollte das mit London gut hinkriegen. Schließlich war das der Grund, weshalb ich überhaupt hinfuhr.

Ich dachte immer mehr über diese Dinge nach. Ich grübelte, wenn wir mit Bella und Hanna einen Film sahen, wenn wir uns zum Abschied und zur Begrüßung umarmten, wenn wir Sex hatten, wenn ich im Bus zur Schule fuhr, wenn ich eine Matheklausur schrieb, seine SMS beantwortete, wenn ich mit Mama und Papa und Svante beim Abendbrot saß, wenn ich schlafen wollte, wenn ich um die Odde lief, wenn Mattias mit seinen Kumpels und ich mit meinen Freundinnen etwas unternahm, wenn wir schweigend und aneinandergekuschelt auf seinem Bett lagen, mein Kopf auf seinem Arm, seine Hand in meinem Haar.

Ist das hier falsch? Sollten wir überhaupt zusammen sein? Ich fahre doch weg. Es wird niemals gehen. Oder wird es doch gehen?

»What's new, pussycat?«, fragte er manchmal, aber ich schüttelte nur den Kopf.

Eines Abends, als ich von ihm nach Hause kam und mich Papa fragte, wie es mir denn so ginge, weil wir uns an diesem Tag noch nicht gesehen hatten, fing ich an zu weinen. Einfach so. Ohne Vorwarnung. Ich war vorher nicht einmal besonders traurig gewesen. Dann weinte ich vier Tage lang mehr oder weniger ununterbrochen. Am vierten Tag bekam ich meine Regel, das konnte einiges erklären, aber nicht alles.

Ich weinte auf dem Fest der Abschlussklasse. Ich war mit Mattias dort, natürlich. Wir hatten uns in der Vorwoche mit einer kleinen Filmserie zum Thema »Prom night« auf das Ereignis vorbereitet. Er trug sein schickes Sakko vom Silvesterfest. Er brachte mir Blumen fürs Handgelenk mit(!). Wenn man ein Date mit jemandem haben will, der weiß, was sich gehört, sollte man immer einen Filmliebhaber nehmen.

»Wir sehen uns doch wieder«, sagte er, als ich später gehen

musste und mir zum fünften Mal die Nase putzte und die Augen wischte. »Und zwar jederzeit. Das ist jetzt kein *goodbye forever.*«

Aber wie ein *goodbye forever* kam es mir einige Tage später vor, als ich ihm sagte, dass ich mich als gute Freundin wohler fühlte denn als feste Freundin.

Oder genauer gesagt, ich fing so an: »Wir müssen über etwas sprechen.«

Mattias' Blick wechselte von ganz normal auf verzweifelt. Er schluckte und sagte nur: »Was? Nein, niemals, Sara! Sag das nicht!« Und dann fing ich an zu weinen und sagte es.

Er fand durchaus nicht, dass ich als gute Freundin besser sei denn als feste. Er hielt es durchaus nicht für ein Problem, dass ich nach London gehen würde: »Es gibt doch hundert Kommunikationsmöglichkeiten.« Wir seien ein phantastisches Paar. Kein bisschen seltsam, sondern einfach über alle Maßen superspitze, ob er noch mehr sagen müsse? Er habe noch nie jemanden so gern gehabt. Wir hätten uns aneinander gewöhnt. Wir seien gut zusammen. Die Besten.

Ich weinte und sagte, dass ich ihn gernhatte, ihn ebenfalls unendlich wahnsinnig endlos liebte.

Aber.

Aber?

»Nein«, sagte er entschieden. »Nei-hein. Auf keinen Fall.«

Und mitten in diesem Drama hatte ich das Gefühl, meinen Körper zu verlassen und uns von oben zu sehen. Ich wusste nicht mehr, was ich hier eigentlich machte. Massiver Blitzzweifel. Machte ich Schluss oder was? Mit Mattias? Hatte ich ihn in solche Verzweiflung gestürzt? Ich? Hallo?! Nun hatte ich mir so lange einen festen Freund gewünscht und jetzt hatte ich einen und er war phan-tas-tisch, und da stand er und war unendlich traurig, weil ich Schluss machen wollte. Was hatte ich mir bloß dabei gedacht?

Mattias und seine Familie würden zwei Tage später nach Frankreich fahren. Wir beschlossen, in dieser Zeit keinen Kontakt zu haben. Wir würden uns alles überlegen.

Das taten wir. Sie kamen nach Hause. Wir nahmen Kontakt auf.

»Können wir nicht einfach abwarten, wie es läuft?«, bat er bei unserem Wiedersehen und hatte dabei die Arme um mich gelegt. »Ich hab dich so wahnsinnig gern. Ich habe die ganze Zeit an dich gedacht. *Ich will das nicht.* Ich liebe dich doch.«

Seine ganze Mattiasigkeit, wie er sich anfühlte und roch und war und aussah. Alles so wunderbar. Und was, wenn er eben doch recht hatte? Ich hatte noch nie im Ausland gelebt, ich hatte doch keine Ahnung. Und ich war auch nie mit einem anderen zusammen gewesen. Oder hatte je jemanden gehabt, der mich liebte.

Die Wochen vor London wurden zu einem langen Albtraum. Ich war traurig, er war traurig. Ich hatte für drei Wochen einen Sommerjob als Unkrautjäterin. Machte eine Abschiedstournee durch die Verwandtschaft. Hatte eine Menge London-Sachen zu erledigen. Die ganze Zeit: traurig und immer trauriger. Jedes Wiedersehen kam mir vor wie ein Riesendrama. Manchmal, als ob wir zusammen wären. Manchmal, als ob wir Schluss gemacht hätten. Manchmal, als ob wir nur auf meine Abreise warteten, weil uns die Kraft zu allem anderen fehlte. Und auf jeden Fall endete es fast immer mit Tränen.

In der letzten Woche zu Hause musste ich mich entscheiden. Ich konnte nicht nach London fahren und dabei weiter so unsicher sein. Ich erklärte wieder, warum: In London musste ich ohnehin so vieles allein schaffen, er war der Phantastischste von allen, aber wir sollten nur gute Freunde sein, bitte bitte, können wir das denn nicht versuchen?

»Das geht nie im Leben«, sagte er. »Ich glaube nicht, dass ich wieder nur befreundet sein kann, nachdem wir zusammen waren. Und ich will das auch nicht. Ich will mit dir zusammen sein oder gar nichts.«

Und dann fuhr ich los, und als ich in London ankam, waren wir keine Facebookfreunde mehr, er war auf meiner Chatliste nicht zu sehen und beantwortete meine Mails nicht. Wir waren nichts.

My behauptete, es sei nur der erste Schock. Das werde sich legen. Ich glaubte ihr ein bisschen. Aber als ich in den Weihnachtsferien zu Hause war und wir uns zwei Mal über den Weg liefen und ich mit ihm zu reden versuchte, war alles furchtbar steif und gezwungen und scheußlich. Er wollte mich offenbar nicht ansehen, seine Blicke glitten nur über mich, wie zum Selbstschutz. Und das war sogar noch schlimmer als gar nichts. Ich konnte mit diesem Blick nicht leben. Dem fehlenden Blick. Oder damit, dass ich ihn so verletzt hatte. Einen Menschen, der mich *liebte*.

Es war so verdammt schön, im Januar wieder im Flugzeug nach London zu sitzen. Wieder die andere Sara werden zu dürfen, die entscheiden konnte, wer sie sein wollte. Nämlich eine, die immer lieb und munter war und sich um ihre Freunde kümmerte und ein großes Herz hatte und sich alle entscheidenden Schritte genau überlegte. Eine, die nicht auf dem Egotrip war oder hart oder gemein oder selbstsüchtig, die andere nicht dermaßen verletzte, dass sie nur noch verzweifelt waren. Und die das alles fast schon selber glaubte.

Aber dann kam ich im Juni richtig nach Hause und war leider wieder gar nichts mehr. *Oh, crap.*

Mattias war auf Kreta und lernte Mädchen kennen. Ich lag zu Hause auf meinem Bett und lernte niemanden kennen. Oder okay, ich zwang mich manchmal, auszugehen, denn man kann sich Blurs Runterziehstück »Tender« ja auch nur eine bestimmte Anzahl von Malen hintereinander anhören. Dann rief ich Tove an und versuchte, das Beste aus dem Augenblick zu machen und nicht die ganze Zeit so mies drauf zu sein, aber fast alles kam mir unglaublich langweilig und ausgelutscht vor. Dass die Schule wieder anfing, war geradezu eine Erleichterung. Etwas Neues zu tun, neue Menschen kennenzulernen. Und es würde jeden Tag mehrere Stunden in Anspruch nehmen. Der pure Lottogewinn.

Ich zog meinen schönen grünen Kaffeetrinkrock an, der so lange traurig unbenutzt gewesen war, schminkte mich, machte mir eine andere Frisur. Steckte einen Kugelschreiber und einen Block in eine Stofftasche und ging los. Zum ersten Mal in meinem Leben wohnte ich so nahe bei der Schule, dass es sich nicht gelohnt hätte, das Rad zu nehmen. Zu Fuß brauchte ich fünf Minuten. Eigentlich hätte ich ein wenig gespannt und aufgeregt sein müssen, aber es kam mir eher vor wie einkaufen zu gehen.

Arash und einige andere Jungs standen vor dem Schulhaus. Er begrüßte mich gleich, eine liebe »Aber hallo, wie geht's denn so?«-Umarmung. Wir hatten uns seit dem Kretagespräch nicht mehr gesehen.

»Der beste Tag im ganzen Jahr, was?«, sagte ich aufgesetzt munter.

Er lächelte und sah mich ein wenig mitleidig an. Ich klang wohl nicht ganz so sorglos, wie ich gehofft hatte. Er ging auf denselben Zweig wie ich, war aber ein Jahr über mir, deshalb begleitete er mich in meine Klasse, stellte mich vor und blieb, bis Tove kam. Wirklich nett und großbrüderlich.

Tove hatte von mehreren Leuten aus der Klasse erzählt, und ich hatte fast das Gefühl, sie zu kennen: Astrid, Micki (Mikaela), Jannike, Jacob, Reza, Frans. Und dann die, mit denen Arash geredet hatte: Ebbe, Kazim und August. Ebbe und ich landeten in derselben Gruppe wie Ibbi und Martina, als wir schon am ersten Tag gleich nach der Mittagspause ein sozialkundliches Projekt erarbeiten sollten.

Ebbe war so etwas wie der Arash dieser Klasse. Der Soziale, der alles im Blick hat, den alle mögen. Martina war die My der Klasse. Schwarze zerrissene und verwaschene Röhrenjeans und ein schwarzes Trägerhemd. Der linke Arm voller dünner Armreifen. Ein bisschen kantig und streitsüchtig. Tove und einige andere mochten sie nicht besonders.

»Viel Glück!«, flüsterte Tove vielsagend, als ich in Martinas Gruppe landete.

Aber es ging dann doch viel besser als erwartet. Martina war vielleicht etwas zu entschieden und nicht unbedingt kompromissbereit, aber sie gab sich wirklich Mühe. Auch Ibbi kam mir ziemlich ehrgeizig vor. In dieser vierköpfigen Gruppe waren also mindestens drei, die sich engagieren wollten. Das war ja schon mal gut. Ich beobachtete, wie Tove sich mit Frans abmühte, der offenbar der Hemmschuh Nr. 1 der Klasse war. »Viel Glück!«, sagte ich schadenfroh.

Eines Nachmittags nach Schulschluss blieben Tove, Astrid und ich noch vor der Schule stehen. Wir hatten uns eigentlich für den Abend verabredet, aber das hatte ich mir nun anders überlegt. In der letzten Zeit waren wir so viel zusammen gewesen, dass ich Toves dämliche Angewohnheit, Geschichten und Überlegungen endlos auszudehnen, einfach nicht mehr ertragen konnte. Alles, was mich vorher nur gestört hatte, ging mir jetzt plötzlich unbeschreiblich auf die Nerven. Und Astrid war offen gesagt langweilig. Ich wäre explodiert, wenn ich einen ganzen Abend mit den beiden hätte verbringen müssen. Als deshalb Tove sagte: »Dann also bis sieben?«, schüttelte ich aus purem Selbsterhaltungstrieb den Kopf.

»Ich glaube, ich seh mir das mal an.« Ich zeigte auf ein Plakat neben der Tür. Es geschah ganz spontan. Ich hatte es zwar jedes Mal registriert, wenn ich das Schulhaus betreten hatte: *Probiert mal Jiu-Jitsu. Die ersten zwei Wochen gratis, ein Training, das für alle passt!*, aber bisher hatte ich mich selbst nie als eine von diesen »*allen*« gesehen. Ich hatte nicht die geringste Ahnung von Jiu-Jitsu, aber das Training fand dienstags und donnerstags statt. Heute war Dienstag. Das kam doch wie gerufen.

Tove runzelte skeptisch die Stirn. »Was, ist das nicht ein Kampfsport?«

»Na und? Es kann doch trotzdem lustig sein.«

»Lustig?« Sie schaute pikiert zu Astrid hinüber, und die

versicherte ihr sofort, dass sie auf jeden Fall um sieben auf der Matte stehen würde.

Nach dieser Ankündigung musste ich ja nun zum Training gehen. Ich war schließlich keine, die behauptete, jemand in der Verwandtschaft sei krank geworden, um sich zu drücken, denn dann würde dieser Mensch bestimmt am nächsten Tag Krebs bekommen, und ratet mal, wessen Schuld das dann wäre. Wenn ich nicht zum Jiu-Jitsu ging, würde vielleicht an diesem Abend im Donnie-Darko-Stil ein Flugzeugmotor auf unser Haus fallen und mich und die ganze Familie töten, und dann würde Tove denken: *Aber Sara wollte doch zum Training,* und wissen, dass ich sie angelogen hatte.

Um fünf vor sieben stand ich also in Turnkleidung im angegebenen Saal der Pontushalle, zusammen mit vielleicht dreiundzwanzig anderen, die meisten ganz in Weiß. Ich und eine Frau trugen Turnschuhe. Wir waren die Einzigen.

»Auch dein erstes Mal?«, fragte sie leise, als wir so diskret und schnell wie möglich die Schuhe auszogen.

»Machst du Witze?«, sagte ich. »Extrem erstes Mal sogar.«

»Ein bisschen nervös, was?«

Ja, das war ich. Obwohl ich ja noch nicht einmal eine Ahnung hatte, warum ich nervös sein könnte.

Es war eine ziemlich schweigsame und konzentrierte Atmosphäre. Ein Typ, der sich als Dan vorstellte, hieß uns alle willkommen, erklärte, dass wir einen gemischten Anfänger- und Aufbaukurs bildeten, und sah nach, wer neu war (als ob er das nicht schon daran gesehen hätte, wer hier normale Turnkleidung trug). Wir waren acht Anfänger: ich, die Schuhfrau und sechs Typen in unterschiedlichem Alter. Die

Aufwärmübungen sollten wir noch alle gemeinsam machen, danach würde Dan sich um uns Neulinge kümmern.

Wir fingen damit an, dass wir einige Male um die Halle liefen. Als ich neugierig zu den anderen hinüberlugte, entdeckte ich plötzlich Adidas. In voller Montur! Er sah mich auch an, als ob er schon darauf gewartet hätte. Dann nickte er einen Gruß.

Nun wurde ich richtig nervös. Wenn Dan die Laufrunde nicht gerade in diesem Moment beendet und damit angefangen hätte, auf der Stelle zu springen, hätte ich mich bei der nächsten Runde durch die Tür verkrümelt.

Zwanzig Minuten Aufwärmen waren ganz schön schweißtreibend. Die Schuhfrau hatte eine Wasserflasche dabei, daran hatte ich leider nicht gedacht, ich hatte nicht einmal ein Handtuch oder so was mitgenommen. Dann teilten wir uns auf und Dan ging mit uns Neulingen auf die eine Seite der Halle. Adidas war offenbar kein Neuling, Gott sei Dank, deshalb landete er auf der anderen.

»Wer von euch weiß denn so ungefähr, worum es bei Jiu-Jitsu geht?«, fragte Dan, und ein Typ meldete sich und sagte: Selbstverteidigung. Dan freute sich aufrichtig über diese Antwort. Er hielt einen kurzen Vortrag darüber, woher dieser Sport stammte und worauf alles aufbaute. Eigentlich sehr interessant, aber es fiel mir schwer, mich zu konzentrieren, denn aus dem Augenwinkel sah ich, wie die Fortgeschrittenen sich jetzt alle gegenseitig hinwarfen. Das war der Moment, in dem ich mich nun wirklich gern verdrückt hätte. Bei diesem Sport ging es ja nur um Gewalt und Schmerzen! Das hatte ich mir so nicht vorgestellt. Aber das einzig Asiatische, was ich je ausprobiert hatte, war Qigong, Kathy hatte mich in London einmal mitgenommen. Qigong und Jiu-Jitsu waren zwei ganz verschiedene Dinge, das ging mir jetzt auf. Und nun wusste ich, woher Adidas seine tollen Muskeln hatte.

Die Schuhfrau neben mir schaute ebenfalls ein wenig eingeschüchtert zu den Fortgeschrittenen hinüber.

»Das dauert noch«, versicherte Dan gelassen. »Wir fangen ganz vorsichtig an, damit niemand sich wehtut. Am Anfang machen wir vor allem Gymnastik.«

»Wie definierst du das mit dem Wehtun?«, fragte die Schuhfrau, und das brachte Dan zum Lachen. »Keine Angst, das ist alles ganz ungefährlich.«

Dann mussten wir ihm unsere Namen nennen, und es stellte sich heraus, dass die Schuhfrau ebenfalls Sara hieß. »Wie praktisch«, sagte Dan lächelnd.

Es war schon deutlich, dass der Club den richtigen Leiter für das Anfängertraining gefunden hatte. Wenn man ihm zuhörte, konnte man sich einbilden, wir wären beim harmlosen Kinderturnen. Bestimmt würde er uns gleich auffordern, quer durch die Halle Purzelbäume zu schlagen, und Hurra! rufen, wenn es uns gelang. Doch dann bat er eine Fortgeschrittenenfrau herüber, um einige Griffe zu demonstrieren. Wir mussten nach jeder Vorführung zu zweit arbeiten, Grundhaltung im Knien. Aber von richtigen Griffen konnte bei uns eigentlich noch kaum die Rede sein. Niemand wurde mit lautem Knall auf den Boden geschleudert, stattdessen gab es allerlei Übungen, die nichts mit Kampf zu tun hatten, sondern nur anstrengend waren. Varianten von besonders heftigen Sit-ups und so. Nach den ganzen schweißtreibenden Turnübungen kam noch eine lange Runde Dehnen. Eine und eine Viertelstunde waren rasch vergangen.

»Hat sich irgendwer wehgetan?«, fragte Dan. »Und wie viele kommen am Donnerstag wieder?«

Sara und ich wechselten einen Blick.

»Ich glaube schon, aber Gott, was mach ich eigentlich hier?«, fragte sie.

»Geht mir auch so«, sagte ich zustimmend.

Dan lachte. »Denkt nicht so viel darüber nach, kommt einfach!«

Die Fortgeschrittenen waren noch nicht ganz fertig, als wir entlassen wurden. Adidas lag schnaufend unter einem ebenfalls schnaufenden anderen Typen. Es sah aus, als ob er sich sehr bald beide Beine brechen könnte. Aber glücklicherweise war die Notrufzentrale gleich neben der Halle und sicher hatte jemand hier ein funktionierendes Handy. Ich zog meine Schuhe an und ging hinter Sara her in den Umkleideraum. In der Dusche prusteten wir los. Wir sagten nichts, es war nur so ein »Großer Gott, wo sind wir denn hier gelandet?«-Lachen.

»Dann vielleicht bis Donnerstag«, sagte sie immer noch lachend, als sie ihre Tasche nahm und ging.

Als ich dann auch gerade gehen wollte, wurde die Tür der Herrenumkleide geöffnet, und Adidas und zwei andere Jungen kamen heraus. Vor der Tür verabschiedeten sie sich voneinander.

»Na, was sagst du?«, fragte er, als wir zu den Fahrrädern gingen.

»Ich hatte keine Ahnung, dass du auch hier bist.«

»Nein, dann wärst du sicher nicht gekommen, was?« Er warf mir einen belustigten Blick zu.

»So war das nicht gemeint«, widersprach ich, aber er hatte ja recht.

»Na gut, aber wieso bist du denn hergekommen?« Er wartete, während ich mit meinem widerspenstigen Fahrradschloss kämpfte.

»Ehrlich? Aus purer Langeweile. Das war alles.«

»Und jetzt?«

»Was?«

»Langweilst du dich immer noch?«

Verschwitzt und müde, ja, das war ich, und ein bisschen genervt, aber gelangweilt? »Nein, eigentlich nicht.«

Er nickte und wir fuhren los in Richtung Kulturhaus.

Zuerst schwiegen wir, aber dann fragte ich in unverfänglichem Plauderton: »Wie lange machst du das schon?«

»Sechs Jahre.«

»Ach, ist das so toll?«

»Ja, jedenfalls ab und zu.«

»Nur ab und zu? Und trotzdem machst du das seit sechs Jahren?«

»Ja, aber toll ist ja nur eine Umschreibung von … egal. Deine Joggingrunden sind doch auch nicht immer so prickelnd, oder? Aber trotzdem machst du weiter und läufst eine nach der anderen.« Er sah mich an. »Jedenfalls ist es doch meistens nicht langweilig.«

Das mit dem Laufen stimmte. Auch wenn es fünfundzwanzig Mal hintereinander die pure Katastrophe wäre, würde ich niemals aufgeben. Dass es »toll« war, war nicht das Wichtigste.

Adidas hatte ein ganz schmales, schwarzes Stirnband, wie italienische Fußballspieler es oft tragen. Es hielt ihm die Haare aus dem Gesicht, aber jetzt machte er trotzdem eine Geste, sie hinter die Ohren zu schieben, obwohl das gar nicht nötig war. Genau wie Mama oft ihre Brille zurechtrückte, obwohl sie schon richtig saß.

»Ehrlich gesagt finde ich Jiu-Jitsu ganz schön heftig«, sagte ich. »Das sah doch total übel aus, als ihr da zugange wart, und ich bin eigentlich ziemlich feige.«

»Aber das bin ich auch. Und du siehst ja, wie gut es bei mir klappt.«

Es gelang ihm viel besser als Mattias, ernst zu bleiben, wenn er einen Witz machte. Falls er einen machte. Ich war ja nie sicher.

»Und es ist ja alles sehr kontrolliert, wenn man das lernt, also mach dir keine Sorgen«, sagte er jetzt. »Und denk daran, dass man einen neuen Sport mindestens fünf Mal ausprobieren sollte, ehe man aufgibt.«

Jetzt konnte ich ein Kichern nicht unterdrücken. »Heißt du Sara? Ich sag das auch immer, aber ich erhöhe auf mindestens zehn Mal.«

»Du, Jiu-Jitsu wird kein Problem für dich sein.« Er lächelte. »Und ich heiße Adrian.«

Adrian – das klang doch tatsächlich ein bisschen wie Adidas. Ich fand, der Name passte zu ihm.

»Dann bis Donnerstag«, sagte er, als wir bei unserem Haus ankamen. Wir waren am Ufer entlanggefahren, und er nahm sein Rad auf die Schulter, um es die Treppe hochzutragen. Ich antwortete: »Vielleicht«, aber er wiederholte: »Ja, bis Donnerstag.«

Und so kam es dann auch: Am nächsten Donnerstag war ich wieder beim Jiu-Jitsu-Training. Die andere Sara und ich taten uns noch immer nicht weh und Dan konnte uns abermals mit seiner niedlichen Kindergymnastik in Sicherheit wiegen.

Danach standen wir gackernd unter der Dusche.

»Weißt du, dass ich mir vorgestellt hatte, das hier wäre so eine Art Qigong, nur ein wenig schneller?«, sagte ich.

»Und ich bin durch eine Wette mit einem Kumpel hergelockt worden. Ich hatte auch keine Ahnung, worauf ich mich hier einlasse.«

»Und was macht dein Kumpel, läuft er Marathon?«

»Nein, aber er macht anderen anstrengenden Kram. Wir haben sozusagen eine frühe Midlifecrisis.« Sie lachte und strich sich über die Seiten. »Hast du schon jemals diese Muskeln gespürt? Ganz schön komisch, die erst nach einem halben Leben zu entdecken!«

Adrian stand bei den Fahrrädern, als ich nach draußen kam. Zuerst dachte ich, er habe auf mich gewartet, aber dann sah ich, dass er telefonierte. Er nickte mir zu und redete weiter: »Muss das noch heute Abend fertig sein? Nein, nein, keine Panik, das schaff ich. Dann komm ich jetzt gleich.« Er klappte sein Handy zu und sah mich an. »Na, gelangweilt?«

»Kein bisschen.«

»Spitze.«

»Nur, also, ich weiß immer noch nicht …« Ich schüttelte den Kopf. »Ich hab große Zweifel, ob …«

»Noch acht Mal.«

»Oder null Mal.«

»Plus acht.«

Ich seufzte. »Aber warum? Und was ist aus den fünf Malen geworden?«

»Warum hast du Zweifel? Hast du Angst, es könnte wehtun?«

»Ja, natürlich, und irgendwie … Verstehst du, wie wenig das hier zu mir passt? Ich laufe gern und das hier ist … Man kriegt sicher blaue Flecken. Du musst doch dauernd welche kriegen, so, wie ihr zur Sache geht. Und es ist verdammt schwer. Und anders. Und ich hab keine Ahnung davon.«

Er hörte mir zu, dann nickte er. »Ich glaube, es wird dir gefallen, wenn du dich erst ein wenig daran gewöhnt hast.«

Er sagte das ganz sicher und gelassen, auf diese Art, die mich provozierte. Als ob er Dinge über mich wüsste, von denen ich selbst keine Ahnung hatte.

»Woher willst du das wissen? Du kennst mich doch gar nicht.«

»Na ja, aber am Anfang denken alle so. Es ist leichter, zum Beispiel mit Fußball anzufangen, dann kann man sich einfach den Ball schnappen und los geht's. Aber glaub mir, nach einer Weile, wenn bestimmte Griffe sitzen und man nicht mehr über jeden Schritt nachdenken muss, dann ist Jiu-Jitsu die Mühe wert. Und macht Spaß.«

Er schaute mich an und ich kam mir ziemlich dumm vor. Sechs Jahre Erfahrung sprachen. Natürlich kannte er mich nicht und wusste nichts weiter, als dass ich Sara hieß, ab und zu lief und bei ihm um die Ecke wohnte. Aber bei mir hatte es so geklungen, als ob ich glaubte, er hätte ein ganzes Profil über mich angelegt.

»Und du kannst natürlich jederzeit aussteigen, wenn du willst«, sagte er auf eine Weise, die klarstellte, was ich dann für eine Riesenversagerin sein würde.

Ich war keine, die beim ersten Widerstand aufgab, das tat ich wirklich nicht. Herrgott, im vergangenen Jahr war es bei mir ja nur darum gegangen. Aber jetzt war ich bei einem Training gelandet, wo ich plötzlich alles Mögliche beweisen musste. *Ihm* beweisen? Einem wildfremden Typen?

»Mal sehen«, murmelte ich.

»Ich muss los, jemandem bei einer Sache helfen«, sagte er, als wir am Kulturhaus vorbeikamen, und dann fuhr er in eine ganz andere Richtung davon.

»Sara, was machst du denn da?«, hörte ich Hanna hinter mir rufen, als ich am Freitagmorgen in der Schule langsam rückwärts eine Treppe hochstieg. Der Muskelkater in Oberschenkeln und Hintern war der schlimmste, den ich seit Ewigkeiten gehabt hatte, und es war leichter, rückwärts nach oben zu gehen.

»Jiu-Jitsu.«

»Was? Seit wann das denn? Warum?«

»Don't ask.« Ich stöhnte, als ich endlich bei Hanna angelangt war. »Und es ist nicht wie Qigong, falls du das gedacht haben solltest. Ich könnte heute wirklich eine Sänfte brauchen.«

»Aber Süße«, sie zog mich an sich. »Weißt du, was wir meiner Meinung nach brauchen? Wir müssen unsere Filmabende wieder aufleben lassen. Bella kann doch nicht die ganze Zeit mit Johannes knutschen, und ich war so viel mit Andreas zusammen, dass ich das Gefühl habe, wir wären schon zusammengezogen. Ihr fehlt mir!«

Ein Filmabend? Machte sie Witze?

Bellas und Hannas Friseurkurs war im selben Gebäude, in dem auch meine Kurse waren. Ich hatte gedacht, dass wir öfter mal stehen bleiben und eine Runde quatschen würden, wenn wir uns auf dem Gang und der Treppe über den Weg liefen. Vielleicht ab und zu zusammen Mittag essen und nach der Schule mal kurz durch den Ort laufen würden.

Aber wir hatten bisher kaum miteinander geredet. Bella winkte mir nur von Weitem zu, wenn wir uns sahen, und Hanna war auch mehr oder weniger unsichtbar. Ein gemeinsamer Filmabend konnte da doch nur eine Quälerei werden.

Als Krönung würde vielleicht sogar Mattias dabei sein, noch immer attraktiv mit seiner Sonnenbräune, und einen auf gut gelaunt und freundlich machen. Ich würde natürlich auf alles reinfallen und in der Überzeugung nach Hause trotten, dass wir endlich Freunde wären, und dann würde es sich herausstellen, dass er mit einer Frau, die er auf Kreta getroffen hatte, so gut wie verlobt war. Und das wussten alle, nur ich nicht. Nicht einmal seine Schwester, angeblich meine Freundin, hatte sich bemüßigt gefühlt, mir das zu erzählen. Denn wir, sie und ich, hatten doch auch keine Beziehung mehr.

Also, ja, so ein Filmabend würde wirklich reizend sein.

Ich sah Hanna an. Hätten wir dieses Gespräch vor einigen Wochen gehabt, wäre ich jetzt total froh gewesen und hätte gesagt: *Ja, super, das machen wir.* Doch nun brachte ich das nicht mehr über mich.

»Also echt, Hanna.«

»Was denn?« Sie sah mich unsicher an.

»Na klar doch, schön, wenn du Bella dazu überreden kannst. Sie ist sicher total scharf darauf«, sagte ich nur und befreite mich aus ihrer Umarmung. »Bis dann.«

Danach hatten wir Englisch. Neben Martina war ein Platz frei. Wie immer. Neben ihr war oft ein Platz frei.

»Wie findest du das?«, flüsterte sie nach einer Weile, als wir uns auf YouTube Szenen aus dem US-Wahlkampf ansehen sollten.

»Total phantastisch«, antwortete ich säuerlich.

»Du siehst ein bisschen genervt aus.«

»Ich bin auch genervt. Total genervt sogar.«

»Hast du Lust, irgendwas zu unternehmen?«

»Mm, ich weiß schon, ein Filmabend!«, schlug ich übellaunig vor. »Hurra.«

Martina sah mich fragend an und ich schüttelte nur den Kopf. »Entschuldige, vergiss es.« Sie schwieg eine Weile.

»Aber wir könnten doch …«

Sie wohnte in einem Einfamilienhaus in Björkskatan. Sie hatten keine Surroundanlage und keinen megagroßen Flachbildschirm, der eine halbe Wand bedeckte. Und wir sahen auch keinen Film, sondern den ersten Teil einer Fernsehserie über irgendwelche Fußballspieler.

»Also, glaub mir, die ist gut, ich hab sie schon zehn Mal gesehen«, beteuerte sie und schwenkte die DVD-Hülle, dass ihre Armreifen nur so klimperten. Sie hörte sich aufgeregt und verlegen an und ich fühlte mich langsam ein wenig verzweifelt. Ich war seit einer Viertelstunde bei ihr und war noch immer nicht sicher, wie das alles werden würde. Wir redeten steif und gekünstelt miteinander. Ab und zu schwiegen wir und dann plapperten wir eilig aus purer Nervosität wild durcheinander. Ich wollte die ganze Zeit erzählen, wie viele Freundinnen ich in Wirklichkeit hatte und wie sozial ich sonst immer war und dass ich nur einen schlechten Tag gehabt hatte, kein Grund zur Aufregung, das nun wirklich nicht.

»Na, dann los damit«, sagte ich und fragte mich, was Tove

jetzt wohl machte. Oder Hanna. Wenn ich mich doch mit Hanna hätte treffen können! Oder hatte sie den Filmabend für sofort geplant, hatte sie sogar schon mit Bella gesprochen und die hatte auch Lust?

Wir sahen die erste Folge. Sie war wirklich gut. Und doch war es seltsam, hier zu sitzen. Es war unmöglich, dieses Plan-B-Gefühl loszuwerden. Tove wusste nicht, dass ich bei Martina war. Niemand wusste das. Und niemand wusste, dass Martina ein bisschen an My Person erinnerte. Alle würden mich nur für einsam und verzweifelt halten. Und sie hätten sogar recht. Das hier war genauso absurd wie Jiu-Jitsu zu probieren. Hier war ich doch in Luleå! Hier hatte ich schon ein Leben. In London hatten fast alle in der Klasse bei null angefangen. Aber warum sollte ich hier dieses komische Jiu-Jitsu machen? Warum besuchte ich Martina? Wenn sie in der Stunde den Mund aufmachte, seufzte Tove mindestens jedes zweite Mal vielsagend: »Oh mein Gott!«

Sie hatten ein riesig langes Bücherregal im Wohnzimmer, vollgestopft mit Büchern. An der Wand hingen zwei gerahmte Buchumschläge: »Die andere Hälfte« und »Das ernsthafte Spiel«.

»Sind das die Lieblingsbücher von irgendwem?«, fragte ich und zeigte darauf.

»Ja, die von meiner Mutter, als sie jünger war, deshalb heißt mein Bruder Arvid nach ›Das ernsthafte Spiel‹ und ich Martina nach der Frau in ›Die andere Hälfte‹.«

»Super, solche Namen zu haben. Hast du das Buch gelesen? Ist es gut?«

»Es geht. Die sind zusammen und trennen sich an die zehn Mal, mehr passiert nicht. Ziemlich öde. Aber meine Mutter ist sicher, dass ich das mit dreißig anders sehen werde.«

Wir lachten beide. Typischer Erwachsenenspruch.

»Na gut, aber doch ein bisschen cooler als nach einem Lied von Mauro Scocco zu heißen.«

»Tust du das?«

»Das behauptet jedenfalls mein Vater, aber das kann ihm auch später eingefallen sein. Er ist nämlich nicht gerade ein großer Musikliebhaber.«

»Du kannst ja sagen, dass es von Buffy kommt, Sarah Michelle Geller.«

»Hab ich noch nie gesehen. Ist das gut?«

»Oh Mann!« Martina riss die Augen auf. »Ob das gut ist? Wenn du das noch nicht gesehen hast, hast du echt was verpasst. Es ist sautoll.«

Als sie mich um halb elf zum Bus brachte, hatten wir zwei Folgen der Fußballserie gesehen, jede Menge Cola getrunken und einen großen Topf Popcorn gegessen, und sie hatte mir versprochen, dass ich jederzeit weitere Folgen Fußball oder Buffy leihen könnte. Und ich glaubte wirklich, dass ich das wollte. Bald.

»Du hast ja keine Ahnung, wie erleichtert ich bin«, rief die andere Sara, als ich am Dienstag die Umkleide betrat. »Danke!« Sie griff sich an die Brust. »Ich dachte schon, du hättest mich mit den Kerlen allein gelassen.«

»Ich bin nur unter starken Vorbehalten hier.« Ich setzte mich neben sie auf die Bank. »Eigentlich wollte ich gar nicht mehr, aber ich muss trotzdem.«

Den ganzen Tag lang hatte ich mir gut zugeredet. Spielte es denn eine Rolle, ob Adrian, den ich überhaupt nicht kannte, fand, ich gäbe zu leicht auf? Hielte mein Wort nicht? Traute mich nichts? Nein, überhaupt nicht. Ich könnte leicht damit leben, dass er so über mich dachte. Absolut kein Problem.

Doch um halb sieben hatte ich meine Trainingssachen in eine Tasche gestopft und war losgefahren.

»Ich weiß genau, was du meinst.« Sie nickte. »Johan, mein Wettpartner, hat seinen Teil der Wette jetzt eingelöst. Und ich hätte nie gedacht, dass er das tun würde. Also muss ich noch eine Weile weitermachen.«

»Wie gemein von ihm!«

»Extrem.« Sara lächelte und schüttelte den Kopf. »Man kann sich eben auf niemanden verlassen.«

Als wir in die Halle kamen, tauchte Adrian plötzlich neben mir auf.

»Noch drei Mal«, sagte ich seufzend und sah aus dem Augenwinkel, dass er ein Lächeln andeutete. Typisch, nervig, zufrieden, *know it all,* aber ich würde einfach nicht darauf anspringen. »Dann bin ich schneller als schnell weg von hier.«

Noch immer keine Antwort. Ich sah ihn an. »Wirklich. Wirst schon sehen.«

Er nickte vielsagend zu Dan hinüber, zog seinen lila Gürtel fester und ging zurück zu seiner Gruppe.

Als ich nach der Dusche zum Ausgang hochging, sah ich ihn an einem Pfeiler lehnen. Kein Handygespräch, nichts. Als ob er einfach nur wartete.

»Du und die andere aus deiner Gruppe, ihr macht das doch supergut«, sagte er und begleitete mich zu meinem Fahrrad.

»Ha!«

»Hast du nicht das Gefühl? Dass es vorwärtsgeht?«, fragte er. Sein Handy klingelte, er zog es aus der Tasche, schaute nur kurz auf das Display. »Und findest du jetzt nicht doch, dass es auch ein bisschen Spaß macht?«, fragte er dann. »Und ein bisschen weniger anstrengend ist?«

»Na ja. Irgendwie schon.«

»Ich finde Dan sehr gut«, sagte er und erzählte von einem Anfängertrainer, den er in seinem zweiten Jahr gehabt hatte, und wie nervös er gewesen war, wenn er zum Training musste. Und wie viel besser Dan im Vergleich war. Und bla, bla, bla.

»Bist du beim Verein angestellt?«, fragte ich, als wir zu Hause waren. »Nur, damit wir mit offenen Karten spielen. Du kriegst vielleicht Provision für alle Anfänger, die nicht aussteigen?«

Er lachte. »War das zu missionarisch?«

»Na ja«, sagte ich, »ich habe jedenfalls längst kapiert, wie du das siehst: Jiu-Jitsu ist Gottes Geschenk an die Menschheit, alle müssten trainieren. Schluss, aus.«

»Okay, dann weiß ich immerhin, dass meine Botschaft angekommen ist, und kann in Zukunft ein wenig zurückhaltender sein.«

»Danke.« Ich tat so, als sei ich extrem erleichtert, und er lächelte wieder, als er sein Fahrrad auf die Schulter nahm und mit einem »Bis dann« die Treppe hochstieg.

»Mädels, wisst ihr, was ihr am Freitag machen werdet?« Ebbe kam auf mich und Tove zu und legte uns den Arm um die Schultern. »Ihr kommt nach Hertsön zu einem wunderbaren Fest, das ich mit einem Kumpel veranstalte.« Er lächelte uns begeistert an.

»Wieso denn wunderbar?«, fragte ich.

»Na, da kommen wunderbare Leute und es gibt wunderbare Musik, zum Beispiel«, zählte Ebbe auf. »Und ihr könntet auch noch etwas Wunderbares zu trinken mitbringen!«

»Mhm ...«, sagte Tove. »Das klingt ja vielleicht originell.«

»Also, ein bisschen originell ist es schon, denn mein Kumpel, der neben mir wohnt, hat am selben Abend ein Fest und nach einer Weile gehen wir alle zu ihm rüber. Also zwei Feste auf einmal. Crazy, was?«

»Ich schreib es mir in den Kalender«, sagte ich. »Dann werden wir ja sehen.«

»Aua!« Ebbe zog eine Grimasse. »Direkt auf Platz 28 der Prioritätenliste. Was für eine Abfuhr, Sara.«

»Na ja, vielleicht eher auf Platz 5.« Ich lächelte ihn an und er verdrehte die Augen.

Aber es war klar, dass wir auf das Fest gehen würden. Ich konnte es schon vor mir sehen: Menschen, die mir noch nie begegnet waren. Ein Bier oder zwei. Laute Musik. Noch ein Bier. Herumstehen und ödes Blabla. Jemanden um Feuer bitten. Sich ein Lied wünschen. Quer durch den Raum einen

Blick auffangen und spüren, wie alles sich dreht. Anderen passierte das immer wieder. Also warum nicht mir? Irgendwann? Ein einziges Mal?

Tove, Astrid und ich trafen uns auf der Malmundsbrücke. Suchten uns auf Ebbes Karte den Weg nach Hertsön und zum richtigen Haus. Alles war schon in Gang, als wir ankamen. Jungen, Mädchen, Ebbe, der uns mit einem fröhlichen »Hallo, Ladies!« und einem Kuss auf beide Wangen begrüßte. Martina war schon da. Und andere aus der Klasse. Aber auch eine Menge Leute, die ich nicht kannte.

Ein Typ gab uns den Flaschenöffner, den er an seinem Schlüsselring hatte, und Tove und ich nahmen uns jede ein Bier und stießen in der Küche damit an. Der Typ tippte mit seiner Dose an unsere Flaschen, dann ging er zum Rauchen auf die Veranda. Ein ganz normaler Typ. Dünn, schwarze Jeans, ein weißblau gestreiftes T-Shirt. Ein flaumiger Schnurrbart auf der Oberlippe, eher noch ein Schatten, ansonsten absolut in Ordnung. Gestreifte T-Shirts fand ich gut. Vor allem bei Jungs.

Wenn *er* es nun war, wenn wir beide in einigen Wochen zusammen sein würden? Dann würde ich mich daran erinnern, wie ich hier gestanden und ihn angesehen und über seinen Schnurrbart nachgedacht hatte. Vielleicht hatte er das gestreifte T-Shirt auch noch in Grün. Eine schöne Halsgrube und noch schönere Hände. Ich würde vielleicht eines Morgens bei ihm aufwachen. Mir sein gestreiftes T-Shirt leihen, wenn ich mich zum Klo schlich. Vielleicht würde ich den Duft seines Schweißes über alles lieben, mir nicht vorstellen können, auch nur einen Tag ohne ihn verbringen zu müssen.

Gott, wie sehr ich mich nach solchen Gefühlen sehnte.

Martina war in die Küche gekommen und berührte meinen Arm. »He, Buffy. Hast du gehört, was da gerade läuft? *Magnus Uggla*. Das ist doch zum Sterben!«

Ich lächelte und stieß mit ihr an. »Skandal. Werden alle entlassen. Sofort!«

Zwei Stunden später stand sie im Wohnzimmer und dirigierte den Rundgesang zu Beyoncés »Halo.« Mit mehreren Stimmen. Der Biertyp und Ebbe schwenkten dazu ihre Feuerzeuge.

Der Biertyp hieß Kristoffer. Er hatte zwei Jahre neben Ebbe gewohnt, jetzt war er ungefähr zwei Kilometer weiter gezogen. Er mochte keinen Erdbeerwein, Erdbeertee war jedoch akzeptabel. Er hatte eine Woche zuvor Geburtstag gehabt. Achtzehn. Dazu hatte er das gestreifte T-Shirt bekommen. Von seiner kleinen Schwester. Er ging auf den Elektrozweig.

Ob ich seinen Schweiß wohl lieben könnte? In einigen Wochen bei ihm zu Hause aufwachte, in seine blauen Augen schaute und … den Himmel sah? Kaum vorstellbar, aber ich redete dennoch mit ihm. Als er in der Kloschlange hinter mir landete. Als ich ihn bat, mir noch einmal seinen Flaschenöffner zu geben. Als er es nicht schrecklich zu finden schien, dass ich weiterredete. Als er antwortete. Hurra.

Ein Jahr zuvor hätte ich mich das sicher nie getraut, aber in London hatte ich den Smalltalk mit Fremden geübt. Sogar mit Jungen. Mir war die eigentlich selbstverständlichste Erkenntnis der ganzen Welt gekommen: Man braucht nicht immer darauf zu warten, dass die anderen das Gespräch anfangen, man kann das auch selbst machen. Das klingt einfach, aber ich hatte mir das noch nie richtig überlegt. Als ich es dann ausprobierte, ging es leichter, als ich erwartet hatte. Bisher hatte sich jedenfalls niemand abgewandt und seinem Kumpel gegenüber ein Kotzen gemimt.

Hatten Bella, Hanna und alle anderen das jahrelang schon so gemacht, während ich daneben gesessen, schüchtern keinen Mucks herausgebracht und an meiner Telepathie gearbeitet hatte? Und einsam gewesen war? (Okay, ich war noch immer nicht so selbstsicher wie Bella, aber ich fühlte mich zehn Mal besser als früher.)

Als wir einige Stunden später zum nächsten Fest weiterziehen wollten (wie ich erfuhr, waren Ebbes Eltern zu einem fünfzigsten Geburtstag, die Eltern des Nachbarn über das ganze Wochenende verreist), schlenderten ich, der Biertyp, sein Kumpel und Tove Arm in Arm zusammen los, damit »niemand verloren geht«. Ich und Tove wechselten einen Blick, aufgekratztes Kichern, und mir fiel ein, warum wir beste Freundinnen waren, sie war einfach wunderbar, ich liebte sie.

»Hört mal, jetzt müssen wir zusammenhalten, Mädels«, sagte der andere Typ dramatisch, als wir den halben Weg hinter uns gebracht hatten und uns noch an die zehn Meter blieben. »Bald sind wir da.«

Die Einfahrt war mit Fahrrädern zugestellt. Zwei Mädchen standen draußen und rauchten. Die Tür war offen. Wieder Beyoncé, aber diesmal »Single Ladies«. Es kam mir unheimlich vor, einfach reinzugehen, aber Ebbe rannte vorneweg und johlte. Drückte mehrmals auf die Türklingel. »Hallo in der guten Stube. Hier sind wir!«

»Ebbe!« Ein Typ tauchte auf und öffnete die Arme. »Mi casa es tu casa! Donde esta el bolso blanco? Por favor!«

Er und Ebbe umarmten einander, heftig, lachend, sie kippten dabei fast um.

»Hereinspaziert, hereinspaziert, gleich hier liegen blaue Schuhüberzieher!« Der Typ, der Anton hieß, verbeugte sich und winkte uns rein.

Der Erste, den ich drinnen sah, war Mattias' Kumpel Viktor. Schräg von hinten, aber er war es, da war kein Irrtum möglich. Er stand vor zwei Mädchen und gestikulierte wild.

Viktor. *Viktor.* Fuck.

Ich versuchte, mich von Tove zu lösen, die sich wieder bei mir eingehakt hatte. »Moment.« Ich schaute nach rechts und nach … da!

DoppeldreifachfuckingFUCK. Als ob ich mit einem Eimer voll kaltem Wasser übergossen worden wäre.

Das hier hatte ich mir nicht vorgestellt, als ich mir mögliche Begegnungen zwischen mir und Mattias ausgemalt hatte: Wir laufen uns unerwartet auf einem Fest über den Weg und da steht er mit einem Mädchen und hört aufmerksam zu, begeistert, hin und weg. Er lächelt und lässt seine Blicke durch den Raum schweifen, wie man das ab und zu macht, und dann entdeckt er mich. Ich sehe den Wassereimer, der auch über ihm ausgegossen wird. Neben mir steht Kristoffer, der keinerlei Bedeutung hat. Aber er steht nah, viel zu nah. Mattias' Gesicht verwandelt sich im Bruchteil einer Sekunde von fröhlich zu vereistem See.

Kristoffer steht noch immer da, er hat mich nicht einmal berührt, aber ich komme mir so vor, als hätten wir uns gerade gegenseitig die Zunge in den Mund gesteckt und uns die Kleider vom Leib gerissen, als Mattias uns gesehen hat, mich, uns. *Oh verdammt, das darf doch nicht wahr sein!*

Tove kicherte über Gott weiß was, ich hörte nicht zu, denn wir standen da und sahen einander an, und ich konnte meinen Blick nicht abwenden, obwohl ich das hätte tun müssen, *ihm ist es egal, aber mir ist es nicht egal,* wie gelähmt, bis er mir überaus demonstrativ den Rücken zukehrte und weiter mit dem Mädchen redete. Oder sie redete jedenfalls weiter mit ihm, als ob nichts gewesen wäre. Ich sah, wie ihr Mund sich bewegte, wie sie lächelte, sah ihre Augen, ihre Hände.

Wir hatten keinen Gruß gemimt, er hatte mir nicht einmal zugenickt. Nichts.

Wir waren also bei *nichts* angekommen, wenn wir uns trafen? Ein Mensch, den ich seit über zehn Jahren kannte. Wir hatten Schneehütten zusammen gebaut, im Zelt übernachtet, hatten Verstecken gespielt, gebadet, waren mit dem Rad zur Schule gefahren, hatten Filme gesehen. Ein Mensch, der einer meiner allerbesten Freunde gewesen war, mit dem ich Sex gehabt hatte, den ich geliebt hatte, liebte!, der selbst behauptet hatte, mich zu lieben, ich weiß gar nicht, wie oft. Er hatte also plötzlich nicht einmal ein winzig kleines »Hallo« für mich übrig?

Das Mädchen war blond, kurvig, mit Taille und Brüsten und allem Drum und Dran. Traumhaften Brüsten. Meine sind klein, nichts, worin man das Gesicht begraben kann, nichts für ein herrliches Dekolleté. Das hatte sie. Redete er mit ihr, weil er sie so gern anfassen wollte? Sich ein wenig nach vorne beugen, ihr ins Ohr flüstern, zuhören, abwarten. Und dann: seine Hand auf ihrer, wie durch Zufall. Etwas später: »Gehen wir?« Sie hatte einen niedlichen kleinen Mund. Dieses Mädchen war einfach nur »süß«. So süß, dass es verdammt noch mal wie eine Ohrfeige war. Und sie würde sicher alles sofort tun. Wenn er sich auf sie legte, würde sie nass und geil sein, und sie würde streicheln und lecken und beißen und stöhnen und alles, und er würde einfach laut schreien müssen, denn so phantastisch, phantastisch war sie, und sie würden es wieder und wieder machen und endlich erschöpft und miteinander verschlungen einschlafen.

Ich versetzte Tove einen scharfen Rippenstoß, nickte zu Mattias hinüber und fauchte voller Panik: »Da!«

»Oh nein!«, rief sie, als sie meinem Blick gefolgt war. »Shit, wie nervig.«

Ja, gelinde gesagt. Ich hatte mir diese Szene nie vorgestellt, weil sie ein fucking Albtraum war. Ich hatte ihn niemals *in action* sehen wollen. »Ich muss gleich kotzen. Weg hier!«

Tove versuchte, mich zu beruhigen.

»Aber verdammt …«, stöhnte ich. Sah wieder zu ihm hinüber. Er kehrte mir noch immer den Rücken zu. Er redete noch immer mit der Busenfrau. Total vertieft. »Was soll ich tun?«

Tove führte mich in die andere Richtung, weg von Mattias, stellte mich so, dass ich ihm den Rücken zukehrte. »Jetzt bleiben wir erst mal hier stehen. Versuch, dich zu beruhigen. Tief atmen.«

»Aber weißt du, was er gemacht hat, er hat mich angesehen und er …« Ich schluchzte auf und schlug die Hände vor den Mund. *Nicht weinen, nicht weinen, nicht weinen.* Wenn ich jetzt anfinge, würde ich niemals aufhören können. »Ich muss nach Hause.«

»Kannst du nicht zehn Minuten warten? Es kann doch …«

»Nein, so-fort, ich gehe sofort.«

Ich lief hinaus. Martina war noch nicht einmal ins Haus

gekommen, sie war in einer Diskussion mit Markus und Ebbe steckengeblieben.

»Hallo, hallo, hallo.« Sie packte meinen Arm, als ich vorbeirennen wollte. »Was ist denn in dich gefahren?«

»Will nach Hause.«

»Aber nicht doch, noch nicht jetzt.«

»Doch, jetzt sofort.«

»Warum denn? Was ist passiert?«

Ich schüttelte den Kopf, schiss auf alle Erklärungen, denn ich würde es nie schaffen, ehe es zu spät wäre. Rannte die zwanzig Meter zurück zu Ebbes Haus, fischte den Fahrradschlüssel aus der Hosentasche und fuhr los, los, los, bis niemand mich mehr sehen konnte.

Total am Ende. *Nichts. Weniger als nichts.*

Samstag, 09:17. Na gut, und was jetzt? Ach, nur *same old, same old*. Keine Freunde oder Nachbarn, kein Anfang, kein Neustart. Nur *nothing* und *Schluss, aus* an sämtlichen Fronten.

Wo war er aufgewacht? Wo hatte er geschlafen? Wie fühlte er sich? Wunderbar? Ganz phantastisch?

Gegen zwölf rief ich Tove an. Sie war überaus zurückhaltend und vorsichtig mit Infos und sagte rein gar nichts, wenn ich sie nicht zuerst fragte: Doch, er war noch ein wenig geblieben. Nein, sie hatte nicht mit ihm gesprochen. Oder doch, Guten Abend gesagt, mehr nicht. Sie waren sich in der Küche begegnet, da hatte sich das nicht vermeiden lassen. Nein, sie hatte nicht gesehen, wann er gegangen war. Nein, sie wusste nicht, ob das Mädchen mit ihm gegangen war. Nein, dann war sie das *sicher nicht*.

Was bedeutete, dass sie es garantiert war. Aber Tove wollte nichts erzählen, weil sie lieb war und wusste, dass ich dann traurig sein würde.

Vielleicht war er noch immer bei dieser blonden Kuh? Oder vielleicht war sie auch bei ihm, nur ein paar Meter von mir entfernt. Wenn ich das Haus beobachtete, würde ich vielleicht sogar sehen, wie sie sich wegschlich. Sie würden sicher eine Ewigkeit brauchen, um sich zu verabschieden. An seiner Tür stehen, knutschen, wieder geil, daran denken, wie himmlisch, herrlich und wunderbar alles gewesen war und … Und dann, was würde er sagen, wenn er sie später anrief? Mit welcher Stimme? Welche Antwort würde er bekommen? Welche Pläne machen? Das nächste Date festlegen und in der Zeit bis dahin dauernd SMS schicken. Er würde ihre Nachricht auf seinem Handy lesen, froh sein, wieder das Prickeln verspüren und wissen, dass …

14:18. »Hallo.«

Ich hatte mich gebückt, um meine Schnürsenkel zu binden.

Adrian trug ebenfalls Joggingkleidung. Und wollte loslaufen. Er nickte fragend in Richtung Odde.

»Ääh …«, sagte ich.

»Dohoch«, sagte er.

»Aber, ich meine …«, sagte ich.

»Los geht's«, sagte er. »Komm jetzt.«

Müssen wir?, dachte ich.

»Du kannst einfach loslaufen, wenn ich dir zu langsam bin«, sagte ich nach einer Minute. Und nach zwei: »Ich lasse mir anfangs immer ganz viel Zeit, und wenn du also …«

»Das Tempo ist doch gut so«, sagte er.

Wir erreichten die Werft auf der anderen Seite der Odde.

»Ich laufe hier immer am Wasser entlang«, sagte er.

Genau wie ich.

Jetzt fing der Körper an, den Rhythmus zu finden, wärmer zu werden, besser zu atmen. Jetzt vergaß man langsam, dass man lief, und merkte nur noch, dass es schön war. An einem guten Tag.

Er blieb einen halben Schritt hinter mir. Genau wie Papa, wenn wir zusammen trainierten. Immer muss der schnellere Läufer sich anpassen.

»Ist das zu langsam?«, fragte ich.

»Nein. Ganz perfekt.«

Ja. Es kam mir vor wie ein perfekter Tag zum Laufen. Wenn auch nicht perfekt für alles andere auf der ganzen Welt.

»Wenn ich nach Hamburgern rieche, dann weil ich gestern Abend gearbeitet habe«, sagte er, als wir unter der Bergnäsbrücke durchliefen.

»Ach so.«

Ansonsten sagten wir nichts, außer vor Kreuzungen, welche Richtung wir einschlagen wollten. Zum Glück schien auch er lieber schweigend zu laufen. Vorbei an Varvet, wo Hanna wohnte, vorbei am Kulturhaus, unter der Malmuddsbrücke durch und weiter an der Bahnstrecke entlang.

Er trug an diesem Tag kein Haarband und die Haare lagen hinter seinen Ohren. Jedenfalls für vier, fünf Schritte, dann fielen sie wieder nach vorn. Nach zwei Kilometern schwitzte er an den Schläfen und der Stirn.

Wir strengten uns auf dem letzten Stück am Südhafen besonders an, wurden langsamer, als wir am Theater vorüberkamen, und bogen auf den Radweg am See ab, wo Arash wohnte.

»Genau das, was ich brauchte«, keuchte er, als wir zu Hause waren. »Das war super.«

Ich hob das eine Bein hoch, um die Vorderseite des Oberschenkels zu massieren. »Du, wenn ich wirklich mit Jiu-Jitsu weitermache – also ein riesengroßes *Wenn* –, wann wird sich der berühmte östliche Effekt dann einstellen?«

»Was ist das für ein Effekt?«

»Ach, du weißt schon, von dem alle frisch bekehrten Yogatypen schwärmen. Dass man ausgeglichen und ruhig wird, egal, was passiert. Sozusagen weniger verletzlich.«

»Ach so.« Er fuhr sich mit dem Ärmel über die Augen. »Warum möchtest du weniger verletzlich werden?«

»Weil …« Um nachts ohne Angst aufwachen zu können, weil ich etwas getan oder nicht getan habe. Früher konnte ich das, jetzt nicht mehr. Um solche Tage durchzuhalten, um mich nicht von allem wegzusehnen, um nicht die ganze Zeit an das Falsche zu denken und von Brüsten und SMS besessen zu sein und um nicht zu spüren, wie schief alles gelaufen war, wo es doch eigentlich wunderbar sein müsste. Ich könnte diese Liste beliebig lange fortsetzen. Doch laut sagte ich nur: »Möchte man das nicht immer?«

»Ja, ich weiß ja nicht, ob es sich bei mir schon eingestellt hat.«

»Was!? Sag bloß nicht, das sei nur ein blöder Mythos, dann drehe ich durch!«, rief ich.

»Sag mal, hast du heute einen miesen Tag?« Er schaute mich an, aber ich schüttelte den Kopf. Als er weitersprach, war seine Stimme viel freundlicher. »Das ist vielleicht … denk an den Unterschied zwischen Jogging und Jiu-Jitsu. Jogging ist doch wie … man denkt dabei an alles Mögliche und auf seine Weise ist das entspannend. Aber beim Jiu-Jitsu muss man sich die ganze Zeit darauf konzentrieren, was und wie man etwas macht. Das entspannt auf eine andere Weise. Und das ist vielleicht dieser östliche Effekt?«

»Das heißt, ich hätte ihn nur zwei Stunden in der Woche? Und nur, wenn ich mich in einem bestimmten Saal in der Sporthalle aufhalte? Wow.« Ich verdrehte die Augen. »Wirklich effektiv.«

»Aber …« Adrian machte eine resignierte Handbewegung. »Wann brauchst du ihn denn? Und wozu?«

»Zu allem Möglichen und jederzeit und überall.« Ich steuerte die Haustür an. »Jetzt sind es nur noch zwei Mal.«

»Aber du ...«, setzte er an, aber ich wollte jetzt einfach nichts mehr über die vielen Vorzüge von Jiu-Jitsu hören.

»Nein, ich bring das nicht. Bis dann.«

»Warte doch mal! Du musst das anders sehen«, sagte er so eindringlich, dass ich stehen blieb und zuhörte. Er holte mich ein. »Zwei Mal pro Woche ist dir eine Pause garantiert. Du weißt, wenn du hingehst und einfach versuchst, dich zu konzentrieren, dann kannst du alles loslassen, brauchst an nichts anderes zu denken als eben an das Training. Kann das denn nicht gut sein? Ab und zu hilft es einem durch alle anderen harten Stunden hindurch, in denen man zu viel denkt und nicht unverletzlich ist.«

Woran denkst du denn zu viel?

»Machst du das deshalb schon seit sechs Jahren?«

»Ja, ich glaube schon. Aber man kann doch eigentlich alles Mögliche tun, in einer Band spielen oder Bücher lesen oder was auch immer. Für mich ist es eben das Training. Und ab und zu ist es ja auch cool. Sicher. Aber das brauche ich ja alles nicht zu erzählen, weil du es total satthast, dir das anhören zu müssen.« Er lächelte nicht, wirkte eher verlegen als herausfordernd. »Mir gefallen Konzentration und Pause. Man kann mit so wenig wirklich weit kommen. Zwei Mal die Woche.«

Wie weit denn?

»Soll ich dir sagen, warum ich beim ersten Mal hingegangen bin?«, fragte ich. »Weil an der Tür in der Schule ein Plakat hing und sich gerade eine Freundin mit mir für etwas anderes verabreden wollte, ich aber keine Lust dazu hatte. Statt ihr das zu sagen, habe ich mich mit dem Jiu-Jitsu gerettet.

Ich hab nur gesagt: ›Sieh mal, das will ich probieren.‹ Es hätte genauso gut ein Fotokurs sein können.«

»Genau«, sagte Adrian eifrig. »Und mich hat ein Kumpel mitgeschleift, der nicht allein gehen wollte. Ich wusste auch nicht, was mir da bevorstand.«

»Nein, du verstehst nicht«, sagte ich. »Bücher zum Beispiel, die sind für mich eine gute Pause. Oder Filme, supergut. Aber dieses Gewaltsame, sich Schlagen und Kämpfen, hat mich noch nie interessiert. Ich glaube einfach nicht, dass es für mich als Pause funktionieren kann.«

»Aber genau das meine ich doch.« Er ließ nicht locker. »Du hast nie daran gedacht und wusstest nicht, was es war. Spielt das eine Rolle? Es kann doch trotzdem funktionieren. Oder meinst du, dass du ansonsten nur sorgfältig geplante und vertraute Dinge tust, von denen du weißt, dass sie dir gefallen und dir liegen, damit du ganz sicher sein kannst, niemals etwas Neues über dich zu erfahren?«

»Nein, aber …«

»Also, du kannst aufhören, wann du willst, darum geht es doch nicht«, sagte er. »Aber überleg dir, warum. Ist es, weil du vielleicht blaue Flecken kriegen kannst und nach, sagen wir, zwei Mal noch nicht richtig gut bist? Oder weil es dir nach einem ehrlichen Versuch eben nicht gefällt? Und was, wenn es zufällig doch funktioniert, Sara?«

Ich schaute auf das Wasser hinaus. »Aber …«

Aber … was? Aber anstrengend, aber mögen, aber aufhören, aber warum musst du immer solches Zeug reden, und warum hab ich immer das Gefühl, dass du ein bisschen zu sehr recht hast, auch wenn du dich irrst?

Ich wusste nicht, was ich sagen sollte, und seufzte nur.

Er klopfte mir leicht auf die Schulter, als er auf seinen Eingang zulief. »Danke für die Gesellschaft.«

»Dieser Kumpel, der dich mitgeschleift hat, wer war das?«

Er drehte sich um. »Der ist nicht mehr da.«

»Warum nicht? Hat er sich nicht bekehren lassen?«

»Doch, aber er ...« Adrian unterbrach sich und schüttelte den Kopf. »Also, du brauchst nicht bekehrt zu werden. Du machst genau das, was du willst, und es ist auf jeden Fall gut so.«

Zum ersten Mal hatte ich das Gefühl, dass er mich nicht auf irgendeine Weise herausforderte: Ich wäre keine Versagerin, wenn ich aufhörte, es wäre trotzdem gut so.

»Bis dann«, sagte er und lief mit langen Sprüngen die Treppe hoch.

Und zum definitiv ersten Mal hatte ich auch das Gefühl, dass wir ein normales Gespräch gehabt hatten und keinen Schlagabtausch. Für fast fünf Minuten hatte ich Mattias vergessen.

Eine Pause. Die erste an diesem Tag.

Als ich mich am Montag mit Tove traf, wuchs meine Überzeugung, dass ich recht hatte, was Mattias und dieses Mädchen anging, nur immer weiter. Tove warf nicht mit Anspielungen oder mitleidigen Blicken um sich, aber sie streichelte mich die ganze Zeit und war besonders lieb.

Ich fand alles nur noch schrecklich.

Ehe ich nach London gefahren war, hätte ich mir nie vorstellen können, dass mein Leben nach meiner Rückkehr langweiliger sein würde. Im Gegenteil. Ich würde doch viel interessanter und lustiger sein, und deshalb würde ich mit meinen Millionen von neuen spannenden Bekannten viel interessantere und lustigere Dinge unternehmen können.

Ha! Mattias redete nicht mit mir. Bella grüßte mich kaum. Alles, wovon ich geglaubt hatte, es würde besser werden, wurde schlimmer.

Den ganzen Montag zwang ich mich dazu, in der Schule zu sitzen und die vielen boring, boring Stunden durchzuleiden und nur daran zu denken.

In dieser Zeit las Mattias vielleicht fünfzehn SMS. Beantwortete zehn Anrufe. Lächelte hundertzwanzig Mal verliebt-niedlich. Ging in Gedanken zweitausend Mal die Sexszenen durch.

Und dachte null Mal an dieses Mädchen, das er seit zehn Jahren kannte und mit dem er für einen kurzen Moment zusammen gewesen war. Das er nun nicht einmal mehr zu grüßen brauchte. Schön.

Und in der Pause gab es nur Schweinefraß. Und dann wäre ich von dem ganzen SCHEISS fast zusammengebrochen.

»Ich muss gehen«, sagte ich und sprang vom Tisch auf und schnappte mir meinen Teller mit der Fußpilzsuppe.

»Wohin denn? Brauchst du Gesellschaft? Ich kann …«, bot Tove sofort an.

»Nein.«

Nur weg von dort, schnell.

Ich landete am Ende in der Bücherei, nachdem ich durch die ganze Stadt und bis Loet und hinüber nach Malmudden und zurück gegangen war. Wollte nicht ins Café, wollte nicht shoppen, wollte irgendwie gar nichts, aber ich wollte auch nicht zu Hause sein.

Ich setzte mich in einen der Sessel, die zum Fenster hingedreht waren, und blickte hinaus auf Wasser und Theater.

Tove hatte zu Beginn der nächsten Stunde per SMS angefragt: »Bist du nach Hause gegangen?«

Ich: So ungefähr. Bis morgen.

Sie: Knutsch!

Ich …

»Sara!« Martina näherte sich von hinten. »Ich hab dich doch gleich erkannt.« Sie ließ sich in den Sessel neben meinem fallen. »Was machst du?«

Ich zuckte mit den Schultern. »Sitze eben hier.«

Es war Viertel vor sechs. Die Schule war zu Ende. Ich saß jetzt seit über zwei Stunden in der Bücherei.

»Ich hab gehört, dass dein Verflossener mit einer anderen auf dem Fest war. Bist du deshalb gegangen?«

Geradeheraus. Kein Mitleid oder so.

»Vielleicht. Aber es war auch, weil er mal mein bester Freund war und weil er es nicht mal nötig hatte, Hallo zu mir zu sagen, als er mit einer Frau da war. Ich meine, wie lange dauert das, zehn Sekunden?«

Sie verzog das Gesicht. »Und jetzt, willst du einfach hier herumsitzen?«

Ich zuckte wieder mit den Schultern. Gehen, hier sitzen. Das war mir ziemlich egal.

»Warte zwei Minuten.« Sie ließ mir ihre Bücher aufs Knie fallen und lief weg. Als sie zurückkam, hielt sie zwei Filme hoch. *Kick it like Beckham* und *Ghost World.*

»Die kenn ich schon«, sagte ich.

»Klar, die sind ja auch gut!« Sie lächelte. »You, me, film.«

»Was, jetzt?«

»Jetzt und sofort. Was willst du denn sonst machen?«

»Na ja, ich ...«

Aber Martina sah so energisch und aufgekratzt aus, dass ich meine Ablehnung bereute und aufstand. »Na gut, okay. Jetzt.«

Es war sogar schön, dass jemand das Kommando übernahm und mir sagte, in welchen Bus ich einsteigen sollte. Und dass wir zuerst *Kick it like Beckham* sahen und die besten Szenen sofort zurücklaufen ließen und sie noch mal sahen und tief seufzten. Martina seufzte dermaßen hingebungsvoll, dass ich einfach kichern und mitseufzen musste. Und als dann alles vorbei war und wir die Filme gesehen und gegessen hatten, was ihre Mutter und ihr Bruder uns hingestellt hatten, war es schön, dass sie keinen Tove-Abschied nahm. Mir blieben eine superinnige Umarmung und ein geflüstertes »Gemeinsam sind wir unausstehlich, vergiss das nicht!« erspart, das mich daran erinnert hätte, warum wir das alles machten, und das mir wie ein Tritt in den Magen vorgekommen wäre.

»Tja dann, bis morgen«, sagte Martina, als wäre es ein ganz normaler Tag, ein ganz normaler Abend. Und dieses Gefühl hielt auf meinem Heimweg und auch noch zu Hause an.

Am nächsten Tag in der Schule flüsterte sie tiefernst: »Mirror, Father, Mirror«, als wir in Englisch saßen und einen Vortrag anhörten und ich einen wilden Husten vortäuschen musste, um mein Kichern zu übertönen.

Irgendwie hatte ich das alles ja schon einmal durchgemacht. Ich wusste genau, wie man solche langen, tristen Tage überlebte. In London. Man trickste sich selbst aus, indem man mit der U-Bahn in eine unbekannte Gegend fuhr. In einen Buchladen ging, den man noch nie gesehen hatte. Sich für einen Abend mit Nicks Fußballkumpels herumtrieb.

In London waren die öden Tage auch ein wenig nützlich gewesen – um mich hart zu machen, Erfahrungen zu sammeln – und ich hatte gewusst, dass sie ein Ende nehmen würden. Am Schluss würde ich doch nach Hause fahren. Dann würde alles wieder gut sein. Oder jedenfalls besser.

Aber jetzt war ich zu Hause und ich hatte mich geirrt. Diese Tage hier waren unendlich. Sie waren das Leben. Willkommen daheim.

Wie hätte ich mich in Luleå austricksen können? Wenn man nicht zu Hause sein will, weil es zu öde und traurig ist und man zu viel nachdenkt und nur auf dem Bett sitzt? Und es Dienstag ist?

Adrian wartete nach dem Training am Eingang.

Ich hatte Lust, mein Handy hochzuhalten und ihn daran zu erinnern, dass wir soeben *Kampfsport* trainiert hatten und dass ich mit dem Fahrrad höchstens fünf Minuten bis nach Hause brauchte, durch beleuchtete Straßen, *so by all means, feel free to go straight home,* statt hier herumzulungern und mich nach Hause zu geleiten.

Aber ich verkniff mir das alles und nickte nur ein Hallo.

Gott sei Dank gab es immerhin keine Vorträge über Pause, Training, Zufälle, Herausforderung. Es war eine schweigende Heimfahrt.

Als ich unsere Wohnung betrat, platzte ich in einen Streit zwischen Svante und Papa, irgendein Schulkram. Danach kam Svante zu mir und setzte sich auf mein Bett und seufzte und wollte ein bisschen bemitleidet werden. Und damit war der Abend gelaufen.

Tove und ich gingen in den Rot-Kreuz-Laden in Norra Hamnen und sahen uns gebrauchte Klamotten an. Martina und ich chatteten abends. Ich redete mit den anderen in der Klasse. Ich machte meine Aufgaben.

Was machte Mattias in dieser Zeit? Vielleicht achtundfünfzig neue SMS, mindestens drei Mal Sex und, das Beste von allem, ein Doppeldate mit Bella und Johannes. Einfach grandios. Wo-ho!

Am fünften Trainingsabend tauchte die andere Sara nicht auf. Bisher hatten wir keine ausgesprochene »Okay, das ziehen wir jetzt mal durch«-Abmachung gehabt, sondern waren einfach erleichtert gewesen, wenn wir uns im Umkleideraum trafen. An diesem Dienstag kam sie nicht. Ich hoffte, sie würde sich noch hereinschleichen, wenn das Training anfing, aber sie ließ sich nicht blicken. Je näher das Ende der Aufwärmphase rückte, umso stressiger fand ich die Lage. Wir zwei hatten alles zusammen geübt. Was sollte ich jetzt machen? Würde Dan mein Partner sein? Oder würde er uns zu dritt zusammentun? Nicht, dass die Jungs so schlimm gewesen wären, aber sie waren eben nicht Sara. Sie fragte immer genau, was ich dachte, wenn wir neue Übungen machen sollten. Und wir konnten beide total aus dem Konzept geraten, weil die Fortgeschrittenen etwas machten, das dermaßen furchteinflößend wirkte, dass wir einfach eingeschüchtert und fasziniert zugleich zusehen mussten.

»Verdammt, Johan«, murmelte sie dann. Das war der Typ, mit dem sie gewettet hatte.

Nach den Aufwärmübungen musste ich es endlich einsehen: Johan war bei seinem Teil der Wette vielleicht doch noch gescheitert und Sara hatte mit Jiu-Jitsu aufhören können.

»Du, machen wir das heute?«

Ich hätte fast das Wasser ausgespuckt, von dem ich gerade einen Schluck getrunken hatte. »Nein, wieso denn?«

»Aber die, mit der du das sonst machst, ist doch nicht da?« Adrian schaute sich wie zur Bestätigung um: Jawoll, noch immer nicht da.

»Aber …«

Dan fand die Idee auch gut.

»Hallo, ich finde das vielleicht nicht so toll«, protestierte ich.

Adrian und Dan versicherten, dass wir natürlich nur Anfängersachen probieren würden, und ich konnte mir ein »Aber trotzdem« fast nicht verkneifen. Als ob das das Problem gewesen wäre.

Dan und Sofia zeigten die erste Übung. Gingen sie einmal durch. Zeigten sie wieder. Dann waren wir an der Reihe.

»Du zuerst.« Adrian nahm die passende Position ein. Italienisches Haarband, konzentrierte Miene, bereit.

Neben uns legten die anderen los. Ich stand still da und ließ die Arme hängen. »Das geht nicht«, sagte ich. »Ich kann nicht.«

»Doch, sicher kannst du. Leg einfach los.«

»Es kommt mir so verdammt albern vor, das mit dir zu machen. Kann ich es nicht mit Dan versuchen?«

»Komm schon.«

Was dann kam, war der vorsichtigste und unmotivierteste Einsatz meines ganzen bisherigen Trainings.

»Okay, noch mal«, sagte Adrian ermutigend.

Noch einmal dasselbe.

»Sara, denk dran, dass …« Dan kam an uns vorbei.

Ein drittes Mal.

»Jetzt tauschen.«

Ich verdrehte die Augen. Seufzte. Adrian wartete geduldig.

Und dann, tjoff, tjoff, tjoff, hielt er meine Arme in seinem Griff. Das hatte ungefähr eine Sekunde gedauert.

»Wow, sechs Jahre Erfahrung, das merkt man.« Ich applaudierte und nickte ihm zu. »Jetzt musst du aber zu deinen Kumpels gehen. Danke, dass du für Sara eingesprungen bist. Zu gütig.«

Jetzt verdrehte er die Augen. »Noch einmal.«

Wieder tjoff, tjoff, tjoff. Ganz perfekt durchgeführt.

»Siehst du«, sagte ich. »Entschuldige, aber dieses Training wird dir nicht so wahnsinnig viel bringen.«

»Jetzt hör doch auf!«, rief er endlich genervt. »Wenn etwas total albern ist, dann, sich über die eigene Leistung zu beklagen, wenn man es nicht mal versucht! Glaubst du wirklich, ich erwarte, dass du alles perfekt machst?«

»Nö, aber was erwartest du denn?«

»Dass du endlich loslegst. Dir Mühe gibst.«

»Aber was, wenn ich nicht besser werde als so? Was, wenn es so ist, wie ich dir schon hundert Mal erklärt habe …«

»Sei nicht so kindisch«, fiel er mir ins Wort. »Klar kannst du das besser. Du bist ja bloß feige. Los jetzt.« Er starrte mich wütend an und ich ihn.

Verdammt noch mal, kindisch wollte ich auf keinen Fall sein!

Ich stellte mich in Positur. Ich legte los.

»Zwanzig Mal besser«, sagte er nachdrücklich nach zwei Versuchen.

»Du weißt, der östliche Effekt?«, fragte ich ihn.

Wir legten eine Pause zum Trinken ein und ich hatte die halbe Flasche in einem Zug geleert.

»Du hattest ganz recht, bei dir hat der noch nicht eingesetzt. Einer der schlimmsten Anfängerfehler, so aus der Stimmung zu geraten. Und noch dazu beim Training, Herrgott, Adrian!«

Er verschluckte sich und wischte sich lachend das Kinn ab.

»Verdammt! Und ich dachte, ich wäre fast so weit.«

»Tja, leider …«

Er lächelte und schüttelte den Kopf.

Es war so schön, mit ihm zusammenzuarbeiten, als wir in Fluss gekommen waren. Kein überflüssiges Gerede mehr, außer dass ich dieses oder jenes korrigieren, an X oder Y denken und dann weitermachen und es noch einmal versuchen sollte, wieder und wieder und wieder. Er konnte unendlich viel aushalten. Und ich hatte mich nicht total blamiert.

»Du bist doch nicht erschöpfter als sonst, oder?«, fragte er, als wir fertig waren und zum Dehnen auf dem Boden lagen.

»Nein, ganz bestimmt nicht.« Alle Muskeln taten mir weh und ich schwitzte sogar in den Kniekehlen, hatte aber trotzdem das Gefühl, dass die Stunde viel zu schnell vorbeigegangen war. Das hier war das aller-, allerbeste Training bisher gewesen.

»Vielleicht hat es ja sogar ein bisschen Spaß gemacht? Natürlich nur ein bisschen«, sagte Adrian.

Ich drehte mich auf die Knie, bewegte die Hüften. *Du, ich könnte jeden Tag eine Stunde Jiu-Jitsu machen, wenn ich mit dir zusammenarbeiten könnte.* »Na gut, ich gebe es zu. Es war klasse. Und das nicht nur *ein bisschen.*«

Er stieß einen Jubelruf aus und hob die eine Hand zu einer Siegesgeste.

Ich kicherte los. »Aber morgen werde ich nicht gehen können. Das kann ich an sich nie nach dem Training, aber morgen wird es extrem.«

»Aber du wirst so zufrieden sein. No pain, no gain.« Er streckte die Hände aus und zog mich auf die Beine. »Wir sehen uns draußen, ja?«

Auch diesmal schwiegen wir auf dem Heimweg, aber es war ein anderes Schweigen. Ein freiwilligeres. Sein Handy piepste, wie immer. Jeden Dienstag und Donnerstag ungefähr zur gleichen Zeit. Er zog es heraus, sah sich die SMS an und steckte es wortlos wieder in die Tasche. Keine Ahnung, wer sich da immer bei ihm meldete. Ob es ein Kumpel war, ein Elternteil oder eine Frau. Ob die Nachrichten immer von derselben Person kamen. Hatte er eine Freundin? Über solche persönlichen Dinge hatten wir noch nie gesprochen.

»Okay«, sagte er, als er mit dem Rad vor seinem Eingang anhielt. »Das wär's dann.«

Es kam mir plötzlich so ernst und feierlich vor. Als ob wir vor einem wirklichen Abschied stünden. Ich und mein Nachbar. Von dem ich kaum etwas wusste, außer dass er Naturwissenschaften gewählt hatte und bei Max jobbte. Und dass er ein neues, schickes Unterhemd von Nike hatte. Aber dennoch. Nicht viel mehr.

»Ja, das wär's dann«, sagte ich. »Heute Abend war wirklich super. Ungefähr wie du gesagt hast, als …«

Sein Handy unterbrach mich.

»Moment mal«, sagte er zu mir oder dem Menschen, der da anrief. Er schaute nicht einmal auf das Display, als er antwortete, sondern hielt meinen Blick fest.

»Ich muss los«, sagte ich leise. »Bis dann.«
»Ja, bis dann.«

Papa kam in die Küche und wir aßen ein Butterbrot. Oder besser gesagt: Er schnappte sich mein halb gegessenes und ich musste mir ein neues machen. Das war so seine Art bei Zwischenmahlzeiten. Total nervig.

»Wie ist das Leben denn so, Sara?«, fragte er.

Ich zuckte mit den Schultern. »Vielleicht mach ich ja doch damit weiter, mit Jiu-Jitsu, meine ich.«

»Ach?«

»Ja, es ist … etwas Besonderes. Irgendwie ziemlich gut, auch wenn es total anstrengend ist.«

Das, was Adrian neulich beim Laufen gesagt hatte: Heute hatte ich es wirklich gespürt. Superkonzentration zusammen mit Supererschöpfung. Der beste mental entspannende Augenblick seit langer Zeit.

»Ach was.« Papa schnitt sich zwei Käsescheiben ab und stopfte sie in den Mund.

»Sponserst du die Kursgebühren und die Kleidung? Wenn ich mich dafür entscheide?«

Er lachte. »Aber dafür lebe ich doch, Herzchen.«

Ich hatte mir genau überlegt, was ich sagen wollte, wenn ich zu Training Nr. 6 erschien und Adrian garantiert irgendeinen spöttischen Kommentar loslassen würde. »Sag jetzt lieber nichts« oder: »Ich habe beschlossen, bis zu Nr. 10 weiterzumachen« oder schlimmstenfalls einfach: »Äh.«

Als er sich dann nicht sehen ließ, kam mir das vor wie eine tiefe Enttäuschung. Die andere Sara war wieder da, er aber nicht. Alle meine eleganten Bewegungen und meine vorbildliche Konzentration kamen mir verschwendet vor, wenn nur Sara sie sah. Ich konnte die anderen auch nicht fragen, wo er war. Er war ja nicht mein Trainingspartner, welche Rolle spielte es also, ob er da war oder vier Trainingsabende am Stück verpasste?

Wir liefen uns am Sonntagnachmittag über den Weg. Ich war in der Stadt gewesen und hatte mit Martina Kaffee getrunken. Als ich fast zu Hause war, kamen Adrian und seine Mutter auf ihren Rädern vom Park her an. Er grüßte munter. Beide hatten Einkaufstüten an den Lenkern baumeln, beide eine Toilettenpapierpackung auf dem Gepäckträger und beide trugen Rucksäcke.

Er nannte es Großwochenende: gestern Großreinemachen, heute Großeinkauf.

»Fehlt nur noch die große Wäsche«, sagte ich.

»Heute Abend um sieben«, teilte er mir mit, stellte sein

Fahrrad ab und fing an, den Großeinkauf abzuladen. Seine Mutter streckte die Hand aus und stellte sich vor: »Mia.«

»Sara vom Training«, sagte Adrian an meiner Stelle.

»Ja, aber eigentlich …«, fing ich an.

»Ach, genau, entschuldige.« Sofort korrigierte er sich. »Eigentlich hat sie ja aufgehört. Sie hat es nur zufällig neulich vergessen. Kommt in den besten Familien vor.«

Ich schüttelte den Kopf. »Manchmal bist du ganz schön nervig.«

»Manchmal?« Seine Mutter lachte. »Das ist wohl mehr ein Grundzustand, glaube ich.«

»Und übrigens, woher weißt du überhaupt, dass ich da war?«, fragte ich ihn.

Adrian lächelte. »Ach, das weiß ich eben. Und ich finde, es war gut, dass du diesen Schub von Gedächtnisschwund hattest, also mach weiter so. Was habt ihr gemacht?«

Ich wollte gerade anfangen, unsere Übungen zu schildern, als ich von Mia unterbrochen wurde: »Du kannst doch zum Tee hochkommen? Ich habe heute Morgen Brötchen gebacken.«

Ich sah sie überrascht an. Manchmal kamen Eltern auf seltsame Ideen, die ihren Kindern überhaupt nicht zusagten. Ziemlich oft sogar. Zum Tee hochkommen, zum Beispiel. Ich? Bei denen? Hallo?

Adrian schien ebenso verdutzt zu sein wie ich.

»Ja, statt hier unten rumzustehen und zu reden?«, sagte Mia jetzt, als sei das ganz selbstverständlich.

Sie dachte vielleicht, wir wären gute Bekannte, weil wir denselben Sport trieben. Dass wir befreundet wären. Dinge zu bereden hätten. Sie konnte ja nicht wissen, dass wir gar nicht richtig zusammen trainierten und nur einen ewigen Kampf um die Vor- und Nachteile des Jiu-Jitsu austrugen.

»Ja, mach das doch«, sagte Adrian, als ich zögernd wieder zu ihm aufschaute. »Komm zum Tee hoch.«

»Gut, von mir aus.« Ich lächelte, aber sobald ich Ja gesagt hatte, kam mir das alles noch seltsamer vor. Worüber sollten wir reden? Wie sollte dieser Besuch ablaufen? Es war ja in Ordnung, zusammen zu schweigen, wenn man lief oder mit dem Rad fuhr, aber beim Teetrinken musste man doch reden. Dann sah ich, dass Mia schon die Tür aufhielt, und da war es zu spät, zu sagen: »Ach nein, übrigens, ich kann doch nicht.«

Sie wohnten im zweiten Stock. Ljunggren stand an der Tür. Adrian Ljunggren also. Ich musste mich an den Küchentisch setzen (viereckig, aus Fichte, mit einer lila Decke, einer Pelargonie in der Mitte, vier Stühle), während sie auspackten und Mia Teewasser aufsetzte.

Wenn meine Eltern einkauften, war es leicht, das fertige Essen vor sich zu sehen. Ein Hähnchen und etwas Gemüse: Hähnchen aus dem Backofen. Ein Paket Grillwürste plus Makkaroni und Ketchup. Ein Blutpudding plus Himbeergelee und Speck und Möhren. Mias und Adrians Einkauf war viel unklarer: frischer Brokkoli, getrocknete Tomaten, einige Dosen mit Linsen und Erbsen, ein Käse, eine große Tüte Möhren, jede Menge Spaghetti. Wie bei einer Fernsehsendung, wo die Köche fünf Zutaten bekommen und dann drei Gänge herstellen sollen, und man kann sich einfach nicht vorstellen, was am Ende dabei herauskommen wird.

Mia plauderte locker, und das war ein Glück, denn mir fiel keine einzige sinnvolle Bemerkung ein.

Sie wohnten seit Februar hier, erzählte sie, und sie fand es wunderschön hier am Wasser. Vorher hatten sie in Svartöstan gewohnt und danach war »Meerblick« fast schon ein Zwang.

Sie hatte mit einer Kollegin zusammen einen Frisiersalon auf Örnäset. »Und da hast du meinen besten Werbeträger«, sagte sie lachend und packte Adrians lange Haare. »Ich habe alles versucht, aber das ist wie eine fixe Idee.«

»Du, eins wollte ich immer schon wissen, was Jungs mit langen Haaren angeht. Benutzt du eine Spülung?«, fragte ich ihn.

»Manchmal.«

»Und auch eine Haarkur?«

»Das ist die rote Dose«, sagte Mia und fing sich dafür einen Blick von ihm ein, *oh Himmel,* dann antwortete er: »Schon vorgekommen.«

»Das machst du also? Ist ja interessant. Denn manche Jungs mit langen Haaren haben doch strohtrockene Mähnen und sauhässliche Pferdeschwänze. Ich meine, sie sind einerseits total verliebt in ihre Haare, aber warum pflegen sie sie dann nicht etwas besser? Und kaufen sich eine Spülung? Ich kapier das nicht.«

»Ja, du, ich glaube, die denken, dass …«, fing er an, machte dann aber eine vage Handbewegung. »Ach, ich hab keine Ahnung. Seit wann bin ich denn Pressesprecher für alle langhaarigen Jungs?«

»Seit hier ungefähr«, sagte ich und maß bis zu meinen Schultern ab.

»Und stell dir vor, man sähe mal eine Shampooreklame mit einem Jungen mit langen und richtig gepflegten Haaren«, sagte Mia. »Das gab es noch nie.«

»Stimmt!« Ich nickte. »Das hab ich mir noch nie überlegt.«

»Großer Gott!«, sagte Adrian so genervt, dass ich loskicherte.

»Ja, ich mache auch manchmal eine Haarkur, falls dich das interessiert«, sagte ich hilfsbereit. »Ich packe alles zusammen. Haarkur, Fußbad, Gesichtsmaske. So einmal im Monat. Gern an einem Sonntagabend.«

Er schien interessiert zu nicken, während er Tassen auf den Tisch stellte. »Das wollte ich ganz dringend wissen. Möchtest du Milch in den Tee?«

»No thanks. Just black with sugar, please. Mein kleiner Bruder hatte auch eine fixe Idee, als er so acht, neun war. Er musste sein Essen immer in eine gerade Anzahl von Stücken teilen«, sagte ich. »Er konnte ein Stück Fleisch nicht in drei Teile schneiden, dann wäre die Welt untergegangen.«

Adrian verzog das Gesicht. »Ja, denn ich glaube, die Welt geht unter, wenn ich mir die Haare schneide. Nur darum geht es doch.«

»Aber worum geht es denn dann«, fragte Mia. »Ist das wie Endspielbart? Abimähne?«

»Meine Güte …« Adrian seufzte. »Warum reden wir überhaupt darüber?«

»Warum nicht?«, fragten Mia und ich wie aus einem Munde und prusteten los.

»Jetzt seid ihr nervig«, sagte er. »Ich habe keine Antwort. Es hat sich einfach so ergeben. Es gibt keinen Plan dabei. So interessant ist meine Frisur.«

Der Großeinkauf war in Schränke und Kühlschrank verstaut, die Brötchen geschnitten, das Teewasser kochte und die beiden setzten sich zu mir an den Tisch. Wir redeten nicht mehr über Haare, sondern wechselten auf Gott und die Welt über. Einen Nachbarn, über den Mia sich ärgerte, weil er immer so laute Musik laufen ließ. Und furchtbar war die Musik leider noch dazu. Über die Kürbiskernbrötchen, die superlecker waren (das waren sie, ich sagte das nicht nur, um höflich zu sein). Ein bisschen über das Jiu-Jitsu-Training natürlich.

Bisher waren Adrian und ich immer irgendwie in Bewegung gewesen, wenn wir uns sahen. Jetzt stellte ich fest, dass er auch gut still sitzen konnte. Seine Bewegungen waren gelassen, kontrolliert und sicher, auch jetzt, als er nur dasaß. Ich hatte das Gefühl, dass meine Hände dauernd in Bewegung waren. Vom Brötchen zur Tasse, ich zupfte mir an den Haaren, kratzte mich am Arm, fingerte wieder an der Tasse herum, aber Adrian saß einfach still. Fast nervig still. Fand er das hier denn kein bisschen spannend oder aufregend? Eigentlich kannten wir uns doch gar nicht und dann sollten wir hier miteinander plaudern. Auch wenn Mia gerade all ihre Frisierkünste vorführte und das Ganze am Laufen hielt, war es ziemlich anstrengend.

Etwas überaus Vertrautes, das passierte, war, dass sein Handy wie üblich piepste. Er zog es aus der Tasche, sah sich die SMS an und stopfte es wieder zurück, ohne es zu kommentieren. Same procedure as alle Dienstage und Donnerstage.

Ich fragte mich, ob er sich morgens im Spiegel seine Pickel ansah. Machten Jungs so etwas? Standen sie da und fragten sich, warum ihre Haut so gemein zu ihnen war und wie lange das noch weitergehen würde? Nicht, dass er so viele richtige Pickel gehabt hätte, aber doch sehr unsaubere Haut an Kinn und Wangen. Wie wichtig nahmen Jungs das wohl?

Eigentlich hatte er ja zum Beispiel sehr schöne Augen, so

irgendwie blaugrau. Er und Mia hatten die gleichen Augen. Und der Mund, auch schön. Und die Hände, die die Teetasse hielten. Ich hätte gern eine Hand ausgestreckt und in seine gelegt, nur um festzustellen, ob sie so warm und angenehm war, wie ich glaubte.

Es gab viel an ihm zu entdecken – auf den zweiten oder dritten Blick. Es war nur so, dass er unnötig »normal« aussah, sodass man vielleicht nur einmal hinschaute. Zum Beispiel seine Klamotten. Natürlich war es prollig, in superengen T-Shirts durch die Gegend zu laufen, die jede Sehne zeigten, aber Adrian machte es genau umgekehrt und zeigte fast gar nichts. Das schwarze T-Shirt mit dem Neonaufdruck, das er beim Waschen anzog, zum Beispiel. Formlos und hässlich. Warum konnte er sich kein normales, nettes H&M-T-Shirt mit V-Ausschnitt anschaffen? Er schien seine Garderobe in einem Billigladen zusammengerafft zu haben. Weiße T-Shirts im Dreierpack oder so. Die haben ja meistens nicht mal vor der ersten Wäsche irgendeine Form.

»Zeig ihr doch mal dein Zimmer«, sagte Mia nach einer Weile und Adrian verdrehte die Augen.

»Verstehst du, dass es klingt, als ob ich noch nie Besuch gehabt hätte, wenn du so was sagst?«

»Ich meinte ja nur, weil es so schön ist, seit wir neu gestrichen haben.«

»Und ich möchte es gern sehen«, fügte ich hinzu.

»Na gut.« Er ging vor, ließ mich dann aber zuerst eintreten. »Es ist also weiß. Wie du siehst«, teilte er sachlich mit. »Vorher war es beigerosageblümt.«

Es war ein ganz normales Zimmer. In keiner Hinsicht etwas Besonderes. Aber es war vielleicht ein großer Unterschied zu dem früheren, beigerosageblümten Zustand. Zwei gemalte Bilder standen, an die Wand gelehnt, auf dem Boden. Er wollte sicher noch nichts aufhängen und die frisch gestrichene Wand ruinieren. Deshalb wirkte alles noch etwas steril und unpersönlich.

Ein Computertisch vor dem Fenster, auf dem Boden daneben einige Schulbücher, eine kleine Pinnwand mit Zetteln und Notizen und zwei Postkarten, eine kleine Kommode mit zwei wackligen Bücherstapeln, helltürkise Vorhänge, drei Wandschränke an der einen Wand und davor seine Trainingstasche. Ein dunkelroter Sessel, auf dem ein paar Klamotten lagen, unter anderem die hellblaue Adidasjacke. Ein Schreibtischstuhl.

»Supersupertoll, was?«, fragte er.

Ich wusste inzwischen, wann er ironisch war und wann nicht. Diesmal war er eindeutig ironisch.

Das Bett war ungemacht. Graugestreifte Bettwäsche, die Decke gegen die Wand gedrückt. Es war so leicht, sich vorzustellen, wie er hier geschlafen und die Decke dann zum Aufstehen zur Seite geschlagen hatte. Es kam mir so … privat vor. Trotzdem musste ich dauernd hinsehen.

Ob er wohl nackt schlief? Oder in Unterhose? Ging er dann zu einem Schrank und suchte sich die Garderobe des Tages aus?

Es war ein Neunzig-Zentimeter-Bett. Etwas eng, wenn ab und zu eine Freundin bei ihm übernachtete. Wer immer das sein mochte, dieser Mensch, der ihm dauernd SMS schickte. Musste eine Freundin sein. Sie war vielleicht der einzige Mensch auf der Welt, bei dem er seine Gelassenheit verlor. Ihre Küsse und Liebkosungen. Wenn sie …

Nein. Daran brauchte ich im Moment nicht zu denken.

»Ja, es ist wun-der-schön!«, sagte ich mit übertriebener Begeisterung.

»Du bist also auch ein wenig sozial missangepasst?« Und dann lauter, zum Flur hin: »Mama, sie hat es gesehen. Was sollen wir nun machen?«

»Improvisieren«, kam die Antwort aus der Küche.

»Wie anstrengend!«, rief ich, und Adrian, der noch in der Türöffnung stand, lachte. Ich ging durch das Zimmer und schaute aus dem Fenster. Sah mir die Bücher neben dem Rechner an. Das oberste war Chemie. *Improvisieren!*

»Findest du Naturwissenschaften gut?«

»Ist ganz in Ordnung. Gefällt dir der neusprachliche Zweig?«

Ich sah ihn überrascht an. Ich hatte ihm nie erzählt, was meine Fächer waren. »Woher weißt du, dass ich das mache?«

Ein Schulterzucken als Antwort.

»Na ja, du weißt eben alles Mögliche«, stellte ich fest. »Was habe ich denn zum Beispiel heute in der Stadt gemacht, ehe ich euch getroffen habe?«

»Ach, so viel weiß ich auch wieder nicht. Ich kenne einfach Julie. Aus deiner Klasse.«

Ich ging rasch alle Mädchen aus meiner Klasse durch. Julie war Asiatin. Sie sah einfach reizend aus. Klein und zierlich mit langen, schwarzen Haaren und schönen Augen. Sie war immer mit Nadia zusammen und ich hatte bisher kaum mit den beiden gesprochen. Woher kannte er sie wohl?

»Aha, du hast also Bekannte«, sagte ich. »Wer hätte das gedacht.«

»Hast du doch auch.«

»Und wie heißen die?«

Noch ein Schulterzucken. »Die, mit denen du im Sommer zusammen warst, zum Beispiel, damals, bei Max?«

Ich musste nachdenken, um dieses Ereignis unterzubringen: die Lachspasta, die niemals gekocht wurde. Stattdessen Hamburger bei Max. Ich, Hanna. Bella und Mattias. Der Vogel in der Hand. Der perfekte Abend.

»Genau. Shit, das scheint so verdammt lange her zu sein.«

»Was denn?«

»Na ja, es ist nur so, dass ich weg war, und als ich zurückkam, war alles ein bisschen anders. Oder sehr viel anders.«

»Wo warst du denn?«

»In London. Ich war ein Jahr auf der schwedischen Schule in London.«

»Warst du mit deiner Familie da oder allein?«

»Allein.«

Adrian schaute mich beeindruckt an. »Und wie bist du auf die Idee gekommen?«

»Ich habe von Leuten gelesen, die das gemacht hatten, und da dachte ich, das könnte ein guter Anfang für alles sein. Die Schule, das Leben und für mich selbst und überhaupt.«

»Und hat das geklappt?«

»Das schon.«

»Aber?«

Mit ihm Tee zu trinken, war wie mit ihm zu trainieren. Tjoff, tjoff, tjoff. Keine Atempause, an nichts anderes denken, die ganze Zeit konzentrieren.

»Na ja, wie oft kommt es denn vor, dass irgendwas so läuft, wie man es geplant hat?« Ich versuchte, mich von diesem unangenehmen Thema wegzulächeln: Wir sind doch nur Kumpels, remember?

»Bist du im Sommer gerade nach Hause gekommen, als Jocke und ich mit dem Sofa zugange waren?«

Das war schon unverfänglicher. Danke. Ich nickte.

»Dass du gesagt hast, du müsstest für ein ganzes Jahr waschen, hat also gestimmt?«, fragte er. »Ich hatte das für eine kleine Übertreibung gehalten.«

»Absolut nicht!« Ich spielte die Beleidigte. »Bei so was würde ich niemals übertreiben.«

»Schade nur, dass du einem analen Waschfascho mit Sekundenkontrolle über den Weg gelaufen bist, als du deine Jahreswäsche erledigen wolltest.«

»Ach, das hat sich ja dann geklärt.«

Er lehnte am Türrahmen, cool und gelassen, und sah mich an. Ich wurde wieder nervös. Wir waren zum Teetrinken hier. Dabei musste man reden. Reagieren. Unterhaltsam sein. Leider wurde das Gehirn total leer, wenn man so dachte.

»Stimmt es übrigens, dass die Wäsche schwarz wird, wenn man sie in Svartöstan draußen aufhängt, oder ist das auch nur so ein Mythos?«, fragte ich nach einer Weile Schweigen.

Wäsche. Was für ein faszinierendes Thema!

»Früher war es vielleicht so, wegen des Eisenwerks«, sagte Adrian. »Aber das gibt es ja nicht mehr.«

»Ist es schön da draußen?«

»Ja, das finde ich«, sagte er. »Warst du da noch nie? Das solltest du dir wirklich mal ansehen.«

»Mmm, vielleicht.«

»Dafür war ich noch nie in London.«

»Ebenfalls einen Besuch wert.«

»Ebenfalls?« Er lächelte. »Klar, zwei vergleichbare Orte, Svartöstan und London. Hast du Heimweh?«

»Ja, manchmal. Und manchmal ganz wahnsinnig.«

»Wonach?«

Ich dachte ein wenig nach. »Das klingt vielleicht komisch, wo ich doch wirke wie der langweiligste Mensch aller Zeiten, der nicht kämpfen und nichts Neues ausprobieren will, aber ehrlich gesagt fehlen mir die vielen Möglichkeiten. Dieses Gefühl, das London einem gibt. Es war ja auch eine Menge Alltag, aber es kam mir trotzdem die ganze Zeit so offen und groß vor. Mehr als hier eben.«

Er schüttelte den Kopf. »Was ist denn langweilig daran, allein in ein anderes Land zu gehen? Das war doch verdammt stark. Ich hätte mich das nie getraut.«

Ich sah ihn an, aber er schien nicht zu scherzen. »Ach, das war … na ja, manchmal war es auch hart, aber ich war Weihnachten zu Hause und meine Familie war in den Osterferien da und so.«

»Trotzdem war es mutig«, sagte er. »Ich glaube, ich kann das mit den Möglichkeiten verstehen. Alles fängt bei null an, oder?«

»Genau. Alles bei null.«

Er nickte, und es war klar, dass er verstanden hatte, was ich meinte. Und wie phantastisch es gewesen war.

Was würdest du …? Wenn du irgendwo hinführest, was würdest du hier zurücklassen? Was wäre dir ganz besonders wichtig?

»Aber hattest du das Gefühl … wie war es, hierher zurückzukommen, war es schwer, zu …«

Ich nickte.

»Aha«, sagte Adrian.

Dann fiel uns offenbar nichts mehr ein und ich schaute

wieder aus dem Fenster. Ein kleines Kind auf einem Dreirad hatte angehalten und brüllte seiner Mama wütend etwas zu. Sie musste das Kind die letzten Meter schieben.

»Ich glaube, ich muss gehen. Danke für den Tee und alles.«

Mia kam in den Gang, als ich meine Schuhe anzog, und ich bedankte mich ein weiteres Mal. Sagte, das Zimmer sei »große Klasse« und Adrian verzog hinter ihrem Rücken ein wenig den Mund.

»Dann sehen wir uns vielleicht am Dienstag«, sagte er, als ich die Hand auf die Türklinke legte und gehen wollte.

»Wieso Dienstag?«, fragte ich, aber er yeah-yeahte nur zurück.

Aber ich war natürlich zur Stelle. Adrian auch. Er kam in der allerletzten Sekunde hereingestürzt, als wir uns schon alle aufstellten, deshalb konnten wir nicht mehr miteinander reden. Nur einen gehobenen Daumen als Gruß, als wir mit den Aufwärmübungen anfingen. Wir konnten auch während des Trainings nicht reden. Ab und zu fielen Trinkpausen der Anfänger zusammen mit denen der anderen, an diesem Abend aber nicht.

Als ich danach aus der Halle kam, saß er auf der Treppe.

»Okay. Ich bin bereit.« Ich trat vor ihn hin. »Bring es hinter dich. Hit me.«

»Was?« Er sah mich verständnislos an.

»Na los, ich habe mich jetzt anderthalb Stunden lang gewappnet.« Ich stach in der Luft nach ihm. »Gedächtnisschwund, Überstunden, was habe ich gesagt? Du hast doch bestimmt eine unglaublich irritierende Bemerkung auf Lager, darüber, dass ich heimlich Jiu-Jitsu trainiere, wo ich hoch und heilig gelobt habe, aufzuhören. Na komm, mach schon!«

Er lachte. »Weißt du, manchmal bin ich gar nicht nervig.«

»Und das ausgerechnet jetzt?« Ich seufzte theatralisch. »Gott, was für eine Enttäuschung.«

»Aber ich finde es gut, dass du gekommen bist.«

Ich stöhnte laut und verdrehte die Augen.

»Und du hast noch dazu so was von konzentriert ausgesehen«, fügte er hinzu. »Kein Quatsch.«

»Ach, nun hör schon auf!« Ich duckte mich wie vor einem Schlag. »Das hier kriege ich doch nie in den Griff.«

»Okay, soll ich dir sagen, was ich gedacht habe?«, fragte er.

»Was denn?« Ich war sofort neugierig.

»Also, verstehst du?« Wir ließen unsere Taschen fallen und er packte meinen Arm, zeigte mir eine Bewegung. »Wenn du diesen Griff versuchst, wirst du sicherer.« Er zeigte ihn mir noch einige Male. »Spürst du den Unterschied?«

Ich nickte. »Kann man dich nicht für ein kleines Zusatztraining mieten?«

»Mmm, guter Versuch, Sara.«

»Was denn?«

»Du und Zusatztraining?« Dann ahmte er mich nach: »Jiu-Jitsu ist nicht mein Stil, man kriegt blaue Flecke, ich steige aus, schneller als schnell.« Er war gut, das Finale war besonders gelungen und quengelig. »Echt!«

»Gott, was bist du …«, fing ich an zu protestieren, auch wenn ich mich eigentlich nicht besonders ärgerte.

»Nervig«, fügte Adrian lachend hinzu. »Weiß ich.« Er hob meine Tasche auf und wir gingen zu den Rädern.

»Und dann wurde alles wieder normal«, sagte ich, als ob ich jemandem eine Geschichte vorläse. »Ich bin müde und mein Nachbar ist nervig. Und da kommt eine Maus und das Märchen ist aus.«

»Schön, nicht?« Adrian versetzte mir einen Rippenstoß.

Das pünktliche SMS-Gepiepse kam aus seiner Jackentasche, als wir gerade losgefahren waren.

»Das gehört auch noch dazu!«, rief ich. »Jeden Abend zur selben Zeit. Wer ist das denn? Deine Freundin?«

»Nein, ich hab keine Freundin.«

Er zog das Handy aus der Tasche und sah nach. »Das ist nur jemand, den ich kenne.«

»Jemand, den du kennst? Ehrlich?«

»Ganz ehrlich.« Er steckte das Handy wieder weg. »Hast du …? – Ach, übrigens, willst du in nächster Zeit mal wieder laufen?«

Ich musterte ihn belustigt. »Aber ja, ich werde wohl irgendwann mal wieder laufen.«

»Freitag vielleicht?«

»Freitag vielleicht.«

»Echo.«

»Echo«, äffte ich ihn nach und musste zum ungefähr achten Mal losprusten.

Adrian stöhnte. »Wenn hier heute jemand nervt, dann …«

»Entschuldige. Das kommt von den vielen Endorphinen. Freitag. So gegen halb vier?«

»Oder vier? Wir arbeiten bis halb vier.«

»Purr. Das bedeutet perfekt auf Schwedenglich. Purr-fekt. Get it?«

»Nein, erklär das noch mal. Ein bisschen langsamer«, sagte er grinsend.

»Das war doch wohl bisher unsere lustigste Radtour?«, fragte ich, als wir zu Hause ankamen.

»Ja, es war ein Genuss.« Er betonte »Genuss«, während er die Treppe hochstieg. »Und das bedeutet auf Schwedisch: ›Nicht ganz einfach.‹ Bis dann, Sara.«

Miranda war in der Mittelstufe das Mathegenie der Klasse gewesen. Natürlich hatte sie sich dann für den naturwissenschaftlichen Zweig entschieden. Dieselben Kurse wie Adrian.

Sie hatte einen fußballfreien Nachmittag in der Woche. Mittwoch. Das war mein Glück. Ich setzte sie mit einer Schokokugel und einem Caffé Latte ins *Roasters*.

»What's up with you?«, fing ich an. »Wie läuft denn alles so? Hat schon die Nationalmannschaft angerufen? Schaffst du denn neben dem ganzen Training auch die Schule?«

»Wir haben doch gesagt, dass du niemals Poker spielen darfst. Du bist wie ein offenes Buch.«

»Ja, ja, ja.« Ich zog einen Zettel aus der Tasche und schob ihn ihr über den Tisch zu.

Sie faltete ihn auseinander, las den Namen, sah mich an. »Soll ich dafür sorgen, dass die chilenische Mafia ein Kopfgeld auf ihn aussetzt, oder was?«

»Nein, Himmel, ganz ruhig. Das ist der, der im Sommer bei Max gearbeitet hat, du weißt doch, als es gebrannt hat. Mein Nachbar. Der bei der Naturwissenschaft in die 3 geht.«

Miranda bewegte die Hand: »Weiter.«

Ich erzählte, wie ich beim Jiu-Jitsu gelandet war und von seinen SMS, die jeden Abend zur selben Zeit einliefen, von »jemandem, den ich kenne«. Und dass sein Facebook superprivat war, dass er kein Twitter und keinen Blog hatte und dass man beim Googeln nur ein paar Jiu-Jitsu-Seiten mit ihm fand.

»Kein Kumpel schickt solche SMS, nie im Leben«, beendete ich meinen Vortrag. »Und da wird man doch neugierig. Also will ich was über seinen Zivilstand und so wissen. Sonst nichts.«

»Ach?«, fragte sie. »Wie sieht er denn wohl aus? Groß, etwas durchtrainiert, oder? Das hat sicher nichts mit der Sache zu tun, aber …«

»Etwas durchtrainiert? Er ist krankhaft durchtrainiert! Aber es geht mir vor allem um die SMS«, betonte ich. »Das ist so eine kleine Geschichte, wo man wahnsinnig wird, wenn man nicht mehr erfährt. Und er erzählt ja nichts. Denn ich habe gefragt, wirklich, Miranda.«

»Lange Haare. Ich hätte nicht gedacht, dass das dein Stil ist, aber okay. Ich werde versuchen, etwas herauszufinden.«

»Du bist ein Engel«, sagte ich. »Aber *please,* ganz diskret sein. Dann sehen wir uns in einer Woche hier zum Bericht?«

»Herrgott, der Zettel«, sagte sie kichernd, als wir nach einer Stunde aufbrachen. »Und dann noch deine Miene. Du hättest dich mal sehen sollen.«

»Gibt es in Luleå eine chilenische Mafia?«

»Keine Ahnung. Wenn ja, dann hab ich noch nie von ihr gehört.«

Der nächste Schritt war Julie. Ich fing mit Tove an. Kam gleich zur Sache. »Was weißt du über Julie?«

»Die macht Natwiss.«

»Und wohnt in …«

»… Örnäset, glaub ich.«

Das war nicht Svartöstan, aber es war doch ganz schön nah.

»Tut sie das schon lange?«

»Weiß nicht, soll ich das rausfinden?« Tove hob die Hand, um Julie zuzuwinken, aber ich konnte sie gerade noch zurückhalten. »Was ist das für eine Untersuchung?«, fragte sie.

»Keine Untersuchung, das hat mich bloß interessiert. Du weißt schon, wenn man neu in die Klasse kommt, gibt es so viel, was man über die anderen nicht weiß. Ich weiß doch nichts über euch. Über einige von euch.«

»Und jetzt ist die Reihe an Julie gekommen?«

Ich nickte. »Genau.« Eine kleine Pause, während Tove mich neugierig und erwartungsvoll ansah. »Und Nadia?«, fragte ich als Ablenkungsmanöver. »Sind sie alte Freundinnen aus Örnäset?«

Tove spielte wieder mit ihrem Handy herum. »Keine Ahnung, kannst du mir ja sagen, wenn du es weißt.«

Für den Rest des Tages heftete ich mich an Julies Fersen. Na ja, eigentlich hielt ich mich nur im selben Klassenzimmer auf wie sie. Aber ich sah sie mir besonders oft an. Sie saß wie immer neben Nadia. Sie war wie immer sehr still. Und sie griff kein einziges Mal zu ihrem Handy.

Mein Eindruck von Julie war bisher, dass sie hübsch war, aber uninteressant. Sehr zurückhaltend. Sie machte in keiner Hinsicht ein Aufhebens von sich. Trug keine supertollen Klamotten, die ins Auge stachen. Auch keine superscheußlichen. Hatte keine großartige Persönlichkeit. War weder supertüchtig noch superschlecht. Es war kein Wunder, dass ich kaum mit ihr geredet hatte, denn ich hatte sofort gemerkt, dass es zwischen uns nichts zu reden gab. Nichts, was sie gesagt hatte, hatte mich jemals besonders interessiert.

Da wir uns kaum je gegrüßt hatten, wäre es wohl leicht übertrieben gewesen, einfach zu ihr zu gehen und loszulegen: »Ich mache Jiu-Jitsu mit einem Typen namens Adrian. Gut, nicht? Mm, genau, und übrigens, woher kennst du ihn eigentlich?«

Aber ich hätte zu gern gewusst, was sie ihm über mich erzählt hatte, als sie ihm sagte, dass sie und ich in eine Klasse gingen. Wie und wann waren sie auf dieses Thema gekommen?

Er fehlte am Donnerstag beim Training. Ohne ihn machte die Sache bei Weitem nicht solchen Spaß. Ich war überrascht, als ich mir das eingestehen musste. Die andere Sara und ich arbeiteten hart, und Dan lobte uns, aber es war doch nicht dasselbe. Es war geradezu öde. Sogar superöde.

Als ich über den Uferweg fuhr, sah ich ihn auf einer der Schaukeln vor meinem Eingang sitzen. Aber statt mich zu freuen, wurde ich sofort nervös. Er sah so ernst aus, dass mein Magen einen »Shit, was hab ich angerichtet«-Purzelbaum schlug.

Er hatte vielleicht durch Miranda von meiner Schnüffelei erfahren und war jetzt sauer. Manche Menschen sind doch superempfindlich, wenn es um ihre Privatsphäre geht, vielleicht war er so einer.

Oder schlimmer noch: Was, wenn er *enttäuscht* war? Diese Art tiefe *Enttäuschung*, wie Mama sie zum Ausdruck bringen konnte und bei der ich mich am liebsten immer drei Tage lang im Bett versteckt hätte, weil ich mich so sehr wegen etwas schämte, das ich getan hatte. Oder nicht getan hatte.

Ich stellte mein Fahrrad ganz langsam ab. Wir schwiegen

beide. Er stand nur da, die Hände in den Taschen, ernste Miene. Ich stand nur da, nervös und abwartend.

Telepathie-Ich: Entschuldige, ich weiß, dass das zu neugierig war und dass mich das alles nichts angeht. Wenn du wolltest, dass ich es weiß, hättest du es natürlich erzählt, und ich kann verstehen, dass du …

»Willst du morgen immer noch laufen?«, fragte er. Als ich keine Antwort gab, fügte er hinzu: »Um vier also? Wie abgemacht?«

»Was? Doch, das will ich unbedingt.«

»Gut.« Er nickte und steuerte die Treppe an. »Dann sehen wir uns?«

Schaute mich kurz an, ob ich Einwände hätte. Das hatte ich nicht. Laufen, ja. Um vier, ja.

»Aber warte mal, bist du deshalb hier?«, hielt ich ihn zurück.

»Ja, ich hab's ja nicht zum Training geschafft, und da dachte ich, es wäre besser, dich noch mal zu fragen.«

»Nett von dir.« Erleichtert. »Danke.«

»Ach, ist doch nicht der Rede wert.«

Vielleicht war jemand krank geworden. Und wenn es nun was Ernstes war? Seine Mutter? Nur das nicht!

Ich wusste ja nichts über ihn. Er könnte eine kranke Oma haben. Einen kranken Vater. Er hatte das letzte Mal beim Tee nichts über ihn gesagt. Vielleicht ein Trauma. Und er dachte zu viel darüber nach. Jetzt hatte sein Vater angerufen, das kam nicht oft vor, und das musste doch bedeuten, dass er etwas Wichtiges mitzuteilen hatte …

»Ist es … ist alles in Ordnung?«, fragte ich.

»Absolut. Also dann, bis morgen.«

»Ich war heute Abend wahnsinnig schnell beim Dreieck«, sagte ich, um ihn noch ein wenig zurückzuhalten. »Wenn ich das selbst sagen darf. Sara konnte kaum mit der Wimper zucken. Aber du kannst ja Dan um eine zweite Meinung bitten.«

»Nein, ich glaube dir.«

Sicher. War ja auch sehr wahrscheinlich, dass ich schon so »wahnsinnig schnell« geworden war, wenn sich andere jahrelang abmühen mussten, um gut zu werden. »Ich glaube dir« war einfach Telepathisch für: »Mir ist das im Moment eigentlich ziemlich egal, weißt du überhaupt, wie belanglos Jiu-Jitsu in dieser Situation ist?« Wie immer diese Situation aussehen mochte. Aber ich hatte begriffen.

»Bis dann, Sara.«

Aller guten Dinge sind drei, und wenn ich ihn jetzt nicht gehen ließ, würde er das Joggen absagen. Also rief ich: »Bis dann«, und er lief eilig die Treppe hoch.

In der Wohnung schickte ich sofort eine SMS an Miranda: »Ermittlungen einstellen. Nichts wegen AL fragen.«

Sie: Ok, aber erz. mittw. warum.

»Fühlst du dich in Form?«, fragte ich, als wir am nächsten Tag um 15:57 zusammentrafen.

Telepathie-Ich: Das bedeutet »Sicher, dass alles in Ordnung ist?« auf Schwedisch.

»Kommt drauf an, wie weit und schnell du laufen willst.«

Er hatte sich die Haare aus dem Gesicht gestrichen und kam mir nicht so verdammt schwermütig vor wie gestern. Obwohl er sich da ja angeblich nur vergewissern wollte, ob wir heute wirklich laufen, war ich immer noch ein wenig nervös.

»Ich? Hallo, du bist doch hier der Initiator«, wagte ich mich etwas weiter vor. »Und da hast du dir doch sicher eine Runde mit passenden und variierten Anforderungen überlegt. So sind die Regeln.«

»Die Regeln? Oha. Also, äh … wir laufen erst mal da lang.«

Wir liefen in die übliche Richtung.

»Gott, was für ein Schockstart!«, rief ich dramatisch.

Und dann, nach kurzer Zeit: »Supertolles Tempo, das du da vorgibst.« Ich führte an, er lag seinen üblichen angepassten halben Schritt hinter mir.

»Aber klar doch«, sagte er.

»Das hier ist mein Lieblingsort in Lule«, plapperte ich weiter, als wir die Bergnäsbrücke erreichten. »Graffiti und Beton und dann die Autos, die darüberfahren, und die Geräusche. Und überhaupt alles, was mit einer Brücke zusammenhängt. Die einzige Stelle hier in der Stadt, dir mir nicht ganz so klein vorkommt.«

»Meinst du, ein bisschen wie London?«

»Ja, so ungefähr. Kommt London jedenfalls ziemlich nahe.«

Wir wurden langsamer, und er schien genau aufzupassen und zu horchen, als wir unter der Brücke durchliefen.

»I think I see your point«, sagte er.

Als wir uns Varvet näherten, erzählte ich von Hannas Strand direkt vor ihrer Haustür. »Meine Freundin. Die war auch mit bei Max. Lange, braune Haare? Sie wohnt da. Daaaa!« Ich zeigte auf Hannas Haus. »Und auf dieser Bank haben wir in der Achten und Neunten immer gesessen, wenn sie heimlich rauchen wollte. Jetzt hat sie aufgehört, weil ihr Freund das grauenhaft findet. Es ist ja so verdammt leicht, dem Gruppenzwang einfach so nachzugeben.«

Bingo. Lächeln Nr. 1. Endlich.

Als wir am Kulturhaus vorüberliefen: »Meine kleinen Kusinen haben hier einige Jahre gewohnt. Dann haben sie ein Haus in Antnäs gekauft, und ich seh sie so gut wie nie, weil man so schwer dahin kommt.«

»Ja, es ist so verdammt schwer, diese Stadt hier zu verlassen«, stimmte Adrian zu und sah mich an. Lächeln Nr. 2. »Und links sehen wir dann ...«

Ich blickte zu ihm hinüber. Okay, Lächeln Nr. 3. Ganz echt.

»Nein, aber ehrlich, Sara. Mach weiter mit dem Sightseeing.«

»Nichts da. Du findest doch, dass ich plappere, deshalb kannst du jetzt was sagen oder wir schweigen.«

Er sah auf die Uhr, die er gar nicht hatte. »Ich glaube nicht, dass wir den ganzen Weg bis Svartöstan schaffen, ich muss heute Abend nämlich arbeiten. Ein andermal. Aber mach weiter. Mir gefällt das.«

Noch ein Stück. Wir sagten beide nichts.

»Ach, und dann herrschte also Schweigen«, stellte er fest, und ich nickte.

»Und die Bahn?«, fragte er, als wir uns der Eisenbahn näherten. »Hat die nicht auch was von London? Die ganze Sache mit den Rädern und weg von hier und so?«

Ich gab mir alle Mühe und schwieg.

»Keine Freundinnen, die auf Malmudden wohnen?«, versuchte er mich herauszufordern. »Niemand weggezogen? Hast du vielleicht von Leuten gehört, die da wohnen?«

Ich schüttelte den Kopf.

»Magst du Busse? Wie sehr auf einer Skala von 1 bis 10?«, fragte er, als wir Polizeiwache und Busstation erreichten.

Jetzt konnte ich mein Kichern nicht mehr zurückhalten. »Großer Gott, jetzt übertreib nicht. Nein, Adrian, ich habe keine besondere Meinung über Busse.«

»Na gut, du machst es mir ja vielleicht schwer. Und dann kommt es mir vor wie meine Schuld, dass du von froh auf genervt umschaltest, bloß, weil ich wie üblich die Klappe nicht halten konnte.«

»Ich bin überhaupt nicht genervt.«

»Nein, das nun wirklich nicht.« Er sah mich an und dann prusteten wir beide los.

»Bin ich wirklich nicht!«, beteuerte ich. »Außerdem ist das physisch unmöglich beim Laufen.«

»Gott sei Dank.«

»Und du?«

»Weder genervt noch erschöpft.«

Munter und normal. Es wirkte hundert Prozent echt.

Wir gingen zum Endspurt über und dann standen wir noch da, dehnten uns und plauderten eine Runde.

»Pass jetzt genau auf, dann zeig ich dir etwas, das ich richtig gut kann«, sagte ich, als wir fertig waren. »Wie man in null Komma nichts out of here ist.«

Ich rannte die wenigen Meter zu meiner Haustür. Kehrte ihm den Rücken zu, aber ich war ziemlich sicher, dass jetzt Lächeln Nr. 4 folgte.

Am Samstag, als ich aufwachte, peitschte ein Regensturm gegen das Fenster. Papa war bei der Arbeit. Svante und Mama waren zu Hause.

»Das einzig Richtige heute sind gute Filme und eine Menge Leckereien«, sagte Mama nach dem Mittagessen und schaute sich das viele graue Nass auf der anderen Seite des Fensters an. Das Wetter war und blieb schlecht und keine Aufheiterung war in Sicht. »Kommt, wir wickeln uns von Kopf bis Fuß in Ölzeug und gehen uns was holen.«

Svante hatte keinen Bock. Ich dagegen holte mir Gummistiefel und Regenjacke und marschierte mit Mama los.

»Bitte richtig viele!«, sagte Mama, als wir im Kiosk vor den Süßigkeiten standen. »Und nicht die Schaumbananen vergessen.«

Ich füllte eine große Tüte und ging dann in die Filmabteilung. Mama unterhielt sich mit einem Typen. Er trug einen Pullover mit Firmenlogo, deshalb reagierte ich nicht sofort. Erst, als ich näher gekommen war, fuhr ich zusammen. Haltung, Größe, Haarfarbe, die Adam-Brody-Frisur.

»Arbeitest du hier?«, fragte ich Mattias geschockt. »Wieso denn das?«

Ich hörte selbst, wie vorwurfsvoll das klang, seine Augen jagten hin und her, seine Wangen liefen verlegenheitsrot an, aber ich hatte das Gefühl, in eine Falle gelockt worden zu sein. Null Info von Mama darüber, was mir vielleicht bevorstand.

Null Vorbereitung, trotz einer Wanderung durch das ganze verdammte Kaff. Dann stand sie da und quasselte in aller Ruhe mit ihm, während ich Süßigkeiten zusammenraffte und mir Filme überlegte, die ich vielleicht sehen wollte, und dann rannte ich voll in … Ich starrte sie wütend an.

»Na, das ist doch perfekt«, sagte sie rasch, wie um sich für ihre unhöfliche Tochter zu entschuldigen. »Der richtige Mann am richtigen Ort. Ich hab schon gute Tipps gekriegt und überhaupt.« Sie schwenkte einen Film.

Mama und Mattias sahen mich an. Sie herausfordernd. Er noch immer ungeheuer verlegen, unsicher, ausweichend. Und jetzt musste ich etwas sagen. Am besten etwas wie: »Nein, entschuldige, ich meine doch, das ist ja super!« Super, dass er eine Woche verreist war, nach Hause kam und mit aller Welt redete, sogar mit blonden Mädels, nur nicht mit mir. Super, dass er sich genau die Sorte Job besorgt hatte, die noch vor Kurzem total undenkbar gewesen wäre. Wo er mit unbekannten Menschen an einer Kasse plaudern musste. Nicht ganz angenehm, wenn man findet, dass man zu sehr stottert. Aber das fand er vielleicht gar nicht mehr? Der Komplex war verschwunden, nach achtzehn Jahren. Welch ein Wunder!

Ich bekam einfach einen Beweis nach dem anderen dafür, dass er weitergegangen war, während ich auf der Stelle trat. Dieser Rücken auf Ebbes Fest. Seither kämpfte ich rund um die Uhr, um ihn zu vergessen, denn es tat viel zu weh, mich daran zu erinnern. Unser Nicht-Hallo. Wie verlassen und isoliert ich war. Wie eine Folterszene, die immer wieder gezeigt wird.

»Hallo, Sara«, sagte Mattias.

Hallo, Sara. HALLO, SARA? Wie in: »Wir plaudern nur

einen Moment lang ganz normal und scheißen auf alles, was in den letzten Monaten passiert ist«? *Hallo, Sara.* Und ich sage auch »Hallo« und dann lächelt er und sagt …

Ich drückte Mama die Tüte mit den Süßigkeiten in die Hand und machte auf dem Absatz kehrt. Die ersten Meter lief ich nur sehr, sehr schnell, aber beim ersten Schluchzen fing ich an zu rennen.

Mama holte mich auf der Straße ein. »Aber Liebling, was ist denn los?«

»Danke, dass du Bescheid gesagt hast«, fauchte ich sie an. »Danke für deine große Hilfe.«

»Meinst du, dass er da arbeitet? Ich hatte keine Ahnung, ich war genauso …«

»Solltest du nicht zu mir halten? Du bist doch meine Mutter, du musst mir helfen.«

»Ich halte ja zu dir, aber ich habe es eben nicht gewusst. Liebling, hör mal zu. Es ist doch klar, dass ich es gesagt hätte, wenn ich es gewusst hätte. Ich wusste es wirklich nicht. Komm.« Sie zog mich energisch an sich und ich schluchzte wütend und traurig an ihrem Hals. Als ich nicht mehr weinen musste, zog sie eine Packung Taschentücher hervor. »Geht es jetzt besser?«

»Ja, jetzt ist alles wieder wunderbar.« Ich schob ihre Hand weg und setzte mich in Bewegung.

»Weißt du, was wir tun können?«, fragte sie. »Uns in der Bücherei Filme ausleihen. Die haben doch auch viele.«

»Ich sehe zu schrecklich aus. Da geh ich nicht rein.«

»Ach was, es regnet doch. Da sehen alle so aus.«

Bestimmt.

Natürlich schleifte sie mich trotzdem hin, und während

ich auf dem Klo stand und versuchte, mich irgendwie wiederherzustellen, fand sie zwei Filme. Dann machten wir uns schweigend auf den Heimweg. Ich hatte gedacht, sie würde mich mit Fragen überschütten, aber sie hielt sich zurück, bis wir zu Hause angekommen waren.

»Was ist los mit Mattias? Warum ist es so schlimm, ihm zu begegnen?«

»Ich bring das nicht.« Ich ging in mein Zimmer, aber sie kam hinterher.

»Kannst du nicht versuchen, es zu erklären? Es war ja deutlich, dass du aus irgendeinem Grund traurig warst und dass dir das arg zu schaffen macht.«

»Eben deshalb.«

Sie ließ nicht locker, streichelte meine Wange. »Sara, denk daran, dass du wieder zu Hause bist.«

»Gerade das zu vergessen, fällt mir leider sehr schwer.«

»Ich meine, dass du nicht die Zähne zusammenbeißen und alles allein schaffen musst. Du kannst auch mal um Hilfe bitten. Und auch wenn ich vielleicht nichts ändern kann, ist es sicher besser, wenn ich es wenigstens versuchen darf. Herzchen? Im Sommer war das doch nicht so?«

Ich schüttelte den Kopf. »Ich heul doch bloß wieder los.«

Ich konnte den Satz kaum beenden, schon war es wieder so weit.

»Das macht nichts«, beteuerte Mama und setzte sich aufs Bett. »Wein, so viel du willst.«

Es machte ihr überhaupt nichts aus, eine flennende Tochter am Hals zu haben, aber Svante, der zufällig hereinschaute, fuhr erschrocken zurück. »Ich geh zu Leo!«, brüllte er drei Sekunden später.

Ich ließ alles aus mir herausströmen: Mattias, die Reise, das Fest, Bellas Benehmen, mein Nicht-Leben, mein Null-Wert, unsere zehn Jahre, alles in einem einzigen wirren Brei.

Mama sagte nicht viel, sondern hörte vor allem zu.

»Überleg doch mal …«, begann sie dann. »Ich weiß, es ist schwer, darauf zu pfeifen, was gewisse Menschen denken, weil sie in unserem Leben wichtig sind, aber sicher dürfen nicht nur Mattias und Bella darüber entscheiden, wie es dir geht? Und ich glaube nicht für eine Sekunde, dass er sich nichts mehr aus dir macht, Sara. Aber du hast ihn im vorigen Sommer weggeworfen, auch wenn du das nicht so gemeint hast, und egal, wie anständig du dich jetzt verhältst, will er vielleicht im Moment nicht so viel Kontakt zu dir haben. Nicht, weil er dich hasst, sondern weil das nicht geht.«

»Soll ich das einfach so hinnehmen? Nach zehn Jahren?«

»Manchmal muss man das. Man muss versuchen, durchzuhalten, dann kann es mit ihm und Bella vielleicht wieder gut werden. Warte nur ab.« Sie streichelte meine Hand. »Ich meine nicht, dass du aufgeben sollst, aber weißt du, vielleicht haben die nicht dein Tempo. Das muss man akzeptieren. Man ist nicht immer zur selben Zeit am selben Ort.«

»Aber ich finde es so schrecklich«, sagte ich noch einmal. »Kannst du nicht einfach sagen, dass alles gut wird? Ruf sie an, sag ihnen, sie sollen sich zusammenreißen.«

»Ich weiß, dass alles gut werden wird, denn du bringst deine Angelegenheiten doch immer in Ordnung. Denk an das ganze Jahr in London. Das hast du ja auch geschafft, Liebling. Das hier ist fast dasselbe, nur eben zu Hause.«

Fast dasselbe, nur in einem scheißöden Kaff, dachte ich. Und für immer. Das ist der ganze winzige Unterschied.

Am Mittwoch traf ich mich wieder mit Miranda. Sie war ein Mensch, auf den ich mich konzentrieren konnte, so, wie Mama das vorgeschlagen hatte.

»Ich kann ja trotzdem mal erwähnen«, sagte sie, als wir uns im *Roasters* Kaffee und Kuchen geholt hatten, »dass dieser Adrian ganz schön viel mit Leuten namens Markus und Erik aus der Schule zusammen zu sein scheint. Und die sind lustig.«

»Good for him.«

»Aber von einer Freundin weiß ich nichts. Bist du sicher, dass du ...«

Ich winkte ab. »Ja. Wir lassen das.«

»Weil es dir jetzt egal ist, oder weshalb?«

»Ach, ich weiß nicht. Die SMS piepsen ja weiterhin ein, irgendwas muss da also laufen.«

Sie nickte. »Ihr seid befreundet.«

Waren wir das? Und wenn ja, seit wann? Wenn man befreundet war, musste man dann nicht mehr zusammen machen, mehr übereinander wissen? Ich und Adrian sahen uns eigentlich drei Stunden jede Woche, aber noch immer wusste ich so gut wie nichts über ihn. Nur, dass ich in letzter Zeit immer dachte: »Ach, jetzt wird's lustig«, wenn er zum Training kam, und das wurde es dann auch. Aber warum eigentlich? Weil es schön war, aufzuschauen, wenn er mich gerade ansah, und wir dann Grimassen schnitten oder gemeinsam müde schnauften? Oder weil es einfach und angenehm war, mit ihm zusammen nach Hause zu fahren, und wir inzwischen auch mehr über Dinge sprachen, die nicht mit dem Training zu tun hatten?

Waren wir deshalb befreundet?

»Ich weiß nicht so ganz, was wir sind«, sagte ich. »Bekannte?«

»Na gut. Aber was, wenn ich über weitere Infos stolpere? So im Vorübergehen? Was machen wir dann?«

»Ja, dann musst du erzählen, das ist doch klar. Alles andere wäre ja blöd.«

»War heute nicht das zehnte Training?«, fragte Adrian, als wir in der folgenden Woche am Donnerstag nach Hause fuhren.

»Echt?« Ich hatte selbst gar nicht gezählt, aber nun schaute ich zum Himmel hoch und gab vor, Gott zu danken. »Da müsste der Verein uns doch Torte spendieren für unsere unglaubliche Ausdauer. Weißt du, dass ich mir nie auch nur überlegt hatte, warum es eigentlich Kampfsport heißt?«

»Und jetzt weißt du alles darüber. Grauenhafte Blutergüsse und brutale Gewalt.«

»Genau. Jawoll!« Ich sah ihn an und wir kicherten beide.

»Ich kann dir keine Torte versprechen, aber wenn du Lust hast, mit raufzukommen, finde ich sicher irgendwas«, sagte er, als wir zu Hause waren.

»Ja, gerne!«, sagte ich sofort. »Irgendwas ist genau richtig.«

Mia öffnete, nachdem ich schnell meine Tasche nach Hause gebracht hatte. Adrian stand in der Küche und strich eine Form mit Butter aus, nickte aber zum Tisch hinüber, wo Brötchen, Butter und Käse bereitstanden. »Iss so lang ein Brötchen, falls du schon vor Hunger stirbst.«

Er trug eine Brille. Dunkles Gestell, ziemlich viereckig.

Total toll. Und ganz anders. Ich sah ihn in einem weißen Ärztekittel vor mir, er lief mit großen Schritten durch einen Krankenhausflur, der Kittel flatterte hinter ihm her, und er war unterwegs zu lebenswichtigen Entscheidungen.

Himmel.

»Hast du getrunken?«

»Wie bitte?«

»Wasser«, erklärte er. »Hast du dein Wasserdepot richtig aufgefüllt?«

»Sicher. Was gibt's denn Schönes?«

»Kellerkuchen. Reicht das als Tortenersatz?«

»God, yes. My favourite.«

Ich setzte mich an den Tisch und sah zu, wie er eine Schüssel aus dem Schrank nahm, sich die Sache anders überlegte und eine größere nahm. Zucker abmaß. Vorsichtig Eier zerbrach. Einen Quirl holte. Quirlte. Wieder im Rezept nachsah. Noch mal drei Runden quirlte. Nach einer Mehltüte griff. Alles geschah unter konzentriertem Schweigen.

»Backst du oft?«, fragte ich.

Er lachte und schaute sich über die Schulter zu mir um. »Merkt man das?«

»Du machst es jedenfalls gründlich. Das ist gut.«

»Mm.« Er schaute auf die Eier in der Schüssel. »Du, wie lange muss man eigentlich quirlen?«

»Jedenfalls länger.«

Er hielt mir die Schüssel hin. »He, du hast ja nicht mal nachgesehen.«

»He, ich hab schon häufiger Kellerkuchen gebacken.«

»Ich auch, aber na ja. Okay.« Er spielte den Beleidigten, der sich geschlagen gibt. »Mach mir also keine Vorwürfe, wenn er matschig wird.« Er quirlte kurz und energisch. »Und jetzt?«

»Purr.« Ich ging zum Spülbecken. »Und das hier ist ein altes Familienrezept?« Das Rezept für den Kellerkuchen war achtlos auf die Rückseite eines offenen Briefumschlags gekritzelt.

»Ja, aber von Familie Pekkonen. Ich hab eine Bekannte angerufen und es mir geben lassen.«

»Eine Bekannte?« *Eine Bekannte?*

»Danni aus meiner Klasse. Sie hat so was schon hundertfünfzig Mal gemacht und es wird immer gut. Daumen drücken.«

Danni aus seiner Klasse. Den Namen wollte ich mir merken.

Als der Teig fertig war, in die Form gefüllt und im Ofen verstaut, hielt Adrian mir Quirl und Teigschaber hin. Ich nahm den Quirl, und wir leckten andächtig die Teigreste ab, als sein Handy klingelte.

»Hallo, Danni«, sagte er und wischte sich ein wenig Teig aus dem Mundwinkel. »Doch, der wird jetzt gebacken. Vielleicht ein bisschen matschig, aber wir werden ja sehen, wie … sicher. Ja. Bis dann.« Nach dem Gespräch drehte er sich zu mir um: »Ich nehme ein Stück mit in die Schule, dann kann sie das auch probieren. Ich meine, *sie* weiß ja, wie viel man wovon nehmen sollte … Ach, der wird sicher gut, Sara. Was kann an einem Kellerkuchen denn überhaupt schiefgehen? Mach dir keine Sorgen.«

Er sprang lachend zur Seite, als ich versuchte, ihn auf den Arm zu boxen.

Der Kuchen wurde supergut. Wir gaben ihm fünf von fünf möglichen Punkten, auch Mia, die sich einen Teller holte und sich damit dann wieder vor den Fernseher setzte. Adrian und ich blieben in der Küche. Ich weiß nicht, ob es daran lag, dass wir vom Training kamen und jede Menge Glücksendorphine im Gehirn hatten, jedenfalls waren wir beide in bester Stimmung, aßen Brötchen und Kuchen und Eis, redeten drauflos, als ob wir dauernd so zusammensäßen. Kein *tjoff tjoff tjoff* (nur trat ich ihn sicher fünf Mal unter dem Tisch, seine langen Beine waren überall im Weg), sondern nur … gut. Richtig gut. Ich schaute einmal auf die Uhr und es war zehn vor neun, beim nächsten Mal fünf vor neun und dann zehn nach.

»Ja, jetzt muss ich wohl gehen«, sagte ich widerwillig und erhob mich, stellte Tasse und Teller in das Spülbecken.

Er ging mit mir in die Diele. »Danke für diesen Abend. Das war super und viel Glück für den Rest deines Lebens und überhaupt.«

»Was?«

»Du weißt, deine zehn Mal. Jetzt ist es doch vorbei, oder?« Er schaute mich fragend an.

»Genau, ja. Und wenn ich noch zehn Mal komme, dann …?«

»… dann kriegst du vielleicht ein paar blaue Flecke und wirst noch stärker.«

»Ist das alles?«

»Aber Sara …« Er lächelte und verschränkte die Arme, versuchte, seine Stimme enttäuscht klingen zu lassen. »Die einzige Belohnung, die man für das Training braucht, ist doch, wie wohl man sich danach fühlt.«

»*Ich* brauche auch Kellerkuchen«, sagte ich. »Dann, okay, dir auch viel Glück. Und wer weiß, vielleicht sehen wir uns ja irgendwann mal wieder. Schönen Gruß an Dan, sag ihm, dass er super war.«

Adrian wirkte belustigt. *Ist das dein Ernst?* »Na gut. Und die, mit der du immer zusammen warst?«

»Ach, Sara. Die wird mir ungeheuer fehlen.« Ich legte mir die Hand aufs Herz. »It was a blast. Sag ihr das.«

Wir schauten uns an. Bei ihm lag das Lächeln auf der Lauer. *Ja, weiter so. Mal sehen, wie lange du das durchhältst.*

»Und weißt du, der mit den kurzen, braunen Haaren? Nicht so groß«, fragte ich dann und schaute ihm in die Augen.

Adrian nickte.

»Per heißt er«, sagte ich. »So ein wunderbarer Typ.«

Adrians Mundwinkel zuckte.

Per war immer überaus ernsthaft bei der Sache. Ungefähr eine halbe Minute nach dem Aufwärmen war er schon in Schweiß gebadet. Schade, dass er um die dreißig war, sonst hätte man ihn leicht für einen angehenden Weltmeister halten können. Falls es überhaupt Jiu-Jitsu-Weltmeister gab?

»Okay: Sara, a total blast, Per, ein wunderbarer Typ«, wiederholte Adrian und versuchte, mich zum Lachen zu bringen.

»Genau. Oder besser, kannst du einfach zu ihm sagen … keep on rockin'?«

Und nun platzte er und lachte schallend los.

»Du wirst jedenfalls nie mehr bei mir die SMS-Karte ausspielen können, ich hoffe, das hast du begriffen?«

»Whatever.« Ich warf den Kopf in den Nacken, als ich die Tür aufmachte. »Aber dann sehen wir uns in Trainingsklamotten?«

Adrian sagte, besiegt, aber zufrieden: »Ja, ja, abgemacht. Du kleine … Erpresserin.«

Er schüttelte den Kopf und ich lachte.

»Die Luft ist frei, und du kannst natürlich abspringen, wann immer du willst, remember, Adi?«

Er schloss die Tür mit gespielt saurem Gesicht.

Schön. Überaus schön sogar.

»Er hat gebacken? Er hat sich hingestellt und gebacken?«, rief Miranda, als ich ihr von unserer Kuchenrunde erzählte. »Gib zu, das war wahnsinnig, wahnsinnig nett von ihm.«

Ja, das war es. Wahnsinnig nett. Lustig. Reizend. Angenehm. Gemütlich. Gut. Einwandfrei etwas, woran man denken könnte, wenn man nicht über andere Dinge nachdenken wollte. Über Probleme.

»Und du bist sicher, dass es diese Frau ist, die die SMS schickt?«

»Like clockwork every night. Leider. Das ist nicht normal.«

»Es ist auch nicht normal, dass Jungs Kuchen backen.«

»Mein Vater tut es ab und zu. Rosinenbrötchen, Buttermilchbrot und für den Sommer hat er ein superleckeres Rhabarberauflaufrezept.«

Miranda hob die Hände. *Danke, das reicht.*

»Aber du musst die Einladung ja erwidern. Unbedingt sogar.«

»Aber was, wenn ihm das unangenehm ist?«

Sie biss in ihr Muffin und seufzte. »Oh my God, Sara, ich sterbe, ich steherrrbe.«

»So doch nicht. Du weißt, wenn er vielleicht glaubt, dass … was ich ja nicht tue, aber das Ganze mit den SMS und so.«

»Scheißegal, mach eben keine große Sache daraus!« Miranda lächelte. »Über einen Kaffee freuen sich doch alle.«

Wir hatten nur noch ein Ei, stellte ich am Dienstag nach der Schule fest, und nachdem ich mich als Kellerkuchenexpertin ausgegeben hatte, kam es mir tollkühn vor, hier Freistilbacken einzuführen. Ich machte deshalb Schokokugeln. Dachte die ganze Zeit daran, als ich zum Training fuhr und als wir danach zusammen nach Hause radelten.

Mirandas Ermahnung, die Sache nicht so ernst zu nehmen, war nicht so leicht zu beherzigen. Ich hatte eigentlich vorgehabt, ganz normal zu quatschen, wenn wir nach Hause führen, und dann wollte ich einfach nur lässig sagen: »Adrian, rat mal«, und er: »Oh Gott«, und dann wäre alles in Ordnung. Meine Eltern würden keine peinlichen Bemerkungen machen und Svante würde nicht herumnerven und alles würde wunderbar auf genau der richtigen Ebene dahinplätschern.

Aber in Wirklichkeit machte Adrian einen müden Eindruck. Er war jedenfalls in seiner schweigsamen Stimmung. Fast so ernst wie damals, als er bei den Schaukeln auf mich gewartet hatte, und das machte mich noch nervöser. Ich wusste nicht, wo ich anfangen sollte. Es könnte leicht zu ernst klingen. Je mehr ich in Gedanken mit Formulierungen jonglierte, umso ernster kam die Sache mir vor. Ich wollte nicht, dass er Nein sagte. Und ich wollte auch nicht, dass er sich dazu gedrängt fühlte, Ja zu sagen.

Erst, als wir zu Hause waren und er sich schon mit einem »Bis dann« verabschiedet hatte, rief ich ihm hinterher: »Ich hab Schokokugeln gemacht.«

Wie das klang? Atemlos und hektisch. Das Gegenteil von lässig.

Also packte ich noch ein »Aber wenn du tausend andere Dinge zu erledigen hast, ist das total in Ordnung« obendrauf.

Es wurde wirklich immer schlimmer.

»Ich meine, es ist nicht …«, hetzte ich mich weiter. War es denn möglich, die Sache noch ernster zu machen als das hier?

Ja, wenn man knallrot anlief, was ich natürlich tat.

»Soll das heißen, du lädst mich ein?«, fragte er.

»Wenn du willst, es ist kein Zwang. Wenn du müde bist, zum Beispiel. Du kannst absolut Nein sagen. Aber wenn du willst, dann … Ja, ich lade dich ein.«

Erschieß mich, irgendwer, jetzt, jetzt, sofort. Als ob ich noch nie Besuch gehabt hätte. Total unerfahren. Keine Ahnung davon, wie man das macht. Jetzt würde er wirklich glauben, dass mir die Sache wahnsinnig wichtig sei. Als ob ich nicht nur gebacken hätte, sondern eine Woche lang an einem riesigen Plakat gemalt: »Willkommen in Saras Café!« Und mein Zimmer geputzt und Blumen gekauft und Girlanden aufgehängt und schon gestern Abend den Tisch gedeckt, ehe ich schlafen gegangen war, um ganz sicher zu sein, dass alles perfekt wäre. Und jetzt nahm ich sozusagen Anlauf und stammelte: »Ich hab Schokokugeln gemacht.« Grooooßer Gott. Später würde seine so genannte Bekannte Schrägstrich Freundin eine SMS schicken, und wenn er danach mit ihr redete, würde er sagen: »Du weißt doch, diese Frau aus meinem Training? Shit, also, ich hab das bisher noch gar nicht gerafft, aber du hast ja keine Ahnung.« Und dann würden sie herablassend über mich kichern, während sie einander Gute Nacht wünschten.

Er nickte. »Gib mir nur schnell zehn Minuten.«

Wie das klang? Ein wenig gezwungen.

Ich hätte die Sache gern abgeblasen. Hatte Lust, Neiheihein zu säuseln. Aber ich nickte einfach nur.

Als er dann eine Weile darauf klingelte, hatte ich meine Handgelenke in eiskaltem Wasser gekühlt und versucht, mir einzureden, ich sei total ruhig und die Sache sei doch wirklich kaum der Rede wert. Zwei Nachbarn, die gemeinsam trainieren, eine ganz normale kleine Kaffeepause, das macht man doch mit links. Been there, done that, you know.

Er kam herein und begrüßte Mama, Papa und Svante. Ganz cool, natürlich, im üblichen Adrian-Stil.

Ich hatte nicht gesagt, dass ich vielleicht Besuch bekommen würde, denn das hätte bestimmt peinliche Kommentare und Fragen nach sich gezogen. Jetzt verhielten sie sich fast wie normale Menschen, Gott sei Dank. Papa und Svante saßen in der Küche und machten Svantes Matheaufgaben, und deshalb schmierten Adrian und ich uns ein paar Brote, um ein Tablett mit in mein Zimmer zu nehmen.

»Darf ich mal sehen?«, fragte Adrian, als er den Zettel sah, den ich auf die Schokokugeln gelegt hatte.

17:48, Menge: 23. JA NICHT ANRÜHREN. Ihr seid gemeint, Svante und Micke Bengtsson!

Jemand, genauer gesagt Papa, hatte die Uhrzeit durchgestrichen und 19:12 darübergeschrieben, Menge: 18.

»Aber das hat ja nichts geholfen, wie du siehst. Haben sie geschmeckt?«

Papa sah Svante an und dann Adrian. »Worüber redet sie?«

»Nie kann man in Ruhe Kaffee trinken«, sagte ich und trug das Tablett in mein Zimmer. »Das ist verdammt nervig.«

»Wir sind doch deine Familie!«, rief Papa hinter mir her. »Das bedeutet, dass du keine Ruhe vor uns brauchst. Und die haben sehr gut geschmeckt, Sara!«

Ich stellte das Tablett mit den Broten, den Tassen und den Schokokugeln auf den Teppich vor dem Bett und setzte mich.

Adrian nahm sich ein Brot und stellte sich vor die Fotocollage, die ich vor meiner Abreise nach London von Miranda und Tove bekommen hatte. Sie war im A3-Format und die beiden hatten darauf jede Menge Bilder von mir und sich aus den vergangenen Jahren zusammengestellt.

»Die kenne ich doch«, sagte er und zeigte auf ein Bild. »Der Fußballstar.«

»Miranda. Die geht auch auf deinen Zweig, ja.«

Er beugte sich noch ein bisschen weiter vor. Die drei Bilder in der Mitte waren vom Schulfest in der 9, ehe ich losgeheult hatte. Auf dem einen standen ich, Miranda, Tove und einige andere Mädchen aus der Klasse nebeneinander. Auf den anderen beiden waren nur ich und Mattias zu sehen. Auf dem einen Bild posierten wir, er hatte die Arme um mich gelegt, wir lachten beide und ich machte für Mama, die Fotografin, das Siegeszeichen. Auf dem anderen Bild wussten wir nicht, dass wir fotografiert wurden. Wir standen einfach voreinander, Mattias hielt meine Tasche fest, ich erzählte etwas und gestikulierte dabei.

Ich mochte dieses Bild wirklich gern. Wenn ich hätte erklären sollen, was mir jetzt fehlte, dann hätte ich dieses Bild vorzeigen können. Wir sahen beide so froh und glücklich aus, als wir einander ansahen. Nichts Großartiges, kein Kuss oder so, einfach nur schön, in aller Schlichtheit.

»Aha, du hast also Freundinnen und einen Freund?«, fragte Adrian.

Ich schüttelte den Kopf. »Exfreund. Sehr ex.«

»Was bedeutet das?«

»Dass es ein guter Tag ist, wenn wir Hallo zueinander sagen.«

So geht es mir auch mit einigen Freundinnen, hätte ich hinzufügen können, aber das sagte ich nicht.

Er biss in sein Brot und ging dann zu meiner Tür, die als eine Art Pinnwand diente. Stundenplan, ein alter Arbeitsplan aus dem Sommer, den ich noch nicht heruntergenommen hatte, einige Ansichtskarten, ein alter Zettel von Miranda mit einer Kritzelzeichnung und einem Text, den nur wir verstehen konnten. Das kleine Bücherregal über meinem Bett. Und dann der Schreibtisch. Vor allem Schulkram. Als er sich alles angesehen hatte, setzte er sich mir gegenüber und lehnte sich an die Wand. Noch ein Biss ins Butterbrot. Ich trank einen Schluck Tee. Schlucken, beißen, kauen, schlucken. Wir schauten einander an und lächelten höflich und schauten dann eine Weile gar nichts an und dann wieder uns und lächelten wieder. Peinliches Schweigen war noch untertrieben. Das hier war ganz anders als die Kellerkuchensession bei ihm, alles war so ernst und angespannt und falsch. Mir fiel keine einzige witzige Bemerkung ein und er war ja in Schweigestimmung.

»Mhm«, sagte er endlich nachdenklich. »So sieht also dein Zimmer aus. Spannend.«

»Und groß, was?«

Es war das kleinste Zimmer in der Wohnung. Und wenn er so dasaß und die Beine ausstreckte, dann stießen sie fast gegen die Bettkante.

Er schien drei Hosen zu besitzen und sie abwechselnd anzuziehen: ein Paar beige Chinos und zwei Paar Blue Jeans. Heute trug er seine besten Jeans. Ziemlich dunkel, ein bisschen verschlissen, ziemlich eng. Und ein ganz normales, blaues T-Shirt. Neu vielleicht? Von Form und Farbe passte es ihm perfekt und … Für Adrians Verhältnisse müsste dieses Styling zehn Punkte bringen. Man brauchte keine zwei Mal hinzuschauen, um zu entdecken, wie gut er aussah.

»Hier.« Ich schob ihm das Tablett hin. »Greif zu.«

Er nahm sich eine Schokokugel. »Die sind verdammt gut. Fünf von fünf.«

»Ich habe das Rezept von einer Haferflockenpackung, falls du das mit deiner Backfreundin vergleichen willst«, sagte ich. »Ob sie zerlassene Butter nimmt oder so. Ich nehme Margarine.«

»Ich werd mich mal erkundigen.« Er lachte. Schaute zur Decke und meiner dunkelroten Lampe hoch, dann hinüber zur Diele, wo Papas und Svantes Stimmen zu hören waren.

Wieder Schweigen.

»Musst du bald wieder arbeiten?« Das war ungefähr wie zu sagen: »Jetzt wird es wirklich schon früher dunkel«, aber scheißegal. Ich wurde jetzt langsam verzweifelt.

»Ja, am Wochenende. Freitag und Samstag.« Er rieb sich die Augen. »Die Spätschicht. Das ist ziemlich anstrengend, wird aber besser bezahlt.«

Wir redeten stolpernd über seinen Job (Arbeitete er schwarz? Wie lange machte er das schon? Was schmeckte ihm da am besten?) und dann versandete auch dieses Thema. Ich merkte, dass er heimlich auf die Uhr schaute. Er war noch keine halbe Stunde hier.

»Hast du denn eigentlich einen Job?«, fragte er.

Ich schüttelte den Kopf. »Ich bin nur faul und verwöhnt. Darf nach London gehen und so.«

Er schaute wieder auf die Uhr. »Du, entschuldige, aber das

wird jetzt stressig, wir müssen morgen eine Hausarbeit abgeben, und ich habe versprochen, nach dem Training Erik aus meiner Klasse anzurufen und mit ihm den Rest zu machen. Und da bin ich ein bisschen …« Ein bedauerndes Lächeln. »Ich muss jetzt wirklich los.«

»Macht doch nichts. Ist schon gut.«

»Aber danke für die Einladung. Die waren richtig lecker.«

Das hast du schon gesagt.

»Svante und Micke Bengtsson können sich um den Rest prügeln. Minus … den hier.« Er nahm einen Letzten. »Vielen Dank.«

»Der ist aber sehr sympathisch«, sagte Mama, als er gegangen war. »Das war sicher nett, Sara?«

»Ging so.«

»Nett« und »lustig« und »saugut« waren das Mindeste, was ich mir erhofft hatte.

Aber eigentlich hatte ich noch mehr gewollt. Wenn er abends dann mit seiner »Bekannten« telefonierte und sie ihn fragte, was er gemacht hatte, dann sollte er sagen: »Nichts Besonderes.« Und es sollte ein wenig zu schnell kommen. Vorbereitet. Absichtlich. Denn zugleich sollte er etwas ganz anderes denken, das er ihr absolut nicht verraten durfte. *Müssen wir schon aufhören? Warum vergeht die Zeit so schnell? Ich möchte noch ein kleines bisschen länger bleiben.* So, wie ich das beim Kellerkuchen gedacht hatte.

Doch was würde er nach diesem Abend sagen? Wohl nur ein ehrliches »Nichts Besonderes«, ohne Hintergedanken. Nicht einmal ein »Saugut« war mir gelungen.

Martina schaute sich um. Ich auch. Wir waren in Holms Konditorei, einem echten alten Café auf Örnäset. Papa redete immer davon, das sei das beste Café, und jede Saison kaufte er mindestens zweimal hier Fastnachtssemmeln. Martina und ich waren aus irgendeinem Grund darauf zu sprechen gekommen, und dann hatte es sich herausgestellt, dass sie noch nie dort gewesen war, deshalb hatte ich diesen Ausflug vorgeschlagen. Aber als wir jetzt hier saßen, fand ich es nicht mehr so cool, wie ich es beschrieben hatte. Es war kleiner als in meiner Erinnerung. Roch nach Rauch. Nicht frisch. Das Aussehen war nicht bewusst retro, sondern einfach alt und unmodern.

»Wie ist dein Schokokringel?«, fragte ich.

»Nichts gegen zu sagen.«

Nichts gegen zu sagen. Nur *nichts gegen zu sagen* also. Ich schaute mich wieder um.

»Ich weiß nicht, aber früher hat es mir viel besser gefallen. Das muss so gewesen sein.«

»Mir gefällt es doch auch.«

»Aber nicht so umwerfend.« Ich rümpfte die Nase. »Tut mir leid.«

»Ja, Sara, hättest du den Laden nicht aufmöbeln können, ehe wir hergekommen sind? Irgendwas machen, ich weiß nicht, ein Mosaik aus den Fünfzigerjahren anbringen oder so? Das wäre ja wohl das Mindeste, was man verlangen kann.«

Sie lächelte. »Das hier ist wie die Grundschule. Als wir eingeschult wurden, war sie so groß und beeindruckend, aber wenn man nach ein paar Jahren noch mal vorbeischaut, ist es nur ein niedliches Häuschen.«

»Dieses Häuschen hier war noch nie niedlich, aber …«

»Meine Güüüte.« Martina verdrehte die Augen. »Manchmal bist du eine typische große Schwester. Du musst für alles die Verantwortung übernehmen. Das hier«, sie zeigte durch die Gaststube, »ist doch in Ordnung. Ich kann einen geringeren Coolheitsgrad als in deiner Erinnerung absolut überleben. Ich werd dich deshalb nicht verklagen.«

»Ja, ja, aber ich will doch bloß, dass es … gemütlich ist. Jetzt, wo wir mit dem Bus hergekommen sind und überhaupt.«

»I'm having a perfect gemütlich time, dear.« Sie streichelte meine Hand. »Aber es stimmt schon, es wäre noch gemütlicher, wenn du die Bude ein bisschen aufpeppen könntest.«

Ich schnitt eine Grimasse und sie lachte.

»Ist dieses Café hier nicht übrigens eine Metapher für das ganze Leben?«, sinnierte Martina dann. »Man hat all die schönen Erinnerungen, aber wenn man dann an einen Ort zurückkehrt, ist plötzlich alles ganz anders. Es ist sozusagen zu einer übergroßen Phantasie geworden, weil man sich wünscht, dass es so wäre. Gott, wie philosophisch.«

»Das klingt wie eine Metapher für mein Leben. Und Gott, wie deprimierend.«

»Nein, so muss das ja nicht sein, wir füllen ja die ganze Zeit schöne neue Erinnerungen nach. Hoffentlich. Es wäre doch zum Heulen, wenn wir im Grundschulstadium steckenblieben, aber du hast ja sicher auch später noch lustige Dinge erlebt? Du weißt, auch wenn eine Erinnerung sich als ein wenig zu phantasievoll entpuppt, gibt es viertausend andere, aus denen du die Luft noch nicht rausgelassen hast. Und an die du noch immer glaubst. Das ist fast wie in *The Great Gatsby*. Hast du das gelesen? Er lebt, um die Vergangenheit noch einmal zu erschaffen, und du kannst dir ja denken, was dabei herauskommt.«

»Ich wiederhole: Gott, wie deprimierend.«

»Ich glaube, es geht nur darum, realistischer zu sein«, sagte Martina und ich stöhnte.

»Realistisch ist doch zum kreuzweise Kotzen.«

»Nein, denn als die Dinge passiert sind, war alles echt supergut und toll, aber drei Jahre später hat man sich eben verändert und dann sieht man die Dinge natürlich auch anders. Das heißt, es wird sich nachher nie wieder ganz genauso anfühlen. Physisch unmöglich. Aber was ist daran deprimierend? Hör doch auf! Es ist doch nur gut, dass man sich entwickelt.«

»Du weißt schon, *Kaffeetrinken?*«, sagte ich. »So macht man das: Man bestellt sich etwas richtig Leckeres. Man seufzt, weil man zu fett wird, aber dann sagt man, dass es gerade heute nicht drauf ankommt, und stopft sich voll. Danach kichert man und redet über nette Typen oder neue Kleider oder andere lockere Themen. *Lockere Themen.* Martina, kapierst du? Alles ist so urgemütlich. Dann fährt man nach Hause, munter und zufrieden, und niemand denkt an Selbstmord, weil dieses ganze Leben zu einer unerreichbaren Phantasie geworden ist. Ist das denn so wahnsinnig schwer? Was?«

»Erzähl, erzähl!« Martina legte fünf Schichten gefälschte Begeisterung auf. »Hast du in letzter Zeit was Tolles gekauft?«

»Ich hab Kaufstopp bis Weihnachten.« Jetzt musste ich lachen. »Und einen netten Typen hab ich auch nicht.«

»Aber Gott, was ist das wohl für ein Gefühl, kein Leben zu haben?«

Ich zeigte auf das Café und sie. »Im Moment? Eigentlich ganz okay.«

Sie quetschte einen Seufzer aus sich heraus und lächelte. »Wenn man nur dazu ein hübsches Retromosaik anschauen könnte …«

»Gute Arbeit heute!«, lobte uns Dan. »Sehr gut. Dann bis Donnerstag.«

»Ich glaube, ich muss mir ein Taxi zum Parkplatz bestellen«, sagte die andere Sara zu mir. »Verdammt, du hast heute vielleicht zugepackt.«

Mattias hatte am Ausgang gestanden und mit Bella geredet, als ich die Treppe herunterkam und aus der Schule nach Hause gehen wollte. Es war unsere erste Begegnung seit der Videoaffäre gewesen.

Wir hatten um Viertel vor vier Schulschluss. Seitdem hatte ich ununterbrochen an diese Fünfzehnsekundenbegegnung gedacht, bis ich mich umzog und beschloss, mich auf das Jiu-Jitsu zu konzentrieren. Das hatte nun anderthalb Stunden lang funktioniert, aber jetzt war damit wieder Schluss. Mattias in brauner Lederjacke, Bellas roter Cordmantel, die herbstliche Nachmittagssonne, die durch das Fenster auf sie geschienen hatte. Dann unterbrachen sie sich und sahen mich an. Sein Blick, mein *Shit, Mattias.* Fast wäre ich in meiner Panik zurückgerannt, um mich zu verstecken, aber ich hatte mich gezwungen, weiter die Treppe hinunterzugehen. In normalem Tempo. Bella schaute rasch ihn und dann mich an. Mattias sah mich an, sah zu Boden, sah mich an ... wie um ... Verdammt! Warum mussten sie da stehen? Das hier war doch auch meine Schule und das wusste er verdammt genau, mussten sie da ausgerechnet hier am Ausgang stehen und für alle einen Haufen Probleme machen?

Ich brachte die letzten Stufen hinter mich. *Nicht rennen, nicht rennen.* Ich sagte Hallo. Bella antwortete zuerst. Und dann Mattias. »Hallo, Sara.« Unsere Blicke trafen sich für eine Sekunde. *Weitergehen.* Mattias sagte wieder Hallo. Da war ich schon vorbei. Die Hand auf der Türklinke, aufmachen, da ist der Weg, nach rechts abbiegen, *gehen, gehen, gehen,* atmen.

Maximal fünfzehn Sekunden also. Wie viele alternative Handlungsabläufe kann ein Gehirn für diese Zeit ersinnen?

1. Bella sieht mich an und lächelt. »Ach, endlich, warum hat das so furchtbar lange gedauert?«

2. Mattias sagt zu Bella: »Bis nachher.« Er sieht mich an. Freundlich. Fröhlich. »Hast du keinen Hunger? Wir können doch erst mal was essen gehen?«

3. Jemand sagt: »Sara, kommst du am Freitag mit ins Kino? Hanna ist schon weg, aber sie hat auch große Lust.«

Adrian stand mit dem Rücken zur Tür da, als ich nach dem Training nach draußen kam. Murmelte leise. Kein Zweifel, mit wem er da redete. Einem Menschen, bei dem die Zeit für ihn garantiert dahinflog. Der niemals anstrengend und langweilig und verlegen und ernst war. Der sicher nicht einmal zu sagen brauchte, er sei so verdammt genervt und müde, damit Adrian einen Blick auf ihn warf und sofort rief: »Aber was ist denn passiert? Sag schon!«

»Adrian«, sagte ich, nachdem zwei Sekunden vergangen waren. Er drehte sich halb zu mir um, runzelte die Stirn, hob einen Finger, *du störst gerade, warte eine Minute,* dann drehte er mir wieder den Rücken zu und redete weiter.

Ich ging zum Fahrrad, schloss auf und sah ihn an. Er wirkte noch immer total vertieft. Ich zählte bis zehn. Bis zwanzig. Er merkte nichts, sondern redete mit leiser Stimme weiter: »Ja, genau ... und dann ... nein, den nicht, nimm lieber ...« Er war total vertieft und das machte mich nur wütend. Gab es eigentlich irgendeinen Ort, wo man nicht das Gefühl hatte, zu stören, wenn man ganz normale Sachen tat, wie durch eine Tür zu gehen oder nach Hause zu fahren? Sachen, die man tun musste. Einen einzigen Ort nur? Und könnte es vielleicht auch mal jemanden geben, der einen ein wenig gut fände? Der sich freute, einen zu sehen, und sich ein wenig Mühe gab und zum Beispiel so was sagte wie, tja ... HALLO! War das denn wirklich so verdammt viel verlangt?

Ich sprang auf mein Rad und fuhr los.

»Warum hast du nicht gewartet?«, fragte er vorwurfsvoll, als er mich unten am Wasser einholte.

»Warum? Entschuldige, aber ich hatte keine Lust, wie ein blödes Publikum rumzuhängen, während du die Telefonitis hattest«, fauchte ich.

»Was?« Er war sofort sauer. »Na gut, aber ist es so schwer, zu sagen, dass du losmusst? Ehrlich, Sara.«

»Genau. Ehrlich, Adrian. Denk nächstes Mal kurz nach.«

Denk daran, dass ich mich vielleicht darauf gefreut hatte. Dass ich vielleicht diese kurze Radtour brauchte, als lustige kleine Minipause mitten in meinem Jammerleben. Mm, verdammt traurig, ich weiß, aber manchmal muss man einfach verdammt traurig sein, und das bin ich jetzt. Also riesigen Dank für deine UNTERSTÜTZUNG!

»Himmel, wie soll ich denn ...« Er war stocksauer, das

konnte ich sehen und hören, aber statt noch wütender zu werden, riss er sich dann offenbar zusammen und schluckte alles Weitere hinunter. »Sag nächstes Mal einfach Bescheid.«

Als wir uns trennten und ich ihm noch »Bis dann!« hinterherrief, kam keine Antwort. »Erwachsen. Total erwachsen«, sagte ich zu seinem Rücken.

Bella hatte bei Facebook nichts Neues. Kein »Mattias und ich sind heute auf Sara gestoßen und, ohhhh, wir haben uns ja schon viel zu lange nicht mehr gesehen!«. Als ob sie jemals so was schreiben würde. Ihre letzten drei Updates waren: »Eis ist geil!«, »Thank God it's friday«, und gestern Abend: »Denke an Wespen … Bella likes this.« Das Letzte war sicher zum Brüllen komisch für alle (wie Johannes?), die den Witz kapierten.

Hanna hatte seit Tagen nichts mehr geschrieben und vor allem nicht: »Hab mit Bella gesprochen, die Sara begegnet war, und uns wurde klar, wie seeehr wir sie vermissen.« Das einzig Neue war ein Bild von ihr und Andreas auf einem Sofa, vermutlich seinem. Er hatte die Kamera und machte das Bild, sie schmiegte sich an ihn. Ganz reizend. Ich hatte auch zwei solche Bilder in meinem gesperrten Fotoarchiv. Darin gab es nur Dinge, die vor dem 15. August des vergangenen Jahres passiert waren, und ich durfte nicht vergessen, sie ganz bald zu löschen.

Aber heute? Der Tag war schon so zerstört, wie es überhaupt nur möglich war. Ich hatte mich geirrt, als ich zu Adrian gesagt hatte, dass es ein guter Tag wäre, wenn Mattias und ich Hallo sagten. Das war es durchaus nicht.

»He, Sara!«, brüllte Arash, als er und einige Jungs aus seiner Klasse auf dem Gang an mir vorüberliefen. »Ich habe dir vor zwölf Stunden eine Frage geschickt und du hast noch nicht geantwortet. Was soll das denn? Hast du sie noch nicht mal gelesen?«

Ich versuchte, mich zu erinnern, und mir fiel ein, dass er etwas mit dem Betreff »yabba dabba doo« geschickt hatte, aber das hatte ich nicht geöffnet. Vielleicht, weil ich gerade meinen Laptop in Tränen gebadet hatte. »Mmm, dooooch ...«

»Nicht gelesen also«, stellte er fest. »Los, du Trantüte.«

Ich schlich mich in der Mittagspause in einen Computerraum. Arashs Eltern wollten über ein langes Wochenende verreisen (»plötzlich ist es so weit«) und er wollte ein Fest machen. In zwei Wochen. Er hatte die Mail an ganz viele Leute geschickt, als Erstes an Mattias.

Purr. Genau mein Traum.

»Sieh an, hier sitzt du ja.« Hanna umarmte mich von hinten, dann zog sie einen Stuhl an den Computer neben meinem. Sie sah, was ich las. »Das hab ich auch gekriegt, das wird super.«

»Mmmm.«

»Aber hast du gesehen, wer eingeladen ist? Das steht da vielleicht nicht.« Sie zog einen USB-Stick aus der Tasche und gab ihr Passwort ein. »So, jetzt wird hier ein Stück schweinegute Konfliktanalyse geliefert. Read and weep, Frau Lehrerin, mehr sage ich nicht. Und dann brauch ich Kaffee. I need it so much, du hast ja keine Ahnung, wie ich mich damit abgemüht habe.«

Ich musste einfach lachen. Hanna und ich waren Kaffeejunkies. Wenn etwas gut lief, mussten wir mit Kaffee feiern.

»Was machst du heute Abend, Saralein?«

In einer Turnhalle stehen, zum Heulen nervös, denn das war ich, seit ich morgens aufgewacht war. Aufs Beste hoffen (ein »Hallo« würde schon reichen, zeigen, dass ich nicht alles total ruiniert hatte). Falls ich mich überhaupt hintraute.

Sonst würde ich wohl auf dem Bett liegen, als zitterndes Häufchen Angst. Ein schwacher, schlechter, feiger, überaus reuiger und noch überaus einsamerer Mensch ohne irgendwelche Aussichten auf schöne Pausen und gemütliche Kaffeerunden und ausgelassenes Kichern mit dem Nachbarn. Nur Steine im Bauch und ein noch armseligeres Leben, weil ich einen weiteren Menschen, den ich sehr gern mochte, vergrault hatte.

Als es auf sieben Uhr zuging, leckte ich nach der zweiten Portion Apfelkuchen mit Sahne meinen Löffel ab. Hanna und ich saßen auf ihrem Bett, ihre kleine Schwester Fanny saß neben uns im Sessel.

»Habt ihr gemerkt, dass da Zitrone drin war?«, fragte Hanna und zeigte auf sich. »Genial.«

»Hab's geahnt«, sagte Fanny.

»Es war nur ein bisschen«, sagte Hanna und lachte. »Ganz, ganz unheimlich wenig.«

»Who cares, Obst tut gut«, entschied ich.

War ich nervös, angespannt, verschwitzt? Nein, überhaupt nicht. Verspürte ich den Drang, dermaßen loszuplappern, dass es keinen stillen Moment geben würde? Nein. Hatten wir ein richtiges und normales Gespräch? Ja, das hatten wir. Schien Hanna sich darüber zu freuen, dass ich da war? Aber klar doch. Echt? Jepp, echt. Fühlte ich mich so richtig zu Hause? Und wie.

Alles war perfekt gewesen.

Und doch. Als ich dann nach Hause ging, gab ich mir wirklich Mühe, später einzutreffen als sonst, wenn ich vom Training kam. In der Wohnung oben war Licht und ich hatte sofort wieder den Stein im Bauch.

Also.

Perfekt?

Nein. Nein, nein, NEIN!

Es erschien mir als ganz logische Strafe für meine Feigheit, dass ich am Freitagmorgen mit einem steifen Nacken aufwachte und mir einen langen Schal um den Hals wickeln musste. Sowie ich vergaß, den ganzen Oberkörper zu drehen und nicht nur den Kopf, setzte ein stechender Schmerz ein.

Mama schickte mich nach dem Abendessen trotzdem zum Waschen in den Keller. »Also, ich nehm dazu immer die Hände«, sagte sie, als ich protestierte.

Als ich nach unten kam, brannte in der Waschküche Licht, und das bedeutete, dass schon jemand dort war. Adrian. Er schaute kurz zur Tür hinüber und fuhr zusammen, als er sah, dass ich es war. Er hatte einen blauen Kissenbezug in der Hand, den er in den Trockenschrank hängen wollte. »Hallo.«

Es war das kürzeste und kühlste Hallo aller Zeiten.

Er zog sich den Hörstöpsel seines iPods aus dem einen Ohr. Dann stand er da und sah mich abwartend an. Sollte ich also anfangen?

»Lustig, am Freitagabend zu waschen, was?« Ich hob unsere Plastiktüten hoch und versuchte zu lachen. Adrian verzog als Antwort nur den Mund und widmete sich wieder seinem Kissenbezug.

Telapathie-Ich: Ja, ja, ja, ich weiß, es war ein Fehlstart, superkindisch und überhaupt, aber *work with me, please*. Ich bin doch total mies in solchen Situationen, Mann.

Er schob seinen Wäschekorb mit dem Fuß weg, um mich vorbeizulassen. Gnädig sozusagen. Stopfte sich außerdem den Stöpsel wieder ins Ohr. Kehrte mir den Rücken zu.

Als ich die Waschmaschine aufmachte, fiel eine Socke heraus.

»Ist die von dir?«

Keine Antwort.

»Adrian, ist die von dir?«

Wieder raus mit dem Stöpsel. »Was? Nein, von mir nicht.«

Und dann vergaß ich zum einhundertdreißigsten Mal, den ganzen Oberkörper zu drehen. Meine unfreiwillige Grimasse und mein Stöhnen entlockten ihm immerhin einen Blick in meine Richtung.

»Steifer Nacken«, erklärte ich. »Und ein Gedächtnis wie ein Goldfisch. Schlechte Kombination.«

Waschmittel ins Fach. Auf die richtigen Knöpfe drücken. Und wieder vergessen, den ganzen Oberkörper zu drehen.

Schweigen.

»Was hörst du da?«, fragte ich.

»Musik.«

Musik? Echt?! Mein Gott, wie originell!

»Aha.«

Ich lehnte mich an die Waschmaschine. Er hängte weiter Wäsche in den Trockenschrank und kehrte mir den Rücken zu.

Please, please, please.

»Weizenkissen sind da ziemlich gut«, sagte er, ohne sich umzudrehen. »Solche, die man aufwärmt.«

»So eins haben wir nicht.«

Erneutes Schweigen.

»Aber wir. Wenn du es leihen möchtest.«

»Und das steckt man in die Mikrowelle?« Ich drückte auf das ziemlich dünne Kissen, das Adrian in der Diele aus einem Schrank genommen hatte. Es fühlte sich eher an wie wattierter Filz. »Und das Ding geht nicht in Stücke?«

»Die Mikrowelle? Oder das Kissen?«

»Oder beides.«

Er verdrehte die Augen, ging in die Küche, steckte das Kissen in die Mikrowelle und schaltete sie ein. Nichts knisterte oder explodierte. »Magisch, was?«

»Ja.«

»Das muss zwei Minuten drinbleiben, dann legt man es auf die wehe Stelle.«

Ich nickte. »Magisch.«

»Wann hast du zuletzt Schmerztabletten genommen?«

»Vor ungefähr einem Monat.«

»Einem Monat?«

»Ja, ich will ja nicht süchtig werden.«

Das war offenbar der zweite blöde Spruch dieses Abends. Er seufzte nicht, aber er sah aus, als ob der Seufzer gleich um die Ecke wartete. *Was du so redest.*

»Es wird ja auch nicht besser, wenn man durch die Gegend läuft und sich anspannt, weil man versucht, alles richtig zu machen.«

Das klang so selbstverständlich wie etwas, das jeder Idiot wusste, und ich hätte gern gesagt: »Ach, das ist also mein Fehler, ich versuche, alles richtig zu machen«, aber ich hielt die Klappe, während er eine Packung Alvedon holte und ein Glas mit Wasser füllte.

»Man wird schneller gesund, wenn man sich entspannt und normal bewegt. Nimm das hier auch mit.« Eine Tube landete auf dem Tisch. Voltaren.

»Du benimmst dich gerade wie ein kleiner Schmerzguru, weißt du das?«

»Vielleicht bin ich das ja auch. Hab ich schon erzählt, dass ich seit Jahren Jiu-Jitsu mache? Es kommt vor, dass man sich da verletzt, weil es wahnsinnig gewalttätig zugeht.«

Nicht der Anflug eines Lächelns bei ihm, aber ich spürte sofort, wie meine Wangen aufloderten und wie ich meinen Bauch anspannte, die Schultern zurückzog, in den Knien federte, mich bereit machte.

»Meine Güte«, sagte ich und nahm eine Tablette. »Das klingt ja spannend. Macht es Spaß?«

»Ja, einen Wahnsinnsspaß sogar.«

Sein Blick voll in meinem. *So ist das, kapiert, Sara?*

»Das sollte ich vielleicht mal ausprobieren«, sagte ich. »Ich habe gehört, es tut gut, wenn man zum Beispiel bei Dingen überreagiert, die eigentlich nicht wichtig sind, sondern nur …

poff! Plötzlich stocksauer, ganz ohne Grund. Und das will man doch nicht sein.«

Der Schatten eines Lächelns in seinen Augen. »Du meinst jetzt sicher diesen östlichen Effekt? Doch, der ist gut. Aber es ist wirklich auch ganz schön ego, ewig zu telefonieren und andere warten zu lassen wie ein kleines Publikum«, sagte er.

Die Stimme: viel freundlicher und wärmer.

Telepathie-Ich: Thank you, thank *you*.

»Ganz zu schweigen davon, einfach abzuhauen«, sagte ich dann. »Ohne Bescheid zu sagen. Das ist total ego.«

»Wir brauchen aber vielleicht deshalb nicht mehr sauer aufeinander zu sein, oder?« Er schob sich die Haare aus dem Gesicht und sah mich an und ich hätte am liebsten die Arme um ihn gelegt und gerufen: Nein, wenn ich zu bestimmen hätte, würden wir nie wieder sauer aufeinander sein.

»Furchtbar gern. Ich meine, dass wir nicht mehr sauer …«

Jetzt gab es ein echtes Lächeln. »Gut.« Zwei Paar frohe Augen. Zumindest ein Herz, meins, das glücklich einfach nur schlug, schlug, schlug.

»Und dann das hier.« Er reichte mir die Tube. »Reib dich damit ein.«

»Auch noch eine Salbe? Ich hab doch schon eine Tablette genommen.«

»Trotzdem, Sara.«

»Ich will mir doch keinen Leberschaden holen, bloß weil ich mal kurz einen steifen Nacken habe.«

Nun lachte er laut auf und widerwillig verrieb ich ein wenig Salbe in meinem Nacken. Dann plingte die Mikrowelle.

Er legte mir das Kissen auf die Schultern. »Und das lässt du jetzt ganz einfach so lange dort, wie es nötig ist.«

»Riecht das nicht ein bisschen komisch?«

»Doch. Stimmt.« Adrian rückte das Kissen gerade. »Du musst durch den Mund atmen, wenn du das nicht aushältst.«

»Das wirkt einfach super. Kann ich es nachher zurückbringen, wenn du dann zu Hause bist? Oder morgen natürlich? Das ist vielleicht besser. Ich komme morgen.«

»Wenn du willst, kannst du auch erst mal hierbleiben. Ich wollte ohnehin nur fernsehen oder so. Während deine Wäsche läuft, meine ich.«

»Geht das denn?«

»Ja, ich habe nichts Besonderes vor. Und wir haben auch noch Kekse, glaube ich. Möchtest du einen Tee?«

»Wo ist Mia?«, fragte ich, als er aufgetischt hatte und wir im Wohnzimmer unseren Tee tranken. Ich auf dem Sofa und er im Sessel.

»Lesegruppe? Oder irgendwas mit Essen und Wein. Etwas Lustiges.« Er hob seine Teetasse. »Also Prost und willkommen.«

Es gab zwei Sorten Kekse. Herzhafte und verdauungsfördernde mit Schokolade. Adrian sah zu, wie ich mir ein verdauungsförderndes nahm. »Entschuldige die ärmliche Bewirtung heute Abend.«

»Ach, ist schon gut. Ich hab gestern bei Hanna jede Menge Kuchen gekriegt, selbstgebackenen Apfelkuchen, und davon bin ich eigentlich immer noch satt.«

Er lächelte. »Das scheint ja deine Spezialität zu sein. Dich von anderen zu Kaffee oder Tee einladen zu lassen.«

»Ja, vielleicht? Aber meine Mutter ist keine große Bäckerin, das ist sicher der Grund. Wir hatten noch nie die Tiefkühltruhe voller Zimtschnecken oder so. Mein Vater backt manchmal, aber vor allem zu Geburtstagen.«

»Und man braucht doch Zimtschnecken zum Überleben. Und Kellerkuchen.«

»Ja, das tut man.« Wir lächelten einander an und dann schauten wir beide weg. Er schaltete den Fernseher ein und zappte erst mal. Als er durch alle Programme durch war und nichts gut genug gefunden hatte, zappte er den ganzen Weg zurück. Schweigend.

Wenn es nur nicht wieder so wurde wie bei seinem steifen und öden Besuch bei mir.

»Hast du deshalb gestern das Training verpasst?«, fragte er. »Wegen des Nackens?«

»Nein, das ist erst seit heute Morgen so. Aber ich hatte Hanna so lange nicht mehr gesehen und da …«

»Also wegen des Apfelkuchens?«, fiel er mir ins Wort. »Meine Güte, Sara!«

»Das nun wirklich nicht. Es war nur, weil wir uns so ewig lange nicht mehr gesehen hatten.«

»Du bist ja schlimmer als eine Katze«, sagte er lachend. »Eine Schale voll Milch kann dich zu allem verlocken. Keine Loyalität!«

»Ich bin doch wohl loyal!«, protestierte ich.

»Ich bin doch wohl loyal«, äffte Adrian mich nach. »Für Kuchen tu ich alles.«

Ich schnappte mir ein Sofakissen und schlug auf ihn ein, aber mein Nacken tat so weh und er hatte mich fast sofort entwaffnet.

»Das ist ungerecht!« Ich ließ mich frustriert wieder auf das Sofa sinken, während er nur kicherte und das Kissen auf den

Boden fallen ließ. »Warum muss ich dir immer irgendwas beweisen? Das macht mich noch verrückt, verdammt.«

»Ja, warum musst du das?«, sagte er gespielt nachdenklich und interessiert. Und echt belustigt. »Das ist wirklich eine bedenkenswerte Frage.«

»Jetzt hör schon auf!« Ich stöhnte. »Wenn du etwas über die Hintergründe wüsstest, würdest du es sicher auch für eine richtige Entscheidung halten, dafür mal das Training ausfallen zu lassen.«

»Dann erzähl!«, forderte er mich auf.

»Yeah, right«, schnaubte ich.

Nun wurde er ernster. »Nein, so war das nicht gemeint. Ehrlich, erzähl.« Er schaute auf seine Uhr. »Wir haben mindestens eine Dreiviertelstunde. Wenn du willst, meine ich.« Und jetzt kam es mir nicht mehr wie eine Aufforderung vor, sondern wie eine Einladung. Eine aufrichtige und freundliche Einladung. »Hanna, das war doch die, die wegen Gruppenzwang mit Rauchen aufgehört hat?«

»Genau. Und wir haben uns schon mit neun Jahren kennengelernt. Sie kam in die Klasse meiner Freundin Bella und da …« Ich erzählte die ganze Geschichte, wie wir uns angefreundet und was wir immer gemacht hatten und wie wenig wir uns in diesem Herbst gesehen hatten und dass es deshalb gestern so schön gewesen war, einen ganz normalen Hanna-Abend zu haben.

»Und allein, dass es geklappt hat!«, sagte ich zu ihm. »Weißt du, manchmal, wenn man jemanden nicht so oft sieht, wird nach einer Viertelstunde, wenn das richtige Gespräch losgehen sollte, alles steif und anstrengend. Aber gestern war einfach alles richtig gut. Genau wie sonst auch immer.«

Ich sah ihn an. »Und jetzt gib zu, ich hab das Training nicht nur für den Kuchen sausen lassen.«

»Nein, okay, du hast recht.«

Ich atmete übertrieben laut auf. »Mein Gott, wie schön. Ich bin doch loyal.«

Er lächelte und trank einen Schluck Tee. »Man vermisst sich selbst, oder? Also, man begreift erst, wie viel mit gewissen Personen verbunden ist, wenn man sie nicht mehr trifft. So sehr, wie man diese Menschen vermisst, vermisst man sich selbst mit ihnen zusammen. Verstehst du, was ich meine?«

»Ja, stimmt. Darüber habe ich sehr viel nachgedacht, seit ich wieder da bin. Ich bin doch hier zu Hause und da soll es so und so sein und ich soll so und so sein, und ab und zu ist alles ganz ungewohnt und anders, nur weil ich nicht mit Hanna und Bella und Mattias zusammen bin.«

»Und wie sollst du sein?«

»Na gut, das war vielleicht ein bisschen zu dramatisch … Es ist ja nicht so, dass sich meine Persönlichkeit geändert hätte. Es ist eher Kleinkram. Und Zusammenhänge. Leute, die Dinge über uns wissen, Leute, mit denen man viel zusammen gemacht hat. Man ist einfach daran gewöhnt, sie in der Nähe zu haben, und mit ihnen zusammen ist man entspannt und redet auf eine eigene Art. Ich und Bella und Mattias kennen uns seit zehn Jahren, also fast mein ganzes Leben lang. Nicht, dass an meinen anderen Bekannten etwas auszusetzen wäre, absolut nicht, aber trotzdem habe ich ein bisschen Heimweh, obwohl ich zu Hause bin.«

»Mhm.« Adrian nippte an seinem Tee, ehe er weitersprach. »Mein bester Freund ist vor einigen Jahren gestorben, und nach den ersten Schockwochen merkte ich, wie ruhelos ich jetzt war. Wir hatten immer über alles gesprochen, und danach war es so, als … als könnte ich nicht mehr locker sein, wenn ich nicht mit ihm sprechen könnte. Und es half nichts, mit anderen zu reden, auch wenn ich genau das sagte, was ich zu Emil gesagt hätte. Es war einfach nicht dasselbe.«

»Gott, was ist denn passiert? War es ein Unfall?«

»Nein.« Er verzog das Gesicht. »Er hat sich umgebracht.«

»What?« Ich hatte gerade in einen Keks gebissen und hätte mich fast daran verschluckt.

»Ja … Er hatte eine Magenkrankheit, die ihm arg zu schaffen machte, und dann wurde er depressiv. Beziehungsweise, natürlich war er depressiv, sonst macht man so was doch nicht, aber es war trotzdem … ich weiß nicht, warum. Ich kapier es bis heute nicht.« Adrian hatte die Füße auf das Sofa gelegt, auf dem ich saß, und ganz spontan legte ich die Hand um seinen Knöchel, drückte zu.

»Großer Gott.« Ich sah ihn mitfühlend an. »Was macht man nach so einer Erfahrung?«

»Läuft herum und fühlt sich wie der mieseste Freund aller Zeiten oder als miese Mutter oder Schwester oder was immer man nun ist, weil man es nicht begriffen und nicht verhindert hat. Alles andere ist dann scheißegal. Nach einer Weile wird man von seinen Eltern zu einem Psychologen geschleift, um darüber zu reden, und vielleicht macht man dann doch mal Matheaufgaben und kann sich für zehn Minuten für irgendwas interessieren. Und dann redet man noch ein bisschen mehr mit dem Psychologen und macht noch mal Hausaufgaben und dann kann man vielleicht sogar eine ganze Stunde lang an etwas anderes denken und lachen. Und so macht man weiter, immer wieder, Tag für Tag.«

»Geht zum Training?«

Er nickte. »Zum Beispiel.«

»Und dann – oder jetzt …?«

»Ja, und dann ist es langsam, aber sicher nicht mehr ganz so schlimm. Aber ich halte noch immer diesen Spruch, dass die Zeit alle Wunden heilt, für ziemliche Kacke. Man zwingt sich, nicht mehr an etwas zu denken, und am Ende hat man sich daran gewöhnt. Obwohl es doch total krank ist, dass man sich daran gewöhnen will, aber mein Vater sagt, das sei nur der gesunde Selbsterhaltungstrieb. Man muss. Und dann hat es zwar gedauert, aber ich habe mich daran gewöhnt.«

»Wann ist das passiert?«

»Vor drei Jahren. Da war ich fast mit der 9 fertig.«

»Meine Güte, Adi. Ich weiß wirklich nicht, was ich sagen soll.«

»Nein.« Er ließ sich etwas tiefer in den Sessel sinken. »Alle reagieren wie du, sind total geschockt. Aber was kann man denn auch sagen? Er hätte es nicht tun dürfen. Es war falsch.«

Ich drückte wieder seinen Knöchel.

»Emil ist übrigens der ältere Bruder von Julie«, sagte Adrian.

»Der Julie aus meiner Klasse?«

»Ja. Aber ich glaube nicht, dass sie besonders viel darüber geredet hat. Ganz bewusst nicht. An ihrer letzten Schule wussten es ja alle, und sie wollte das hinter sich lassen, als sie am Gymnasium angefangen hat. Wenn du also bitte nicht …«

»Nein, natürlich sage ich nichts. Aber … War es …? Geht es ihr jetzt auch ein bisschen besser?«

»Äh … ja, meistens jedenfalls.«

Als Mama anrief und nach dem Schlüssel für die Waschküche fragte, gingen wir zusammen nach unten. Es war, wie aus dem Kino zu kommen. Man hat die Filmwelt betreten, sich an die Dunkelheit und die Stimmung gewöhnt und dann gehen die Lichter an und alles ist falsch und künstlich.

Mama versuchte ein wenig netten Smalltalk mit uns, während wir die Wäsche sortierten, aber das Gespräch verlief zäh. Sie sah mich kurz an, nahm unsere Tüten und ging schon mal hoch. Adrian wartete auf mich.

»Was macht dein Nacken?«, fragte er und ich bewegte vorsichtig den Kopf nach beiden Seiten.

»Vielleicht ein bisschen besser.«

»Und die Leber?« Andeutung eines Lächelns. Gut.

»Die steht unter Totalschock.«

»Gib mir mal dein Handy. Du musst mich doch anrufen können, wenn du mehr Alvedon brauchst oder noch ein Weizenkissen oder was weiß ich was sonst noch.«

Aber wenn ich so was nie wieder brauche, was mach ich dann, dachte ich. Panik?

»Du kannst natürlich auch aus anderen Gründen anrufen«, versicherte er, als ob ich laut gedacht hätte. »Natürlich kannst du das.«

Er brauchte eine Weile, bis er seine Nummer bei mir eingegeben hatte. Er lehnte sich über den Tisch, ich stand vor ihm. Würde er sich jetzt aufrichten, seine Tüten mit der sauberen Wäsche nehmen, sagen: »Bis Dienstag also«, und dann würden sich unsere Wege trennen? Waren wir fertig? Einfach so? Ich hatte nach diesem Abend einwandfrei nicht das Gefühl, fertig zu sein. Jedenfalls nicht so plötzlich.

»Wo wohnt dein Vater?«, fragte ich.

»In Svartöstan.«

»Bist du manchmal bei ihm?«

»Ab und zu. Eigentlich ist er nur mein Stiefvater, also bin ich nicht jede zweite Woche da oder so, aber wir sehen uns ziemlich oft. Wir trainieren zusammen. So, hier.« Er gab mir das Handy und ich steckte es in die Tasche. »Und Jocke, der uns im Sommer mit den Stühlen geholfen hat, ist mein Stiefbruder. Aber er ist jetzt nach Stockholm gezogen und geht auf die Uni. Mein Vater und ich wollen ihn in den Herbstferien besuchen.« Während er noch redete, zog er meinen Schal zurecht, sodass die Enden gleich lang waren, und dann sah er mich an. »Alles in Ordnung bei dir?«

»Bei mir? Ja, Himmel. Und bei dir?«

Er hatte gesagt: »Emil *ist* der ältere Bruder von Julie«, und hatte das nicht korrigiert. Man konnte das natürlich überhaupt nicht vergleichen, aber ich dachte an mich und Mattias und Bella. Ich konnte sie nicht loslassen, auch wenn sie mich schon längst losgelassen hatten. Emil war ganz und gar aus Adrians Leben verschwunden, aber er sprach noch immer im Präsens von ihm, nach drei Jahren. Ich wusste nicht, ob das ein schlechtes Zeichen war oder nur der Beweis dafür, dass manche Dinge nie ein Ende nehmen. Es spielte keine Rolle, was passierte, nicht einmal, ob man starb. Man blieb trotzdem ein Bruder und ein bester Freund.

»Na dann.« Adrian drückte meine Schultern, ehe er die Hände sinken ließ. »Aber wir hören vielleicht bald voneinander?«

»Bestimmt. Und danke für Kekse und Tee und überhaupt alles heute Abend. Das war … ich kann ja nicht behaupten, es sei lustig gewesen, aber es war …«

»Das war doch nicht der Rede wert«, fiel er mir ins Wort. »Ich hoffe, dein Nacken ist morgen besser.«

Er lächelte ein wenig, aber ich hatte trotzdem nur Lust, ihn zu trösten und zu umarmen, denn sein Lächeln sah noch immer bleich und traurig aus.

»Also, wollen wir?« Er richtete sich auf, aufbruchbereit.

Telepathie-Ich: Nein, das nun wirklich nicht. Müssen wir schon? Nein, wir müssen nicht.

Aber ich folgte ihm und wir sagten: »Bis dann«, und dann trennten sich unsere Wege.

Plötzlich Adrians Mobilnummer zu haben, war eine Qual. Ich wollte ihn die ganze Zeit anrufen und Hallo sagen, nur um seine Stimme zu hören und zu wissen, ob es ihm gut ging. Und ob er nicht traurig war. Er durfte nicht traurig sein.

Ich zog das Handy hervor, ging meine Kontaktliste durch, ging auf A, spielte am Klingelknopf herum. Und legte es wieder hin. Was mich zurückhielt? Die Vorstellung, wie er auf einem Sofa saß, den Arm um eine schattenhafte »Bekannte« gelegt. Sie war natürlich reizend. Oder wie er bei einem Spaziergang war, Hand in Hand mit der schattenhaften »Bekannten«. Gegenseitige verliebte Blicke. *Ach, was bist du wunderbar. Ach, ich liebe dich ja so.* Und dann klingelte das Handy, und da wollte er sicher gar nicht antworten, weil er schon mit einer anderen beschäftigt war, die dafür sorgte, dass er nicht traurig war. Ich würde mit dem Telefon am Ohr hier sitzen und die Klingeltöne hören, die hin und her jagten, bis sich die Mailbox einschaltete. Nein, danke.

Astrid hatte Geburtstag und hatte die üblichen Verdächtigen aus unserer Klasse eingeladen. Mich auch. Ich hatte schon lange nichts mehr außerhalb der Schule mit ihr und Tove unternommen, aber wir saßen in den Stunden und in der Mensa manchmal zusammen und da hatte sie mich aus alter Gewohnheit wohl dazugenommen.

War es doof? Das durchaus nicht. War es nett? Na ja, ging

so. Andererseits weiß ich nicht, was nett gewesen wäre, denn ich dachte den ganzen Abend vor allen Dingen an unverschickte SMS.

Astrid mochte keine Sahne. Deshalb gab es keine Torte, sondern Eis, Baisers und Schokoladensoße.

Unversendet: Wie kann man keine Sahne mögen? Insane. Hallo von »Für Kuchen tu ich alles«. Wie gez dir, A?

Tove und ich fuhren gegen Mitternacht nach Hause.

Unversendet: Sind gerade dort weggegangen. Was hast du heute Abend gemacht? Bist du wach? Bin in einer Viertelstunde zu Hause. Hattest du einen schönen Tag? Wie geht es dir jetzt?

»Bald kann man abends nicht mehr mit dem Rad fahren«, sagte Tove, als wir uns über die windige Bergnäsbrücke kämpften.

»Nein, es ist eiskalt.«

Unversendet: Heute Abend freezing. Hallo, Adi!

Miranda, Tove und ich hatten uns in der Mittelstufe kennengelernt. Miranda spielte Basketball und Fußball und war die ganze Zeit beschäftigt mit Training, Spielen und Pokalen. Tove und ich waren da umgänglicher. Wir büffelten zusammen, gingen in die Stadt, ins Kino, hingen herum. Nichts Besonderes, aber viel zusammen verbrachte Zeit. Es war leicht, mit ihr zusammen zu sein. Leicht, mit ihr zu reden.

Als im Herbst die Schule anfing, waren wir weniger oft zusammen. Vielleicht, weil sie nach dem ersten gemeinsamen Schuljahr jetzt viel mit Astrid und Miki unternahm. Nicht, dass die so wahnsinnig öde gewesen wären, aber wahnsinnig witzig waren sie auch nicht. Wenn Tove sagte, dass sie mit den beiden etwas unternehmen würde und ob ich nicht mitkommen wollte, dachte ich meistens: »Tja, wenn's sein muss«, und nicht: »Wow, nichts, was ich lieber täte.«

Ich hatte Tove kein Wort von Adrian erzählt. Nicht einmal: »Weißt du noch, der Typ vom Brand bei Max? Der macht Jiu-Jitsu.« Ich konnte nicht erklären, warum nicht. Es hatte sich einfach nicht ergeben, und jetzt wäre es mir komisch vorgekommen, damit anzufangen.

»Ritt in der Nacht!«, flüsterte sie dramatisch, als wir uns bei der Ampel hinter der Brücke trennten.

Niemand war noch wach, als ich nach Hause kam. Svantes Tür war geschlossen, Papa schnarchte im Schlafzimmer. Ich war durchgefroren, deshalb machte ich mir einen Tee. Während der Tee zog, räumte ich in meinen SMS auf. Dabei fand ich eine an Adrian und erstarrte. Wie zum Teufel hatte das passieren können? Hatte ich etwa einen von meinen idiotischen angefangenen Versuchen losgejagt? Ich machte mich aufs Schlimmste gefasst, als ich die Nachricht öffnete.

»Sara, jetzt kannst du jederzeit einfach mal anrufen. Mach es gleich. Sofort!«

Zuerst begriff ich nicht, aber dann ging mir ein Licht auf: Er hatte in der Waschküche nicht nur seine Nummer eingegeben, sondern sich auch eine SMS geschickt und gedacht, ich würde sie vielleicht entdecken. Es war eine SMS an mich, auch wenn mein Handy sie an ihn geschickt hatte.

Es war viel zu spät, um noch anzurufen, aber andererseits konnte ich keine zehn Stunden warten.

»HALLO«, schrieb ich. Und »PS: Befehl ausgeführt«.

Und dann saß ich da wie eine Idiotin und starrte das Handy an. Nach zwei Schluck Tee vibrierte es. Ich hätte vor lauter Aufregung fast die Tasse umgestoßen.

»Endlich! Na, dann :) HALLO.«

Und danach: »Was macht dein Nacken?« und »Was machst du?«, gleich hintereinander.

Ich: Nacken besser, auf Geburtstagsfest von Freundin, friere, trinke Tee. Du?

Er: Nacken perfekt, zu Hause, gute Temperatur, schlafe gut.

Er war zu Hause. Allein?

Ich: Huch, wollte dich nicht wecken. Stör ich?

Er: Gar nicht. Und Befehl ausgeführt ist gut. Der nächste: Zimtschnecken backen für Kaffeedienst.

Ich: Nice try, aber ich bin doch hier nicht die Bäckerin, A. Zimtschnecken wären wunderbar, danke.

Er: Und du bist »quengelig« und ich »anspruchsvoll«?

Er: Werden sehen.

Ich: Echt? Wär phantastisch.

Er: Werden sehen.

Er, drittes Mal: Werden sehen. Bedeutet: also vielleicht, maybe auf Eng. Kapiert?

Ich: Wow.

Er: Offenbar nicht :)

Und dann noch einige.

Als ich ins Bett ging, war mir weder kalt noch war ich müde oder erschöpft.

Laufen. Man könnte leicht auf einen solchen Vorschlag antworten: »Schade, aber ich habe so viel auf, ich schaff das nicht« oder: »Hab heute eine Verabredung, ein andermal«, wenn man wollte. Wenn man es ein wenig peinlich fand, nach den vielen nächtlichen Mitteilungen, und da nichts Größeres lostreten wollte.

Drei Minuten nach meiner SMS rief Adrian an.

Shit, man konnte ja auch telefonieren!

Darf die Person, die den Kontakt aufgenommen hat, danach das Gespräch ignorieren? Falls diese Person plötzlich so nervös wird, dass sie nicht wagt, sich zu melden? Nein, wahrscheinlich nicht.

»Hallo«, sagte er und schien dabei zu lächeln. »Was machst du denn gerade?«

»Ich, äh … nichts Besonderes. Bisschen lernen.« Gelogen. Aber ich konnte ja nicht sagen, dass ich an ihn dachte, so wie im Moment eigentlich immer.

»Ich auch. Ich wollte dich gerade anrufen und fragen, ob du noch einen steifen Nacken hast oder mit zum Zirkeltraining kommen magst, als ich deine SMS gesehen habe. Mein Vater macht das heute in der Sporthalle auf Porsön. Da stehen Gewichte und Liegestütze und Ausfallschritte und so was auf dem Programm, also allerlei Krafttraining. Wir fahren um halb vier.«

Um fünf vor halb vier stand Adrian auf der Straße, mit dem Rücken zu mir, und redete mit einem Mann. Der Mann war einen halben Kopf kleiner als Adrian, hatte kurze, dunkelbraune Haare und sah ziemlich kompakt und kräftig aus. Er bemerkte mich als Erster, und das brachte Adrian dazu, sich umzudrehen.

»Ach, da bist du ja«, sagte er. Lächelnd.

Ich hätte mich eine Viertelstunde lang in diesem Lächeln sonnen können. Er sah ganz normal froh aus, gut, schön, alles bestens.

Der Vater hieß Fredrik und kam mir irgendwie bekannt vor.

»Sind wir uns schon mal begegnet?«, fragte ich. »Oder kommst nur du mir bekannt vor?«

»Das wäre ja witzig.« Adrian sah neugierig mich und dann seinen Vater an. »Stimmt das?«

Fredrik musterte mich forschend. »Machst du am Wochenende oft Randale?«

»Eher nicht.«

Er überlegte, ich überlegte.

»Warte, du fährst Bus, ja?«, fiel es mir ein. »Nachtbus.«

Adrian prustete los und auch Fredrik lächelte. »Manchmal kommt mir das so vor, aber ich bin Polizist.«

Polizist. In Uniform. Ein Sommerabend. Die Odde. Das Grillfest, aus dem kein Fest wurde. Da war er auf Streife gewesen und hatte mit Adrian und den anderen Jungen geredet.

»Aha, ich hab dich gesehen, am … oder ich meine, da habe ich dich sicher irgendwo gesehen.«

»Und dabei fing alles so verheißungsvoll an«, sagte Adrian enttäuscht und schnappte die Wagenschlüssel, die Fredrik ihm zugeworfen hatte.

»Hallo, ich bin doch der gesetzestreueste Mensch der Welt«, sagte ich. »Ich kann nicht mal unseren Nachbarn die Zeitung klauen, selbst wenn die verreist sind.«

»Der gesetzestreueste Mensch der Welt und hat kein Fahrradlicht«, sagte er und sah mich vorwurfsvoll an. »Das muss man sich erst mal vorstellen.«

»Äh …«

»Aber in London braucht man das vielleicht nicht?«, fragte er dann. »Hast du ›nicht gewusst‹ gesagt? Oder hast du es nur ›vergessen‹?« Er malte Anführungszeichen in die Luft.

»Danke jedenfalls fürs Erinnern. Hab ich sonst noch was auf dem Kerbholz?«

»Das musst du selbst am besten wissen, Sara.«

Er versuchte sicher, rätselhaft oder geheimnisvoll auszusehen, aber vor allem wirkte er jetzt ungeheuer selbstzufrieden.

»Meine Güte …« Ich verdrehte die Augen.

»Ja, genau. Können wir endlich fahren?«, bat Fredrik.

»Das sind also alles Polizisten?«, fragte ich Adrian, als wir uns umgezogen hatten und in der Sporthalle standen. An die zwanzig Personen halfen dabei, die Trainingsstationen aufzubauen.

»Ja, die meisten. Willst du jetzt sofort deinen Anruf erledigen? Du kannst mein Handy benutzen.«

Ich sah ihn an und er lachte schallend.

»Du musst ganz schön nervig gewesen sein, als du klein warst, was?«, sagte ich zu ihm. »*Mein Papa ist Polizist.* Den ganzen Tag.«

Das Training wurde geleitet von einer Art Gladiatorin, die bestimmt Hunderte von Liegestützen hintereinander machen könnte, wenn sie wollte. Auf Zehenspitzen. Sie lief umher und zeigte alle Stationen, und dann kamen die Aufwärmübungen an die Reihe, ehe es richtig losging.

»Ein Tipp«, sagte Fredrik zu mir. »Lass dir bei der ersten Runde Zeit, sonst hält man nicht bis zur letzten durch.«

»Und Fredrik ist ein ganz tolles Vorbild«, schaltete Adrian sich ein. »Er weiß, wie ruhig man es angehen muss, um es bis zum Ziel zu schaffen, ohne sich zu überanstrengen oder in Schweiß auszubrechen. Halt dich an ihn.«

Fredrik versetzte ihm einen Stups gegen den Arm und wir wechselten einen »Was für ein nerviger Typ«-Blick.

»He, ich freu mich doch nur«, protestierte Adrian und hüpfte auf der Stelle auf und ab. »Ist das jetzt auch schon verboten?«

»Nein!«, sagten Fredrik und ich wie aus einem Munde. Was bedeuten sollte: »Ja!«

Wir legten los. Obwohl ich das Gefühl hatte, die erste Runde überaus langsam hinter mich gebracht zu haben, war ich total fertig, als wir bei der vierten und letzten ankamen. Nach zwei Liegestützen lag ich keuchend auf dem Boden.

»Sara, mach schon«, drängte Adrian. »Wir sind bald durch, wir machen das zusammen. Hoch.«

Ich weiß nicht, wie oft ich »Ich sterbe« sagte und er »Nein, du kannst noch«, aber nach der letzten Sit-up-Station lagen wir alle drei schnaufend auf dem Boden. Verschwitzt und todmüde.

»Wir waren ja vielleicht gut.« Adrian drückte meine Hand.

»Und jetzt räumen wir schnell weg und dann gibt es zum Abschluss Intervalle«, rief die Trainerin.

»Was?!« Ich drehte mich zu Adrian um. »Echt, ich kann nicht mehr.«

Er sprang auf, streckte die Hände aus und zog mich auf die Füße. »Es sind doch nur so ungefähr vier Stück. Run, Forrest, run!«

Aus den vieren wurden mindestens zwölf. Dann zwei Runden Gehen, um den Puls vor dem Dehnen zu senken.

»Schön, was?«, flüsterte er und ich nickte. Er nickte auch und zog sein Hemd hoch, um sich den Schweiß aus dem Gesicht zu wischen.

Waschbrettbauch.

Und: hellbrauner Haarstreifen vom Nabel nach unten …

Oh, mein Gott.

Dinge, an die ich jetzt nicht denken dürfte: meine Hand nach unten gleiten zu lassen, unter sein Hemd, unter die Unterhose, anfassen, streicheln, fühlen, und er dasselbe bei mir, und …

Ich zwang mich, für den Rest des Dehnens geradeaus zu blicken.

»Was für ein schöner Sonntag«, sagte er, als wir auf dem Parkplatz zu Hause abgesetzt wurden. »Wir haben am Freitag eine Physikklausur und ich hab stundenlang gebüffelt und das ging gut, und jetzt hab ich mit dir trainieren können und das macht doch immer Spaß, und dann gibt es wohl noch ein gutes Essen. Ziemlich perfekter Tag.«

»Ja, das merkt man«, sagte ich.

Mit mir. Fand er es wirklich lustig, mit mir zu trainieren?

»Und es ist ja auch immer schön, mit jemandem nicht zerstritten zu sein. Finde ich jedenfalls.« Er zuckte mit den Schultern und sah mich dabei mit so einem »Call me crazy, aber«-Blick an, und das war so hinreißend, dass ich nicht wusste, wohin ich gucken sollte. »Wie war denn dein Tag?«

»Gut. Ich wollte es eigentlich ruhig angehen lassen, aber es war schon in Ordnung.«

»Ist jetzt Zeit für die Sonntagabend-Wellness mit Gesichtsmaske, Haarkur und Fußbad?«

»Gott, was hast du für ein Elefantengedächtnis!«

»Ich weiß«, sagte er zufrieden. »Alles, was du sagst, kann gegen dich verwendet werden. Das kommt so, wenn man einen Vater bei der Polizei hat, weißt du.«

»Oder wenn man nicht so ganz sozial angepasst ist.«

Er lachte.

»Na gut, dann werde ich dir meine Riesensammlung von Autonummern nicht zeigen. Selbst schuld, Sara.«

»Ach, wie schade.« Ich legte den Kopf schräg und malte Anführungszeichen in die Luft. »Bis dann, Freak.«

»Bis dann, Nervbolzen.« Er machte es auch und wir verschwanden kichernd in unseren Eingängen.

»Hast du dich jetzt entschieden?« Arash zog mich am Montag auf eine Bank.

»Wofür oder wogegen?«

Und dann sagten wir »Das Fest!« wie aus einem Munde.

»Warum ist das so eilig?«

»Deshalb.« Er nahm ebenfalls Platz. »Du hast doch gesehen, wem ich gemailt habe? Ihr seid die erste Welle. Als ich das Fest geplant habe, habe ich zuerst an euch gedacht. Meine Besten. Aber wenn von euch welche absagen, dann frage ich noch andere. Die zweite Welle. Verstehst du?«

»Himmel, wie avanciert. Gibt es auch eine dritte? Die, die du fast ein bisschen verabscheust?«

»Kommt drauf an.« Er musterte mich vielsagend.

»Na gut, aber ...« Ich holte Luft. »Es ist lieb von dir, wirklich total lieb, Arash, und ich freue mich ja über die Einladung und alles, aber glaubst du denn, es wäre gut, wenn ich dabei wäre? Und du brauchst jetzt wirklich nicht zu glauben, du müsstest Ja sagen, wir wissen doch, dass du Mattias' Freund bist. Das verstehe ich.«

»Du und ich, wir kennen uns jetzt an die sieben Jahre«, sagte er. »Und jetzt bin ich nur Mattias' Freund?«

»Nein, aber du weißt doch. Und er sieht das sicher auch so.«

»Davon hat er nichts gesagt.«

»Man sagt vielleicht nicht immer alles«, beharrte ich. »Aber man denkt es.«

»Und ich denke, es wäre saugut, wenn du kommen könntest. Und Mattias hat Okay gesagt, als ich erzählt habe, wen ich einladen wollte. Also?« Noch ein vielsagender Blick. »Sara, komm schon. Denk doch mal, wie lustig das sein wird. Und wir bleiben doch zu Hause. Oder gehen jedenfalls nicht aus. Ich werde dasitzen und den ganzen Abend und die ganze Nacht genießen.« Er lächelte. »Du willst, du willst, I know it.«

»Es ist nicht, dass ich nicht will, aber … Darf ich es mir noch kurz überlegen? Geht das bei all den Wellen?«

»Na dann: Uhrenvergleich. Von jetzt ab vierundzwanzig Stunden.«

Als wir aus der letzten Stunde kamen, wartete Hanna auf mich. Sie packte meinen Arm und zog mich von den anderen weg. »Wir müssen kurz über das Fest reden. Ich hab dir nur eins zu sagen: Du musst einfach kommen.«

»Hat Arash mit dir gesprochen?«

»Das kann schon sein, aber ich hab das sofort gedacht, als ich die Mail gelesen habe. Du musst kommen, Sara. Denk doch bloß, wie lustig das wird.«

»Aber Mattias …«

»Aber Mattias, Mattias …« Sie winkte ihn weg, wie eine kleine Fliege. »Ja, er ist da und du sagst Hallo, aber danach brauchst du dich nicht mehr um ihn zu kümmern, wenn du das nicht willst. Du kannst einfach mit mir und allen anderen Bekannten reden, die auch da sind. Sara, ich will, dass wir dahingehen. Ich will das, ich will das, ich will das.« Sie hüpfte auf und ab wie eine Dreijährige.

Ich hätte erwähnen können, dass Arash und seine Eltern in einer ganz normalen Wohnung lebten. Die war nicht so groß wie ein Schloss oder so. Es wäre gar nicht leicht, jemanden zu übersehen, wenn dieser Jemand ebenfalls in Küche und Wohnzimmer säße.

»Du kannst dich doch trotzdem amüsieren«, sagte ich.

»Ja, aber es geht besser, wenn du auch da bist.«

»Ich weiß nicht …«

»Ich weiß aber. Und dann schminken wir uns zusammen, das wird so lustig, das wird so toll.« Die Begeisterung leuchtete aus ihren Augen.

»Aber Hanna … hör mal, zum einen finde ich es ganz allgemein wahnsinnig schwierig, mit ihm zusammen zu sein, zum anderen kriege ich einen Nervenzusammenbruch, wenn er mit einer Frau da ist. Ich gerate doch in Panik, wenn ich nur daran denke. Das geht nicht.«

»Er hat keine Freundin.«

»Na gut, Flirt? Vögelfreundschaft?«

»Vögelfreundschaft?«

»Ja, wie zum Teufel soll ich das wissen? Blond, ziemlich große Brüste …«

»Unsinn!« Hanna sah mich an. »Kommst du also? Ja, du kommst.«

»Vielleicht. Nur *vielleicht*. Ich muss es mir noch überlegen.«

»Du kommst.«

Mein Handy piepste, als ich gerade den Abwasch erledigte. Ich ging davon aus, dass es Hanna war, die den dritten Versuch im Stil von »Das wird doch so lustig!« machte, deshalb sah ich erst nach, als ich fertig war und auf Mamas Wunsch auch noch Svantes Englischaufgaben mit ihm durchgegangen war.

Doch als ich die Eingänge öffnete, war die SMS nicht von Hannapanna, sondern von Adrian Ljunggren.

»Spaziergang zur Bergnäsbr?«

»Okay, aber warum gerade dahin?«, schrieb ich zurück.

Er: Weil es eine supertolle Stelle für neue Autonummern ist, natürlich. Ehrlich, ich bin einfach nervös und brauch eine Pause von Physik und frische Luft. Und du liebst diese Brücke.

Ich: Fair enough. 2 Min.

Der Spaziergang fing wie immer mit freundlichen Kabbeleien an, als wir losgingen, dann vergaß Adrian alles und versank in Schweigen. In regelmäßigen Abständen ging ihm das auf und er machte einen Versuch. Dann war wieder Funkstille.

Mir machte das wirklich nichts aus, denn er wirkte nicht gestresst, aufgeregt, traurig oder so. Nur entspannt und ein wenig nachdenklich. Er war vielleicht so ins Büffeln vertieft, dass er an Physik dachte?

Ich dachte inzwischen an alles Mögliche. An ihn, an das Fest, Mattias, Hanna, meine Sozialkundeaufgaben, dass ich Martina später eine SMS schicken müsste, dann wieder Adrian. Er trug an diesem Tag seine alte Jeans. Eine graue Windjacke, einen roten Schal, der über seinem Kragen zu sehen war, und alte Laufschuhe.

Er war ein wenig rastlos. Hatte er zuerst seiner Freundin eine SMS geschickt? Sie hatte vielleicht zu tun. Vielleicht jobbte sie irgendwo oder war krank. Konnte ihn aus irgendeinem Grund nicht treffen. Oder wollte nicht.

Es war schwer, zu verstehen, warum sie ihn nicht treffen wollte. Aber ich war ja auch nicht jedes Mal mitgegangen, wenn Mattias sich gemeldet hatte. Nach einer Weile wollte man vielleicht noch etwas anderes tun als nur mit einem wunderbaren Mann mit einem phantastischen Körper und dem besten Humor der Welt zusammen zu sein.

Wir stapften über die Brücke, drehten und gingen wieder zurück.

»Ach, entschuldige«, rief er, als er merkte, dass er schon wieder geschwiegen hatte.

»Schon okay«, sagte ich. »Du musst nicht ständig reden.«

»Es gibt also keine Regel, dass der, der andere zu Spaziergängen zwingt, die ganze Zeit plappern muss?«

»Keine klare Regel jedenfalls. Und gezwungen hast du mich auch nicht direkt.«

»Glück.«

»Denkst du an etwas Besonderes? Die Klausur?«

Er sah mich an. »Woran denkst du?«

»Weiß nicht. Nur ist es manchmal wie ein Geschenk, nicht dauernd reden zu müssen. Mama hat das gesagt, als ich im Sommer nach Hause gekommen bin. Weißt du, da hatten wir ein Jahr lang telefoniert und geskypt, und wenn man nichts mehr zu sagen hat, beendet man das Gespräch. Als ich nach Hause kam, konnten wir im selben Zimmer sitzen und kaum einen Mucks sagen, nur stundenlang zusammen sein. Das war schön. Das ist einfach schön.« Ich sah ein, wie das möglicherweise ausgelegt werden konnte, und wurde rot. »Ich meine, dass man sich mit jemandem wohlfühlt und nicht jede Minute mit Reden füllen muss.«

Er nickte. »Wirklich wie ein Geschenk. Aber was, wenn mir jetzt ganz viel einfällt, was ich sagen möchte? Dann hab ich doch das Gefühl, zu stören.«

»Du störst nicht. Man kann reden oder nicht reden.«

Auf dem letzten Stück Weg wollten wir reden.

»Danke für die Begleitung. Das war mein bester Spaziergang seit Langem«, sagte er, als wir zu Hause waren.

»Und es gibt eine mörderische Konkurrenz, was?«

»Wie meinst du das?«

»Dass du vielleicht nicht so wahnsinnig oft spazieren gehst? Einfach geraten, aber es kommt mir nicht vor wie eine Gewohnheit.«

»Na gut, nicht ganz so oft«, gab er zu. »Aber trotzdem. Ich erkenne einen guten Spaziergang. So wie heute Abend.«

»Yeah, yeah.« Ich winkte mit beiden Händen, als ich rückwärts zu meinem Eingang ging. »Happy studying now.«

»Weißt du, was man auch machen kann, wenn man ein Kompliment bekommt, Sara?«, fragte er, als ich bereits halb im Haus drin war. »Einfach Danke sagen.«

Ich fuhr herum, aber er war schon die Treppe hinaufgelaufen.

Gute Gesellschaft auf schweigenden Spaziergängen. Das war vielleicht nicht: »Ich werde geil und kann mich nicht mehr zurückhalten, wenn ich auch nur ein Stück Haut von deinem Bauch sehe« oder: »Ich vergesse Zeit und Raum, wenn wir beim Kaffee sitzen«, aber es war … etwas.

Ich schrieb ihm: »Danke.«

Er: :)

Telepathie-Ich: Und hier kommen meine Komplimente für dich: lustig, einfach lieb und wunderbar. Und siehst gut aus. Bitte sehr, das war doch nicht der Rede wert und hundert Prozent unübertrieben wahr.

Hanna lauerte mir in der Mittagspause auf und holte noch Martina dazu. »Je mehr ich darüber nachdenke, umso perfekter wird es«, fing sie an.

»Ich hab in meinem ganzen Leben noch nicht so eine Überredungskampagne erlebt«, sagte ich zu Martina. »Es ist einfach total übertrieben. Eine mehr oder weniger, was spielt das denn für eine Rolle?«

»Das ist einfach die perfekte Gelegenheit«, sagte Hanna, ohne auf meinen Kommentar zu achten. »Du willst doch, dass mit Mattias alles wieder normal wird, oder? Wo ist die Chance denn größer als auf einem Fest, zusammen mit Leuten, die ihr beide kennt? Ihr seid fröhlich, vielleicht beschwipst und es gibt jede Menge Puffer um euch rum.« Sie zeigte auf sich. »Stell dir doch die Möglichkeiten vor! Ihr könnt so wenig reden, wie ihr wollt, ihr könnt aber auch alles vergessen und lustig sein. So oder so ist es ein Fortschritt. Verstehst du? Ihr braucht das hier, alle beide.«

Martina nickte. »Seh ich auch so. Das kann großartig werden.«

Mama und My Person stimmten ebenfalls zu. Alle waren absolut für dieses Fest.

»Weißt du noch, im Sommer?«, fragte My Person. »Da fandest du es doch einfach und cool, ihn zu treffen. Was, wenn es wieder so wird? Das ist deine Chance, Sara. Denn du willst doch nicht mit dieser ständigen Panik leben, oder?«

»Will denn irgendwer mit Panik leben?«

»Eben. So you should go. Most definitely.«

»Aber es wird so anstrengend werden!«

»No pain, no gain.«

Ich schaute auf die Uhr. »Ja, jetzt muss ich jedenfalls zum Training. Apropos *pain*.«

Miranda und ich hatten nach der Schule unser kleines Mittwochsdate im *Roasters*. Den Stammtisch, wie wir es nannten. Als Erstes erzählten wir uns immer gegenseitig, was seit dem letzten Mal passiert war.

»Ich und Adrian haben uns gestritten, uns versöhnt, jede Menge geredet, trainiert, waren spazieren, haben wieder trainiert und Kaffee getrunken.«

»Und das alles in einer Woche?«

»Ja. Am Samstag haben wir uns nicht getroffen, da haben wir nur SMS geschickt, aber ansonsten waren wir jeden Tag zusammen.«

»Und du glaubst noch immer, dass er eine andere hat?« Miranda sah mich skeptisch an. »Gibt es die denn wirklich?«

»Ja, es gibt jemanden, denn jemand schickt ihm dauernd SMS und ruft an und er redet mit diesem Menschen anders als mit anderen.«

»Kannst du nicht fragen? Noch mal?«

»Das geht nicht, der Moment ist vorbei. Wenn ich jetzt frage, dann wirkt das wie … Ich kann nicht mal auf neutrale Weise fragen, ob er Schokokugeln will. Er würde direkt verstehen, was ich meine.«

»Und das ist?«

»Also, zum Beispiel gestern nach dem Training. Er hatte Rosinenbrötchen gekauft. Und ich hätte sterben können.«

Ich erzählte, wie Adrian mit einer Tüte der Bäckerei Condis

gewinkt hatte, als ich nach dem Duschen nach oben gekommen war. »Hast du Lust?«

»Hör doch auf, ist das da …«, fragte ich und er lächelte und sagte: »Klar doch.«

Zimtschnecken von Condis. Zuerst freute ich mich schrecklich, aber als wir dann nach Hause fuhren, meldete sich mein schlechtes Gewissen. »Findest du, dass ich wahnsinnig viel verlange? Zimtschnecken hier, Kellerkuchen da. Ich wollte wirklich nicht so verdammt anspruchsvoll sein.«

»Machst du Witze? Du hast mir doch nicht gerade die Pistole an den Kopf gehalten, oder was? Ich will ja auch was zu beißen haben.«

»Aber immer bestelle ich eine Menge Kram. Das ist so ego.«

»Nö«, beteuerte er. »Du kannst mir glauben, ich hätte nichts besorgt, wenn ich nicht gewollt hätte. Also, komm jetzt.« Wir waren vor seiner Haustür angelangt und er sah mich an. »Du solltest dich freuen, nicht ärgern.«

»Ich freue mich ja, aber …«

»Dann gibt es auch kein Aber«, fiel er mir ins Wort. »Stell deine Tasche ab und komm dann rüber. Und bring gute Laune mit.«

Und dann kam ein Imbiss, bei dem ich auf jeden Fall »nichts Besonderes« hätte antworten müssen, wenn ich einem Liebsten über diesen Abend hätte Bericht erstatten sollen. Tee, Butterbrote, Zimtschnecken und Marzipanröllchen waren offenbar Adrians Lieblingskost.

Er war in allerbester Laune. Ab und zu konnte ich ihn kaum ansehen, denn mein Herz krampfte sich zusammen, wenn er bestimmte Dinge sagte oder auf eine bestimmte Weise lachte. *I like him, I like him, I like him.* Alles, was ich von ihm sah, war wie ein Magnet. Ich wurde die ganze Zeit davon angezogen. Musste mich zusammenreißen und zurückhalten. Nicht meine Hand über den Tisch schleichen lassen, ihn nicht mit meinen Füßen anstupsen.

Das Ganze kam mir vor wie ein Date. Nur, dass bei einem Date die Mutter des Jungen nicht im Nebenzimmer vor dem Fernseher sitzt und die eigentliche Freundin des Jungen nicht mitten in allem ihre SMS schickt. Es wurde ein guter Reality Check, auch wenn er die Mitteilung nicht las, sondern nur das Handy ansah, das auf dem Küchentisch vor sich hin vibrierte.

Genau, was machen wir hier eigentlich? Einfach Tee trinken. That's it.

Was hatte er ihr wohl gesagt?

Verdammt, ich musste mich zusammenreißen und nicht mehr daran denken. Jetzt sofort.

Das einfache Teetrinken endete mit einer »Danke und bis dann«-Umarmung.

Unsere erste Umarmung.

Ein Beispiel dafür, wie man nicht denken sollte: so eben nicht.

Bei Dates sollte man: mit den Händen in den Haaren des Jungen wühlen und das Gesicht so drehen, dass man einander genau gegenübersteht.

Bei einem netten Teetrinken sollte man: ein bisschen extra umarmen, aber nur ganz kurz, um zu betonen, wie lecker die Zimtschnecken waren, danach musste man loslassen. Und wenn man losließ, sah man einander nicht an, sondern ließ einfach los. Punkt. So-fort.

Dinge, an die man danach nicht dauernd denken sollte: sein

Geruch, wie er sich angefühlt hat, seine Arme um mich, seine Wärme, die Haare – bestimmt ganz weich. A-u-f-h-ö-r-e-n.

»Und wenn ich nun in dem Moment ›Adrian, hast du eine Freundin oder nicht‹ gefragt hätte«, sagte ich zu Miranda. »Das wäre doch so offensichtlich gewesen. Ich werde einfach die Klappe halten. Ich will nicht aufhören, mich mit ihm zu treffen, also werde ich keinen Mucks sagen.«

»Aber du magst ihn ja wirklich!« Miranda musterte mich forschend. »Shit, so richtig begreife ich das erst jetzt, Sara.«

»Es war überhaupt nicht geplant, aber es war ein bisschen schwer, es nicht zu tun«, gab ich mit vermutlich tomatenroten Wangen zu.

»Und wann trifft er sich mit dieser anderen?«, fragte sie. »Wenn ihr jeden Abend zusammen verbringt?«

»Sie haben am Freitag eine große Physikklausur. Vielleicht muss er in dieser Woche einfach zu Hause büffeln. Und da sehnt er sich vielleicht nach ein bisschen Gesellschaft.«

»Oder es gibt keine Freundin.«

»Etwas gibt es.« Ich sah sie überzeugt an. »Das tut es einfach.«

Wie aufs Stichwort piepste in diesem Moment mein Handy. Ich zeigte Miranda die SMS, als ich sie gelesen hatte.

Adrian Ljunggren: Wenn du später laufen willst, mach ich mit. Gg. 8?

»Weißt du was?«, fragte Miranda. »Ich rede mit Daniella aus seiner Klasse, die kenne ich, und ich tu so, als wäre ich ein bisschen interessiert an ihm, so auf die Tour: Ach, toller Typ, hat er …? Ich kann das ganz nebenbei machen. Denn das hier scheint doch …«

»Und sie geht direkt zu ihm und erzählt ihm alles. Und er weiß, dass wir befreundet sind. Und alles wird peinlich. Thanks, but no, thanks, Mira. Das darfst du auf keinen Fall.«

»Nur so nebenbei, nicht, als ob ich seit zwei Monaten unsterblich in ihn verliebt wäre und endlich frage. Mehr wie etwas, das mir gerade erst eingefallen ist. Und irgendwie stimmt das ja auch.«

Ich schrieb an Adrian: »Ja, klar.« Sagte »Nie im Leben« zu Miranda. »Ich will nichts riskieren. Sag nichts.«

»Ist das nicht die reine Tortur?«

»Nicht immer. Gestern habe ich übrigens beschlossen, am Freitag zu Arashs Fest zu gehen. Mattias will auch hin. Apropos Tortur. Alle sagen, dass es ganz toll wird. Ich werde vor Stress kotzen. Aber wir werden ja sehen. Wie war denn deine Woche?«

»Nicht der Rede wert. Arashs Fest?«

Laufen. Genau wie vor einigen Wochen. Dieselbe Runde, dasselbe Tempo. Und doch ganz anders. Damals hatte ich nicht überlegt, wie ich »Hallo« sagen sollte, ich sagte es einfach. Jetzt liefen vielleicht sogar meine Wangen rot an, ich war nicht sicher. Es war möglich. Weil er so froh aussah, als er aus dem Haus kam. Oder vielleicht einfach, weil er es war.

Und beim vorigen Mal war ich nicht so besessen von seiner Freundin gewesen. Ob sie gern in Löffelchenstellung lag, mit seinen Armen um sich, oder ob ihr das zu warm und schweißtreibend wurde. Manche Menschen hatten doch komische Ansichten.

Ich überlegte auch, ob er ihr Geschenke machte. Vielleicht keinen teuren Kram, wie tolle Silberarmbänder oder so, wenn ich mir überlegte, wie wenig er ja für Kleidung und Ähnliches auszugeben schien. Aber kleine, niedliche Sachen. Phantasievolle.

Und ob er seine Klamotten bei ihr zurückließ und ob sie die automatisch an die Nase hielt und seinen guten Duft einschnüffelte, wenn sie seine T-Shirts aufhob? Ich hätte das gestern fast getan, als seine Kapuzenjacke auf dem Küchenstuhl gehangen hatte, wo ich sitzen sollte. Hatte mich in letzter Sekunde zusammengerissen und die Jacke einfach mit einer etwas zu hektischen Bewegung auf einen anderen Stuhl gelegt. Großer Gott.

Und, nicht zuletzt, ob sie wusste, wie gut sie es hatte. Weil sie sich nicht zufriedengeben musste, wenn irgendeine Aktivität beendet war. Laufen, Tee trinken, Training, whatever. Sie konnte immer sagen: »Aber bleib doch noch«, und weiter mit ihm zusammen sein, ohne etwas Besonderes unternehmen zu müssen. Die Privilegien einer festen Freundin eben. Was könnte ich sagen: »Sollen wir auch noch um den Gemeinderat laufen?« Nach unserer Runde war der Fall eben erledigt. Man musste nach Hause gehen, auch wenn man gar nicht wollte.

Wir machten am Ende einen Spurt, steigerten uns auf dem letzten Stück zum Theater, das unser Ziel war. Dann ging es langsamer am Ufer entlang.

Ich weiß nicht, ob ich zuerst das Pfeifen hörte oder ob ich zuerst den kleinen, schwarzen Hund sah, der uns im Affenzahn entgegengerannt kam. Cooper. Adrian lief einfach weiter, aber als er merkte, dass ich mich gebückt hatte und sie begrüßte, kam er zurück.

»Kennst du …?«, fragte er.

»Ja.«

Ich erhob mich. Nicht Mats, Eva-Lena oder Bella gingen mit ihr Gassi. Shit, Mattias-Begegnung voraus. Er und Arash. Fünfzehn Meter von uns entfernt. Zehn.

Ich merkte, dass Adrian mich ansah.

Tief und ruhig atmen. Keine Panik.

Arash grüßte als Erster und Mattias und ich schlossen uns beide mit einem ordentlichen »Hallo« an. Mattias musterte mich scharf, wie um seinen guten Willen oder so was zu signalisieren. Nicht ausweichend, sondern ganz direkt.

»Ja, das hier sind Arash und Mattias«, sagte ich zu Adrian, der neben mir stand. Er wischte sich die Hand an der Hose ab und die drei begrüßten einander.

»Was macht ihr denn?« Arash sah zuerst Adrian an und dann mich.

»Wir sind um die Innenstadt und das Parlament gelaufen und …« Ich machte eine vage Kreisbewegung mit der Hand. Oder hatte er etwas anderes gemeint? Ob wir *das* machten, sozusagen. »Also, wir gehen zusammen zum Training, aber heute Abend sind wir nur ein wenig gelaufen.«

»Was denn für ein Training?«, fragte Arash.

»Jiu-Jitsu.«

»Jiu-Jitsu?«, wiederholte er überrascht, während Mattias ebenso überrascht fragte: »*Du* gehst dahin?«

»Ja, oder ich teste es erst mal.«

»Testest du?«, fragte Adrian natürlich sofort. »Wieso, noch immer?«

Ich sah ihn an. *Bitte, jetzt nicht. Red von etwas anderem.*

Er strich sich die Haare aus dem Gesicht, und ich wusste, dass er nicht von etwas anderem reden würde.

»Nein, ich meine, klar geh ich dahin.«

Adi, please, just shut up. Du brauchst nicht darüber zu diskutieren, dass ich gerade meinen eigenen schönen Gi-Anzug bekommen habe, und das muss ja wohl bedeuten, dass der »Test« zu Ende ist. Oder was, was, was?

Er und Mattias am selben Ort und im selben Gespräch, das ging nicht. Wenn ich mit Adrian redete, konnte ich nicht mit Mattias reden und umgekehrt. Mattias kannte mich seit zehn Jahren. Ich hatte das Gefühl, ich brauchte an einen Jungen nur zu denken, und Mattias würde es durchschauen. Und damit nicht genug, auch wenn ich mich zurückhalten könnte, könnte Adrian sich immer noch einschalten und alles ruinieren, weil er sich, ohne Böses zu ahnen, auf eine gewisse Weise verhielt. Was er ja auch schon getan hatte.

Ich konzentrierte mich also auf Arash, versuchte, diesen gelassenen, ruhigen, paniklosen Zustand wieder zu erreichen. »Und ihr, was macht ihr?«

»Abendspaziergang mit Coop und ein bisschen Festplanung. Das wird saugut am Freitag.«

Atmen. Ruhig bleiben.

»Kommst du?«, fragte Mattias.

»Ja, ich glaub schon«, sagte ich und sah Adrian nicht an. »Zusammen mit Hanna.«

Mattias nickte. »Cool.«

Cool?

»Wir fangen um sieben an«, sagte Arash jetzt. »Aber wenn du in totaler Partystimmung bist, dann ist Einlass schon ab fünf und es gibt ein bisschen was zum Vorglühen und so. Matte ist DJ.«

»Was?«, riefen Mattias und ich.

Arash lachte. »Klar, ich will doch, dass die Leute bleiben.«

Mattias schnaubte und ich sah Adrian noch immer nicht an.

Dass Arash und Mattias seit Jahren befreundet waren, hatte ihren Musikgeschmack nicht verschmelzen lassen. Arash stand auf »Happy hour auf Ibiza« und Mattias auf »Fatzke mit schwerer Midlifecrisis«.

»Na, bis dann«, sagte ich und ging einige Schritte auf unser Haus zu.

»Ja, bis Freitag dann, Sara«, sagte Mattias, und ich nickte und drehte mich um, damit ich in die richtige Richtung gehen könnte, mit dem Rücken zu ihnen.

Schaute Adrian nicht an.

»Ebbe kommt übrigens auch«, fügte Arash hinzu. »Die zweite Welle.«

Schaute Adrian nicht an.

Sie gingen, wir gingen.

»Arash macht ein Fest, weißt du«, sagte ich und sah Adrian an. »Und ich werde wohl hingehen.«

Eine normale Adrian-Antwort wäre zum Beispiel ein ironisches »Ach was? Das hatte ich gar nicht begriffen« gewesen.

Aber er antwortete nur kurz: »Mhm.« Dann schwieg er, während wir pflichtbewusst Dehnübungen machten, und es war einwandfrei kein geselliges Schweigen.

Überleg doch mal, begreifst du nicht, dass …? Ich war ein bisschen lässig, ich weiß, aber kannst du dir vorstellen, wie viel hinter diesem Gespräch gesteckt hat?

Als wir fertig waren, sagte er »Bis dann«, ohne irgendwelche Finessen, und stieg seine Treppe hoch.

»Wir sehen uns doch beim Training?«, fragte ich seinen Rücken.

Adrian!

»Das ist ja wunderbar!«, hatte er gesagt, als ich und die andere Sara am ersten Tag in unserem Gi erschienen waren.

»Mm, und bald stehe ich da vorn neben dir«, hatte ich gesagt. »Watch out.«

»Ach, meinst du?« Er hatte gelächelt und war in seine Reihe gegangen. Dort drehte er sich nach einer Weile um und machte für mich eine »I'm watching you«-Geste, die mir ein Kichern und Dan ein Stirnrunzeln entlockt hatte.

»Ich komme morgen jedenfalls ganz bestimmt«, sagte ich jetzt. »Du, Adi?«

Er winkte. »Sicher.« Drehte sich nicht einmal um.

»Ja, okay, bis dann«, sagte ich zu seinem Rücken, der weder hektisch noch sauer war, der mir aber doch vorkam wie ein großes vorwurfsvolles Mahnmal.

»Bis dann.«

Sei doch nicht so verdammt empfindlich!

Trotzdem. Ja.

Am nächsten Tag waren wir beide beim Training. Wir begrüßten uns, wie trainierten, wir duschten. Ausnahmsweise war ich vor ihm fertig und setzte mich zum Warten auf die Treppe. Er telefonierte, als er herauskam. Murmel, murmel, und dann sofort: »Ich muss jetzt aufhören.«

»Ist doch kein Problem«, sagte ich großzügig.

Wir fuhren nach Hause. Jetzt schwieg er wieder.

»Bist du müde?«, fragte ich. Das bedeutete auf Telepathisch: »Musst du so stumm und enttäuscht sein?«

»Geht so«, sagte er. »Und jetzt muss ich erst mal noch Physik machen.«

Auf Telepathisch: Unseren Tee kannst du für heute vergessen.

»Aha. Und ich Sozialkunde.« Ich war ganz besonders verständnisvoll, *macht ja nichts.*

Wir klangen so korrekt wie in Französischbüchern für Anfänger. Zwei Menschen machen Konversation. Es fehlte nur noch, dass er mich nach der Uhrzeit fragte oder dass ich ihm plötzlich mitteilte, dass ich jeden Mittwoch Schlagzeug übte. Das machten Leute in Französischbüchern nämlich immer.

»Adi, warte!«, rief ich, als wir uns schon verabschiedet hatten. »Viel Glück morgen. Hoffentlich geht es ganz toll.« Ich umarmte ihn.

»Oh«, sagte er zuerst überrascht. »Danke.« Und dann umarmte er mich mit dem Arm, der nicht das Fahrrad hielt, und sagte noch einmal Danke. Sanfter, richtiger, schöner. Die erste Bemerkung an diesem Abend, in den letzten vierundzwanzig Stunden, die mir normal vorkam. Endlich. Ich merkte, wie er sich entspannte, genau wie ich, und seine Umarmung war fast eine echte Umarmung. *So besser, ja? Ja, viel, viel besser. Perfekt.* Erleichterung.

»Wir können ja danach telefonieren«, sagte ich. »Und du erzählst, wie es war.«

»Der große Freitagsthriller.«

Wir ließen uns los und ich bekam ein Lächeln. Vorsichtig und so schön, eine der »Ich könnte hier und jetzt dahinschmelzen«-Varianten.

»Unsinn«, sagte ich. Eine Strähne war ihm wieder ins Gesicht gefallen und ich hob die Hände und strich die Haare weg, verstaute sie mit derselben Geste wie sonst er hinter seinen Ohren. »Das wird der reine Spaziergang.«

So weiche Haare, wie ich mir das vorgestellt hatte. Nur dass …

Er wurde rot, und mir ging auf, was ich da gerade getan hatte.

Man darf nicht einfach mit den Händen durch die Gegend streichen. Unter Bekannten geht das nicht, das dürfen nur …

Feste Freundinnen.

»Sara, ich …«, fing er an und ich wich sofort einige Schritte zurück.

Sara, ich … mag dich ja auch, aber was war das da? Was tust du?

Fuck fuck FUCK.

»Neinokaydannbisdannschlafgut.« Ich redete, so schnell ich konnte, während ich auf die Tür zulief. »Bissann.«

Soalsoballesnormalwäreaberichsterbe.

Rein. Treppen hoch. Zwei Stufen auf einmal. Durch die Wohnungstür.

Und *groooßer Gott*. Und *shit*. Und *neiheihein*. Und *ich sterbe. Ich sterbe*. Und *erase and rewind, was soll ich tun?*

Die Sache mit Adrian war, dass nichts mir mehr ausreichte. Selbst, wenn wir uns jeden Tag sahen, fand ich, wir müssten uns häufiger sehen. Auch wenn eine Umarmung länger und fester ausfiel, als eine Viel-Glück-Umarmung es eigentlich dürfte, war sie zu kurz und zu locker. Und auch wenn er Danke sagte und mich mit dem schönsten Blick der Welt bedachte, reichte mir das nicht. Ich war die ganze Zeit im »Nicht-Aufhören«-Modus. Mehr, mehr, mehr.

Auch wenn wir jetzt befreundet waren, wollte ich noch mehr sein. Wollte alles. Die ganze Zeit.

Aber ich hatte mich ja schon entschieden. Befreundet sein war gut, richtig gut, wenn man an die Alternative dachte: nichts.

Aber jetzt, was sollte ich tun? Diesen Entschluss ganz und gar vergessen?

Gut gemacht. Großartige Arbeit, Sara.

»Die hier ist doch einfach total süß«, sagte Hanna und hielt eine kurzärmlige, weiße Bluse hoch. Sie war ein bisschen ausgeschnitten und hatte an den Ärmeln eine weiße Spitzenkante. »Hattest du die nicht beim Abschlussfest in der 9 an?«

»Ja. Kannst du deine Familie aufzählen?«

»Mama, Papa, Fanny, Viktor.« Sie griff zu einer anderen Bluse und hob sie fragend hoch.

»Jetzt hast du nicht Andreas gesagt. Warum nicht?«

»Aber der wohnt ja nicht bei uns. Okay, er gehört zur Familie, aber er ist doch nicht …«

»Seit wann das? Müsste er denn bei euch wohnen, damit du ihn zur Familie rechnest? Oder spielt es eine Rolle, wie lange man schon zusammen ist?«

»Ich weiß nicht so recht. Wenn wir zusammenwohnten, ja, absolut. Wieso?«

»Nur so ein Gedanke.«

Eben, wenn jemand spontan seinen Stiefvater und Stiefbruder, mit denen er nicht zusammenwohnt, zur Familie rechnet, sollte das doch erst recht für seine Freundin gelten?

»Die nicht.« Ich legte die Bluse zurück. »Das hier.« Mein gelbes T-Shirt im Stil der Siebzigerjahre. »Hiermit.« Die Secondhandjeans.

Hanna nickte. »Und dazu deine Converse? Gute Wahl, schlicht. Nicht niedlich, fein.«

»Ich glaube, dass ich keinen Nerv habe, mir darüber Gedanken zu machen, weil ich so verdammt nervös bin, und wenn ich kotze, ist es doch egal, was ich dabei anhabe.«

»Ach, Herzchen. Neulich ist es doch auch gut gegangen. War das kein schöner Anfang?«

»Das war eine Minute, wir haben eine Minute lang geredet, Hanna. Und da hat vor allem Arash geplappert. Also ja, ich bin noch immer saunervös.«

»Wir nehmen einfach alles so, wie es kommt, bloß kein Stress.«

Ich zog mein Handy aus der Tasche und sah nach. Wieder. Gegen drei hatte ich Adrian eine SMS geschickt: »Hoffentlich gut gegangen!« Das war, nachdem ich den ganzen Tag mit My Person und mir selbst diskutiert hatte, wie ich das machen sollte. Das Einfachste und Verlockendste war, gar nichts zu tun, aber da bestand die Gefahr, dass alles noch schlimmer werden könnte, eine *richtige Sache* sozusagen. Jetzt konnte es noch fast an der Grenze zur Normalität angesiedelt werden, dass ich meine Bekannten aus Versehen umarmte, wenn ich nur cool und unberührt spielte.

»Ein sentimentaler Augenblick«, sagte My. »Das passiert doch allen mal und es ist nichts dabei.«

Aber wie sentimental kann es denn sein, jemandem alles Gute zu einer ganz normalen Physikklausur zu wünschen? Und warum hatte ich ihm die Haare gleich mit beiden Händen weggestrichen? Wenn ich mich doch nur auf eine Hand beschränkt hätte. Warum hatte ich das nicht getan? Warum hatte ich nicht überlegt?

Ich hatte ihm jedenfalls eine Mitteilung mit einer ganz normalen Kumpelfrage geschickt und er hatte sofort geantwortet: »Doch, jdf ok. Danke.«

Nun hätte ich erleichtert sein müssen. Und ich war auch erleichtert, für kurze Zeit. Aber … das war eine einzige SMS und ich wollte … zehn. Fünfzehn. Mehr.

Doch ich hatte immerhin dem Drang widerstanden, noch eine zu schicken.

Dass er so kurz geantwortet hatte, bedeutete vielleicht nur, dass seine Büffelwoche vorüber war, die Klausur gelaufen, sein Fokus verschoben. Er befand sich jetzt an einem anderen Ort, mit einer superreizenden »Bekannten«, die sich darauf gefreut hatte, wieder an erster Stelle zu stehen. Hallo, jetzt machen wir's uns gemütlich! Vielleicht dachte er ja nicht einmal mehr an gestern.

Wenn er überhaupt nicht geantwortet hätte, hätte ich einen Grund gehabt, genervt oder besorgt zu sein, was auch immer. Jetzt konnte ich nur … danken und die Antwort akzeptieren. Denn sie bedeutete wohl, dass meine Strategie wirkte? Ich hätte froh sein müssen. Jetzt musste ich nur gelassen bleiben und alles würde gut werden.

Aber ich war nicht froh.

Und ich wollte, dass er an gestern dachte. Und zwar auf die gleiche Weise wie ich.

Wie zwei Vierzehnjährige standen Hanna und ich hinter einem Baum und teilten uns einen Cider, ehe wir, das heißt ich, uns auf das Fest trauten.

Zuerst ging es nur darum, zu atmen und nicht in Panik zu geraten. Das Zimmer scannen, wo war Mattias? Da. Er trug ein dunkelrotkariertes Hemd und schwarze Jeans. Sah wie üblich toll aus. Hatte immer tolle Klamotten.

Er entdeckte mich, wir nickten einander zu und damit war

es getan. Ich wurde von Hanna zum Sofa gelotst und bekam einen Cider in die Hand gedrückt. Atmete auf. In Hannas Augen hatte ich meine einzige Pflicht an diesem Abend hinter mich gebracht. Das Fest konnte anfangen.

Wir saßen ziemlich lange auf dem Sofa. Normalerweise war Hanna auf Festen in ihrem Element, rannte herum und redete mit allen, aber jetzt schien sie sich voll und ganz ihrer großen Verantwortung als Gesellschafterin bewusst zu sein. Sie saß bei mir. Wir redeten miteinander und den anderen, die bei uns landeten.

Vom Sofa aus konnte ich heimlich Mattias beobachten, während er Bier trank, mit Leuten aus Arashs Klasse redete, auf den Balkon ging und eine Zigarette rauchte, lachte und aus Jux mit Viktor tanzte. Er schaute auch zu mir herüber, denn zwei Mal ertappten wir uns gegenseitig und waren sofort verlegen. Wir blickten rasch in eine andere Richtung.

Ebbe und Reza kamen. Ebbe zwängte sich zu uns. Nach einer Weile wollte er zum Rauchen auf den Balkon und Hanna ging mit. Ich auch. Sie waren fast fertig, als sich hinter uns die Balkontür öffnete und Mattias dastand.

»Ist es kalt?«, fragte er.

Ich sah Hanna hilfesuchend an. *Antwortest du?* Ich kam mir plötzlich vor wie der kleine Junge, mit dem Adrian im Sommer Fußball gespielt hatte. Hand im Mund. Glotzend. Unfähig, etwas zu sagen oder zu tun.

»Ach, ist nicht so schlimm«, antwortete sie.

Er fischte eine Packung Zigaretten aus der Tasche, gab sich Feuer.

Ich machte einen Probeschritt auf die Tür zu. Hanna auch, parierte und blockierte.

Das soll wohl ein Witz sein.

»Hast du was von Bella gehört?«, fragte sie Mattias ungerührt, während sie vor der Tür stand und ich nicht ins Haus gehen konnte.

Das darfst du nicht, Hanna. Du hast es versprochen. Tu so was nicht.

»Seit gestern Abend nicht mehr«, sagte Mattias und blies den Rauch zur Seite. Bella war auf »Meet the parents«-Wochenende mit Johannes in Skellefteå. »Du vielleicht?«

»Nein, nur, dass sie heil angekommen sind und so.«

Er nickte und Hanna hielt Ebbe als Wink mit dem Zaunpfahl den Aschenbecher hin. *Du drückst die Kippe jetzt aus und kommst mit rein.*

Mich sah sie nicht an.

Ich hasse dich. Weißt du das? Hasse dich! *Du hast gelogen. Du hast versprochen, ich brauchte das hier nicht zu tun. Wir haben Hallo gesagt, das müsste reichen. Ich werde nie wieder auf dich hören.*

Sie gingen hinein, und ich wollte keine Schlägerei mit ihr anfangen, um ihnen folgen zu dürfen. Es reichte, dass ihre Hand mich sehr entschieden von der Tür weghielt. Als sie die Hand zurückgezogen hatte, schaute sie zu Mattias hinüber. *Jetzt los.*

»Wie geht's denn so?«, fragte er ruhig und gelassen. Er stützte sich auf das Balkongeländer und schaute in den Innenhof.

Er hatte offenbar in den vergangenen Wochen einen Intensivkurs besucht: »Wie gehe ich mit meiner hysterischen Verflossenen um.« Ich hätte am liebsten noch immer losgeheult und gerufen: »Wie, zum Teufel, kannst du mich einfach wegwerfen«, oder wäre davongestürzt. Aber offenbar hatte er jetzt alles im Griff: Job, Mädchen, Ex-Freundinnen, Feste.

»Super, einfach super«, sagte ich scharf. »Und ja, ich finde auch, dass Arash hier ein tolles Fest macht, und doch, abends ist es schon ein bisschen kalt, da kann ich nur zustimmen. Sind wir jetzt fertig? Ich friere nämlich.«

Nun wirkte er ein bisschen weniger sicher. »Was war das denn?«

»Unser sinnloses, oberflächliches Scheißgespräch in Schnellfassung.«

Es war, als ob ich ihm auf den Fuß getreten hätte. In der einen Sekunde war alles gut, in der nächsten ein Stöckelabsatz auf die Zehen und Auaaaa! Mattias sah sofort nicht mehr ruhig und gelassen aus, sondern überrascht und verletzt.

»Und ich darf … Ich kann nicht selbst entscheiden, was ich sagen will?«

»Wie, dass es schön hier ist, dass das Wochenende da ist, dass du in der Schule wahnsinnig viel zu tun hast, dass du jetzt vor den Herbstferien ranklotzen musst? Wolltest du so was sagen?«

Jetzt sah er richtig verletzt aus. *Was soll das eigentlich?* Er schüttelte den Kopf.

»Sondern …?«, fragte ich, konnte nicht aufhören.

Mattias drückte seine Zigarette aus. Der Kurs half nicht mehr. Er sah jetzt nur verstört aus, gar nicht mehr cool. »Sara, müssen wir das haben?«

Das. Oberflächliche Scheißgespräche, nicht vorhandene Grüße und/oder verletzende Bemerkungen. Genau das hatten wir in den vergangenen Monaten gehabt. Und es war seine Schuld, dass es so weit gekommen war.

»Du scheinst das ja so zu sehen«, sagte ich.

»Nein.« Die Antwort kam sofort. »Das tu ich nicht. Und ich weiß, dass ich nicht ganz … na ja, das letzte Fest, wo wir uns gesehen haben, war ja nicht so toll … aber nicht *so.*« Zum ersten Mal seit anderthalb Jahren hatte er seine Mattias-Stimme wieder, wenn er mit mir sprach. »Können wir das nicht anders versuchen? Du?«

Ich schaute die Matte auf dem Balkonboden an, sie sah aus wie Kunstgras, und er seufzte und nahm ungeschickt meinen Arm. »Ich will das so. Verdammt gern.«

Etwas anderes. Als wir wieder ins Haus gingen, seine Hand in meinem Rücken. Sein Blick, der meinen suchte, als ich auf der Toilette gewesen war und mir die Nase geputzt und mich wiederhergerichtet hatte. *Alles okay bei dir?* Seine Jeansknie, die meine ein wenig streiften, als er kam und sich auf das Sofa setzte, wo ich mit Ebbe und anderen redete. Von außen gesehen war es nur alberner Kleinkram. Keine weiteren dramatischen Szenen und Behauptungen, keine tiefgehenden Erörterungen, wer was falsch gemacht hatte und wann und warum, aber es war doch genug. Zum zweiten Mal in anderthalb Jahren waren wir zusammen. Wir wichen uns nicht aus, wir mussten nicht nach draußen gehen und in eine Tüte atmen oder uns kaltes Wasser über die Handgelenke laufen lassen, wir sahen nicht unglücklich oder verletzt aus.

Das war unbedingt mehr als *nichts* und auf jeden Fall *etwas anderes.*

Mehrere Festgäste stiegen aus, es wurde halb zwei. Es war nur noch ein kleiner harter Kern von Ausdauernden übrig.

Arash und ich hingen auf dem Sofa und riefen verzweifelt »Nein!«, als Mattias sagte, er wolle jetzt bessere Musik laufen lassen.

»Bloß nicht Håkan Hellström«, bat Arash. »Lass Sara was aussuchen, ja?«

»Millionen Menschen lieben Håkan Hellström. Euer Pech, dass ihr nicht begreift, wie gut er ist.«

»Mmm, ja, sehr schade. Ich bin am Boden zerstört.« Arash verdrehte die Augen und ich kicherte. Dann pflanzte er mir einen Spontankuss auf die Wange. »Dafür, dass du trotz allem gekommen bist, Saralein. Guter Entschluss.« Er lächelte mich an.

»Thank you, dear.« Ich kuschelte mich unter seinen Arm. »Dein Fest ist wunderbar.«

»Na gut, jetzt kommt fucking *Darin*«, sagte Mattias mit aufgesetztem Abscheu. »Und dann Lady Gaga und Madonna. Das findet ihr sicher saugut.«

»Fucking Darin ist der König.« Arash klopfte neben sich auf das Sofa. »Setz dich, Süßer.« Dann legte er seinen anderen Arm um Mattias. »So ist das doch gemütlich. Ich finde das gemütlich.«

Eine Feststellung, keine Frage, aber ich sagte dennoch »Ja-a« und Mattias stimmte zu.

Hanna kam von der Toilette, hörte Lady Gaga und johlte los: »Arash! Dance with me, baby!« Er sprang auf und sie wirbelten herum und Viktor schloss sich ihnen an.

Ich bohrte Mattias den Finger zwischen die Rippen. »Na los, Kumpel.«

»I wish.« Er seufzte.

Hanna und Arash kicherten hysterisch und tanzten und traten sich gegenseitig auf die Füße.

Ich und Mattias saßen auf dem Sofa und sahen ihnen zu und unterhielten uns.

Immer, wenn ich ihn ansah, wusste ich, dass ich auch so aussah. Sauglücklich.

Wir gingen um halb drei nach Hause.

»Was machst du am Wochenende?«, fragte ich ihn. »Morgen. Oder, das ist ja schon heute.«

»Ach, das gibt massenhaft Action«, sagte er. »Ich werde schlafen, frühstücken und zu meinem Job gehen.«

»Zu deinem Job? Du Armer.«

»Aber erst um zwei, ist also nicht so schlimm. Und du?«

»Keine Ahnung.«

»Nicht mal schlafen?«

»Doch, natürlich. Und Frühstück ist auch sehr wahrscheinlich. Aber der Rest ist ganz offen.«

Er schnitt eine »Ooooh, crazy«-Grimasse und ich lachte.

»Ich rufe vielleicht zwischendurch mal an und sage nur: Hey, ich fahre Hundeschlitten.«

»Braucht man dazu nicht Schnee?«

»Als ob es nicht irgendwo auf der Welt gerade eine Menge Schnee gibt!«

»Himmel«, schnaubte er. »Und derweil verleihe ich *The Notebook*, und das ist doch wahnsinnig spannend, also ruf einfach an.«

»The Notebook« war Bellas Trostfilm, den sie sich ansah, wenn sie krank, traurig, müde, schlecht gelaunt war. Er stand auf Mattias' Hassliste auf Platz 5.

Er drückte meinen Arm, als wir uns vor meinem Haus trennten. Ein klares *Das hier gefällt mir.*

Ich nickte. Mir gefiel es auch.

SMS von mir an Hanna: I LOVE U. 1000 Dank fürs Festgerede. PS. Hasse dich nicht mehr.

Hannapanna: Me 2. Danke für Gesellsch u Nichthass. Knutsch!

Am Samstag, der erste Gedanke: Ha, und heute? Hundeschlitten fahren, Mattias anrufen. Mal sehen, was so kommt.

»Das scheint gestern ja gut gegangen zu sein«, stellte Mama fest, als ich mich gegen halb elf aus dem Bett gequält hatte und meinen Joghurt spachtelte. »Du siehst eigentlich ganz munter aus.«

»Bin ich auch. Das ging total gut.« Wenn alles ungefähr so weitergehen könnte wie gestern, wäre ich glücklich.

Ich schrieb Mattias: »Frühstück. Jetzt geht's los!«, und erhielt zur Antwort: »Keep me posted!«

Ich hätte fast auf die Sekunde genau sagen können, wann Mattias' letzte SMS eingelaufen war. An dem Tag, an dem ich nach London geflogen war, mein Gepäck wiederhatte, den Zoll hinter mich gebracht hatte und in der Bahn in die Stadt saß. Er war der Erste, dem ich schrieb, und ich endete mit »miss u.« Seine Antwort war ein kurzes »Viel Glück«, und es war das letzte Mal, dass er von sich hören ließ, obwohl ich ihm in den folgenden Wochen noch dreißig SMS schickte.

Um 12:32 piepste mein Handy wieder.

Adrian: Will mrg kurz nach S-stan, kommst du m z Sightseeing?

Shit, hier war also mein Hundeschlitten.

Ich: Ja.

Wenn das Leben größere Ähnlichkeit mit den Quizsendungen im Fernsehen hätte, wo man eine Frage hört und dann aussteigen darf, weil man die Antwort nicht weiß, und trotzdem das bisher gewonnene Geld behalten darf, und wenn ich gewusst hätte, wie sich alles nach diesem Jiu-Jitsu-Training ändern würde, als Adrian und ich zum ersten Mal nach Hause gefahren waren, dann wäre da gleich Schluss gewesen und ich wäre total zufrieden ausgestiegen. Bis dahin war er nur ein ganz normaler Junge gewesen, nichts Besonderes, der eine Freundin hatte. So ungefähr hatte ich über ihn gedacht.

Jetzt kam er die Treppe herunter, kam durch die Tür, telefonierte dabei und ich dachte sofort: *I. Hate. Her.*

Alles, was ich beschlossen hatte, kam mir unerreichbar vor: mich normal und kumpelhaft zu verhalten und alles lustig und lässig ablaufen zu lassen. Denn er redete mit ihr. Und trug diese aufregende Brille. Und er hieß Adrian und das war soeben zum schönsten Namen der Welt ausgerufen worden. Und dann fielen mir noch fünfundfünfzig Gründe ein, sowie ich ihn sah. Kumpelhafte Gedanken waren das wahrlich nicht.

Er schnitt für mich eine Grimasse und zeigte mit der anderen Hand »laber, laber«.

»Du, ich muss … Markus, hallo … so, fünf oder sechs oder so. Ich melde mich.«

Oh. Sie war es gar nicht.

»Hallo«, sagte er, als er fertig war. »Komm ich zu spät?«

»Nein, ich w…« Ich überlegte mir die Sache anders. »Ja, tust du. Ich hab schon gewartet.«

Er schob seinen Ärmel hoch und hielt dann den Arm so, dass wir beide seine Armbanduhr sehen konnten.

»Piep«, sagte er nach zwölf Sekunden, als der Sekundenzeiger bei eins und dreißig ankam.

»Aber die Zugtüren werden zwanzig Sekunden vor der Abfahrt geschlossen, damit es keine Verspätung gibt.«

»Die Zugtüren?« Er prustete los. »Lebst du jetzt nach Bahnzeit? Na ja, das erklärt ja einiges.«

Wir hatten vor, mit dem Bus nach Svartöstan zu fahren, deshalb gingen wir durch die Stadt zur Haltestelle. Als wir am McDonald's vorbeikamen, wollte Adrian zur Aufmunterung einen Kaffee kaufen.

Ich zog mein Handy hervor, als wir vor der Kasse anstanden. »Wenn ich hier beim Feind ein Foto von dir mache und es deiner Chefin schicke, was passiert dann?«

»Zum Beispiel, dass du kein Donut kriegst.«

Dann stellte er sich neben dem McD-Logo in Pose und ich knipste ein Bild.

Ein kumpelhafter Gedanke wäre gewesen: Witzig.

Ich dachte: Das werde ich den ganzen Abend immer wieder ansehen.

Wir saßen nebeneinander im Bus, klar, und unsere Beine und Arme streiften einander, auch klar. Das ist ja immer so, egal, neben wem man sitzt, und ich sagte mir, es wäre viel unnormaler gewesen, wenn ich mich ans Fenster gedrückt hätte, um diesen Berührungen auszuweichen. Wir saßen ungefähr so da wie die Frauen auf der Bank vor uns. Das musste doch völlig in Ordnung sein, oder? Und doch kam es mir vor wie eine Fahrt mit der Achterbahn. Als der Bus nach Svartöstan hineinfuhr, war ich nach dieser Viertelstunde voller Anspannung einfach nur noch fertig.

Svartöstan war wie ein Sprung zurück in der Zeit, es gab nur niedrige Holzhäuser mit zwei oder drei Stockwerken, aus den Vierziger- oder Fünfzigerjahren. Einige Einfamilienhäuser, aber vor allem Mietshäuser. Alle sahen sich sehr ähnlich und hatten helle Farben. Sie sahen sich ähnlicher als die Häuser in unserer Gegend, ein bisschen wie auf dem Land, auch wenn es Stadt war, mit asphaltierten Straßen und allem. Es war etwas Besonderes. Wenn man sich umschaute, sah man das Eisenwerk, und vor uns lag das Meer.

»Ich hatte mir alles viel trister und düsterer vorgestellt.«

»Wegen des Namens?«

»Eher, weil es gleich neben einer Fabrik liegt. Osteuropäisch und schwarz. Immer Regen und Wolken. So ungefähr.«

Wir näherten uns langsam dem Wasser. Adrian zeigte mir, wo er zur Tagesmutter gegangen war, auf welcher Kreuzung Jocke ihn mit dem Fahrrad angefahren hatte, woraufhin sein Knie mit vier Stichen genäht werden musste, seine und Mias Wohnung, ehe sie mit Fredrik und Jocke zusammengezogen waren, und wo ein fieser Kerl gewohnt hatte, vor dem sie alle Angst hatten. Solche Dinge.

Hier am Meer war es nicht so ruhig wie im Ort, es war wie ein »echtes« Meer, wild, mit hohen Wellen, starker Brandung, stürmisch, auch wenn man auf dem anderen Ufer in der Ferne

Bergnäset sah. »Das ist ja wunderschön!«, sagte ich. »Ich kann es nicht fassen, dass ich noch nie hier war. Mein Vater hätte mit uns herkommen sollen, der liebt solche Gegenden. Hast du manchmal Heimweh?«

»Es geht. Das, was mir fehlt, gibt es ja nicht mehr. Emil ist nicht mehr da, Jocke wohnt in Stockholm und meine Mutter und Fredrik sind geschieden. Auch wenn ich zurückzöge, würde es nicht mehr so sein wie früher.«

»Warum wart ihr so gut befreundet, du und Emil? Ich meine, wenn man klein ist, ist man eben vor allem mit denen zusammen, die in der Nähe wohnen, weil man allein nirgendwohin gehen darf. Aber wenn man dann größer wird …« Ich machte eine reuevolle Grimasse. »Entschuldige, war das eine unsensible Frage? Du brauchst nicht zu antworten.«

»Doch. Ich glaube, es war sehr viel Gewohnheit. Wir wohnten einander gegenüber und waren schon so lange Freunde. Die aus meiner Klasse jetzt haben eigentlich größere Ähnlichkeit mit mir, aber es war so einfach, mit ihm zusammen zu sein. Er war so lieb. Und er war ja immer in der Nähe, wie ein Bruder.« Hier wehte ein stärkerer Wind, und Adrian, der mit dem Rücken zum Wind stand, hielt sich die Haare aus dem Gesicht. »Unsere Familien waren auch oft zusammen.«

Ich nickte. »Was habt ihr gemacht?«

»Nur normalen Kram. Computerspiele und so, sind mit dem Fahrrad durch die Gegend gefahren, haben Fußball gespielt. Waren in ihrem Ferienhaus. So was. Er war übrigens auf die Idee gekommen, dass wir mit Jiu-Jitsu anfangen könnten.«

Oh.

»Aber er hat es nur ein Jahr gemacht, er wollte lieber Fußball spielen.« Adrian zog sich die Kapuze der Jacke, die er unter der Windjacke trug, über den Kopf, um seine Haare am Fliegen zu hindern. »Frierst du? Wollen wir reingehen?«

Ihr Haus lag fast am Wasser. Es war ein rotes Holzhaus, das irgendwie nach Hexenhaus und Villa Kunterbunt aussah. Keine wilden Zinnen und Türme, aber eben phantasievoller als ein normaler viereckiger Wohnkasten.

»Und da hat Emil gewohnt«, sagte er und zeigte auf das braune Klinkerhaus auf der anderen Straßenseite.

»Wohnt Julie noch da?«

»Nein, die sind nach Örnäset gezogen.« Er öffnete die Haustür für mich und rief Fredrik ein »Hallo« zu.

Adrian und Fredrik trugen eine Kommode in die Garage und brachten ein Bücherregal an, dann servierte Fredrik belegte Brote und Kaffee.

»War der restliche Abend ruhig?«, fragte er Adrian.

»Ja. Ziemlich viel Betrieb, aber keine Streitereien.« Adrian sah mich an. »Ich habe gestern gearbeitet und ein paar betrunkene Idioten sind aufeinander losgegangen und wir mussten die Polizei holen.« Er nickte zu Fredrik hinüber.

»Wusstet ihr, dass ihr beide bei der Arbeit wart?«

Sie nickten.

»Shit. Kriegt man es dann nicht total mit den Nerven?«, fragte ich Fredrik. »Wenn man dahin gerufen wird, wo ein Familienmitglied ist?«

»Wir erfahren ja, was los ist«, sagte er. »Meistens ist es nicht so schlimm, und ich weiß ja, dass Adrian sich vorsieht.«

»Ist es schon vorgekommen, dass es Alarm gab und dass jemand, den du kennst, verletzt worden ist?«

»Zwei Mal«, sagte er. »Die Stadt ist ja nicht so groß. Aber manchmal ist es auch umgekehrt, und man lernt die kennen, die anrufen. Mia habe ich damals kennengelernt, weil sie sich ausgesperrt hatte, als sie den Müll rausbringen wollte, und Adrian war allein in der Wohnung. Er war damals erst drei.«

»Was hast du gemacht, als du allein zu Hause warst?«

»Ferngesehen.«

»Du warst zum Glück ja sogar auf dem Sofa eingeschlafen. Er hat gar nicht gemerkt, was los war«, sagte Fredrik.

»Was für ein Pech. Die Polizei bricht die Tür auf und stürmt mit gezückter Waffe und heruntergelassenem Visier herein und du schläfst und kriegst von nichts was mit«, phantasierte ich und Adrian lachte laut.

»Ja, eingesperrte Dreijährige sind so was von gefährlich, da muss ein Überfallkommando anrücken.«

»Man weiß nie. Jedenfalls hast du ja eine Menge Action um dich rum«, sagte ich. »Du gehst zum Job und glaubst, du brauchst nur ein paar Hamburger zu braten, und dann brennt das Haus ab und die Gäste schlagen aufeinander ein. Deine Mutter sperrt sich aus Versehen aus und die Polizei muss kommen und dann verlieben sie sich und ziehen zusammen. Aus deinem Leben könnte man doch einen Film machen.«

»Und wie!« Er verdrehte die Augen.

»Ich hab aber noch eine Frage«, sagte ich zu Fredrik. »Und jetzt wirst du lachen, aber das ist mir egal: Habt ihr Fahrradlichtrazzien? Denn ich will doch …« Jetzt prustete Adrian richtig los und ich verpasste ihm unter dem Tisch einen Tritt. »Ich will nicht unnötig sechshundert Eier ausgeben, und ich habe meinen Vater gebeten, die Lampe anzubringen, aber er kommt einfach nicht dazu.«

»Es gibt nur sehr selten welche«, sagte Fredrik und versuchte immerhin, ernst zu bleiben. »Du brauchst dir also keine großen Sorgen zu machen.«

»Der gesetzestreueste Mensch auf der Welt ist jetzt ein wenig nervös.« Adrian kicherte. »Habt ihr nicht übrigens im letzten Herbst die ganze Stadt abgesperrt und Verstärkung aus Piteå und Boden geholt, sogar zwei Hubschrauber? Da war wohl so ein Typ auf seinem alten Rad mit Dreigangschaltung bis nach Sunderbyn gefahren, bis sie ihn dann erwischt haben. Im Dunkeln.«

»Super, Adi.«

»Ich weiß. Aber wenn du eine Lampe hast, dann kann ich sie dir anbringen.« Er biss sich auf die Lippe. »Wir wollen ja nicht, dass du schlaflose Nächte verbringst wegen der Razzien.« Er lachte noch lauter und Fredrik stimmte ein.

»Entschuldige, aber es ist einfach witzig, das musst du zugeben.«

»Habt ihr den Film *Bonnie und Clyde* gesehen?«, fragte ich. »Die Schlussszene? Dann würdet ihr hier nicht so herumgackern. Nicht eine Sekunde lang.«

»So läuft das aber nicht«, beteuerte Fredrik. »Und was Adrian sagt, darfst du nie so ganz ernst nehmen, sonst gibt es nur Stress.«

Adrian lachte und drückte meine Hand.

Kumpelgedanke: Nett.

Ich: Mehr. Lass die Hand da.

»Wir bringen das mit der Lampe in Ordnung. Wirklich, Sara, jetzt krieg ich ein schlechtes Gewissen. Ich will ja nicht, dass du mit Herzklopfen weiterleben musst.«

Er ließ los. Aber seine Hand lag noch da und unsere Fingerspitzen streiften einander fast. Oder bildete ich mir das nur ein?

Wir tranken noch eine Weile Kaffee, bis Adrian übertrieben höflich fragte, ob ich sein Zimmer sehen wollte.

»Wow, hier hat aber jemand geübt«, sagte ich.

»Das allerdings. Astreine soziale Kompetenz liegt jetzt vor.«

Auf dem Weg nach oben sah ich mehrere gerahmte Familienfotos. Adrian in verschiedenen jüngeren Ausgaben, einfach süß, sein älterer Bruder, die Brüder zusammen mit Fredrik und Mia. Ein ziemlich großes Foto der ganzen Familie, zusammen mit einer anderen Familie. Adrian war so um die zehn. Sie saßen irgendwo am Mittelmeer auf einer Restauranttterrasse.

»Das ist Emil«, sagte Adrian und zeigte auf den Jungen neben sich.

Er und Adrian strahlten in die Kamera. Sonnenbraun. Adrians Haare waren viel heller als jetzt. Und viel kürzer. Neben Emil saß vermutlich dessen Vater, er schien aus Korea oder einem anderen asiatischen Land zu kommen. Und auf Mias Knie saß ein niedliches, kleines Mädchen mit zwei langen, dunklen Zöpfen.

»Julie«, bestätigte Adrian. »Und Peter und Anna-Karin.«

Ihre Eltern.

Alle sahen so froh und glücklich aus. Julie behaglich auf Mias Schoß, Fredriks Arm ruhte auf Mias Rückenlehne, Jocke lächelte, Peter hob sein Bierglas und trank dem Fotografen zu, und Anna-Karin lachte zu schallend, um auf einem Foto gut auszusehen. Und dann Adrian und Emil, die kicherten. Es war ein Foto, das einen Preis zum Thema Ferienglück gewinnen oder als Reisewerbung dienen könnte. Zwei perfekte Kleinfamilien, die für ein oder zwei Wochen den Alltag verlassen hatten und sich in Sonne und Wärme wohlfühlten.

Ich kannte niemanden, der sich das Leben genommen hatte. Wenn ich daran dachte, stellte ich mir Menschen vor, die an unheilbaren tödlichen Krankheiten litten oder furchtbaren Foltern ausgesetzt gewesen waren. Die an nichts anderes mehr denken konnten. Oder die ihr Leben lang schikaniert und misshandelt worden waren. Menschen, die im normalen Leben so wenig integriert waren, dass es ihnen von Weitem anzusehen war. Das Einzige, was Emil ausstrahlte, war: normaler, munterer Junge. Umgeben von Freunden und Familie und Fußballmannschaften und allem, was man sich wünschen kann. Und doch war er durch alle Phasen gegangen. Von dem Gedanken »Es wäre besser, wenn ich tot wäre«, den sicher viele irgendwann in ihrem Leben haben, bis zu der Überlegung, wie er das machen sollte, den Vorbereitungen und dann … An Bahngleisen stehen oder eine Packung Schlaftabletten in der Hand halten und denken, jetzt, jetzt, jetzt. Nichts hatte ihn dazu gebracht, sich die Sache anders zu überlegen, seine Entscheidung aufzuschieben. Nicht einmal der Gedanke an die Verzweiflung seiner Eltern hatte ihn davon abbringen können. Auch nicht der Gedanke an alle anderen, die er verlassen müsste. Er hatte diesen Schritt machen müssen. Und hatte es getan.

Anna-Karins schallendes Lachen auf dem Bild.

Meine Mama, die versuchen würde zu helfen, auch wenn es nicht möglich wäre, damit sie sich ein wenig besser fühlte. Sie wollte immer, dass ich ihr alles erzählte, sie um Hilfe bat, sie meine Mama sein ließ.

Ich hatte immer gedacht, es sei selbstsüchtig, sich das Leben zu nehmen, denn niemand würde jemals richtig erklären können, warum das passiert war. Es war, wie allen, denen man wichtig war, zu sagen: »Du bist nicht wichtig genug, du kannst nichts ändern, du darfst es nicht mal mehr versuchen.«

»Hier ist es.« Adrians Hand in meinem Rücken lenkte mich nach links.

Wenn sein Zimmer in der Stadt frisch gestrichen und ein bisschen unpersönlich war, so war dieses hier ungeheuer bewohnt. Nichts wirkte aufgeräumt, kein Loch klaffte in den Wänden, wo vorher Bilder gehangen hatten, die er mitgenommen hatte. Sogar das Bett war bezogen. Das Einzige, was fehlte, waren vielleicht ein paar Klamotten, und dann hätte er jederzeit zurückziehen können.

»Jetzt musst du sagen: wunderschön!«, erinnerte er mich sanft und versetzte mir einen aufmunternden Stups in den Rücken.

»Wunderschön.«

»Mit etwas mehr Gefühl vielleicht noch.«

»Ach, wunderschön!«, versuchte ich es noch einmal.

Ich konnte doch jetzt nicht wegen dieses Fotos losflennen. Es waren sein Freund, die Freunde seiner Familie. Er war derjenige, der traurig sein durfte.

»Perfekt, Sara.« Er sah mich an. Gelassen? Ja. Irgendwie schon. Er steckte die Hand in die Tasche.

»Und jetzt fangen wir an zu improvisieren, oder?«, fragte ich.

»Genau.« Adrian setzte sich auf das Bett. »Leg los.«

Ich suchte nach einer passenden Bemerkung. Ein Kleiderschrank. Ach, wie spannend. Und sieh an, ein Holzknauf als Griff.

»Oder sei still. Das muss ja auch erlaubt sein.« Er klopfte neben sich auf das Bett. Als ich mich setzte, rutschte er näher, sodass sich unsere Schultern berührten. Ich bildete mir das jetzt nicht ein, es war so.

»Sieh dir mal den Pokal da an.« Er zeigte auf einen kleinen Silberpokal auf dem Kleiderschrank. »Der ist von einem Fußballcup, als ich so um die zwölf war. Ich war nie so richtig gut, aber ich habe einige Jahre gespielt. Mittelfeld. Und bei einem Spiel bin ich zu einem anderen Typen aus der Mannschaft in eine Superposition gekommen. Wir gaben Pässe, Markus machte die Vorlage, ich sprang, schoss und der Ball flog über die Ziellinie und ins Tor. Linke Ecke. Total perfekt. Der beste Fußballaugenblick meines Lebens. Und dann haben wir Silber geholt. Wie in einem Film, was?«

Ich machte mit der Hand eine schweifende Kamerabewegung. »Bild auf die Elternbänke, wo alle aufspringen und jubeln und einander umarmen.«

»Und die Gegenseite weint. Aber das Witzigste war, dass Jockes Mannschaft auch mitmachte, und er und noch ein paar haben bei meinem Spiel zugesehen. Er war ein echter Star und nun konnte ich auch endlich mal etwas zeigen und nicht nur der kleine Bruder sein.«

»War er beeindruckt?«

Adrian nickte. »Total beeindruckt. Das war also meine letzte Fußballspielzeit. Ich hätte das ja doch nie übertreffen können.«

»Er wirkte sympathisch, als wir uns im Sommer begegnet sind.«

»Im Gegensatz zu mir, was?« Kein Lächeln verriet, dass das ein Witz sein sollte, aber jetzt sah ich das leichte Funkeln in seinen Augen.

»Du bist doch auch sympathisch, aber …«

Adrian lächelte und schüttelte den Kopf. »Reingefallen, Sara.«

Und phantastisch und großzügig und fürsorglich und einfach unglaublich.

»Aber du hast dich den ganzen Sommer über mich lustig gemacht.«

»Hab ich nicht«, widersprach er. »Ich hab vielleicht mal einen Witz gemacht. Ab und zu. Aber das ist etwas anderes, als sich über jemanden lustig zu machen.«

»Einen Witz? Ab und zu?«

»Ist es in Ordnung, Leute wegen Dingen anzupöbeln, die sie gar nicht getan haben? Oder warst du vielleicht nur auf Bahnzeit, als ich deine Waschmaschinen geklaut hatte?«

»Das ist es, Adrian. Genau das. Mit dir zu reden ist wie …«

»Wie was?«

Wenn ich jetzt den Kopf drehte, würde ich ihm viel zu nahe kommen. Ich würde mich nie, nie im Leben zurückhalten können. Ich wusste genau, wie er aussah, wie verlockend es sein würde: Haare, Mund, Augen, alles. Also musste ich stocksteif sitzen bleiben und durfte den Kopf nicht bewegen.

Der Kleiderschrank. Weiß. Holzknauf. Pokal.

»Es ist ganz toll, dass du mit hergekommen bist«, sagte er und jetzt klang er wieder anders. Machte sich nicht mehr lustig über mich, sondern …

Es wäre besser gewesen, wenn auch er geschwiegen hätte. Oder zumindest mit dieser Stimme aufgehört, sich gemeiner, schriller, fieser angehört hätte. Quatsch geredet hätte. Mundgeruch gehabt hätte.

»Danke, dass du gefragt hast«, sagte ich. Ich wusste, ich müsste jetzt aufstehen, einen Zwischenraum zwischen uns bringen, aber mein Körper kam mir total … unkooperativ vor. Statt auszuweichen, rückte er näher. Jetzt saßen wir nicht nur so, dass unsere Schultern einander streiften, wir neigten uns aufeinander zu. Aber war mir das nah genug? Natürlich nicht. *Mehr. Weiter so.*

»Und jetzt werde ich wohl als Nächstes nach London fahren müssen«, sagte er.

Aber dann darf ich doch mitkommen?

Kleiderschrank. Weiß. Holzknauf. Pokal. Fenster.

»Sara.« Noch leiser, weicher, feiner, aufregender, wärmer.

Ich musste mich einfach umdrehen. Es war genauso unmöglich, das nicht zu tun, wie nicht zusammenzuzucken, wenn jemand unsere Kniereflexe überprüfen will.

Und sein Blick.

Nicht ging nicht.

Der erste Kuss war ein wenig Kaffee, Käsebrot und unglaublich viel *will, will, will.* Ein ganzer Wunschzettel davon, was man wollte: mit Händen durch Haare fahren und sie um das Gesicht und um Taille und Brustkorb legen und unter den Pullover und sich in Hals und Nacken und Ohren bohren und wieder und wieder und wieder küssen, und alles war noch viel schöner, als man gedacht hatte. Bis mein Handy in meiner Jeanstasche lautlos vibrierte. Und als ich mich aus Adrians Umarmung befreit hatte und aufgestanden war und das Handy aus der Tasche gezogen hatte, war es *Mattias,* und mein Gehirn schaltete sich wieder ein und ich sah Adrian an.

»Mit wem bist du zusammen?«

»Was?«

Ich schwenkte mein Handy. »Wer ruft dich dauernd an?«

»Ich bin mit niemandem zusammen …«

»Nach dem Training?«

»Julie. Aber ich bin nicht …«

»Julie?!« War es ihr Gesicht, das ich auf alle verschwommenen Actionbilder kleben musste, die ich mir mit ihm und der »Bekannten« vorgestellt hatte? Julie! Die umarmen und kuscheln und schmusen durfte, der wunderbare Dinge ins Ohr geflüstert wurden und die Geschenke bekam. Julie! Dieses an sich ja niedliche, aber so total nichtssagende Mädchen.

»Ja, Julie, aber wir sind nicht zusammen. Das habe ich doch gesagt.«

»Großer Gott!« So nichtssagend. Ja, sie war sicher ungeheuer nett, sure, aber dass sie mit ihm zusammen sein sollte? Was fand er denn bloß an ihr? Wie war er auf die Idee gekommen, sie sei der beste, feinste, liebste, witzigste Mensch, den er sich vorstellen konnte? Wie konnte sie es mit ihm aufnehmen? Nicht einmal, wenn ich sie ganz lange und aufmerksam beobachtet hatte, hatte ich etwas Besonderes entdecken können. Sie war einfach nur so …

Adrian und Julie!

Ich hatte natürlich auch nicht gewollt, dass er mit einer supertollen, superklugen, supernetten Frau zusammen wäre, die mir einen Minderwertigkeitskomplex verpassen würde. Aber dass es Julie war, war auch kein gutes Gefühl. Was hatte sie denn?

»So ist das nicht. Wir sind nicht zusammen.« Er versuchte, meine Hand zu nehmen, aber ich zog sie weg.

»Was seid ihr dann? Irgendwas seid ihr doch!«

»Ja, sind wir. Wir sind befreundet.«

»Befreundet! Aber kannst du irgendwann mit *befreundet* aufhören? Ihr seid doch ununterbrochen in Kontakt. So was tut man nicht, wenn man nur befreundet ist.«

»Ich weiß, das ist ein bisschen viel, aber das ist, weil ...«

»Habt ihr eine offene Beziehung?«

»Was? Nein!« Er sprang vom Bett auf. »Nein! So ist das nicht! Wir sind nur befreundet, aber es ist etwas Beson...«

»Man kann doch die Uhr nach ihren SMS stellen. Das ist nicht *nur befreundet,* Adrian.«

Jetzt packte er meinen Arm. »Hör mal zu, darf ich mal ausreden? Wir sind befreundet, aber es ist etwas Besonderes, weil das so nach Emils Tod gekommen ist, und es ist ... ja, wir haben sehr oft Kontakt. Aber das ist alles, glaub mir das.« Er schaute mir in die Augen. »Das ist alles. Nur das.«

»Wart ihr denn mal zusammen?«

»Nei-hein.«

Warum nicht? Willst du nicht? Hast du darüber nachgedacht? Habt ihr es nicht ein bisschen versucht, irgendwann mal? Habt ihr so was gemacht, geknutscht?

Ich schüttelte den Kopf. »Das ist doch der pure Wahnsinn.«

»Was ist Wahnsinn?«

»Alles!« Ich sah ihn an. »Du bist irgendwie ... Weißt du, wie du dich anhörst, wenn du mit ihr redest? Ist dir klar, wie das wirkt? Und nö, so ist das also nicht?«

»Genau. So ist das nicht«, wiederholte Adrian. »Sara.« Er versuchte, mich an sich zu ziehen, aber ich wich zurück und da ließ er los. »Entschuldige. Ich dachte, du wüsstest das.«

»Ich wusste das nicht.«

»Nein, das hab ich jetzt kapiert. Aber glaubst du, ich würde mich dann so oft mit dir treffen?«

»Man kann doch … du verhältst dich genau, als ob ihr …«

Adrian setzte sich wieder auf die Bettkante. Er sagte nichts, sondern musterte mich nur schweigend.

»Du hast doch nie etwas über sie gesagt«, fuhr ich fort. »Klar, dass du sie kennst und dass sie Emils Schwester ist, aber mehr auch nicht. Als ob alles an ihr supergeheim wäre. Warum denn?«

Er fuhr sich mit der Hand durch die Haare. »Ich wusste nicht, was ich sagen sollte.«

Warum nicht?

»Wie oft trefft ihr euch?«

»Also, wir telefonieren eher. Vielleicht zwei Mal pro Tag, schicken noch ein paar SMS. Aber wir sehen uns fast nur dienstags und donnerstags, da gehe ich vor dem Training zum Lernen in die Stadtbücherei und sie kommt auch oft dahin.«

»Und das macht ihr, seit … seit Emil …?«

Er nickte.

»Aber was macht ihr noch, außer gemeinsam lernen?«

»Äh, jaaaa … vor einer Woche hatte Peter Geburtstag, da waren meine Mutter und ich zum Essen da. Und ab und zu sehen wir einen Film oder so. Aber meistens treffen wir uns in der Bücherei. Anfangs haben wir uns jeden Tag getroffen, aber jetzt kommt das viel, viel seltener vor.«

»Weiß sie, dass wir zusammen zum Training gehen?«

»Ja.«

»Was hast du ihr über mich gesagt?«

Er brauchte nicht einmal den Mund zu öffnen, ich bekam doch die Antwort, die ich brauchte: Nichts.

»Da hast du's. Jetzt fahr ich nach Hause.«

»Nein!« Er sank in sich zusammen. »Kannst du nicht ein bisschen ruhiger bleiben? Es ist nicht so …«

»Ich finde es schrecklich, wenn du das sagst. Ich bin doch ruhig.« Und eiskalt wütend. Wusste nicht, auf wen, auf ihn oder mich selbst, weil ich hier gelandet war, obwohl ich es doch die ganze Zeit gewusst hatte.

»Na gut.« Adrian schluckte, redete mit angestrengt ruhiger Stimme. »Kannst du dich einen Moment setzen, damit wir fertig reden können?«

»Worüber denn? Mir kommt das alles ganz klar vor.«

»Mir nicht.«

»Eben.«

»Aber Himmel, Sara … hör doch zu.« Er legte den Kopf in die Hände. »*Wir sind nicht zusammen.* Wie oft soll ich das noch sagen? Wir sind nicht zusammen. Wir sind nicht zusammen.«

»Ich will jetzt jedenfalls nach Hause.«

Fredrik brachte uns beide zurück nach Luleå.

Das Radio lief. Schweigen.

»Und jetzt?«, fragte Adrian, als Fredrik uns abgesetzt hatte.

»Ich muss zum Essen nach Hause.«

»Und dann?«

»Weiß nicht.«

Er schien noch mehr fragen zu wollen, aber dann seufzte er nur und blieb unglücklich stehen, als ich ins Haus ging.

Das erste Mal in der Waschküche, im Sommer. Schon da hätte ich sagen sollen: »Nein, das wird mir zu stressig, ich steige hier aus.« Und danach. Stop. Und das Küssen heute. Tortur. Pure Folter. Jetzt wusste ich, was ich verloren hatte.

Zwei Stunden später kam eine SMS. »Kannst du 5 Min rauskommen? Will nur was sagen.«

Er saß auf der Treppe, als ich nach unten kam.

»Ich hab doch gesagt, dass Emil depressiv war«, sagte er sofort. Kein *Hallo* oder so, sondern sofort zur Sache, sowie ich aus der Tür getreten war. »Er wollte nichts und machte nichts, und es spielte keine Rolle, dass alle wie die Blöden versuchten, ihn aufzumuntern. Ich bekam es nach einer Weile satt, ich hatte mir doch alle Mühe gegeben, aber nichts half. Und deshalb war ich dann lieber mit meinen anderen Freunden zusammen, obwohl ich wusste, dass er einsam war und dass ich mich um ihn kümmern müsste. Und dann hat er sich umgebracht, und ich musste eine Therapie machen und darüber reden, wo meine Verantwortung anfängt und wo sie endet, und ich weiß, dass es nicht meine Schuld ist, und Depression ist eine Krankheit, an der viele sterben, aber trotzdem.«

»Aber es ist doch nicht …«, fing ich an, doch er ließ mich nicht ausreden.

»Nein, ich weiß, Sara, ich weiß.«

Dennoch. Es ist nicht deine Schuld. Nicht, nicht, nicht.

Ich setzte mich neben ihn auf die Treppe und er redete weiter.

»Dann hat Julie am Tag danach angerufen und dann immer wieder. Und ich will das und ich muss antworten. Das muss ich. Es ist ganz klar eine Kombination aus schlechtem Gewissen und dass sie und ich wirklich miteinander reden müssen. Wir haben uns daran gewöhnt, so oft voneinander zu hören.

Aber seit ich dich kenne … ich glaube nicht, dass sie sauer sein würde, wenn ich es erzählte, aber ich hatte nie eine Freundin, das war also noch kein Thema. Und ich weiß, ich hätte dir von ihr erzählen sollen und überhaupt, aber ich wusste nicht, was ich sagen sollte. Sie wollte am Gymnasium nicht als die Arme dastehen, mit dem Bruder, der … und ich wollte nicht …«

Ein gemeiner fieser Widerling sein, fügte ich in Gedanken hinzu. Was du nicht bist.

»Ich dachte irgendwie, du würdest das schon begreifen, wo wir so viel zusammen unternommen haben, und ich rede jeden Tag mit dir, weil ich dich sehen will. Aber ich hätte deutlicher sein müssen.«

»Das hier war sehr deutlich«, sagte ich. »Aber glaubst du das wirklich? Dass es deine Schuld war?«

»Nein, das wohl nicht. Er wurde krank, und was hätte ich denn tun können, wenn es stattdessen Krebs gewesen wäre, meine ich. Aber …« Er sah so traurig aus. »Ich glaube doch, ich hätte es besser machen können. Machen *müssen.* Übrigens auch ein beliebtes Therapiethema.«

»Machst du noch immer die Therapie?«

»Nein. Das ist vorbei.« Er fuhr sich mit der Hand über die Augen und seufzte müde. »Jedenfalls, Julie und ich sind oft zusammen, aber zusammen sind wir nicht.«

»Got it.«

Er nickte und stand auf.

»Und was hast du jetzt vor?«, fragte ich und erhielt als Antwort ein Schulterzucken. »Weiß nicht.«

»Kann ich mitkommen?«

»Hallo, Schlafmütze.« Papa saß auf meiner Bettkante, mit der Hand an meiner Schulter. »Besuch für dich.«

»Wer denn? Und wie spät ist es?«

»Fünf vor zwölf, und es ist einer, bei dem du sicher sauer wärst, wenn wir ihn nach Hause geschickt hätten, weil du schläfst.«

»Ein Junge?«

Papa lächelte.

»Entschuldige«, sagte Mattias und sah schrecklich verlegen aus. »Du wirst ja immer vor mir wach, da bin ich einfach hergekommen. Ich wollte dich nicht wecken.«

»Nein, ist schon gut.« Ich lächelte ihn an. »Nur einen Moment. Muss duschen. Gib mir eine Viertelstunde.«

Ich zog die Tür zu meinem Zimmer zu. Adrian!

Ich war um halb vier von ihm gekommen. Nur weil ich nicht wusste, wie meine Eltern reagieren würden, wenn ich nicht zu Hause wäre, wenn sie aufstanden. Wir hatten nicht über »Bei einem Jungen übernachten, ohne vorher Bescheid zu sagen« diskutiert, als ich aus London zurückgekommen war, und ich wollte sie nicht sauer machen.

»Ruf mich an, sowie du wach wirst, und dann kommst du zum Frühstück her«, hatte Adrian gesagt, als wir unten vor seiner Haustür standen.

Wir hatten uns zuerst vor seiner Wohnungstür verabschiedet, dann auf der Treppe weitergemacht und an der Haustür aufgehört. Und wenn er nicht barfuß gewesen wäre und nur in Boxershorts, hätten wir sicher bis zu mir weitergemacht.

»Mmmm«, antwortete er jetzt, als ich anrief und ihn ganz offenbar geweckt hatte. »Hallo, Sara.«

»Halloooo.«

Wir hatten nicht darüber geredet, ob wir Sex haben wollten, richtigen Sex. Ich umarmte ihn einfach ganz fest, damit er nicht traurig wäre, küsste ihn und wurde zurückgeküsst, wir gingen zu ihm nach oben, hatten die Wohnung für uns ganz allein, seine Mutter verbrachte das Wochenende bei einer Freundin, eine Menge Küsse und Umarmungen, sein Mund an meinem Gesicht und meinem Mund, kein Stress, denn niemand würde uns stören, nur näher und noch fester und merken, dass alles noch schöner ist und weiter und mehr.

Es war so leicht. Obwohl wir kein Kondom hatten und nervös waren, weil er ihn vielleicht nicht rechtzeitig herausziehen könnte, und obwohl ich ihn einmal aus Versehen mit dem Knie in die Seite stieß und wir total ungeschickt waren und nicht in Glückseligkeit versanken. Aber es war trotzdem so unendlich leicht. Er war niemandes Freund, Bruder, nichts, nur Adrian, und ich wollte die ganze Zeit mehr.

»Wir haben gerade Besuch bekommen, deshalb wird es ein bisschen später«, sagte ich zu Adrian. »Aber ich komme, so schnell ich kann.«

»Ganz bestimmt?«

»Ich beeil mich, Adi. Versprochen.«

Mama, Papa und Mattias saßen am Küchentisch beim Kaffee, als ich aus der Dusche kam. Alle sahen mich an. Ah, da ist sie. Es war, wie in die Gegenwart einzutreten, als ich mich auf meinen Platz neben Mattias setzte.

»Sara, du möchtest doch sicher?« Mama hielt mir die Teekanne hin.

Sie aßen Brote und plauderten, als ob alles ganz normal wäre. Ich quälte mich durch anderthalb Toast mit Marmelade hindurch und konnte kaum schlucken oder hören, was sie sagten.

Vor zwei Minuten hatte ich noch unter der Dusche gestanden und versucht zu spüren, ob meine Hände und Arme nach Adrian rochen. Wollte mir das nicht abwaschen.

»Hat Hollywood sich schon gemeldet?«, wollte Papa wie immer von Mattias wissen.

»Ich diskutiere mit einer großen Firma über vier Filme.«

Er stotterte beim F und ich drehte den Kopf ein wenig und sah ihn an. Das hier war ein Traum. Er bei mir. Ich musste mich zusammenreißen. Aufwachen.

»Wunderbar«, sagte Papa. »Spielt Michelle Pfeiffer da irgendwo mit?«

»In allen. Darauf hat sie bestanden.«

Beim B. Er stotterte immer mehr, wenn er nervös war. Und ich wäre saunervös gewesen, wenn ich zu ihm rübergegangen wäre, trotz des Festes. Ich hätte es nie gewagt.

»Wollte denn jemand *The Notebook?*«, fragte ich.

»Nein, schade, nicht?« Ironisches Lächeln.

Papa fuhr mir mit der Hand durch die Haare. »Wirst du langsam wach, Herzchen?«

Mattias sah mich wieder so verlegen an: Tut mir leid.

Und meine Miene sagte: Macht doch nichts.

Jetzt musste ich mich wirklich zusammenreißen. Ich wollte das hier doch. Und wie.

»Sollen wir irgendwas unternehmen? Wir können doch nicht nur hier rumsitzen?«

Mein Zimmer war mir noch nie so klein vorgekommen. Er saß auf meinem Schreibtischstuhl, ich stand vor der Kommode und konnte nicht atmen, weil es so eng war. Und auch nicht denken. Aber wenn wir etwas unternahmen, würde alles zu einem bestimmten Zeitpunkt enden. Kaffeetrinken zum Beispiel. Man trank Kaffee, war fertig, ging nach Hause, ging zu Adrian.

»Ja, gern«, sagte er. »Was denn?«

»Wenn wir in die Stadt gehen, fällt uns sicher was ein. Oder sollen wir die Räder nehmen? Was meinst du? Gehen oder fahren?«

Er sagte nicht, dass wir eine Million Mal in die Stadt gegangen waren, ohne dass uns eine phantastische Unternehmung eingefallen wäre. Er sagte nur, er habe seit einem Monat einen Platten.

»Na gut, that settles it.«

Wir gingen am Ufer entlang. Ich versteckte ein Megagähnen hinter meiner Hand, und er fragte zum dritten Mal, ob ich sauer sei, weil er mich geweckt hatte.

»Absolut nicht«, beteuerte ich so enthusiastisch wie bei den beiden vorigen Malen. »Ich bin total geschockt, dass ich bis zwölf geschlafen habe, und da war es nur gut, dass ich geweckt worden bin.«

»Aber manchmal braucht man viel Schlaf. Das ist menschlich. Du kannst ja nachher eine Siesta halten.«

»Ist schon okay. War schön, dass du gekommen bist.«

»Na gut.« Ein Blick zu mir. »Arash hat gestern sicher an die drei Stunden fürs Aufräumen gebraucht.«

»Drei Stunden? Aber so viel Dreck haben wir doch gar nicht gemacht.«

»Nein, aber es muss total makellos sauber sein, sodass nicht mal seine Mutter etwas entdeckt. Ganz wie neu sozusagen.«

»Ich habe voriges Jahr ein Buch über Leute gelesen, die vor einem Fest alles bei sich fotografieren. Alle winzigen Details, wo die Vase steht und so. Die tragen dann alles raus und feiern und danach stellen sie mit Hilfe der Fotos alles wieder zurück. Vielleicht hat Arash das auch so gemacht. Alles stimmt auf den Millimeter genau, wenn sie wieder nach Hause kommen.«

Mattias grinste, nickte. »Ja, wahrscheinlich.«

»Aber war er denn zufrieden?«

»Ja, er hat sich nicht beklagt. Er war total zufrieden.«

»Ich auch.« Ich versetzte ihm einen Rippenstoß.

Er lächelte und dann stahl sein Arm sich ein bisschen ungeschickt um meinen Rücken und drückte mich rasch an sich.

Wir landeten im Café des Kulturhauses. Ich schielte von der Theke zu ihm hinüber, wie er an dem Fenstertisch saß und auf seine Cola und seinen Schokoladenkuchen wartete. Er kratzte sich zerstreut am Kinn, während er seinerseits heimlich eine lärmende Familie mit Kindern am Nachbartisch beobachtete.

Ich bin mit Mattias im Café.

Ich. Bin. Mit. Mattias. Im. Café.

My Person hatte eine SMS geschickt, als wir auf dem Weg hierher waren. »Hallo, lebst du noch? Soll ich dich steckbrieflich suchen lassen?«

»Erzähl von London«, bat Mattias, als ich das Tablett auf den Tisch stellte.

»Also, das ist die Hauptstadt von England. Da werden dreihundert Sprachen gesprochen. Und da wohnen sieben Millionen Menschen. Oder was wolltest du wissen?«

»Wie es dir gefallen hat. Ein Sonntag, zum Beispiel. Was hast du an einem ganz normalen öden Sonntag gemacht?«

Ich erzählte von My Person, Nick, Kathy, der Sonntagmorgenvorstellung im Kino, von Wok Nr. 8 und von noch einigen der tausend Sachen, die ich für meine Mattias-Erzählungen gesammelt hatte.

Als er aufs Klo ging, machte ich ein Foto seiner halb getrunkenen Cola und der Kuchenkrümel und schrieb an My: »Stell dir vor – Café m Mattias. Wie 2 ganz normale Menschen. Kapier es selbst nicht.«

Sie antwortete: »Crikey! Anrufen und erzählen, asap!«

»Übrigens«, sagte ich, als er zurückkam, und zupfte an seinen Manschetten, »dein Hemd sieht echt gut aus.«

»Danke«, sagte er glücklich. »Diese Nähte finde ich super.«

Weiß mit extradickem Faden im hellgrauen Stoff. Die Nähte machten aus dem ganz normalen Hemd etwas Rockiges. Dazu trug er dieselben schwarzen Jeans wie auf dem Fest. Das sah wirklich ziemlich gut aus.

Ich merkte, wie er meine altgediente lila Kapuzenjacke von H&M über meinem schwarzen T-Shirt musterte. Beides hatte nicht viel Rockiges aufzuweisen.

»Ist schon okay, don't bother«, sagte ich und schaute an mir hinunter. »Heute Morgen war alles etwas hektisch, weil so ein Nervbolzen mich gegen Mittag zu absolut unchristlicher Zeit geweckt hat, und da konnte ich mich gar nicht mehr richtig aufbrezeln. Aber das wird nachgeholt.«

Er lächelte. »Ja, aber Lila ist doch gut. Lila steht dir.«

»Ten points for trying.«

»Hallo, Sara, komm rein.« Mia öffnete und Adrian stand hinter ihr in der Diele. Mit der Brille, die Haare zu einem Pferdeschwanz gebunden.

Ich bekam von ihm ein liebes, aber leicht nervöses Lächeln, und sofort wäre ich am liebsten rückwärts zur Tür hinausgegangen, hätte sie zugezogen und auf der anderen Seite erst mal tief durchgeatmet.

Das hier kann ich nicht machen. Oder doch?

Es kam mir schwindelerregend schizophren vor. Vor zwölf Stunden hatten wir hier gestanden und »Bis bald« gesagt. Adrian und ich.

Vor weniger als einer halben Stunde hatte ich »Bis dann« zu Mattias gesagt.

Er hatte gefragt, wie es in London gewesen war. Das hieß: *Okay, jetzt machen wir einen Versuch, ehrlich, wir versuchen das wirklich.* Den ganzen Nachmittag: Wir waren freundlich gewesen, hatten dafür gesorgt, dass das Gegenüber sich wohlfühlte, lachte, locker war. Und wir hatten langsam einen guten Fluss ins Gespräch gebracht. Ein Lachen, einen richtigen Austausch über das vergangene Jahr.

Beim Abschied küssten wir uns, und alles war so vertraut, dass ich vor Sentimentalität hätte weinen können, während zugleich alles so unendlich neu war.

Ich hatte Mattias nicht erzählt, was ich für den Rest des Tages vorhatte. Ganz bewusst. *So long, Verflossener, der Nach-*

mittag mit dir war phan-tas-tisch, ich hoffe, es wird noch viele andere geben, aber jetzt muss ich bei dem Typen vorbeischauen, mit dem ich die Nacht verbracht habe.

Ich fühlte mich schuldig und *treulos,* als ich jetzt vor Adrian stand. Ich wusste noch immer genau, wie er schmeckte, und ich wusste, wie schön es war, wenn er mich in den Arm nahm und streichelte, und dass er auf der linken Hüfte ein Muttermal hatte, das so groß war wie ein Kronenstück, und dass ich die Erste war, mit der er geschlafen hatte, und dass er den Atem angehalten hatte, als er in mich eindrang, sodass ich am Ende sagen musste: »Atmen, du musst atmen, Adrian!«

Und ich wusste, was es bedeutete, dass er jetzt so verlegen wirkte und Mia drauflosplappern ließ.

Das hier war ernst. Kein Jux. Keine Ausflüchte.

Wir gingen hinter Mia her in die Küche. Sie kochte gerade einen Eintopf und erzählte von ihrem Wochenende mit Sauna und Grillen im Ferienhaus der Freundin draußen in Kallax. Ich beantwortete ihre Fragen. Adrian hörte zu.

Er beteiligte sich nicht am Gespräch, sah mich nur an. Das Einzige, was wir bisher zueinander gesagt hatten, war Hallo. Er hatte mich vielleicht kurz berührt, als wir in der Diele standen, aber das konnte auch Einbildung meinerseits sein, weil ich so angespannt gewesen war.

»Und dann habe ich gehört, dass du gestern in Svartöstan warst«, sagte Mia.

»Ja. Das hat Spaß gemacht.« Ich sah Adrian an, der noch immer schwieg. Als er die Küche verließ, lief ich hinterher.

Zwei große, aufgeschlagene Bücher und jede Menge Papier lagen auf seinem Bett.

»Was kommt denn nach der Physik?«

»Chemie.« Er schob alles zusammen, um Platz zu schaffen.

»Keine Ruhe, was?«

»Nein, nicht viel jedenfalls.«

»Was hast du nach dem Abi vor?«

»Dasselbe wie alle anderen, nehme ich an. Feiern und entspannen.« Er setzte sich. »Ein Jahr frei nehmen und bei Max oder so jobben. Und danach werd ich wohl irgendwas studieren.«

Neben ihm war Platz genug für mich, aber ich blieb stehen. »Was denn?«

Er sah mich nur schweigend an.

Wir müssten jetzt auf dem Bett liegen und kuscheln, plaudern, kichern, küssen, die Tür zuziehen, damit Mia nichts merkte.

Stattdessen redete ich erst mit seiner Mutter und fragte ihn dann nach seinen Zukunftsplänen aus.

»Sara, was ist los?«

»Hast du von dem Indianer gehört, der auf dem Flugplatz warten wollte, bis seine Seele nachgekommen wäre?« Ich setzte mich auf den Schreibtischstuhl. »Ich weiß nicht mal, ob das stimmt, aber … bis gestern warst du noch mit einer anderen zusammen, das dachte ich jedenfalls, und dann bist du das plötzlich nicht mehr, sondern … ja.«

»Sondern … ja«, wiederholte er langsam. »Und wie ist das zu verstehen?«

»Ich glaube nur, ich brauche ein bisschen Zeit, um hier mitzukommen. Dieses Wochenende, da ist alles in zwei Sekunden von null auf hundert gegangen. Alles ist so furchtbar schnell passiert.«

»Und das ist also das Problem? Dass es schnell gegangen ist?«, fragte er, und ich nickte.

»Nur das?«

»Ja. Ich muss das erst mal verdauen.«

Er lehnte den Kopf an die Wand und sah mich weiter an.

»Wir können doch …« Ich machte eine vage Handbewegung. »Ich muss mich nur einholen. Aber wir können doch einfach so rumhängen? Irgendwas machen?«

Etwas, das nicht mit Schuld und toten Freunden und den nächsten Angehörigen und besten Freunden und dem ersten Mal und Ernst an allen Ecken und Kanten zu tun hat.

»Computerspiel?«

Boxen. Oder eine Art Boxen, ein Kampf zwischen zwei Wesen, von denen jedes das andere k. o. schlagen wollte. Ich war sauschlecht, er war saugut. Ich wurde zwei Mal pro Minute aus dem Ring geworfen. Es war die perfekte Ablenkung und nicht weiter schwierig. Zwischendurch war es sogar ein bisschen lustig. Konnte man sich einreden.

Mia kam herein und bat ihn, auf den Eintopf aufzupassen, während sie einen Spaziergang machte. Als die Tür hinter ihr ins Schloss fiel, lehnte ich mich an ihn und er legte den Arm um mich. Auf dem Bildschirm erstarrten unsere Jungs in Angriffsposition einige Meter voneinander entfernt, während ich mich in seine Umarmung schmiegte oder er mich an sich zog. Es war jedenfalls schön.

»Sag, wenn etwas nicht stimmt«, flüsterte er an meiner Schläfe.

»Wirklich nicht. Es ist nur so viel auf einmal.«

»Sicher?«

»Ganz sicher, Adi.«

»Ist das hier okay?«

Ich nickte. Das hier kam mir gewaltig okay vor. Seine Schüchternheit und Nervosität waren verschwunden, wir waren mehr wie Adrian und Sara im Normalmodus: streitsüchtig, lieb, ein bisschen gemischt. Ich erkannte uns wieder, so hatten wir angefangen.

»Für dich auch?«, fragte ich, und sofort kam ein »Aber ja« als Antwort.

Es wurde ein gemütlicher ruhiger Sonntag. Papa bestand darauf, dass ich zum Essen nach Hause kam, weil er seine Kinder »an jedem Wochenende mindestens eine Stunde in wachem Zustand« sehen wollte, aber die restliche Zeit war ich bei Adrian. Und Mia. Alles wirkte normaler, wenn sie da war. Wir saßen nicht knutschend auf dem Sofa, als wir den Sonntagsfilm sahen, sondern einfach nebeneinander, sein Arm um meine Schultern. Das war gut. Alles war so anstrengend, wie es das eben ist, wenn man gerade erst ganz frisch mit jemandem zusammen ist und noch nicht so recht weiß, wie man sich verhalten soll und wie oft man einander anfassen kann. Dieses Stadium, das wir am Vortag total übersprungen hatten, als wir gleich zum Sex übergegangen waren.

Durch Mia wurden wir dann auch Facebookfreunde. Sie rief Adrian, um neue Fotos seiner Vettern zu zeigen, kleine Jungs, mit denen er Fußball spielte, und danach setzte er sich an den Computer, loggte sich ein, suchte und bekam eine Liste aller Sara Bengtssons.

»Krieg ich *bestätigen* oder *ignorieren*?«, fragte er, als er mich gefunden hatte.

»Natürlich *bestätigen*, aber ich werde alles, was du ausgelegt hast, ganz genau durchgehen«, sagte ich. »Nur, dass du das weißt, wenn wir jetzt diesen wichtigen Schritt gehen.«

»Ich hoffe trotzdem auf *bestätigen*.« Er drückte auf den Knopf für die Freundschaftsanfrage. »Und ich wünsch dir viel Spaß mit meinen fünf Bildern.«

»Fünf? Ach nein, bist du so ein öder Facebookmensch?«

»Ein bisschen schon.«

»Wann war dein letztes Statusupdate?«

»Äääh …«

»Grandios. Ein ›Äh‹ bedeutet, dass es schon lange her ist.«

»Aber ich kann auch anders. Ich fang gleich an, pass auf.« Er machte ein Update für sein Profil.

»La ola«, sagte ich trocken.

»Werde gelobt«, schrieb er beim Status.

»Rede um den heißen Brei herum«, sagte ich und malte Anführungszeichen in die Luft.

»Amüsiere mich immerhin königlich«, sagte er seinerseits. »In meiner eigenen kleinen Welt.«

»Me too.« Ich setzte mich auf seine Knie und er legte die Arme um mich.

»Und wie ist das nun mit den Indianern?« Nicht enttäuscht oder verärgert, nur lieb und vorsichtig.

»Unterwegs. Einwandfrei unterwegs.«

»Na dann. Oder was?«

Ich nickte und bekam ein schüchternes Lächeln zurück.

»Auf dem Fest ist alles gut gegangen, was?«, fragte Martina, als wir uns am Montagvormittag in der Schule trafen.

»Du wirst mir dieses Wochenende nicht glauben! Ich erzähl es dir später. Es ist jede Menge passiert.«

»Was, mehr als das Fest? Ich fand ja, dass die Bilder ganz schön ereignisreich aussahen.«

»Welche Bilder?«

»Bei Facebook? Hanna hat ein Album angelegt und ihr seht super aus, du und Mattias.«

Hanna hatte mich also markiert. Of course. Und das bedeutete, dass alle meine anderen Facebookfreunde ebenfalls diese supertollen Fotos sehen konnten. Von mir und Mattias.

»Ich muss nur …« Ich ließ sie auf halbem Weg zur Klasse stehen.

Gestern Abend gegen zehn: »Arashs kleine Freitagsparty.« Sechs Fotos, auf denen ich markiert war. Das erste war nichts Besonderes, Hanna und ich vor dem Haus, das war noch vor dem Fest, sie hatte uns mit ausgestrecktem Arm fotografiert. Das zweite war ebenfalls harmlos: Ich, Viktor und eine aus Arashs Klasse standen in der Küche und redeten, während Viktor eine Bierdose aufmachte. Dann gab es drei, auf denen ich nur im Hintergrund und kaum zu sehen war oder der Kamera den Rücken zudrehte.

Aber das sechste Bild in der Serie: Es zeigte eigentlich

Arash, er ließ seinen Bizeps spielen, aber direkt hinter ihm saßen Mattias und ich auf dem Sofa. Dicht nebeneinander, behaglich versunken, die Köpfe an die Rückenlehne gelegt. Das war, als Hanna und Arash angefangen hatten, zu Lady Gaga zu tanzen. Es war ganz klar das Foto, das Martina als super bezeichnet hatte, denn das war es. Aber wenn man ein objektiver Mensch war, wie interpretierte man dann Mattias' Lächeln? Ein objektiver Mensch wie zum Beispiel Adrian? Würde ihn das Bild stören? Und auch, wenn er nicht spontan fand, dass es an das Schulfestbild in meinem Zimmer erinnerte, würden ihm die Kommentare darunter wohl auf die Sprünge helfen.

Hanna: Endlich!

Arash: Das kannst du wohl sagen, Baby.

Hanna: Ich meine die Comeback Kids auf dem Sofa, du Dussel.

Arash: Na gut, die sind ja auch niedlich. Süüüüß!

Leute, denen das gefallen hatte: Arash, Bella, Viktor, Miranda, My Person und noch ein paar andere. Die ganze Bande. Plus Mattias. Der mir sogar eine Freundschaftsanfrage geschickt hatte.

Adrian hatte seit dem Vorabend nicht mehr aktualisiert. Wir hatten unser Facebookgeschäft so gegen acht erledigt, dann den Sonntagsfilm gesehen und ich war gegen elf nach Hause gegangen. Relativ unwahrscheinlich, dass er danach noch am Computer gesessen hatte. Heute Morgen hatten wir gesimst, zwei kurze, zwei niedliche. Wir würden uns nach der Schule sehen. Er würde um halb fünf fertig sein, »oder 16:25, um genau zu sein«.

Wir hörten an diesem Tag nichts mehr voneinander. Ich

wusste nicht, ob das gut oder schlecht war, und ich wollte nicht fragen: »Was ist los, bist du aus irgendeinem Grund sauer?«, für den Fall, dass er das Foto nicht gesehen hatte oder es vielleicht nicht weiter bemerkenswert fand. Um Viertel nach vier ging ich zu seiner Schule und setzte mich vor dem Eingang auf eine Bank.

Er kam mit drei oder vier anderen Jungs heraus und zuckte zusammen, als er mich sah.

»Wartest du auf mich?«

»Ja, entweder das oder ich stalke dich. Aber wir können sagen, dass ich warte. Hallo.«

Wir umarmten uns kurz und unbeholfen.

»Wir wollten uns doch treffen, oder?«, sagte ich, während ich ihn ganz schnell forschend von der Seite ansah. Normal, froh, sauer, besorgt, enttäuscht? Im Moment vor allem überrascht und ein bisschen reserviert, aber das konnte ja daran liegen, dass ich ihn nicht vorgewarnt hatte, dass ich hier herumlungern würde. »Ich dachte, ich könnte dich abholen.«

»Sicher.« Er rückte den Rucksack gerade, den er über einer Schulter trug, und schaute zu den Jungs hinüber, mit denen er aus der Tür gekommen war. Die trödelten abwartend in der Nähe herum.

»Ja dann, bis dann, Adde«, sagte einer vielsagend, als sie schließlich weitergingen.

»Adde?«, fragte ich. »Da sage ich ja das Falsche.«

»Nein, das tust du nicht.«

Na gut, er war nicht munter wie ein Sonnenstrahl, aber das musste ja nicht an mir liegen. Er kam mir auch nicht sauer vor. Müde vielleicht?

Wir hatten nicht darüber gesprochen, was wir unternehmen wollten, deshalb gingen wir nur langsam Richtung Stadt, während ich nervös drauflosplapperte. Mattias wollte sich immer zuerst Klamotten und dann Computerspiele oder Filme ansehen. Adrian interessierte sich nicht für so was. Ich machte einen etwas halbherzigen Versuch, sah mir ein paar Hemden an, weil wir schon im Einkaufszentrum waren, und er stand tatenlos daneben. Am Ende presste er sich die Mitteilung ab, er habe einen Wahnsinnshunger, und deshalb gingen wir zu Max.

Er kannte den Typen, der unsere Bestellung entgegennahm, und die Frau, die am Grill stand. Die an der Kasse dagegen schien ihn nicht zu erkennen. Sie reagierte nicht einmal auf Adrians überaus detaillierte Bestellung, die dafür sorgte, dass sie nicht fragen musste, ob wir hier essen wollten und diesen ganzen anderen Kram. Sicher dachte nur einer unter dreihundert Gästen so weit.

»Er arbeitet hier«, teilte ich der Frau mit.

»Mhm, Sara, das weiß sie«, sagte Adrian leise und lächelte die Frau leicht verlegen an.

»Aha, aber mir kam es vor, als ob …« Ich lächelte sie ebenfalls an. »Weißt du, dass er auch bei dem Brand dabei war?«

»Bei welchem Brand?«, fragte sie.

»Im Sommer, dem bei Midgårds-Max. Das ganze Restaurant und das Haus sind doch zerstört worden, aber es gab keine Verletzten.« Ich nickte zu Adrian hinüber, der »Oh Himmel!« stöhnte und rot wurde. »Die haben sich total abgeplackt. Nicht mal die gefrorenen Hamburger sind zu Schaden gekommen. Ich finde, das müsste doch mindestens ein Gratis…«

Er hielt mir die Hand vor den Mund, sodass ich nicht weiterreden konnte, und zog mich zur Seite.

»Was ist denn los?«, fragte ich empört, als er die Hand wieder wegnahm. »Ein bisschen sachliche Info, ist das verboten? Ich finde es nicht schlimm, wenn sie das erfährt. Ich finde das gut.«

Adrian schüttelte den Kopf, noch immer verlegen.

Aber ich war noch nicht fertig: »Also, wenn ich irgendwo arbeitete und dich in meinem Team hätte, wäre ich jedenfalls überglücklich. Du kannst im Notfall überlegt handeln, bist gelassen, trainierst einen Kampfsport und bist physisch fit. Überglücklich. That's what I'm saying.«

»Okay, danke. Danke, danke.«

Das schien zu bedeuten: Kannst du aufhören, ehe ich vor Verlegenheit tot umfalle?

»Such einen Tisch aus«, schlug er vor. »Setz dich schon mal, ich bring dann das Essen.«

»Bitte sehr.« Ich lächelte ihn an, als er mich wegscheuchte.

»Nur eins wüsste ich noch gern«, sagte ich, als er das Tablett brachte. »Hat schon mal jemand gesagt, dass deine Brille dir richtig gut steht? Das tut sie nämlich.«

»Ach.« Wieder rote Wangen. »Du möchtest sicher Ketchup. Und hier sind die Servietten.«

»Heiß«, sagte ich und schlürfte meine Limo. »Du siehst heiß damit aus.«

Noch röter. Verlegener. Peinlich berührt. Seine Hand mit den Pommes blieb auf halbem Weg zum Mund stecken, bis er sich gefasst hatte.

»Danke?«, schlug ich vor.

»Danke«, sagte er gehorsam. »Bist du jetzt fertig mit den sachlichen Infos? Oder willst du noch weitermachen, über … was weiß ich, meine Hose oder so?«

»Nein, darüber habe ich wirklich nichts Besonderes zu sagen. Aber ich habe noch eine Menge andere Dinge, die ich …«

»Sara, es reicht. Ich wollte nicht fischen.«

»Ich weiß, aber es gibt noch so viele andere Dinge.« Ich berührte unter dem Tisch seinen Fuß. »Darf man dir kein Kompliment machen?«

»Doch, das darf man, aber du weißt, der Indianer? Am Wochenende hab ich mit einem Mädchen geschlafen, das ich schon den ganzen Herbst toll gefunden habe, und heute hat sie mich von der Schule abgeholt. Das ist mir noch nie passiert. Ganz riesiges Kompliment.«

Jetzt wurden meine Wangen rot. Mein Herz machte einen Riesensprung. Ich musste wegschauen, ehe ich, *oh!*, es wagte, ihn wieder anzusehen.

Er legte unter dem Tisch seine Füße um meine und hielt sie fest. Ganz still und selbstverständlich und total verrückt.

Danke.

Am Mittwoch wurde ich von Julie gegrüßt. Auf dem Weg zu Nadia, die in der Klasse einige Reihen weiter hinten saß, kam sie an mir vorbei und sagte Hallo. Zu mir.

Das hatte sie vorher noch nie getan.

Sie und Adrian waren am Tag zuvor vor dem Training wie üblich in der Stadtbücherei gewesen und er und ich hatten uns wie üblich beim Training gesehen. Ich hatte angedeutet, dass er vielleicht ein bisschen wild and crazy leben und gerade an diesem Dienstag die Bücherei ausfallen lassen könnte, aber er sah das anders. Nach Schulschluss, als Julie losging, wäre ich ihr am liebsten nachgeschlichen. Nur um zu sehen, ob sie immer fröhlicher würde, je näher sie der Bücherei kam. Wie sie aussah, wenn sie ihn erblickte. Und er. Wie sie einander begrüßten!

»Vergiss es«, sagte Martina, die meinen starren Blick gesehen hatte. »So würdelos, gerade jetzt zufällig ein Buch ausleihen zu wollen.«

»Ach, entschuldige bitte, dass nicht alle so reif sind wie du.«

Sie hielt mir ihre Hand hin. »Willst du mich anfassen? Das darfst du immerhin.«

Ich tat es und spielte einen Elektroschock.

»Feel the peace«, sagte sie lächelnd.

Aber dass Julie mich gegrüßt hatte, konnte nur eins bedeuten, nämlich, dass er von uns erzählt hatte. Und dass sie nicht wütend geworden war, sondern dass es gut gegangen war.

»Hallo«, schrieb ich ihm per SMS. »Hab grad 1 großes Adi-il gekriegt.«

Er: Was bedeutet das? Soll ich froh oder traurig sein?

Ich: Froh, hoffe ich. Bedeutet, dass du der Beste bist und dass ich das eben ganz besonders gemerkt hab u jetzt extra Sehnsucht hab.

Er: Oh, ich freu mich so. 200 Sara-il zurück.

Er: Können wir nicht schwänzen u uns sofort treffen?

Unser Geografielehrer verbreitete sich grade über die Arbeiten dieses Monats und über Zeitfristen.

Ich: Ja! Wir müssen aufs Klo. Und dann rennen wir weg u treffen uns mitten im Park. Und dann rennen wir zurück, als ob nix passiert wär.

Er: Echt?

Er: Ok. In 1 Min gez los.

Es gibt nicht die besten Küsse der Welt, wenn man lacht und/oder kichert und außer Atem ist. Um uns herum war Herbst und Kälte und Wind und Regen. Die Leute verkrochen sich in ihren Kapuzen, und eine Frau, die mit ihrem Hund unterwegs war, starrte uns an.

Adrian kam in einem langärmligen Baumwollhemd und Jeans angelaufen, ich in einer dünnen, hellrosa Tunika, Rock und schwarzer Strumpfhose. Wir trafen uns mitten im Hermelinpark und fielen übereinander her.

»Gib zu, das hier ist die beste Idee auf der Welt«, sagte ich an seinem Mund und kicherte. »Ein bisschen kalt, aber das ist es wert, oder?«

»Alles mit dir ist das Beste auf der Welt.«

Der Geografielehrer verstummte, als ich wieder in die Klasse kam, atemlos, mit roten Wangen und sehr viel kaltem Regen in den Kleidern.

»Entschuldigung, ich war nur kurz auf der Toilette.« Ich ließ mich auf meinen Platz fallen.

Martina musterte mich von Kopf bis Fuß. »Wo denn? Bei dir zu Hause?«

Ich drehte mich um und sah Julie an. Sie schaute von ihrem Block auf.

Er findet mich die Beste auf der Welt. Das hat er gerade gesagt. Was sagst du dazu?

Mattias rief am Donnerstagnachmittag an.

»Ich will gar nichts Besonderes. Mich nur mal kurz melden, ja, wie geht's dir denn?«

»Gut«, sagte ich. »Sehr gut. Und dir?«

»Doch, mir auch. Gerade ein bisschen zu viel zu tun in der Schule, aber sonst ist alles gut. Ich muss noch am letzten Tag vor den Ferien kämpfen.« Er verstummte für zwei Mattiassekunden, dann kicherte er los. »Nein, alles ist richtig gut.«

Sechs, sieben Minuten später hatten wir nicht viel Sinnvolleres gesagt, als dass er in den Ferien jobben und ich Besuch von My Person bekommen würde. Und doch war es eines der inhaltsreichsten Telefongespräche dieses Herbstes. Ich war verdammt froh, als ich zum Training fuhr.

Adrian kam nach dem Jiu-Jitsu mit zu mir hoch.

»Ich hab das ganze Wochenende frei, dann arbeite ich Montagnachmittag und fahre am Mittwoch nach Stockholm«, sagte er. »Können wir uns vorher nicht sehen? Ungefähr ganz viel?«

Nach dem obligatorischen Geplauder mit meinen Eltern machten wir uns Tee und Brote und dann schloss ich uns in meinem Zimmer ein. Und als er seine Brote gegessen hatte, drückte ich ihn aufs Bett. »Ungefähr all the time.« Ich öffnete seinen Gürtel und knöpfte seine Jeans auf, und er reckte sich mit einem schönen Seufzer, als ich die Hand auf seine

Unterhose legte. Schon hart. Ich liebte diese Seufzer. Hatte mir so was noch nie überlegt, aber Adrian atmete auf eine so schöne Weise. Und ich wurde so geil davon, als ich merkte, wie es ihn erregte, wenn ich ihn streichelte, ihn in den Mund nahm, küsste, saugte, und er stöhnte in seinen Handrücken, um nicht zu laut zu werden, und atmete noch mehr.

»Aber wenn jetzt jemand kommt«, sagte er, als ich eine Pause machte, um meine Jeans auszuziehen. »Wenn deine Mutter …«

Wir hatten uns auch am Tag davor gesehen. Zweieinhalb ungestörte Nachmittagsstunden ohne kleine Brüder und Eltern. Aber geschützt. Zum Brüllen, dass wir uns beide aus der Mittagspause weggeschlichen hatten, um Kondome zu kaufen, er an einer Tankstelle und ich in der Apotheke.

»Ich habe abgeschlossen, niemand kommt.« Runter mit seinen Jeans und der Unterhose. Ich hatte den ganzen Tag daran gedacht, seit dem Aufwachen. Fast war mir schwindlig dabei geworden, weil es gestern so schön gewesen war. »Und jetzt muss ich erst mal …«

»Wir wollen uns ein paar gute Filme ausleihen«, sagte Hanna.

»Du kommst doch mit?«, fragte Bella.

Himmel, klar, dachte ich.

»Ich weiß, dass wir uns verabredet hatten«, sagte ich, als ich Adrian anrief. »Aber es ist doch erst Freitag, bis Mittwoch können wir uns immer noch ganz oft treffen. Und Hanna und ich und Bella haben das ewig lange nicht mehr gemacht, deshalb … Morgen, ich rufe gleich nach dem Aufwachen an und dann komme ich zum Frühstück zu dir?«

»Wie ist sie denn so, *deine Person?*«, fragte Adrian.

»Das mit dem Namen ist passiert, als sie ihren Gastgebern gemailt hat.« Ich erzählte ihm, was es damit auf sich hatte. »Deshalb sage ich manchmal My und manchmal my person. Geliebtes Kind hat viele Namen, weißt du, *Adde.*«

»Mhm«, sagte er schläfrig. Er lag halb über mir, nachdem er fünf Mal besorgt gefragt hatte, ob er zu schwer sei. Den Kopf auf meinem Brustkorb. Ich ließ meine Hand über seinen Rücken gleiten.

»Was habt ihr vor, wenn sie hier ist?«

»Herumhängen. Wir haben keine großen Pläne, in die Stadt gehen und Filme sehen und versuchen, ein Wokgericht zu rekonstruieren, das wir in London ganz oft gegessen haben. Eigentlich will ich nur, dass wir zusammen ein bisschen erschöpft sind.«

»Also richtiges Luxusleben«, sagte er und ich stimmte zu.

»Schade, dass ihr aneinander vorbeifliegt. Du müsstest sie kennenlernen.«

»Seid ihr euch ähnlich?«

»Na ja, nicht so sehr. Sie hat eigentlich eher Ähnlichkeit mit dir. Ziemlich geradeaus, aber auf nette Weise.«

»Aha, und bin ich jetzt nett?«

»Das warst du wohl immer schon.«

»Aber im Sommer war ich doch gemein.«

»Du meinst, als ich eine miese Kuh war?«

»Das hast DU gesagt.«

»Maybe not in so many words, but …«

»Nix da«, sagte er energisch. »Oder du hast es missverstanden.«

»Okay, von mir aus.« Ich gab mich geschlagen.

Adrian lachte.

»Sicher, dass ich dich nicht zerquetsche?«

»Nur auf eine gute Art«, beteuerte ich. »Dieses Gewicht ist so himmlisch schön.«

»Sag mir was, was nicht so himmlisch schön ist. Wenn dir im Moment was einfällt.«

»Zahnschmerzen. Milchsäure. Unangekündigte Klausuren können auch anstrengend sein.«

»Klappe halten.« Das sagte er auf dieselbe reizende Weise, in der Leute in Hollywoodfilmen am Ende eines Telefongesprächs »I love you« sagen.

Als ich zwei Minuten die Klappe gehalten hatte, wurde sein Atem noch langsamer. Er war eingeschlafen.

Ich weiß, dass Blumen und Diamanten und so was als romantische Geschenke gelten und dass es eine biologische Tatsache ist, dass Jungen nach Sex müde werden, aber dennoch. Dass ein Mensch sich so entspannt und geborgen fühlt, dass er auf einem anderen einschläft? Ist das nicht wunderbar?

Und sein Schlaf? Perfekt.

Ich konnte ja gewissen Leuten nicht sagen, dass sie mich in ihren Statusmeldungen nicht erwähnen und auf ihren Fotos nicht markieren dürften, aber als ich am Samstag bei Facebook nachsah, hatte ich verdammt große Lust dazu. Hanna wieder, zwei Bilder vom Donnerstagabend. Das eine von mir und My Person, wie wir zusammen in Bellas Küche posierten, auf dem anderen saßen wir auf Bellas Sofa und kicherten und My hatte mir den Arm um die Schultern gelegt. Das Blöde an diesem Bild war eine Hand, die von links kam und versuchte, über meinem Kopf das V-Zeichen zu machen.

Diese Hand: Mattias. Der ebenfalls markiert war.

Hannas Text: »Witziger Donnerstag mit meinen Girls und Saras Freundin My aus London. NB! Auch total witzig.«

Mattias: Hallo, und was ist mit mir? Okay, ich bin kein Girl, aber ich wohne im Haus und habe euch den ganzen Abend bedient. Ich bin auch da!

Hanna: NB: Mattias war auch dabei.

Mattias: NB! Was war ich?

Hanna: Mmm … ehrlich?

Arash: HA HA HA.

Mattias: Shut up.

Gestern hatte er mir einen Link gepostet. Einen Filmtrailer bei imdb, und dazu geschrieben: »Werd ich asap besorgen, den müssen wir sehen!«

»Sieht aus, als ob wir miteinander redeten, was?«, sagte ich seufzend zu My.

»Das tut ihr ja auch.«

»Ja, aber wie?«

»Weiß er von Adrian?«

»Of course not. Also, ich hab so ungefähr drei Minuten mit Mattias gesprochen, soll ich da einfach sagen, übrigens, ich hab einen neuen Typen? Das geht nicht.«

»Und Adrian?«

»Na ja. Er weiß jedenfalls, wer Mattias ist. War.« Ich zeigte auf die Fotocollage und die Bilder vom Schulfest.

»Ich finde ihn sympathisch«, sagte My. »Mattias. Er war … ich hatte nicht sofort einen tollen Eindruck von ihm, er war ziemlich stumm und reserviert, aber dir gegenüber hat er sich sehr nett verhalten. Man merkt, dass ihr euch schon lange kennt und mögt.«

»Woran denn?«

»Der ganze Kleinkram, den ihr so macht. Und er ist aufmerksam und hört zu, wenn du etwas sagst. Man sieht einfach, dass es ihm wichtig ist, was du denkst.«

»Hiiiimmel …« Ich stützte den Kopf in die Hände. »Ich sollte mich sicher wahnsinnig freuen, aber am selben Tag kann ich an die beiden nicht mal gleichzeitig *denken*. Das kommt mir schizophren vor. Wenn ich mich über Adi freue, hab ich Mattias gegenüber ein schlechtes Gewissen und umgekehrt. Ich würde am liebsten die Zeit anhalten, damit ich zuerst mit Mattias fertig werden und mich dann ganz auf Adrian konzentrieren kann.«

»Wie denn *fertig werden*?«

Ich versuchte zu erklären, was es an dem Sonntag für ein

Gefühl gewesen war, zuerst mit Mattias im Café zu sein und dann zu Adrian zu gehen. Als ob ich untreu wäre, anderthalb Jahre nachdem Schluss gewesen war. Dass ich Mattias wirklich gern mochte, mich wahnsinnig freute, wenn ich bei ihm die richtigen Reaktionen, sein typisches Mattias-Kichern hervorlocken konnte. Und es war so schön, wenn alles gut lief, als ob Zahnrädchen ineinandergriffen. Wir wussten, worüber wir redeten, verstanden alles. Und ich wollte dafür sorgen, dass alles wieder ruhig und stabil wäre. Zugleich wollte ich die ganze Zeit, wenn ich bei Adrian war, mehr. Er bedrängte mich, ohne mich zu bedrängen, und das war schwer und schön zugleich. Nicht, dass er anspruchsvoll und anstrengend gewesen wäre, es war eben dieses »Kein Scheiß«-Gefühl. Und wenn ich an Mattias und Adrian dachte, wusste ich nicht, ob ich das mit beiden gleichzeitig in den Griff kriegen würde.

»Ist das nicht vor allem eine Frage der Gewöhnung?«, fragte My. »Es ist ja nicht so seltsam, dass du dich nicht in ein paar Tagen umstellen kannst. Den ganzen Herbst hast du doch geglaubt, Adrian hätte eine Freundin, und als es sich dann herausstellt, dass du diese Freundin bist, klärt sich nach Gott weiß wie langer Zeit auch noch die Lage mit Mattias.«

»Mmm? Ja, vielleicht.«

»Und Adrian wird dir doch wohl nicht verbieten, dich mit Mattias zu treffen? Das wäre doch total idiotisch. Oder umgekehrt.«

»Ich weiß. Und ich werde es ihm sagen. *Ihnen*, meine ich. Allen beiden.«

Aber als Adrian aus Stockholm zurückkam, sagte ich noch immer nichts. Dass My und ich bei Martina und in der Stadt gewesen waren und Filme gesehen hatten, das schon. Aber nicht, *wo*.

Warum nicht? Er hatte in Stockholm ein wunderbares langes Wochenende verbracht und war ausgeruht und bester Stimmung, und wir kicherten und küssten uns die ganze Zeit, und ich glaube, wir hatten in jeder Sekunde, in der ich bei ihm war, Körperkontakt. Es ergab sich eben nie. So ungefähr.

Es war Donnerstagnachmittag, als mein Handy klingelte.

»Bist du zu Hause? Komm auf den Parkplatz!« Mattias klang ungeheuer aufgeregt.

»Was?«, fragte ich verwirrt.

»Komm einfach, ich muss dir was zeigen.«

Er stand an ihrem Auto und spielte mit den Autoschlüsseln, als ich nach unten kam.

»Kapierst du?«

»Ääh … ja? Oh!« Das Auto plus er. »Du bist hergefahren!«

»Yes! Führerschein seit einer Stunde.«

»Da gratulier ich!« Ich umarmte ihn. »Das ist ja super, Glückwunsch!«

»Kommen Sie mit auf eine kleine Spritztour, gnädige Frau?« Er öffnete die Beifahrertür, machte sie hinter mir wieder zu und ging auf seine Seite. Als er sich gesetzt hatte, drehte er die Sitzheizung an. »Alles gut so?«

»Alles bestens.«

Er bewegte die Finger. Rollte mit den Schultern. Entspannte die Gesichtsmuskeln, indem er einige Male laut gähnte, und drehte dann noch den Kopf rechtslinksrechtslinks. »Buckle up. Jetzt kommt der Start.«

»Soll das witzig sein? Sonst will ich sofort bei Arash abgesetzt werden.«

Er verschloss die Autotüren mit einem Hebel an seiner Seite und zeigte mir ein irres Jack-Nicholson-Lachen.

»Also, du siehst richtig eklig aus, wenn du das machst.«

»Ein Glück, dass du meine inneren Werte kennst. Einfach ein normaler lieber Typ, der keiner Fliege etwas zuleide tun kann.« Er lachte sein normales Lachen und los ging's.

Der erste Halt war wirklich bei Arash, aber nur, um ihn einzuladen.

»Willst du abspringen?«, fragte Mattias mich, als Arash sich auf den Rücksitz gesetzt und ihm gratuliert und in den Rücken gehauen hatte.

»Ich riskier es noch ein bisschen.«

Das bisschen dehnte sich aus bis zum Supermarkt, wo wir Süßigkeiten bunkern wollten. Mattias bekam drei Glückwunschanrufe, während wir durch die Süßigkeitenabteilung schlenderten und zugriffen. Er und Arash jedenfalls, ich hatte kein Geld bei mir. Ich hatte zu Hause nur meine Jacke übergestreift und war losgestürzt.

Als Arash begriff, weshalb ich mich so zurückhielt, warf er sofort noch eine Cola in den Korb, und Mattias gab eine Runde blaue Fazer-Schokolade aus.

»Möchtest du sonst noch was?«

Einen Kuss für jeden. Oder so.

»Haben wir eine Strategie für die Tour?«, fragte Arash, als wir wieder im Auto saßen.

Ich schaute auf die Uhr, was Mattias bemerkte. »Musst du nach Hause?«

Es war zwanzig vor fünf.

»Nein, erst mal noch nicht.«

»Sollen wir dann nach Björkskakan fahren? Ellen aus meiner Klasse hatte am selben Tag wie ich die theoretische Prüfung, aber sie hat den Lappen noch nicht. Wir können vorbeifahren und Guten Tag sagen.«

»Du meinst, wir fahren hin und treiben sie in den Wahnsinn?« Arash kicherte. »Ich bin dabei.«

Nachdem wir Ellen in den Wahnsinn getrieben hatten, deutete Arash an, er habe Hunger.

Mattias sah mich wieder an. »Und, kommst du mit?«

Es war jetzt halb sechs. Meine Eltern waren sicher schon nach Hause gekommen und machten das Abendessen.

»Kein Problem, wir können wieder in die Stadt fahren, wenn du willst«, bot er an.

Arash, Mattias, eine Menge Süßigkeiten, ein guter Musiksender im Radio und ein nagelneuer Führerschein waren eine sehr gute Kombination. Viel Gekicher. Viel Spaß. Viel *wir.* Ich wollte nicht nach Hause.

Adrian würde sich natürlich wundern, wenn ich das Training schwänzte, aber ich könnte ja danach auf ihn warten und alles erklären. Und von Mattias erzählen. Er würde sich nur anderthalb Stunden wundern müssen. Es war schlechter Stil, aber vielleicht nicht extrem schlecht? Nicht, als ob wir uns im Restaurant oder im Kino verabredet hätten und ich per SMS mitteilte, ich sei verhindert. Heute war ein ganz normaler Trainingstag. Und dagegen ein neuer Führerschein. Zusammen mit Arash noch dazu, ich war ja nicht allein mit Mattias. Und vielleicht war das hier die perfekte »natürliche Gelegenheit«, um Mattias endlich mal zu erwähnen?

»Kannst du mir Geld leihen, wenn wir essen gehen?«, fragte ich Mattias.

»Ja, natürlich. Super!« Er lächelte und drückte meinen Arm. »Es gibt vielleicht eine Pizzeria in … Gammelstad?«

Das war zehn Kilometer entfernt. Unterwegs rief ich zu Hause an und sagte, wo ich war, schickte Adrian eine SMS, ich könne nicht zum Training kommen, aber wir würden uns nachher sehen.

»Ok, was passiert?«, fragte er sofort zurück.

»Nein, alles gut. Bis nachher«, antwortete ich.

Er: Äppelpei?:)

In Gammelstad gab es wirklich eine Pizzeria.

»Hast du dir das schon überlegt?«, sagte Arash zu Mattias, als wir beim Essen saßen. »Jetzt wirst du uns so leicht nicht vergessen. Weil wir auf deiner allerersten Autofahrt dabei waren. So was vergisst man nicht.«

»Ich würde mich auf jeden Fall an euch erinnern.«

»Ja, aber jetzt noch mehr. Dieser Kanacke und dieses Mädel. Die werden noch vor dir auftauchen, wenn du im Altersheim sitzt. Die Pizza … vielleicht nicht, aber die Gesellschaft, unbedingt.«

»In your humble opinion aber nur«, fügte ich hinzu.

»Aber ein bisschen recht hat er schon«, gab Mattias zu. »Nicht, dass ich so weit gedacht hätte, aber ich verstehe, worauf er hinauswill. Dieser extragroße Erinnerungsfaktor bei bestimmten Dingen im Leben.«

Dachte er jetzt an dasselbe wie ich? Zum Beispiel der erste Mensch, mit dem man geschlafen hat. Für mich war er es, und wenn Arash recht hatte, lagen wir jetzt bei ersten Erlebnissen gleichauf. Auch wenn die ersten Mitfahrer vielleicht nicht ganz so entscheidend sind wie der erste Sex.

»Dein Glück, dass du uns ausgesucht hast und nicht irgendwelche Trottel«, sagte Arash jetzt auf seine normale, selbstsichere Tour, und Mattias und ich kicherten los. »Sara, willst du mal üben? Du solltest darüber nachdenken. Sonst kann alles total schiefgehen!«

»Hallo!« Adrian stellte sein Fahrrad ab und kam auf mich zu. Umarmung und Kuss. »Hat der Kuchen geschmeckt?«

»Das war gar kein Kuchen.« Ich lächelte. »Wie war das Training?«

»Ach, wie immer. Aber Per war heute verdammt schlaff.«

»Really?«

»Really«, sagte Adrian. »Was gab's also? Torte?«

»War die andere Sara da?«

»Ja, und ich habe gesagt, dass du nicht kommen kannst.« Noch mehr Küsse. »Wir fanden das doof, aber ich habe versucht, ihr zu erklären, dass, wenn jemand mit Kuchen winkt, die Sache gelaufen ist. Da kommt man nicht gegen an. Ich weiß nicht, ob sie das begriffen hat, aber ich habe mein Bestes getan.« Er schmiegte den Kopf an meinen Hals. »Hallo, hallo, hallo, Sara.«

Na gut, jetzt.

»Du weißt doch, Mattias, der uns damals beim Joggen begegnet ist? Der hat heute seinen Führerschein gemacht und wollte sehen, ob Arash und ich zu Hause wären, und dann sind wir ein bisschen rumgefahren. Und haben Pizza gegessen. Und ich hab's zum Training nicht mehr geschafft. Deshalb war ich nicht da.«

Adrian ließ mich los. »Mattias?«

»Und Arash. Es war eine total ungeplante Spontankiste.«

Stöckelabsatz. Von lieb und reizend zu reserviert und gerunzelter Stirn.

»Und ihr habt Hallo gesagt?«

Oh nein.

»Ja.«

»Schön für dich, Sara.«

Oh nein und Shit.

»Ja, aber es war …«

»Und *Breaking Away*, wie war der?«

Der Film, zu dem Mattias den Link geschickt hatte. Tjoff tjoff tjoff.

Ich schüttelte den Kopf.

»Du kannst doch sagen, ob er gut war«, sagte Adrian. Von reserviert zu hart und gereizt. »Wenn du das noch weißt, denn manchmal, wenn du über Wochenenden und so was erzählst, scheinst du ja ganz schön viel zu vergessen.«

»Nein, das tu ich nicht, aber es ist … ich habe mit ihm seit vor London nicht mehr geredet. Auf Arashs Fest ein bisschen, aber ich wusste nicht, ob wir uns treffen oder ob wir nur Hallo sagen oder was für einen Kontakt wir haben würden. Ich wusste nicht, ob irgendwas war.«

»Ach, aber jetzt weißt du das? Und ist etwas?«

»Vermutlich. Es hat jedenfalls angefangen. Freunde.«

»Die Comeback Kids.«

»Adrian, nein.« Ich seufzte. »Das Einzige, was Hanna gemeint hat, war, dass wir nicht …«

»Ich glaube, ich habe schon verstanden, was sie gemeint hat.« Er nahm seine Tasche und ging auf den Ausgang zu.

»Was, gehst du jetzt?«, rief ich. »Hallo, das kannst du nicht, Adrian.«

Aber er konnte.

Nach fünf Minuten kam eine SMS. »Entschuldige, ich ruf bald an.«

»Glaubst du, dass wir etwas sind?«, war dann seine erste Frage, und ich hätte heulen können, weil er so ganz anders klang als sicher und froh und geliebt und der Beste.

»Merkst du das nicht?«

»Nicht immer. Denn er war doch bei dir zu Besuch, am Tag, nachdem wir in Svartöstan gewesen waren, oder? Und an diesem Freitag, als wir verabredet waren, aber du lieber Filme sehen wolltest. Und am Wochenende und heute. Mir kommt es so vor, als ob du mich vergisst, sowie er sich meldet, und danach bist du ganz steif und seltsam und ich darf dich kaum anfassen.«

»Nein! Ich vergesse dich nicht, aber es ist so schwer zu ...«

Nötige Atem- und Hoffnungsfasspause, während Adrian wartete.

»Ich will wirklich nicht, dass du das so empfindest«, sagte ich dann mit zitternder Stimme. »Aber alles ist einfach gleichzeitig passiert, wie gesagt, und ...« Ich verstummte wieder.

»Schlechtes Timing?«, fragte er nach einer Weile resigniert.

Ja, aber nein, nein, nein.

»Was passiert, wenn ich Ja sage?«

Jetzt zögerte er mit der Antwort.

»Ich weiß nicht. Was meinst du?«

»Das nicht. Das wirklich nicht. Ich will, dass du froh bist und dich nicht zur Seite geschoben fühlst, und ich verspreche, ich werde das jetzt besser machen. Ab sofort. Versprochen.«

Ein neues langes, quälendes Schweigen, während er nachdachte oder Mut fasste oder sich Einwände überlegte oder was auch immer, und dann kam: »Aber willst du das denn?«

»Ja-a, absolut, felsenfest, ja.«

»Na gut.«

Nur das, ein skeptisches »Na gut« und dann wieder Schweigen, sodass ich das Gefühl hatte, dass wir zitternd zwischen »das« und »nicht das« hingen.

»Was machst du? Jetzt, meine ich«, fragte ich, um das Schweigen zu brechen. *Wir können jetzt nicht aufhören, wir sind doch nicht fertig?*

»Gar nichts. Und du?«

»Mathe. Ich hab jedenfalls ein Buch und einen Taschenrechner vor mir liegen und weiß noch, dass ich mich damit ablenken wollte, bis du anriefst, und ich bin mit Mathe ohnehin im Rückstand und da war es …« Ich ging in die Diele, schob die Füße in Mamas Filzpantoffeln, die dort standen, ging durch die Tür. »Aber glaubst du, ich hab irgendwas geschafft?« Lief rasch die Treppen hinunter. »Das ist wirklich mein miesestes Fach. Und es ist erblich. Meine ganze Familie hasst Mathe, außer meinem Vater. Nie im Leben könnte ich Naturwissenschaften wählen.« Durch die Tür, die Treppen zu seiner Wohnung hoch, immer zwei atemlose Stufen auf einmal. »Und Miranda, du weißt, der Fußballstar, sie sagt immer: ›Aber es ist so schön, wenn man die Lösung sieht, dann ist man so zufrieden‹ und bla, bla, bla, und Tove und ich dann nur: ›Aber wir sterben doch vor Langeweile‹, und dann muss man …«, und da stand er und hielt für mich die Tür auf.

»Hallo.«

Es wurde ein seltsames Wochenende. Nervenaufreibend. Adrian musste fast die ganze Zeit arbeiten, von Freitagnachmittag bis mitten in der Nacht, am Samstag dann wieder. Wir sahen uns für eine frisch aufgewachte Stunde am Samstag, ehe er davonstürzte. Ich klammerte mich wie eine Klette an ihn und war übertrieben nett und lieb und alles, damit er sich nicht verschmäht, weggeworfen und ungeliebt fühlte. Er war vor allem ungeheuer müde, aber »nicht traurig«, denn ich fragte mindestens fünf Mal. Außerdem schickten wir uns dauernd SMS.

Als Mama mich am Freitagnachmittag zu einem Spaziergang zwang und uns Mattias begegnete, der mit Coop unterwegs war, zum Beispiel. Ich erlitt keinen Gehirnzusammenbruch, sondern berichtete es sofort Adrian in einer SMS, sowie ich nach Hause gekommen war. Alles out in the open, ab sofort. *Siehst du, wie brav ich bin, I'm doing it, I'm doing it.*

Adrian: Hast du etwas über uns gesagt?

Ich: Noch nicht, kommt bald.

Er: Ja, kannst du das nicht tun?

Ich: Klar doch.

Und als Hanna am Donnerstag nachfragte, ob wir uns am nächsten Abend bei Bella sehen und all the usual machen wollen, wie habe ich das Adrian erzählt? Ganz gelassen, nichts verschwiegen. Ich habe sogar geschrieben, »zu romant. Kom. und Schok.« als Facebook-Status, ohne mir darüber Sorgen zu machen, wer das wohl kommentieren würde.

Tove: Hasse Kap 8.

Ich: Mach keine Witze.

Tove: Hasse auch 9.

Ich: Word.

Wir würden am Dienstag eine Matheklausur schreiben. Adrian und ich saßen das ganze Wochenende bei mir zum Büffeln.

Tove: Mathe überhaupt. Wozu?

Ich: Genau richtig, ganz recht.

Adrian tippte vielsagend mit dem Kugelschreiber in mein Buch.

»Danke«, sagte ich mit übertriebenem Lächeln.

»Habt ihr eine Eieruhr?«, fragte er.

»Wieso das?«

»Ich mach das immer, wenn es mir schwerfällt, mich zu konzentrieren. Stelle sie auf eine Dreiviertelstunde, zwinge mich, ganz hart zu arbeiten, und mache dann eine Pause.«

Aus dem leeren Nichts, das heißt durch Papa, der an der Anrichte stand und Kaffee kochte, landete mitten auf dem Tisch eine Eieruhr.

»Also, drei SMS«, schnaubte ich. »Darf man drei SMS schicken?«

»Und ein Telefongespräch, ein Klobesuch und eine Tasse Tee. In einer halben Stunde«, sagte Adrian. »Aber egal, wer zählt denn so was?«

»Bist du von der Stasi?«

»Nein, ich bin nur nervig, Sara.« Er lächelte mich an.

Papa stellte die Eieruhr und ich stöhnte.

»Spitze. Wie lange darf man danach Pause machen und was macht man? Liegestütze bis zum Kotzen?«

»Zehn Minuten und was man will«, sagte Adrian. »Und dann macht man wieder eine Dreiviertelstunde.«

Ich sah ihn an. »Ich glaube, ich mag nicht mit dir büffeln.«

»Wir können ja darüber reden, in genau …« Er zeigte auf die tickende Eieruhr.

»Ich will das nicht«, fauchte ich. »Ich weiß es jetzt. Ich will nicht, Adrian, hast du gehört?«

Keine Reaktion. Wir waren im Büffelmodus, und die Umwelt wurde ausgeblendet, bis die Uhr klingeln würde.

»Na, zufrieden? Siehst du, es klappt doch«, sagte Adrian hoffnungsvoll.

»Wir machen Pause.« Es war die zweite und wir lagen auf meinem Bett, ich mit dem Kopf auf seinem Arm. »Darf man über etwas anderes reden?«

»Sicher.« Er küsste mich auf die Stirn. »Wie war es gestern? Der Filmabend?«

»Wie immer.«

»Und wie ist das?«

»Ein Film und eine Menge Süßigkeiten. Manchmal ist der Film nicht so gut und dann sehen wir ihn nicht zu Ende, aber gestern hatte Hanna einen ziemlich lustigen besorgt. Und dann war ich so gegen elf zu Hause.«

Look, I'm doing it. Worlds collide, aber normaler Smalltalk. Kein Panikpuls, kein Angstschweiß.

»Was hat Mattias gesagt? Also, als …?«

Als? Als-als! *Gute Frage, Adrian, durchaus interessant.*

»Du meinst, ob … na ja, ich hab das noch nicht richtig gesagt.«

»Ach?«

»Wir haben uns die ganze Woche nicht gesehen, es gab also keine Gelegenheit. Und gestern war es so … es hat sich nicht ergeben.«

»Worüber habt ihr denn geredet?«

»Nichts Besonderes. Nur normalen Kram, aber es war nicht …«

Zum Beispiel, als wir den Film gesehen hatten. Ich ging aufs Klo, und als ich zurückkam, waren Hanna und Bella in Bellas Zimmer verschwunden, um irgendwas zu erledigen. Ich hörte ihre Stimmen, und es war durchaus nicht so, als ob sie sich versteckt hätten, aber ein bisschen kam es mir doch so vor … Hanna war wie immer, bei Bella wusste ich nicht recht, ob sie überhaupt auf den Gedanken gekommen wäre, mich einzuladen, wenn Hanna nicht dabei gewesen wäre. Also schaute ich ins Wohnzimmer und da saß Mattias noch. Machte nichts Besonderes, zappte durch die Gegend. Es war viel leichter, bei ihm zu bleiben, als nach oben zu gehen.

Worüber wir dann geredet haben? Jedenfalls über nichts, das es ermöglicht hätte, so was zu sagen wie: *Adrian von meinem Training, der, der …* Die anderen konnten doch jeden Moment wieder nach unten kommen und dann hätte ich noch mal von vorne anfangen müssen. Also, nein, so nicht.

»Aber hättest du es gemacht, wenn es eine Gelegenheit gegeben hätte?«

»Ja, sicher.«

Adrian schwieg eine Weile, aber ich wusste, dass das Thema noch nicht durch war. »Ab und zu muss man die Gelegenheit vielleicht herbeiholen«, sagte er vorsichtig. Ein sanfter Kuss, ein Atemanhalte-Moment.

Telepathie-Adrian: Tu es. Geht das nicht? Ich will das. Und jetzt bitte ich dich wieder.

»Doch, ich weiß. Ich mach es ja«, sagte ich.

Ich mach es ja.

Ich blinzelte. Ich machesmachesmaches.

»Na gut.« Ich versuchte, mich aufzusetzen. »Machen wir weiter?«

»Gleich, sofort.« Er hielt mich fest und im selben Moment klingelte die Eieruhr in der Küche.

»Du hörst, the computer says no«, sagte ich und protestierte, als er sich über mich wälzte und ich nicht loskam. »Gemeinheit! Du bist viel stärker!«

»Ab und zu spricht man Englisch und ab und zu ist man stärker. So ist das.«

»Breaking the law, breaking the law!«

Am Sonntagnachmittag rief ich Mattias beim Job an. Er hatte kurzfristig für jemanden einspringen müssen.

»Ich leg dir *Reality bites* zurück, wenn du vorbeikommen magst.«

Ich liebe die *five-bucks*-Szene in dem Film. Winona Ryder und Ethan Hawke sind nachts unterwegs, und alle wissen, dass sie zusammengehören, aber sie sind aus irgendeinem Grund noch nicht so weit. Aber dann machen sie diesen Nachtspaziergang, trinken Kaffee, er raucht, sie reden ganz viel und alles ist perfekt. Und das alles hat sie nur fünf Dollar gekostet.

Es war einer der beiden Filme, die ich Mattias empfohlen hatte, und wir hatten ihn dann einmal ausgeliehen. Damals waren wir noch nicht zusammen, es war einer unserer Filmabende, der kein offizieller Filmabend war, sonst wäre auch Hanna dabei gewesen, aber wir waren nur zu dritt, ich, Bella und Mattias.

Es war Herbst und stockdunkel draußen. Eva-Karin hatte Kerzen ins Fenster gestellt, die schöne Muster an die Decke warfen, wenn man sie anzündete, und ich weiß noch, dass wir erschöpft auf dem Sofa lagen, mit der Süßigkeitentüte auf dem Bauch. Bella war erkältet, deshalb schniefte sie die ganze Zeit. Nach dem Film blieben wir noch liegen, ein bisschen Quatschen, viel geselliges Schweigen, und es war auch so ein *five-bucks*-Moment, auf den niemand hinzuweisen brauchte, alle kapierten.

Genauso wie am Freitag.

Es war doch Mattias. Da konnte ich nicht einfach eine Bemerkung fallen lassen wie: »Übrigens, noch was, ich hab jetzt einen Freund. So ist das.«

»Ich muss den ganzen Tag büffeln, wir schreiben am Dienstag eine Klausur, aber sollen wir nach der Schule einen Kaffee trinken oder so?«

Keine Umschweife. Du weißt, neulich. Kaffee trinken. Same, same. Fast.

»Gern. Wann denn?«

Wann war ich fertig, wann er, wann könnten wir uns treffen? Und so weiter. Keine Umschweife, wie gesagt. Nur, dass ich das Gefühl hatte, ihn in eine Falle zu locken, und dass ich schon beim Telefonieren schweißnass war. Und ich hatte das Thema ja noch nicht einmal gestreift.

Wann fing man an? Sofort nach der Begrüßung? Nach der Umarmung, als er vor meiner Schule stand und froh und frisch und fröhlich war? Nein, da nicht? Am Ende?

Ich sah Julie ein Stück vor mir und ging davon aus, dass sie in die Bücherei und zu Adrian wollte. Der mir morgens »Viel Glück« geschrieben hatte, und ich wusste nicht, ob er die Klausur oder das hier meinte. Dann, nach der Klausur, kam ein »Und?« und da meinte er wohl die Klausur. Vielleicht.

Aber man konnte nicht anfangen, ehe man im Café angekommen war.

Und wenn man dann dasaß …

Miranda findet immer, man sieht mir genau an, wie mir zumute ist. Ich verstehe das nicht, ich meine ja, dass ich immer gleich aussehe. Aber Mattias redete drauflos, erzählte von einem Projekt in der Schule und wie er sich das vorstellte und bla, bla. Keine sichtliche Nervosität bei ihm, und ich überlegte, ob das Geplapper meinetwegen wäre. Denn wenn Miranda so etwas bemerkte, musste er das doch auch.

Ich war nach dem Training früher fertig als Adrian.

»Ich bin total kaputt«, sagte er, als er herauskam. »Total kaputt.« Die Fortgeschrittenen hatten einen Gastlehrer gehabt, einen kleinen Japaner, der sie hart in die Mangel genommen hatte. »Ich muss mich für zwei Minuten hinsetzen. Du hast nicht zufällig Obst dabei oder so?«

Doch, das hatte ich. Einen Apfel, den ich nachmittags hatte

essen wollen, aber das hatte ich dann vergessen. Ich gab ihn Adrian und er biss zweimal hinein und reichte ihn mir dann mit zitterndem Arm.

»Nein, iss du ihn«, sagte ich.

»Danke.«

Er war so müde, dass er es nicht einmal mehr schaffte, den Apfel an den Mund zu heben, er senkte stattdessen den Kopf.

»Sollen wir ein Taxi holen?«

»Na ja, fast.« Er blinzelte und holte Luft. »Hast du Wasser?«

Ich ging wieder nach unten und füllte meine Flasche.

»Ach, wie lieb von dir«, sagte er dankbar. »Ich glaube, ich habe vor dem Training zu wenig gegessen, anfangs war ich richtig wacklig auf den Beinen …«

»Adi, ich habe heute nichts gesagt«, fiel ich ihm ins Wort. »Als ich mit Mattias zum Kaffee war.«

Er schaute zu mir hoch. »Warum nicht?«

»Ich konnte das nicht. Ich habe es wirklich versucht, aber es ging nicht. Es war nicht die richtige Gelegenheit.«

»Na gut … und warum nicht?«

»Nicht aus dem Grund, den du jetzt denkst. Er und ich waren so verdammt lang auf null, wirklich auf null, und es ist … ich will, dass es so bleibt wie jetzt, es war so verdammt anstrengend, dahinzukommen, und ich weiß nicht, was passiert, wenn ich etwas sage. Ich kann das einfach noch nicht.«

Er schwieg eine Weile. »Du verstehst doch, wie es wirkt, wenn du es so sagst, oder?«

»Aber so ist es nicht«, beteuerte ich. »Ich werfe dich nicht weg, nur weil ich das nicht erzähle. Und in der letzten Zeit war doch alles viel besser?«

»Du meinst, als ihr euch nicht gesehen habt? Hm, verdammt große Herausforderung.«

»Aber … ich werde es sagen, das verspreche ich, das werde ich. Das bedeutet nicht, dass ich nicht will, es hat sich nur noch nicht ergeben. Aber sowie die richtige Gelegenheit kommt …«

»Und wenn die nie kommt, was dann? Alle Welt hat doch dieses Bild von euch auf Facebook kommentiert, und du bist wieder mit deinen alten Freunden zusammen, die du noch vom Sandkasten her kennst, und dein Ex ist offenbar total scharf auf neuen Kontakt zu dir. Danach hast du dich doch die ganze Zeit gesehnt und mich kennst du erst seit ungefähr einer Minute. Oder rede ich hier total wirres Zeug?«

»Ja, das tust du! Aber es ist …«

»Es ist was? Wenn es nicht stimmte, würdest du ja wohl sagen, dass du dich mit jemandem triffst oder jemanden kennengelernt hast. Worüber redet ihr denn, wenn ihr euch trefft? Über das Wetter?«

»Ja, genau, über das Wetter.« Ich starrte ihn wütend an. »Aber denk mal an dich und Julie, den ganzen Herbst hab ich gedacht, ihr …«

»Aber das ist doch was ganz anderes!«, unterbrach mich Adrian. »Denn erstens: Wir waren nie zusammen. Und zweitens: Ich habe es ihr schon längst gesagt. Und drittens: Ich lass dich nicht fallen, sobald sie von sich hören lässt.«

»Ich lasse dich nicht fallen! Ich hab ein einziges Mal das Training ausfallen lassen, weil er gerade den Führerschein gemacht hatte. Ist das ein Grund zur Aufregung? Du bist im Herbst drei oder vier Mal nicht gekommen, und hab ich deshalb einen Zusammenbruch gekriegt? Nein, hab ich nicht.«

»Das Training ist mir scheißegal und das weißt du. Aber von mir aus, dann machen wir das so. Du erzählst es Mattias, wenn du irgendwann mal Lust hast, und danach reden wir weiter.«

»Danach? Wieso denn danach?«

»Danach, wenn du es gesagt hast.«

»Und bis dahin?«

»Kannst du Kaffee trinken, Filme sehen, Auto fahren. Alles tun, was so lustig ist und ohne das du nicht leben kannst.«

Ich starrte ihn an. »Was? Soll das hier … machst du Schluss?«

»Schluss womit denn?«, fauchte er. »Wir sehen uns ja nur ab und zu, wir sind immer nur zu Hause, niemand weiß davon, es ist doch nicht wichtig? Oder was? Jedenfalls nicht im Vergleich zu deinem Freund Mattias.«

»Nein, im Gegenteil! Das Gegenteil ist wahr!«

»Na gut, von mir aus. Wir reden später weiter, wenn es so im Gegenteil ist.« Er schnappte sich seine Tasche, ging wieder in die Sporthalle und knallte die Tür ins Schloss.

Wir reden später weiter.

Später war nicht am Dienstagabend, nicht am Mittwochabend und nicht am Donnerstag. Nichts Neues auf seiner Facebookseite, keine Rauchsignale aus dem Eingang nebenan. Nicht einmal Julie war zu deuten. Sie wirkte weder verstört noch wütend oder traurig, was Adrian anging.

Ich kam am Donnerstag fünf Minuten zu spät zum Training. Nicht wegen einer Fahrradpanne oder Lebensmittelvergiftung, sondern weil ich in letzter Minute gezögert hatte.

Adrian begrüßte mich, als ich hereinkam, und er wich meinem Blick nicht aus, sah aber furchtbar müde und traurig aus. Das war das, was ich inzwischen als seine »Ich bin ja so enttäuscht«-Strategie kannte.

Als ich fragte, ob wir zusammen nach Hause fahren sollten, antwortete er: »Wenn du willst«, und es klang ungefähr so, als ginge es dabei vor allem um meine Sicherheit. Dunkler Herbstabend, einsames, junges Mädchen darf da nicht allein durch die Stadt fahren. Er wollte das nicht auf dem Gewissen haben, sagte Okay, war zur Stelle und war sogar recht freundlich, als er das sagte, auch wenn es ihm schwerfiel. Er und seine sechs Jahre Kampfsporterfahrung. Yeah.

Es wurde unsere schlimmste Fahrt. Ich kam aus der Umkleide, er nickte mir zu, wir fuhren los, und die ersten Wörter, die er sprach, waren »Dann bis dann«, als wir zu Hause angekommen waren.

Ich hatte Lust, mich auf den Boden fallen zu lassen und zu brüllen und um mich zu treten. »Na gut, du hast gewonnen, ich gehe jetzt sofort hin. Bist du dann zufrieden?«

Er sah ungefähr so zufrieden aus, als ob ich ihm eine gescheuert hätte.

»Ja, ich gehe wirklich! Ich rufe *danach* an!« Riss mein Rad herum und fuhr in Richtung von Mattias und Bella.

Eva-Lena öffnete auf mein ungeduldiges Klingeln hin.

»Mattias, ist er da?«

»Nein, er ist mit dem Auto zu Viktor gefahren, glaube ich. Ist was passiert?«

»Ich muss nur kurz etwas mit ihm besprechen, aber da muss ich wohl …«

»Du kannst doch anrufen?«, schlug sie vor, und ich nickte.

Sicher, ich rufe an. Oder auch nicht.

Ich an Adrian: Nicht zu Hause.

Er an mich: Nein, natürlich nicht.

Mattias schrieb gegen elf: Hab gehört, dass du da warst. Ruf an, wenn was los ist. Wenn du wach bist.

Ich: Das hat Zeit. Schlaf gut.

Eine meiner Kusinen feierte am Samstag in Antnäs ihren Geburtstag, deshalb waren wir mit der ganzen Familie dort. Am Sonntag fuhr ich für zwei Stunden zu Martina.

Am Ende schrieb ich Mattias abends eine SMS und fragte, ob er mit Coop losgehen wollte.

Ich hatte eine ganze Rede vorbereitet und geübt. Ich brauchte also nur noch das erste Wort herauszubringen.

»What's up?«, fragte er, als wir schweigend ein Stück gewandert waren.

Das Leben. That's what's up. Musste immer an das letzte Mal denken, als ich so etwas gemacht hatte. Schluss gemacht. Seine Augen. Alles. Danach.

»Hast du eine Zigarette?«

»Was denn, für dich?« Er wühlte in den Taschen und zog zuerst das Feuerzeug und dann die Zigarettenpackung heraus. »Rauchst du? Seit wann das denn?«

»Nur auf Festen.«

Eine gehobene Augenbraue. »Ist das hier ein Fest?«

»Nein, aber ….« Ich nahm eine Zigarette und dachte, er werde mir das Feuerzeug geben, aber er hielt es mir mit der Flamme hin und ich musste mich über seine Hand beugen.

Er beobachtete mich fasziniert. »Du hustest ja nicht mal«, sagte er nach meinem ersten Zug. »Shit, Sara.«

»Das ist so ungefähr meine fünfte Fluppe dieses Jahr, also reg dich ab.«

»Ich bin ganz ruhig, aber man darf ja wohl noch Neuerungen registrieren.«

Er gab sich ebenfalls Feuer. »So. Jetzt haben wir die Superparty.« Dann schwiegen wir wieder.

»Das hier haben wir noch nie gemacht«, sagte er und kicherte. »Findest du das nicht ein bisschen komisch? Eigentlich sollte ich für dich eine Anti-Rauch-Kampagne veranstalten, ehe es zu spät ist.«

Aus irgendeinem Grund hätte ich bei seinem Kichern am liebsten losgeheult.

Er blieb beunruhigt stehen. »Aber was ist denn los? Ist was passiert?«

»Findest du das hier gut?«, fragte ich. »Jetzt, uns, das hier?«

»Ja, natürlich tu ich das. Mehr als gut. Du nicht?«

Ich nickte.

Mattias nickte auch, sah aber kein bisschen weniger beunruhigt aus. »Hab ich was Falsches gesagt?«

Ich schüttelte den Kopf. *Du nicht, nur ich, vielleicht.*

»Ist was passiert? Irgendwas mit deiner Familie? Nein? Bestimmt nicht, Schnuffel?«, fragte er.

Schnuffel. Früher mal sein Kosename für mich, so ungefähr einer von fünfzig. Und da konnte ich nichts über Adrian sagen, ich konnte überhaupt nichts sagen.

Am Dienstag ging ich nicht zum Training. Am Donnerstag auch nicht.

Adrian ließ nichts von sich hören und er tauchte auch bei Facebook nicht auf. Die einzige Aktivität dort war, dass Markus Lindén schrieb: »War heute gut«, und er antwortete: »Ja.«

Am Freitag wollte Bella zu einer Verabredung und Mattias sollte seine Eltern auf ein Fest fahren.

»Ich habe jetzt offenbar die Ehre, achtzehn Jahre mit ununterbrochenem Fahrdienst zurückzahlen zu müssen. So hat mein Vater das ausgedrückt. Klingt, als wär ich ein Hockeyknabe mit drei Mal Training pro Woche gewesen. Und dabei war ich doch ein sehr ruhiges Kind.« Ein belustigtes Kichern. »Hast du heute Abend irgendwas vor? Du kannst doch ein bisschen rüberkommen?«

Ja, das konnte ich.

»Sieh dir die mal an.« Er ließ sich neben mir aufs Sofa fallen. »Wir müssen die nicht gleich sehen, aber der hier handelt von einem Jungen, der …« Er fasste die Handlung der beiden Filme zusammen.

Bella war bei Johannes. Nur Mattias und ich waren da.

»Hast du Süßigkeiten gekauft?«, fragte er.

»In der Diele. Meine Stofftasche.« Ich fügte ein »please« hinzu.

»Bist du müde?«

»Mmmm.«

Er war nicht müde, obwohl er am Donnerstagabend gearbeitet hatte. Jetzt lief er umher und sorgte für alles, während ich träge auf dem Sofa lag. Süßigkeiten, Teetassen, neues Wasser für Coop, den Film. Ließ sich wieder fallen, als alles so weit war. Wir saßen beide auf dem mittleren Sofa. Klar, von dort aus sah man am besten. Und warum sollte man sich auf die Armlehnen an den Seiten außen stützen? Es war ja nun nicht so, dass wir aufeinandersaßen.

Normale Menschen können ganz normal nebeneinandersitzen. Wir waren normale Menschen. Oder?

»Willst du noch was?«, fragte er, als er merkte, dass ich ihn ansah. Er wäre fast wieder aufgesprungen, um zu holen, was immer ich brauchte oder in meiner Tasche in der Diele hatte.

Also. Du weißt, der Junge, mit dem ich Jiu-Jitsu trainiere? Erinnerst du dich an den großen Typen, als du mit Arash unterwegs warst und …

Jetzt wäre eine hervorragende Gelegenheit: Wir waren allein und ungestört. Wir hatten die erste angespannte Nervosität einwandfrei hinter uns gelassen und beschlossen, Freunde zu sein. Die Lage hatte sich stabilisiert. Es war nichts, was ich einfach so herausschleuderte: »He, ich hab 'nen Freund.« Jetzt könnte es gut gehen.

Ich schüttelte den Kopf.

Genau, wie ich bei den anderen hervorragenden Gelegenheiten nichts gesagt hatte. Ich war total gut vorbereitet, hatte stundenlang über Formulierungen nachgedacht. Aber ich brachte das erste Wort einfach nie heraus. Und je mehr Zeit verging, desto mehr zerbrach ich mir den Kopf darüber, was das bedeutete.

Ich fand das hier doch gut. Ihn, den Film, Coop zu unseren Füßen, ihr Haus, die Süßigkeiten. Dass wir wieder miteinander reden konnten. Dass ich keine vier Runden um den Block drehen musste, ehe ich mich zu klingeln traute. Ich fand es gut, dass er sich so selbstverständlich neben mich auf das Sofa setzte. Nicht steif und gekünstelt. Und er schien sich ebenso sehr darüber zu freuen, dass ich da war. Wir konnten uns wieder gegenseitig zum Lachen und Kichern bringen. Uns einfach ganz normal verhalten.

Und normal mit Mattias war doch gut, besser als mit vielen anderen. Das machte mir ja gerade Kopfzerbrechen. Ich wusste nicht, was passieren würde, wenn ich es ihm erzählte, aber es würde die ganze Entwicklung in unserer Beziehung sicher nachdrücklich zum Stillstand bringen. Zurück auf … drei Felder hinter Los vielleicht?

Nicht, dass wir uns in all diesen Wochen auf irgendeine Weise als Paar verhalten hätten. Wir umarmten uns kurz zur Begrüßung, aber es war kein Sich-gar-zu-oft-aus-Versehen-Berühren, kein bisschen Fummeln. Und trotzdem … ich wusste ja, dass ich ihn nicht so umarmte, wie ich zum Beispiel Arash umarmte. Alles an Mattias war eine Geschichte, die schon zehn Jahre andauerte. Er war ein Junge, den ich liebte, einer der allerbesten Menschen. Ich würde kreuzunglücklich sein, ihn als Freund wieder zu verlieren.

Aber was, wenn ich mehr wollte, und wenn Adrian das begriffen hatte? War es deshalb so unmöglich für mich, das erste Wort herauszuquetschen, weil ich mir dann diese Möglichkeit für immer verbauen würde?

»Dann geht's los, wenn du so weit bist«, sagte Mattias.

»Bin so weit.«

Und so vergingen die Tage. Wenn ich aufwachte, dachte ich: Was kann ich heute tun? Zum Beispiel Mattias anrufen. Und das ist doch in Ordnung? Ja, schon. Sicher. Total in Ordnung. Und das war es doch auch?

»Sara! Sara!«

Jemand rief von der anderen Straßenseite meinen Namen, und als ich mich umdrehte, sah ich die andere Sara in der Tür des Sushi-Restaurants stehen und hektisch winken.

»Warte, ich will nur schnell Guten Tag sagen«, sagte ich zu Hanna.

»Was für ein Glück, dass ich dich gesehen habe.« Die andere Sara umarmte mich. »Wo hast du denn gesteckt?«

»Hatte einfach zu viel zu tun. Jede Menge Klausuren und so was.«

»Aber wenn man Stress hat, sollte man das Training wirklich nicht verpassen«, sagte sie mahnend.

Ich hatte es jetzt seit dreieinhalb Wochen »verpasst«. Hatte geschwänzt. Es ganz bewusst sausen lassen.

»Aber komm, du musst …« Sie zog mich ins Restaurant und zu einem Tisch, an dem ein Mann in ihrem Alter in seinem Soja-Wasabi herumstocherte. »Das ist Johan.«

»Was, *der* Johan?«

Sara nickte. »Der Verdammt-Johan.«

Der Mann kapierte nicht, warum wir kicherten.

»Wir schieben dir immer die Schuld zu, wenn wir anstrengende Dinge tun müssen«, erklärte sie. »Verdammt, Johan, das ist alles deine Schuld.«

»Was ist meine Schuld?«

»Die Wette zur Midlifecrisis, du weißt schon«, sagte Sara.

»Ich sollte zum Jiu-Jitsu gehen. Ab und zu passieren da richtig grausige Dinge. Deine Schuld.«

»Was musstest *du* denn machen?«, fragte ich Johan. »Das weiß ich noch immer nicht.«

»Ich habe eine Mail geschrieben.«

»Eine Mail? Soll das ein Witz sein?« Ich sah die andere Sara an. »Dieser ganze Schweiß für eine Mail?«

»Es war aber eine sehr schwere Mail«, sagte er.

»Und es war verdammt viel Schweiß und Stress beim Training. Ich finde, du hättest einen ganzen Roman schreiben müssen.«

Er lächelte und schüttelte den Kopf. »Habt ihr keinen Unterricht oder irgendwas, wo ihr hinmüsst?«

»Nein, jetzt ist doch Freitag.«

»Komm am Dienstag«, bat die andere Sara und brachte mich zur Tür. »Es ist viel lustiger, wenn du dabei bist. Ich hab jedes Mal deinen Bekannten gefragt, ob du kommst.«

Meinen Bekannten.

»Was hat er gesagt?«

»Dass er nicht sicher ist, ob du noch weitermachen willst. Du willst doch nicht aufhören? Tu das bitte nicht!«

»Ich weiß nicht … und jetzt hab ich so viel verpasst.«

»Aber wir sind doch alles Anfänger, um Himmels willen.«

»Mmmm«, sagte ich zögernd. »War er sauer, als du gefragt hast? Adrian, also, mein Bekannter?«

Die andere Sara schüttelte den Kopf und sagte noch einmal: »Komm am Dienstag!«

»Hast du mit Jiu-Jitsu aufgehört?«, fragte Hanna, als wir weitergingen. »Das war doch so cool.«

»Cool? Ich hatte das Gefühl, das fanden alle total doof.«

»Welche *alle* denn? Ich fand es saucool. Hat es dir nicht gefallen?«

»Doch, aber … es war so stressig mit einem Jungen da, Adrian, und mit Mattias und allem.«

»Wer ist Adrian? Den hast du noch nie erwähnt.«

Nein. Tell me about it.

»Weißt du noch, wie wir im Sommer bei Max waren? Als Bella nicht gekocht hatte? Der Typ, der an der Kasse stand? Lange Haare? So ein großer?«

Sie überlegte. »Nicht so ganz. Leider. Aber der war also beim Training und …«

»Und er wohnt ein Treppenhaus neben meinem. Den halben Herbst dachte ich, er hätte eine Freundin, aber die hatte er gar nicht. Wir haben uns jedenfalls sehr oft getroffen und an dem Wochenende nach Arashs Fest waren wir dann irgendwie zusammen, aber dann fing gleichzeitig alles mit Mattias wieder an und …«

Hanna war stehen geblieben. »Was? Sag das noch mal!«

»Adrian, Training, zusammen, Mattias?«

»Wie kommt Mattias da mit ins Spiel?«

»Wie? Aber hallo, was glaubst du denn wohl?«

»Aber ihr seid doch nicht … oder? Was ist also das Problem?«

»Adrian wollte, dass ich Mattias von uns erzähle, aber ich hab es nicht getan, weil ich nicht wusste, wie ich das machen sollte, und dann verging die Zeit und …«

»Was wusstest du nicht?« Hanna stöhnte. »Jetzt hör aber auf. Das war die durchanalysierteste Trennung des Jahrhunderts. Du bist *sicher*, Sara, furchtbar sicher.«

»Aber das war damals, jetzt weiß ich es einfach nicht. Es ist doch Mattias. Und ich finde es wunderbar so, wie es jetzt ist. Und du weißt, wie viel Mühe es gekostet hat, um so weit zu kommen.«

Hanna schnaubte. »Und deshalb hörst du beim Jiu-Jitsu auf und lässt den anderen Jungen fallen?«

»Also, das war …«

»Musst du denn dermaßen auf Mattias fixiert sein? Und muss bei ihm alles immer gleich so *nicht* sein? Du kannst *nicht* auf ein Fest gehen, weil er da ist. Du kannst *nicht* mit einem anderen zusammen sein, weil du mit Mattias befreundet bist. Kapierst du, wie sich das anhört? Als ob er über dein Leben bestimmt. Wenn er nicht akzeptieren kann, dass du einen anderen triffst, dann ist das sein Problem. Dir kann das egal sein. Ich hab das so satt.« Sie klang jetzt richtig wütend. »Was kommt denn als Nächstes? Wenn er beschließt, nach dem Abi nach Stockholm zu gehen, schmeißt du dann die Schule hin und folgst ihm als hilfreiche Freundin?«

»Hör doch auf«, protestierte ich. »Das ist ja wohl ein bisschen übertrieben.«

»Genauso sieht es manchmal aus«, sagte sie ungerührt. »Aber jetzt lassen wir Mattias mal beiseite und konzentrieren uns auf den anderen. Und die Zukunft.« Sie zog mich am Arm. »Los, ins Wiener Café, und du erzählst alles.«

Alles. Fast alles. Die Waschmaschinen, Julie, Svartöstan, Sex, Führerschein.

»Du erinnerst dich doch an Sebbe?«, fragte Hanna. Das war ein Junge, mit dem sie mal zusammen gewesen war. »Ich denke so ungefähr ein Mal im halben Jahr an ihn. Höchstens. Und neulich hab ich ihn in der Stadt mit einem Mädchen gesehen und war sofort sauer: Was will er denn mit der? Obwohl er mir doch eigentlich total egal ist. Es geht darum, dass man bei gewissen Menschen niemals ganz cool sein kann, aber das bedeutet nicht, dass man wieder mit ihnen zusammen sein will.« Sie trank einen Schluck Wasser. »Ich finde, du solltest Adrian anrufen.«

»Ist das nicht ein bisschen spät?«

»Na gut, geh zum Training und sondier erst mal die Lage.«

»Aber das ... das hab ich so oft verpasst, ich weiß nicht, ob ich wieder einsteigen kann.«

»Sara.« Hanna klang wie ein schwer geprüfter Mensch. »Das sind doch nur faule Ausreden. Denkst du nicht an ihn? Willst du ihn wirklich fallen lassen und dich an einen hängen, mit dem du nicht mal mehr zusammen bist, nur weil es ihn stören könnte, wenn du einen neuen hast? Und was passiert an dem Tag, an dem Mattias eine andere kennenlernt? Hast du dir das schon mal überlegt?« Ein vielsagender Blick auf mich. »Siehst du.«

»Du hast gut reden. Du kannst hier sitzen und wie ein Bulldozer loslegen und mich auf Balkons und so schieben, aber du kannst eben nicht alles regeln.«

Hanna schüttelte den Kopf. »Ich habe auch noch andere Probleme, die ich lösen muss.«

»Was denn?«

»Darüber reden wir ein andermal.«

»Hat es mit Andreas zu tun?«

»Nicht jetzt.« Es war deutlich, dass diese Angelegenheit nicht verhandelbar war. »Weißt du noch, wie Mattias verreist ist und nichts gesagt hatte?«

Ich seufzte.

»Wirst du nicht morgens wach und sehnst dich nach Adrian?« Sie drückte meinen Arm. »Schreib ihm doch lieber: ›Wir müssen uns sehen, komm sofort.‹«

DOCH. All the time. Ich sehne mich ständig nach ihm. Jeden Dienstag und Donnerstag und immer, wenn Julie morgens in die Schule kommt, und immer, wenn ich so tu, als ob ich unbedingt in die Waschküche gehen müsste, und immer, wenn ich zum Joggen losziehe und ihm nicht begegne, und immer, wenn ich meine SMS-Liste aufmache, und immer, wenn ich …

»Du musst einfach den Anfang machen«, sagte Hanna. »Verstehst du?« Und dann piepste ihr Handy. »Aber jetzt muss ich mich mit Andreas treffen.«

»Was habt ihr vor?«

»Nur nach Björks fahren, nichts Besonderes.«

»Gemütlicher Freitag?«

»So ungefähr.« Sie zog ihre Jacke an. »Ruf ihn an.«

Eine halbe Stunde später rief sie mich an.

»Er ist groß, ja? Hellbraune Haare? Hier ist so einer«, flüsterte sie aufgeregt. »Er steht an der Kasse.«

»Was, bist du bei Max? Warum das denn?«

»Ich musste doch mal nachsehen.« Er klang, als ob sie weiterging, und dann sagte sie mit normaler Stimme: »Du musst anrufen, Sara.«

Ja, oder einfach hingehen. Jetzt sofort. Warum sollten die andere Sara und Hanna ihn treffen oder sehen dürfen, ich war doch mit ihm zusammen gewesen, ich sehnte mich in jeder Minute nach ihm. Ich wollte auch! So verdammt, verdammt sehr. Und jetzt schien es mir einzufallen, oder ich erlaubte mir jedenfalls, mich daran zu erinnern. Ich begriff, dass ich mich die ganze Zeit angestrengt hatte, ihn und alles, was passiert war, zu verdrängen, nur nicht daran zu denken. Und am Ende würde ich ihn sicher so gut vergessen haben, dass ich nur noch einmal im halben Jahr an ihn dachte. Wie Hanna es mit diesem Sebbe machte. Wenn Adrian und ich uns irgendwo über den Weg liefen, würde es nur peinlich sein, und ich würde so was denken wie: Shit, der nun wieder, was sollte das damals eigentlich?

Antwort: Etwas. Das war wirklich *etwas*, ganz richtig.

Adrian.

Über dem letzten Treffen mit Mattias hatte ein großes und dramatisches »Ich muss dir etwas sagen« geschwebt und wir saßen bei Mattias, und er begriff sofort, was kommen würde.

Diesmal rief ich an.

»Ich habe jemanden kennengelernt«, sagte ich, sowie er sich gemeldet hatte.

»Was? Wo bist du?«, fragte er überrascht.

»Zu Hause. Aber das ist doch egal. Also, es ist nicht jetzt passiert. Es ist schon eine Weile her.«

»Ach?« Mattias hörte sich noch immer so überrascht an.

»Ich wollte es dir schon lange erzählen, aber ich war total nervös, weil ich fand, dass wir uns jetzt so gut verstehen, deshalb habe ich es nie gesagt. Und ich bin nicht mal mehr mit ihm zusammen, aber ich mag ihn sehr. Vielleicht können wir wieder zusammenkommen, ich weiß nicht.«

»Der, mit dem du joggen warst?«

»Ja.«

»Und warst du deshalb so traurig?«

»Aber ich war doch nicht traurig, oder doch, von mir aus, aber ich war auch saufroh. Wie du weißt.«

Mattias machte nur: »Mmhmm.«

»Und du brauchst im Moment nichts dazu zu sagen, denn als wir uns auf diesem Fest auf Hertsön gesehen haben, war ich so verdammt eifersüchtig auf das Mädchen, mit dem du geredet hast, dass es nur noch peinlich war. Ich hab noch tagelang Phantasien über euch gehabt, und es würde mich jetzt genauso treffen, wenn du dich in eine andere verliebt hättest. Aber ich will doch, dass wir gute Freunde sind, und nach einer Woche oder so willst du das vielleicht auch. Also … Das wollte ich nur sagen. Und du kannst mich anrufen, wann du willst. In einer Sekunde oder einem Tag oder … jederzeit. Ich hoffe wirklich, dass du das tust.«

Unverständliches Gemurmel seinerseits.

»Na gut, bis dann also«, endete ich.

Telepathie-Ich: Oder was, oder was, oder was, Mattias? Wir sehen uns doch? Sag einfach Ja.

Dieses Gespräch hatte sicher keine Minute gedauert – aber die Aufregung danach? Mein Herz hämmerte wie nach einem langen Lauf. Ich musste auch erst eine Runde drehen, um das Adrenalin wenigstens ein bisschen zu drosseln. Keine SMS oder Anrufe, als ich zurückkam. Aber als wir gegessen hatten und ich mich bei Facebook einloggte, waren Mattias und ich wenigstens dort noch immer befreundet.

Ich machte es auch bei Adrian auf die feige Tour. Ich lief nicht zu Max und sagte es von Angesicht zu Angesicht, ich schrieb eine SMS:

»1. Hab es M gesagt. 2. Komme Di zum Training. 3. Sehnsucht nach dir, will dich gern vor Di treffen, wenn du willst. 4. Wenn du nicht willst, versteh ich das gut, bin ja viel zu spät« etc. etc.

Es dauerte eine Stunde und vier Minuten oder ungefähr dreiundzwanzig Patiencepartien im Computer, bis die Antwort kam.

Adrian: 1. Ok. 2: Cool. 3. Ebenf, wann? 4. Kein Problem. PS: Bin beim Job.

Shit, shit, shit. Ich hätte gleich noch eine Runde Jogging brauchen können.

Ich: Was? Himmel, Adi!!!

Er: Ebenfalls.

Ich: Wie lange arbeitest du?

Er: 3:30.

Er: Haben Äppelpei.

Ich: Komm in 1 Min.

Weltrekord auf der Strecke Zuhause-Max auf einem schrottigen Damenrad mit fünf Gängen, von denen nur drei funktionierten. Als ich hineinging, sah ich sofort Adrian an der Kasse und er sah mich. Die Wangen wurden rot, und er fuhr sich mit der Hand durch die Haare, obwohl er eine Mütze trug, und dann sah er den Gast vor sich an und dann mich und er lächelte und *heart be still.* Er freute sich.

Das hätte ich gern getan: Anlauf nehmen, über den Tresen springen, mich auf ihn stürzen.

Adrian.

Das tat ich: Ging zu ihm, sagte: »Hallo« und »Was soll ich tun, soll ich was bestellen? Ich kann doch etwas bestellen«, während er sagte: »Warte, ich mach das hier schnell fertig«, und dann lächelten wir wieder beide und seine Wangen wurden noch röter und meine sicher auch.

Adrian.

»Moment mal«, sagte er etwas ruhiger. Am Tresen stand derselbe Typ wie beim letzten Mal und er sah mich an und dann lächelte auch er. Adrian hatte sicher etwas erzählt, so sah es aus.

Was hatte er gesagt? Meine Freundin ist da. Meine Ex. Eine Bekannte.

Adrian.

Als er seine Bestellungen erledigt hatte, öffnete er für mich die Personaltür.

»Du hast keine Ahnung, wie sehr deine SMS mich überrascht hat«, sagte er und ging vor mir her durch die Küche zu einem Personalraum, hielt auch diese Tür auf.

»Und ich dachte, du würdest sauer sein«, sagte ich. »Das darfst du gern, ist völlig in Ordnung, ich weiß ja, dass …«

»Sara, ich hab mich tierisch gefreut.«

Wir standen dicht voreinander, aber nicht so dicht, und er sah aus, als ob er nicht wüsste, wohin mit sich selbst, und als ob er sich nicht traute, mich zu umarmen, deshalb fasste er nur schnell meinen Arm und fuchtelte ein wenig verwirrt mit dem anderen.

»Aber es hat lange gedauert«, sagte ich.

»Tierisch gefreut«, sagte er noch einmal. »Und okay, es hat lange gedauert, aber vor ungefähr einer Viertelstunde habe ich das vergessen. Denn ich bin ja auch immer viel zu ungeduldig und … warst du denn sauer?«

»Nein.«

Wieder lächelte er und es war genauso ein »Einander ansehen, wegschauen, rot werden, wahnsinnig, wahnsinnig froh sein«-Lächeln, bei dem ich nicht wusste, was ich tun sollte. War das hier eine Umarmungsgelegenheit? Eine Schmusegelegenheit? Oder eher eine »Okay, jetzt sind wir jedenfalls nicht mehr zerstritten und ich hüpfe vor Freude auf und ab«-Gelegenheit? Ich wollte eigentlich alles gleichzeitig tun.

»Weißt du«, sagte ich, »mir ist klar geworden, dass ich mit dieser ›Sich zum Verdrängen zwingen‹-Kiste angefangen hab. Dinge oder Menschen, an die man lieber nicht denkt, weil es zu wehtut. Aber das hat nicht geklappt, und da hab ich Mattias angerufen und gesagt, dass ich dich kennengelernt habe, und dann … dann hab ich dir die SMS geschickt.«

Er nickte. »Wie gut. Alles.«

Er schob die Mütze zurück und wischte sich die Stirn.

»Und jetzt …«, fing ich an. Und jetzt. Jetzt? Umarmen, schmusen oder auf und ab hüpfen?

»Habt ihr … ist hier heute Abend viel los?«, fragte ich feige.

»Geht so.« Nun lächelte er ganz normal.

»Aber keine Schlägerei?«

»Nein, bisher jedenfalls nicht. Wir werden ja sehen, was noch passiert.« Er streckte die Hand aus und verhakte seinen Zeigefinger locker in meinem und *oh.* »Und ich wollte nachher eigentlich technische Physik büffeln.«

Und *oh* und *oh* und *oh.*

»Was?«, fragte ich verständnislos.

»Aber du weißt doch, Smalltalk. Oder ich weiß doch nicht.«

»Nein, ich auch nicht. Und ich kann nicht …«

… denken. Wegen dieses Zeigefingers.

Adrian.

Der noch immer rote Wangen und eine Max-Mütze und zwei Pickel auf der Wange und ein Stoppelkinn hatte.

Adrian, Adrian, Adrian.

Der einfach dastand und … stand. Und war. Und aussah.

»Ich weiß nicht, was ich jetzt sagen soll«, murmelte ich.

»Dann sag nichts«, flüsterte er, und sein Zeigefinger wurde zu einer ganzen Hand, die meine hielt, und er zog mich näher an sich heran. »Ich bin so verschwitzt«, sagte er entschuldigend, und ich: »Das macht nichts«, und: »Es ist so schön, dich zu sehen«, und seine Arme um meine Taille und mein Gesicht an seinem Hemd und ein bisschen Schweiß und Hamburger- und Adrian-Duft, alles vermischt. Ich legte auch die Arme um ihn und dann standen wir nur da.

Gut. Besser. Das Beste auf der Welt.

Nach einer Weile wurde an die Tür gehämmert. Eine Arbeitskollegin schaute herein. »Entschuldigung, aber da ist eine Schlange, du musst jetzt wohl …«

Adrian nickte. »Sekunde noch.«

»Darf ich noch ein bisschen bleiben und Äppelpei essen?«, fragte ich, und er lachte.

»Was wäre passiert, wenn ich in einer Autowerkstatt arbeitete oder so? Wärst du dann auch gekommen? Klar kriegst du Pei. Wann sehen wir uns denn? Vor Dienstag, ja?«

»Ruf mich morgen an, sobald du aufwachst.« Ich wurde rot. »Ja, oder wir können uns natürlich auch einen Zeitpunkt überlegen und uns an einem anderen Tag irgendwo treffen.«

»Nein, ich rufe an. Du, Moment noch.« Er zog mich wieder an sich und gab mir schnell einen Kuss. »Hallo.«

»Hallo.«

»Soll ich sagen, was ich von dieser blöden Strumpfhose halte?«, fragte ich Adrian, als wir im Kino unsere Plätze gefunden hatten und uns setzten und ich die Strumpfhose zum siebten Mal, seit wir von zu Hause weggegangen waren, wieder hochzog. Es war mir egal, dass zwei Plätze weiter jemand saß, ich zog einfach.

»Ich tippe auf ungetrübten Hass«, sagte Adrian. »Eine 11 auf einer Skala bis 20.«

»Eine 12. Das ist das Übelste, wenn sie zu kurz sind und die ganze Zeit Richtung Knie rutschen, man kann an nichts anderes denken.«

»Ja, Himmel, wie furchtbar«, sagte er.

»Das ist es wirklich!«

»Hallo, sag ich doch gerade«, sagte er sofort. Dann legte er mir den Arm um die Schultern. »Aber jetzt wollen wir uns einen lustigen Film ansehen und wir haben auch Proviant. Also versuch, die Strumpfhose loszulassen.«

»Haha, witzig.«

Er küsste zuerst meine Wange und dann meinen Mund.

»Ich weiß schon gar nicht mehr, wann ich zuletzt im Kino war. Das kann so ungefähr zwei Jahre her sein, seit …«

Bei mir lief piepsend eine SMS ein.

Ich muss auf lautlos stellen, sagte ich mir, als ich das Handy aus der Jackentasche zog und die Nachricht las.

Mattias schrieb: »I can see u.« Was? Ich schaute mich um

und da – sechs, sieben Reihen weiter oben saßen er, Viktor und ein Mädchen. Das Mädchen saß neben Viktor.

Sie hatten die Jacken schon abgelegt, also saßen sie da sicher schon eine Weile. Und hatten uns vielleicht gesehen?

Ein »Shit, was haben wir getan? Was hat er gesehen?«-Magensalto.

Er hob die Hand und winkte, *tja,* und ich wusste, dass ich rot wurde, als ich zurückwinkte. Genau wie er. Und er sah nicht gerade aus, als ob er das hier wahnsinnig komisch fände.

Wir hatten nur sporadisch voneinander gehört, seit ich vor drei Wochen von Adrian erzählt hatte. Ich hatte zwei, drei Mal eine SMS geschickt, er eine Mail über Facebook. Von der Sorte: »He, sieh mal diesen Filmausschnitt an, gar nicht schlecht.« Wirklich nichts von: »Wie läuft es mit dem Typen, ist das okay, ist etwas passiert?« oder so.

Wir waren uns eines Nachmittags begegnet, als ich aus der Schule kam und er mit Coop unterwegs war. Es hatte nur ein kurzes Hallo gegeben. Nicht superangespannt, aber auch nicht wirklich locker und »lass uns doch mal 'ne Viertelstunde hier stehen bleiben und reden«. Fand er das alles blöd? Ja. Sehr. Aber andererseits hatten wir ja schon einmal den Weg zurück gefunden, also könnten wir das vielleicht wieder schaffen.

»Glaubst du, er ist gut?«, fragte ich nach hinten.

»Weiß nicht, bin mir nicht sicher.« Mattias zuckte mit den Schultern.

»Ach, ich glaub schon«, sagte Viktor.

Adrian drehte sich um, um zu sehen, mit wem ich redete, und ich merkte, wie er auch erstarrte. Er drehte sich wieder nach vorn und nahm so nebenbei und ganz diskret seinen Arm weg.

»Na gut, dann drücken wir Däumchen«, sagte ich und Mattias nickte. Der Versuch eines Lächelns auf beiden Seiten. Nur halbwegs ein Erfolg.

Verdammt. Verdammt, verdammt, verdammt.

So hatte ich mir das vorgestellt: Wir würden uns irgendwo draußen über den Weg laufen, nur kurz. Wir würden Hallo sagen. Er würde mich mit Adrian sehen. Am nächsten Tag würde ich ihn anrufen, nur um klarzustellen, dass es mir damit ernst war, weiter Freunde zu sein.

Aber dass wir uns zum ersten Mal zu dritt hier im Kino sahen. Bei einem eindeutigen Date. Nicht die beste Lösung. Es war nicht einmal ein typischer Mattias-Film und unter anderem hatte ich ihn deshalb vorgeschlagen. Ich hatte das für hundert Prozent sicher gehalten.

Jetzt wusste ich, dass er dort hinten saß und alles sah, was wir für den Rest des Abends machten. Ich an seiner Stelle würde das schrecklich finden. Und Adrian. Wir waren in diesen Wochen sehr viel zusammen gewesen, hatten uns im Grunde jeden Tag gesehen, hatten an einem Freitagabend seine Kumpels getroffen. Aber wir hatten nicht viel über Mattias gesprochen. Und nun wollte ich nicht, dass er sich blöd vorkam, sich weggeworfen fühlte. Das alles noch einmal durchzumachen, nein danke.

»Kann man was zum Knabbern haben?«, fragte ich und er reichte mir die Tüte.

Ich nahm mir etwas und verflocht dann meine Finger mit seinen, wie wir das oft machten.

»Nein, ist schon okay«, sagte er leise. So ungefähr: *Du brauchst das nicht, wenn du nicht willst. Du kannst steif und gekünstelt sein und musst mich nicht anfassen.*

»Also, er weiß es doch«, sagte ich. »Ich werde jetzt wohl nicht heftig mit dir knutschen, denn ich finde, man kann auch fair sein und andere nicht unnötig leiden lassen, aber das bedeutet doch nicht, dass wir wie zwei starre Nonnen hier sitzen müssen. Okay?«

Adrian sah mich an. »Ja.« Und dann eine kurze Pause und ein leises »Wenn du meinst«, das er sofort zu bereuen schien. Stattdessen: »Findest du es gut, dass du mit mir hier bist und nicht mit ihm?«

Kein Fischen, nur Unsicherheit.

»Ich finde es unglaublich wahnsinnig okay«, sagte ich. »Also a thousand times *yes* auf diese Frage.« Ich drückte seine Hand und er lächelte ein wenig, rutschte tiefer in den Sessel, seine Schulter an meiner, und atmete auf diese schöne feine Adrian-Weise. »Du ...«, flüsterte ich nach einer Weile, als die Werbung anfing. »Bist du da?«

Ich öffnete seine Handfläche. Schrieb B-E-S-T hinein. Zeigte auf ihn. Er zeigte auf sich. *Who, me? Really?*, und ich nickte.

Yes, you.

Er küsste meine Hand, ein Mal, zwei Mal, drei Mal. »Du auch.«

Die Werbung war vorüber und es wurde dunkel im Saal.

»Wir machen doch noch was?«, fragte ich. »Nach dem Film?«

Etwas machen, wie nach Hause gehen, für den Rest des Abends zusammen sein, zusammen schlafen.

»Ja, ich hoffe«, antwortete er und ich nickte. Ich auch.

Muss denn schon Schluss sein, musst du jetzt gehen, ist es schon Zeit zum Abschied?

Nein.

Endlich.

Manchmal wurde ich nervös und dachte, er könnte denken, ich würde jetzt so eine anstrengende, klammernde Freundin, nur weil ich ihn immer noch mehr und noch mehr sehen wollte. Aber ich kam nicht dagegen an. Alles konnte so lustig und schön sein, wie es wollte, aber es war immer *noch* besser, wenn Adrian dabei war. Wenn ich mich an ihn lehnen konnte, wenn er Witze machte und unter dem Tisch meine Füße anstupste, wenn er neben mir einschlief. Und wenn ich mir alle Mühe gab, ihn in Ruhe zu lassen, wenn ich zum Beispiel abends bei Hanna war und dachte, jetzt werde ich ihn aber gar nicht stören und nicht klammern, dann lief sofort eine SMS von ihm ein. »Ich kann dich abholen, wenn du willst.«

Wenn ich wollte? Klar wollte ich.

Es war das Beste am ganzen Tag, wenn wir uns im Fußgängertunnel trafen und er mich in eine Umarmung zog.

Mehr, mehr, mehr.

Hör nicht auf, nie.

Dank an die echte My Persson, weil ich die Verwirrung übernehmen durfte, die ihr Name in internationalen Zusammenhängen verursacht.

Danke für die Inspiration an:

Die Fernsehserie *Friday Night Lights* ganz allgemein und an Tim Riggins besonders.

Sarah Dessen für alle Bücher, vor allem für *Zwischen jetzt und immer* und *Because of you.* (Es ist meine Theorie, dass Sarah Dessen ein großer *FNL*-Fan ist und Eli deshalb lange Haare gegeben hat. Ich liebe Riggins und Eli und deshalb musste auch Adrian lange Haare haben.)

Robyn – thank you for the music, always.

Melina Marchetta – Jonah Griggs im Buch *Jellicoe Road* kam im genau richtigen Moment in mein Leben.

Danke für Hilfe an:

Twitter.

Ich war nie bei einem Jiu-Jitsu-Training. Bei Twitter habe ich großzügige Auskünfte darüber erhalten. Und erfahren, welche Lieder im Sommer 2009, in dem dieses Buch spielt, beliebt waren und welche Filme in dem Herbst gezeigt wurden.

Und noch mehr.

Großer Dank für alle Antworten auf Fragen oder Vorschläge, an wen ich mich noch wenden könnte, um mehr zu erfahren. Twitter!

Ich bin zu finden bei *twitter.com/johannalindback*

Wollt ihr mehr wissen über meine Bücher oder wie ich sie schreibe oder habt ihr andere Fragen?

Meine Adresse ist *johannalindback.wordpress.com.*

Katharina von Bredow

Wie ich es will

Roman

Aus dem Schwedischen von Maike Dörries

Gulliver, 272 Seiten (74195)

Jessica ist total verliebt und kann es kaum glauben, dass Arvid auch auf die Fete kommt. Es wird eine Nacht, die ihr Leben verändert: Jessica ist schwanger. Lange Zeit trägt sie das Wissen allein mit sich herum, bis sie die Entscheidung, ob sie das Kind bekommt oder nicht, nicht mehr länger hinauszögern kann.

»Ohne Scham schreibt Katarina von Bredow über Sex, Schwangerschaft, Hektik, Druck, Stress, Einsamkeit, Gefühle und Liebe. Die Geschichte berührt einen tief im Inneren und lässt einen nicht mehr los, bis man die letzte Seite gelesen hat.« *Kingkalli Stadtmagazin*

»Völlig kitschfrei, sehr locker und vor allem so intensiv und spannend erzählt, dass man dieses Buch gar nicht mehr zur Seite legen mag.« *Kölnische Rundschau*

www.beltz.de BELTZ & Gelberg

Katharina von Bredow

Ich will endlich fliegen, so einfach ist das

Roman
Aus dem Schwedischen von Maike Dörries
Klappenborschur, 344 Seiten (81131)

Auch als E-Book erhältlich

Vendela, 15, ist hin- und hergerissen: Sie weiß, dass sie nichts von ihrer besten Freundin Tonja trennen wird. Nicht mal Nils, in den sie verliebt ist. Doch von der Neuen ist sie fasziniert. Entweder ist sie cool oder völlig durchgeknallt, denn sie pfeift auf alle Regeln. Doch als Silja offensichtlich gemobbt wird, muss sie sich entscheiden, definitiv: zwischen dem Alten, das Sicherheit bedeutet, und dem Neuen, das spannender ist, aber nicht ganz ohne Risiko. »Je höher man fliegt, desto tiefer kann man fallen. Doch wer gar nicht fliegt, stirbt vor Langeweile …«

»Nur wenige Autoren können eine Geschichte so vorantreiben wie Katarina von Bredow. Sie erzählt mit Nähe und Wärme und schreibt so fesselnd, dass man süchtig wird.«
Dagens Nyheter

www.beltz.de **BELTZ & Gelberg**

Stephan Knösel

Echte Cowboys

Roman

Gulliver, 240 Seiten (74251)

Bayerischer Kunstförderpreis

Dies ist die Geschichte dreier Einzelgänger, die zufällig zur richtigen Zeit am richtigen Ort sind: Cosmo, der schweigsame Underdog. Nathalie, die einsame Traumfrau. Tom, der ewige Pechvogel. Eine Flucht aus den Sackgassen der Großstadt, ein Abschied von denen, die nie richtig da waren. Ein Sommertraum von Liebe und Freundschaft in unserer Zeit.

»Temporeich. Lässig. Ehrlich.« *Deutschlandfunk*

»Knösel erzählt von drei Außenseitern, die einander umkreisen, zueinanderfinden und angesichts erheblicher Kollisionen dem Leben doch so etwas wie ein Stück (Sommer-) Glück abtrotzen.« *Süddeutsche Zeitung*

www.beltz.de BELTZ & Gelberg

Nataly Savina

Love Alice

Roman
Klappenbroschur, 160 Seiten (81141)

Peter-Härtling-Preis
Die besten 7 Bücher (Deutschlandfunk)

Auch als E-Book erhältlich

Wieder eine neue Stadt, wieder eine andere Schule: Alice, 14, hat das Nomadenleben ihrer Mutter, einer exzentrischen Opernsängerin satt. Dann trifft sie Cherry. Sie laufen durch die verschneiten Wälder, die wie im Märchen aussehen, legen sich auf die Zuggleise und ziehen durch die Stadt. Sie haben sich und spielen gefährliche Spiele. Doch als Cherry allein zu ihrer Karateprüfung geht, passiert das Unvorstellbare, dass das Leben von Alice für immer verändern wird.

»Ein tief beeindruckender Roman.« *Deutschlandfunk*

»*Love Alice* ist ein mutiges und gekonnt choreographiertes Manuskript. Savina erspart ihren Figuren so wenig wie den Lesern. Die Freundschaft der Mädchen, die sich nach Zuwendung und Nähe sehnen und aus der Erstarrung ihrer Einsamkeit heraus kommen wollen, wird als intensiv und beglückend geschildert.« *Jury-Begründung des Peter-Härtling-Preises*

www.beltz.de BELTZ & Gelberg

Anna Kuschnarowa

Junkgirl

Roman
Gulliver, 224 Seiten (74259)

Die besten 7 Bücher (Deutschlandfunk), Nominiert für den Ulla-Hahn-Preis der Monheimer jungen Leser

Auch als E-Book erhältlich

»Die Zeit mit Tara war die großartigste Zeit meines Lebens. Und die beschissenste.« Alles begann mit Tara. Der schillernden, wilden Tara, in die sich die unscheinbare Alissa Hals über Kopf verliebt. Um mit Tara zusammen zu sein, beginnt Alissa heimlich ein Doppelleben, belügt ihre Eltern und nimmt Drogen. Sie erlebt ungeahnte Höhenflüge, ist verzaubert, berauscht, fühlt sich unsterblich. Da zeigen sich tiefe Risse in Taras schillernder Welt.

»Zimperlich ist Anna Kuschnarowa nicht, wenn sie die Fassaden der heilen Welt niederreißt.« *Märkische Allgemeine Zeitung*

»Das Thema mag bekannt sein, aber Kuschnarowa hat es in eine einzigartig geschriebene und brutal authentische Hülle gepackt.« *die-blaue-seite.de*

www.beltz.de BELTZ & Gelberg

Annika Thor

Entscheide dich!

Roman
Aus dem Schwedischen von Maike Dörries
Klappenbroschur, 176 Seiten (81072),
Gulliver (74326)

Auch als E-Book erhätlich

Muss man sich zwischen dem besten Freund und der Freundin entscheiden? Jesper will Abbe nicht enttäuschen. Aber er will auch mit Haut und Haaren mit Annie zusammen sein, seiner großen Liebe. Wie soll er ahnen, dass sich daraus eine Entscheidung auf Leben und Tod ergeben könnte? Ein atemberaubendes Drama über das Dilemma von Freundschaft und Liebe.

»Alles in allem ist es ein kleines Feuerwerk aus Liebe, Hass und Ablehnung« *LizzyNet*

»Ein sehr tiefsinniges und sensibles Jugendbuch, das einem die Augen öffnet.« *Zürcher Unterländer*

www.beltz.de BELTZ & Gelberg

Mette Finderup

Love Cuts

Roman
Aus dem Dänischen von Maike Dörries
Klappenbroschur, 256 Seiten (81073),
Gulliver (74358)

Einfühlsam und fesselnd erzählt dreht sich alles um die große Liebe: Sie träumen voneinander, flüchten voreinander, suchen sich verzweifelt, finden sich unverhofft, verstricken sich in Lügen, ergreifen die Chance der Nacht oder ihres Lebens: Lasse, Katrine, Nadja, Kasper, Julie, Sebastian, Anne und all die anderen erleben Achterbahnfahrten der Gefühle.

»Aufregend, anders, absolut toll.« *Mädchen*

»Ein Buch, das in 24 Kapiteln fesselnd und einfühlend von der Liebe in allen erdenklichen Facetten erzählt.« *1000 und 1 Buch*

www.beltz.de BELTZ & Gelberg

Jennifer R. Hubbard

Atme nicht

Roman
Aus dem Amerikanischen von
Michael Koseler
Klappenbroschur, 256 Seiten (81132)

Auch als E-Book erhältlich

Ryan hat einen Selbstmordversuch hinter sich und versucht, die dunkle Zeit zu vergessen, der er entkommen ist. Seine Eltern würden ihn am liebsten rund um die Uhr kontrollieren und in der Schule gilt er seitdem als Freak. Nur wenn Ryan unter dem Wasserfall steht und das Wasser mit voller Wucht auf seinen Kopf prasselt, fühlt er sich lebendig. Dort begegnet er Nicky, die ebenfalls ein Geheimnis mit sich herumträgt. Hartnäckig verfolgt sie ihn mit der Frage nach dem Warum und bringt Ryan dazu, sich dem zu stellen, was ihn im Innersten bewegt. Mit Nicky scheint plötzlich so vieles möglich. Doch dann geschieht etwas, das Ryan auf eine schwere Probe stellt …

»Eine tolle Mischung aus Tiefsinnigkeit und Romantik!«
LizzyNet

www.beltz.de BELTZ & Gelberg